Sehnsucht
nach dem
Cottage
am Meer

WEITERE TITEL VON LIZ EELES

Heaven's-Cove-Serie

Das Geheimnis vom Cottage am Meer

Sehnsucht nach dem Cottage am Meer

In englischer Sprache

Heaven's-Cove-Serie

Secrets at the Last House Before the Sea

A Letter to the Last House Before the Sea

The Girl at the Last House Before the Sea

The Key to the Last House Before the Sea

The-Cosy-Kettle-Serie

New Starts and Cherry Tarts at the Cosy Kettle

A Summer Escape and Strawberry Cake at the Cosy Kettle

A Christmas Wish and a Cranberry Kiss at the Cosy Kettle

Salt-Bay-Serie

Annie's Holiday by the Sea

Annie's Christmas by the Sea

Annie's Summer by the Sea

LIZ EELES

Sehnsucht nach dem Cottage am Meer

Übersetzt von Michaela Link

bookouture

*Für Margaret, meine wunderbare Mum, die in den letzten
Jahren so viel hat durchmachen müssen und doch das Lächeln
nicht verlernt hat*

PROLOG

Iris Starcross fiel das Atmen schwer, aber das überraschte sie nicht besonders. Wahrscheinlich war es einfach an der Zeit. Sie hatte ganze neunundneunzig Jahre gehabt. Das war wirklich unmäßig – wo anderen doch nur so wenige vergönnt waren.

Langsam bewegte sie die Finger und spürte den Druck einer anderen Hand, die sich sanft um ihre schloss. Lettie saß schon seit Stunden an ihrem Bett. Oder waren es bereits Tage? Iris hatte jedes Zeitgefühl verloren, während die Freuden und Leiden ihres Lebens in ihren Gedanken noch einmal vorbeizogen und schließlich in diesem Augenblick mündeten.

Sie hoffte, dass das Sterben nicht schmerzhaft sein und Cornelius sie erwarten würde – so, wie der Pfarrer es ihr versichert hatte. Aber nach dem, was damals passiert war, hatte Iris Gott aufgegeben, daher konnte sie sich nicht so sicher sein.

Noch einmal holte sie flach und rasselnd Luft und spürte den zierlichen goldenen Schlüssel an der Halskette auf ihrem Schlüsselbein. Ganz langsam und unter Schmerzen bewegte sie den freien Arm, bis ihre Fingerspitzen das tröstlich glatte und vertraute Metall des Schlüssels berührten. Wenn sie damals – in ihrer tiefsten Trauer – nur in der Lage gewesen wäre, sein

Geheimnis aufzudecken! Aber für solch reuevolle Gedanken war es jetzt viel zu spät.

»Pass gut darauf auf«, krächzte sie, ihre Stimme kaum mehr als ein Flüstern. »Und finde es für mich heraus, mein liebes Mädchen.«

Nach ihrem Tod würde Lettie den Schlüssel bekommen – die Einzige in der Familie, die so war wie sie. In einem inbrünstigen Gebet bat Iris Gott – ob es ihn nun gab oder nicht –, dass ihre geliebte Großnichte sich für ein Leben voller Liebe und Glück entscheiden möge.

Vom Rand her verdunkelte sich Iris' Gesichtsfeld, und sie schloss erschöpft die Augen. Sie vernahm Letties Stimme, die sanft nach ihr rief, doch ihre Gedanken waren bei einem gut aussehenden jungen Mann in Uniform und dem Leben, das sie mit ihm hätte haben können. Iris Starcross tat ihren letzten Atemzug und entschlief.

EINS

FÜNF WOCHEN SPÄTER

LETTIE

Als Lettie aus dem Taxi stieg, umfing sie eine warme Meeresbrise, und sie atmete ein paar Mal tief durch. Das war wirklich etwas ganz anderes als die von Schweiß und Abgasen angereicherte Luft, die sie aus London kannte. Und erst die Aussicht von hier oben – kein Vergleich mit dem Blick von ihrem kleinen Balkon in London, der auf einen als Lagerhaus genutzten, hässlichen Backsteinbau und einen Friedhof mit schwarz angelaufenen Grabsteinen hinausging.

Lettie schaute aufs Meer hinaus, das sich wie ein ruheloses dunkelblaues Tuch bis zum Horizont erstreckte, und ließ den Blick dann über die Küstenfelsen wandern, auf denen überall der gelbe Ginster blühte. In sicherem Abstand von der Abbruchkante des Kliffs lag ein weiß getünchtes Haus, dessen Eingangstür steinerne Blumenkübel flankierten.

Das also war Driftwood House. Der Beschreibung im Internet nach stand es »auf dem Dach der Welt«, und Lettie verstand nun, was damit gemeint war.

Es war das einzige Haus hier oben auf der Steilküste über Heaven's Cove, dem hübschen Dorf, das sie gerade in ihrem Taxi passiert hatte. In Heaven's Cove gab es sehr viele malerische Cottages und Souvenirläden und jedenfalls jetzt im Sommer massenhaft Touristen. Gleich mehrere von ihnen hatten dem Taxifahrer leise gemurmelte Flüche entlockt, indem sie, ohne dem Verkehr die geringste Beachtung zu schenken, über die Straße spaziert waren. Seine Laune hatte sich nicht verbessert, als sich herausstellte, dass nur ein mit üblen Schlaglöchern übersäter, schmaler Fahrweg – die Kliffstiege – hinauf auf die Küstenfelsen führte, wo sich das Ziel ihrer Reise befand.

Lettie strich sich einige rotbraune Locken aus den Augen und sah dem Taxi nach, das zurück Richtung Dorf holperte. Dann fuhr sie mit dem Finger über die Zugfahrkarte von Paddington nach Exeter, die immer noch in ihrer Jeanstasche steckte. Sie konnte kaum glauben, dass sie tatsächlich hier war.

Sie hatte sich kurzfristig zu dieser Reise entschlossen und war, ohne lange nachzudenken, in einen Zug nach Devon gestiegen, obwohl sie sonst kein impulsiver Mensch war und eher zu Zurückhaltung und Vorsicht neigte.

Wurde man vielleicht mutiger, wenn man erst einen geliebten Menschen verlor und einem dann nur fünf Wochen später der Job gekündigt wurde? Man wurde auf jeden Fall … Lettie nahm einen weiteren tiefen Atemzug und versuchte, die wirren Gedanken, die ihr durch den Kopf schossen, zu fassen. Man fühlte sich haltlos, befand sie: haltlos, verängstigt und traurig. Sehr, sehr traurig.

Tränen füllten ihre Augen, als sie den filigranen Goldschlüssel berührte, den sie an einer Kette um den Hals trug. Sie stand vor dem Haus, in dem Iris aufgewachsen war – aber ohne ihre geliebte Großtante an ihrer Seite.

Wäre Iris hier gewesen, hätte sie genau das Richtige zu Letties Entlassung zu sagen gewusst, dachte sie und hob den Blick zu den kreischenden Möwen. Iris hätte Lettie zum Lachen zu bringen und die Traurigkeit zu lindern gewusst, die Lettie seit Wochen immer wieder überkam. Doch der einzige Mensch, dessen fröhliches Geplapper sie hätte aufmuntern können, war ausgerechnet diejenige Person, deren Tod ihre Traurigkeit erst ausgelöst hatte.

Ein warmer Wind fuhr Lettie durchs Haar, und sie bemühte sich, sich zusammenzureißen. Iris hätte gewollt, dass das Leben weiterging. Letties Familie schien mit dem Tod der alten Dame erheblich besser fertigzuwerden als sie. Ihre Eltern und Geschwister hatten bei der Beerdigung keinen besonders bewegten Eindruck gemacht, während sie selbst nur noch ein schniefendes Wrack gewesen war.

Bei dem Gedanken an ihre Familie warf Lettie einen Blick auf ihr Handy, das sie einige Stunden zuvor stumm geschaltet hatte. Es zeigte vier versäumte Anrufe und jede Menge Textnachrichten von Daisy an, ihrer Schwester. Die letzte Nachricht lautete einfach: *Wo zum Geier steckst du? Sei nicht so eine Dramaqueen und ruf mich zurück.*

Für eine Life-Coach-Praktikantin war Daisy nicht gerade einfühlsam. Lettie schob das Handy zurück in die Tasche, nahm ihren Koffer, trat an die Tür von Driftwood House und klopfte. Während sie abwartete, fiel ihr auf, dass die hölzernen Fensterrahmen und das Ziegeldach im Gegensatz zum makellosen weißen Anstrich der Fassade deutliche Spuren von Verwitterung zeigten. Hier oben auf dem Dach der Welt mussten starke, salzige Seewinde und stürmische Unwetter einem Haus sehr zu schaffen machen.

Lettie schauderte und hatte gerade die Hand gehoben, um noch einmal zu klopfen, als die Tür aufgerissen wurde.

»Da sind Sie ja! Willkommen in Driftwood House! Wie war Ihre Fahrt von London hierher? Kann ja etwas dauern, vor allem, wenn am Taxistand vorm Bahnhof in Exeter schon eine Warteschlange steht. Kommen Sie doch herein.«

Lettie hob angesichts dieses verbalen Ansturms erstaunt die Brauen, während sie in eine sonnendurchflutete Eingangshalle mit schwarz-weißen Fliesen und einer Standuhr in der Ecke trat. Sie hatte sich Pensionswirtinnen immer als Damen im vorgerückten mittleren Alter vorgestellt, aber die Frau, die sie so überschwänglich begrüßt hatte, war wie sie selbst um die dreißig. Das blonde Haar fiel ihr bis auf die Schultern, und sie sah ihre Besucherin mit strahlenden braunen Augen an.

»Willkommen in Driftwood House«, wiederholte die Frau und verzog das Gesicht. »Tut mir leid, ich glaube, das habe ich schon gesagt. Sie müssen Lettie sein. Ich bin Rosie. Mein Name ist Rosie. Darf ich Ihnen den abnehmen?« Sie griff nach dem Koffer und lächelte. »Wow, Sie reisen mit leichtem Gepäck.«

»Ich brauche nicht viel«, antwortete Lettie, doch dann ging ihr auf, dass sie einiges vergessen hatte, darunter ihre Wanderschuhe, Socken und Feuchtigkeitscreme.

Sie hatte es eilig gehabt, aus London fortzukommen. Eigentlich dumm, denn abgesehen von der Trauer und ihrer frischen Arbeitslosigkeit war ihr Leben dort gut. Sie hatte Familie und Freunde, die sie liebten, und wohnte in einem kleinen möblierten Zimmer zur Miete.

Aber in letzter Zeit hatte sie sich immer einsamer gefühlt. Ihre engsten Freunde waren entweder aus London weggezogen oder hatten eine Familie gegründet oder beides. Und jetzt, nachdem auch noch Iris gestorben war, hatte Lettie in schlechten Momenten das Gefühl, ziellos durchs Leben zu treiben.

Automatisch berührte sie wieder den Schlüssel an ihrer Halskette, als sei er ein magischer Talisman, der über alle Antworten verfüge.

»Dann zeige ich Ihnen jetzt Ihr Zimmer«, unterbrach Rosie den Gedankenfluss ihres Gastes. »Soll ich Sie vorher schnell durchs Haus führen?«

»Das wäre schön. Vielen Dank. Es freut mich übrigens, Sie kennenzulernen.«

Rosie schenkte ihr ein breites, strahlendes Lächeln und führte Lettie, den Koffer noch in der Hand, in ein Wohnzimmer, das nach Möbelpolitur roch. Rote Rosen standen in einer

Vase auf dem steinernen Kaminsims, und an den zitronen-gelben Wänden hingen gerahmte Bilder einer wilden Moor-landschaft.

»Sie dürfen diesen Raum jederzeit benutzen«, sagte Rosie und trat ans Fenster, das einen Blick über das Kliff aufs Meer bot. »Im Moment bin ich hier allein, also fühlen Sie sich bitte wie zu Hause.«

»Dann sind wir nur zu zweit? Ich dachte, im Sommer hätten Sie Hochbetrieb.«

»Um ehrlich zu sein, ich habe die Pension gerade erst eröff-net, und Sie sind mein allererster Gast. Das ist meine Ausrede dafür, dass ich es gerade eben mit der Begrüßung so fürchterlich übertrieben habe.«

Als sie die Nase krauszog, grinste Lettie. »Sie haben es nur ein klein wenig übertrieben, und Sie haben mich sehr herzlich empfangen.«

»Na, das ist wenigstens ein Trost. Eigentlich sollten Sie gar nicht mein erster Gast sein. Ein Ehepaar aus Birmingham hätte gestern kommen sollen, aber sie mussten in letzter Minute wegen einer Erkrankung absagen.«

»Wie schade.«

»Es war sehr enttäuschend, daher habe ich mich gefreut, als Sie gestern Abend angerufen und sich erkundigt haben, ob wir ein Zimmer frei hätten. Darf ich fragen, warum Sie sich für Driftwood House entschieden haben?«

»Ich habe im Internet nach dem Haus gesucht, und als ich auf Ihrer Website gelesen habe, dass es in eine Pension verwan-delt worden ist, schien es mir so, als wolle das Schicksal, dass ich hier übernachte.«

»Wieso haben Sie überhaupt nach Driftwood House gesucht?«

»Familiengeschichte.« Lettie sah sich in dem gemütlichen Raum um und stellte sich vor, das Echo von Kinderstimmen aus lang vergangenen Zeiten zu hören. »Es ist so ... Ich bin mir ziemlich sicher, dass meine Großtante Iris und ihr Bruder, mein Großvater, hier aufgewachsen sind.«

»In diesem Haus?« Rosie riss die Augen auf und setzte sich auf den steinernen Fenstersims. »Wirklich? Das ist ja unglaublich. Ich bin auch hier aufgewachsen. Wann hat Ihre Familie denn hier gelebt?«

»Das muss viele Jahre her sein. Iris und ihre Familie sind schon während des Zweiten Weltkriegs aus Devon weggezogen. Und meine Großeltern sind vor meiner Geburt gestorben, aber Iris ist erst vergangenen Monat gestorben.«

Rosies Miene umwölkte sich. »Das tut mir leid. Ich habe auch kürzlich jemanden verloren, der mir nahestand. Es ist hart, nicht? Ist das der Grund, warum Sie hier in Heaven's Cove sind? Wollen Sie sehen, wo Ihre Großtante gelebt hat?«

»Ich schätze schon.« Lettie hielt inne, denn sie wollte die wahren Gründe für sich behalten. »Sie hat mir nie viel von dem Haus erzählt, aber ich möchte gern wissen, wo sie herkam.«

»Ich finde es wunderbar, dass mein allererster Gast eine Verbindung zu diesem schönen alten Haus hat«, erklärte Rosie und sprang vom Fenstersims. »Das klingt wirklich nach Schicksal! Kommen Sie, ich zeige Ihnen den Rest des Hauses. Vieles ist noch genauso wie damals, als Ihre Großtante hier gelebt hat.«

Als Erstes führte sie Lettie in den Wintergarten an der Rückseite des Hauses, von dem man einen weiten Blick auf die Landschaft von Devon hatte.

»Den Wintergarten gab es im Krieg noch nicht, aber er ist eine großartige Ergänzung zum Haus. Man kann fast bis zum Dartmoor sehen«, fügte Rosie hinzu und beschirmte die Augen gegen die Sonne, die durch das salzverkrustete Glas schien. »Die Bilder an den Wänden im Wohnzimmer zeigen auch das Dartmoor. Meine Mum hat sie gemalt.« Ihr Blick verweilte kurz auf einem Foto im Bücherregal, das eine lächelnde Frau mit Sonnenbrille zeigte.

»War es Ihre Mum, die ...? Sie meinten, Sie hätten auch jemanden verloren.« Lettie zögerte, weil befürchtete, etwas Unpassendes zu sagen.

Rosie nickte. »Ja, meine Mum ist Anfang des Jahres gestorben.«

»Das tut mir wirklich leid.«

»Danke. Sie war eine tolle Frau.« Rosie strich sanft über das Foto, dann nahm sie die Schultern zurück. »So. Die nächste Station ist die Küche.«

Lettie folgte ihr in den Flur und stellte sich Iris in jungen Jahren vor, wie sie über die glänzenden Fliesen schritt oder eine Hand über das polierte Treppengeländer gleiten ließ. Vergangenheit und Gegenwart schienen in diesem windgepeitschten Haus sehr dicht beieinander zu liegen.

»Die Küche ist frisch renoviert worden«, berichtete Rosie und öffnete die Tür zu einem großen, sonnigen Raum. »Aber die Keramikspüle und die originalen Fliesen habe ich behalten.«

Nach einem kurzen Gang durch die Küche mit hölzernen Arbeitsplatten und taubengrau gestrichenen Schränken gingen sie eine breite Treppe hinauf, die in einen lichterfüllten Flur führte.

»Hier geht es zu meinem Zimmer und zu vier Gästezimmern, aber ich habe Sie im Dachgeschoss untergebracht, wenn das in Ordnung ist.«

Lettie folgte ihr eine weitere Treppe hinauf zu einem großen Raum direkt unter dem Dach.

»Was für ein schönes Zimmer.« Lettie legte den Koffer aufs Bett und schaute aus dem Dachfenster.

Die Aussicht von hier oben war herrlich. Tief unten lag das Dorf, dessen Cottages sich um die Kirche drängten. Das Meer vor Heaven's Cove hatte die Farbe gewechselt. Am Horizont war es dunkelblau, näher beim Ufer war es von türkis- und moosgrünen Streifen durchzogen.

Rosie strahlte. »Ich bin froh, dass es Ihnen gefällt. Der Dachboden ist gerade erst umgebaut worden, und ich bin ganz begeistert. Im Bad sind Handtücher, und in der Schublade dort liegt ein Föhn.« Sie trat von einem Fuß auf den anderen. »Ich habe früher in einer Frühstückspension in Spanien gearbeitet, aber ich habe noch nie eine eigene Pension geführt, deshalb sagen Sie mir bitte, wenn irgendetwas nicht in Ordnung ist.«

»Es ist alles perfekt«, versicherte Lettie ihr, setzte sich aufs Bett und betrachtete den hellen, angenehm sparsam möblierten Raum. »Vielen Dank.«

»Gut. Dann lasse ich Sie allein, damit Sie auspacken können. Wenn Sie später Lust auf eine Tasse Tee haben, ich bin in der Küche. Im Dorf gibt es viel zu sehen, und an einem Tag wie heute ist der Strand wunderbar, man kann völlig bedenkenlos schwimmen.«

»Ich schwimme nicht«, sagte Lettie schnell und vertrieb den Gedanken an dunkles Wasser und treibende Algen, die sich um ihre Arme und Beine schlangen.

»Vielleicht können Sie stattdessen einfach ein bisschen die Füße ins Wasser tauchen. Die Bucht ist wirklich einen Besuch wert, und das Gleiche gilt für die alte Burg. In der High Street gibt es ein nettes Café, in dem man fantastische Scones mit Erdbeermarmelade bekommt.«

»Ich würde auch gern das Dartmoor besuchen. Iris, meine Großtante, hatte ein Foto aus dem Dartmoor an der Wand hängen, daher denke ich, dass es für sie ein besonderer Ort war.«

»Es ist wirklich eine ganz besondere Landschaft.« Rosie lächelte. »Es ist von hier aus gut mit Bussen erreichbar. Ich suche mal einen Fahrplan für Sie heraus, während Sie sich hier einrichten.«

Nachdem Rosie nach unten gegangen war, packte Lettie ihre Kleider und die Toilettenartikel aus, an die sie gedacht hatte, und legte ihr halb gelesenes Buch – eine umfangreiche

Geschichte Londons – auf den Nachttisch. Dann öffnete sie das Fenster und steckte den Kopf hinaus.

Hatte diese Aussicht Iris in ihrer Kindheit jeden Tag begrüßt – ein weites, ruheloses Meer und ein gewaltiger, hoher Himmel? Der Ausblick, der sich Iris am Ende ihrer Tage geboten hatte, war sehr anders gewesen. Iris' Londoner Wohnung an sich war zwar völlig in Ordnung gewesen, aber der Blick hatte auf ein Gaswerk geführt und immer etwas Deprimierendes gehabt. Ihre Großtante musste sich nach der Landschaft und der frischen Meeresbrise ihrer Jugend gesehnt haben – wenn auch nicht so sehr, dass sie jemals dorthin zurückgekehrt wäre.

Lettie hatte ihr mehrfach angeboten, sie nach Devon zu begleiten, um es ihrer Großtante zu ermöglichen, die Orte ihrer Jugend wiederzusehen. Aber Iris hatte immer abgelehnt und nur selten über ihr Leben hier am Meer gesprochen. Das Foto aus dem Dartmoor an ihrer Wand – ein herrlicher, rauschender Wasserfall – war der einzige Hinweis gewesen, dass sie überhaupt je in Devon gelebt hatte. Wenn Lettie nach Devon oder nach dem Schlüssel an Iris' Halskette gefragt hatte, war ihre Großtante nie darauf eingegangen und hatte schnell das Thema gewechselt.

Iris' Vergangenheit war schon zu ihren Lebzeiten ein Rätsel gewesen. Und jetzt, nach ihrem Tod, erwies es sich als noch rätselhafter. Sich ihre Großtante hier in diesem Haus vorzustellen, als Mädchen oder junge Frau voller Leben, während ihr deren letzte Erdentage noch frisch vor Augen standen – das löste bei Lettie starke, schwer zu verarbeitende Gefühle aus.

Einen geliebten Menschen sterben zu sehen hatte Lettie verändert. Jetzt wusste sie, dass der Tod nicht immer ein sanfter Übergang in die Dunkelheit war. Iris' letzte Augenblicke waren zwar friedlich gewesen, aber Schmerz, Angst und eine Abfolge immer neuer Ärzte an Iris' Krankenbett hatten die Tage davor geprägt.

Lettie war für einige Wochen zu ihrer Großtante gezogen, damit Iris ihre letzten Tage zu Hause verbringen konnte. Und sie war froh, dass sie sich dazu entschlossen hatte, auch wenn der lange, langsame Weg ins Unausweichliche für sie beide eine schwere Zeit gewesen war.

Als Iris dann die Augen für immer geschlossen hatte, war Lettie von verschiedener Seite gesagt worden, es sei das Beste so, denn der Schmerz und das Leiden der alten Frau haben nun ein Ende gefunden. Es müsse eine Erleichterung für sie sein, dass ihre Großtante tot sei. Aber bisher hatte Lettie noch keine Erleichterung verspürt. Sie empfand lediglich eine tiefe Traurigkeit und Anflüge von Panik bei dem Gedanken, Iris nie wiederzusehen. Sie vermisste ihre Großtante schmerzhaft.

Der Schlüssel an ihrem Hals war warm, als sie ihn an die Lippen hob. Hier, in diesem sturmumtosten Haus auf dem Dach der Welt, fühlte sie sich Iris näher. Lettie legte sich auf die weiche Bettdecke, die durchs Fenster einfallende Sonne im Gesicht, und schloss die Augen.

ZWEI

Lettie schreckte aus dem Schlaf hoch und blinzelte heftig. Die Sonne war an ihr hinabgewandert und wärmte ihr mittlerweile die Oberschenkel. Einen Moment lang wähnte sie sich zu Hause in ihrem Zimmer in London, aber das Kreischen der Möwen anstelle des Rumpelns der U-Bahn machte ihr schnell klar, wo sie war. Ein Blick auf die Armbanduhr verriet ihr, dass sie über eine Stunde geschlafen hatte.

»Verdammt«, sagte sie laut und bereute plötzlich ihre überstürzte Flucht aus London. Was hatte sie sich von der Reise nach Heaven's Cove erhofft? Ihre Großtante würde ihr das auch nicht zurückbringen, und sie sollte jetzt besser zu Hause auf Arbeitssuche sein.

Sie setzte sich auf, schwang die Beine aus dem Bett und strich sich das lange, widerspenstige Haar zurecht. Dann ging sie in das angrenzende Bad mit der glänzenden neuen Dusche und putzte sich die Zähne. Der Pfefferminzgeschmack der Zahnpasta weckte ihre Lebensgeister, doch das Gesicht, das sie aus dem Spiegel mit großen haselnussbraunen Augen anblickte, wirkte immer noch verschlafen. Sie blinzelte, fuhr sich noch einmal mit den Fingern durch die ungebärdigen rotbraunen

Locken und gähnte. Seeluft war wirklich nicht sonderlich belebend, befand sie und kehrte in das schöne Dachzimmer zurück. Ihr Handy zeigte weitere versäumte Anrufe an.

Lettie seufzte und hob die Stummschaltung ihres Telefons auf. Sie sollte ihrer Familie kurz durchgeben, wo sie war, bevor dort das große Rätselraten begann.

Aber als das Telefon plötzlich klingelte und Daisys Name auf dem Display erschien, zuckte sie zusammen. Das würde heikel werden. Sie holte tief Luft und tippte auf »Annehmen«.

»Da bist du ja, Lettie! Was ist los? Erst verlässt du gestern bei Mum und Dad fluchtartig das Haus, und dann schickst du in aller Herrgottsfrühe eine Nachricht, dass du in Urlaub fährst, obwohl du heute Abend auf die Kinder aufpassen sollst!«

Lettie schloss leise stöhnend die Augen. Das war das Problem mit der Spontaneität. Sie zog jede Menge Ärger nach sich.

»Also?«, fragte Daisy fordernd. Dann, mit sanfterer Stimme: »Sag etwas! Es geht dir doch gut, oder?«

Lettie zögerte. Wie definierte man »gut«? Sie hatte sich schon seit einer Ewigkeit nicht mehr gut gefühlt.

»Es ist alles in Ordnung«, antwortete Lettie. Es war das, was Daisy hören wollte. »Ich habe nur eine Pause gebraucht.«

»Warum? Du hast keine Kinder, die dich in den Wahnsinn treiben. Und was ist mit der Arbeit?«

»Ich hatte noch Urlaubstage übrig«, log Lettie. Wenn sie die Wahrheit gesagt hätte, wäre Daisy bloß enttäuscht gewesen und hätte ungebetene Ratschläge erteilt, und das wollte sie vermeiden.

Als Starcross übte man über viele Jahre einen soliden Beruf aus, bevor man in Rente ging, so wie ihr Vater es getan hatte, um sich dann endlose Wiederholungen von *Inspector Barnaby* und *Bares für Rares* anzusehen. Und als Starcross verschwendete man keine Gedanken an einen Neuanfang in einem ganz anderen Berufsfeld, der möglicherweise einen hohen Aufwand erforderte, und ganz bestimmt ließ man sich nicht wegen »unangemessenen Benehmens« feuern.

»Also, wo steckst du?«, fragte Daisy scharf. »Spanien, Italien, Griechenland?«

»Ich bin in Devon.«

»Devon? Wieso fährst du nach Devon, wenn du keinerlei Verpflichtungen hast und praktisch überall hinfliegen kannst?«, setzte Daisy ihre Befragung fort, während im Hintergrund zankende Kinder zu hören waren. »Was zum ...? Warte mal kurz. Elsa, gib deinem Bruder bitte die Fernbedienung und beiß ihn nicht immer! Wirklich, ihr zwei stellt meine Geduld heute auf eine harte Probe.« Sie wartete, bis alles still war, bevor sie weitersprach. »Also, warum bist du in Devon? Du hast nichts davon gesagt und solltest eigentlich hier sein. Du weißt, dass ich heute Abend mein wöchentliches Date mit Jason habe und dass du auf die Kinder aufpassen sollst.«

»Tut mir leid, Daisy. Ich fürchte, diesmal kann ich nicht.«

»Was ist mit nächster Woche?«

»Vielleicht«, antwortete Lettie und kam sich – wie so häufig – eher wie Daisys Au-pair-Mädchen und weniger wie ihre Schwester vor.

»Vielleicht? Was ist los? Du fährst nie spontan in Urlaub. Hast du es mit der Angst zu tun bekommen, als Mum versucht hat, dich mit diesem Verkäufer zu verkuppeln?«

»Um ehrlich zu sein, darauf hätte ich gut verzichten können.«

Nicholas, der Sohn einer Arbeitskollegin ihrer Mum, war bei ihrer Familie zum Essen eingeladen gewesen. Für ein Blind Date war er ganz in Ordnung gewesen. Höflich, adrett und er hatte einen guten Job. Genau Letties Typ also – jedenfalls ihrer Familie zufolge. Er sah sogar ein bisschen wie Christopher aus, ihr Ex.

Aber Nicholas hatte über nichts anderes als seine Arbeit als Küchenverkäufer geredet, und er hatte sich von ihrem Job im

Kundendienst eines Klebstoffherstellers nicht besonders beeindruckt gezeigt. Er wäre noch weniger beeindruckt gewesen, wenn sie ihm die Wahrheit gesagt hätte, nämlich dass man ihr gerade gekündigt hatte.

»Mum will doch nur helfen«, sagte Daisy. »Wir alle wollen das, und er hat besser ausgesehen, als ich erwartet hatte. Außerdem hat er einen Beruf und einen Audi. Du darfst nicht so wählerisch sein. Nigel oder wie er hieß, könnte der Mann deiner Träume sein.«

»Das bezweifle ich, und ihr braucht euch wirklich nicht darum zu kümmern, mein Liebesleben auf die Reihe zu kriegen.«

»Oh doch«, schnaubte Daisy.

»Nicholas schien ganz nett zu sein, aber er war etwas langweilig.«

»Langweilig? Was erwartest du vom Leben, Lettie? Leidenschaftliche Liebe und Abenteuer? Sehen wir doch mal den Tatsachen ins Gesicht.«

Oje. Lettie schloss die Augen, bereit für die schwesterliche Attacke.

»Du bist neunundzwanzig Jahre alt, lebst in einer schäbigen Einzimmerwohnung, machst nicht das Beste aus dir und verbringst deine Tage damit, dir Beschwerden anzuhören, dass der Kleber nicht klebt. Du bist selbst auch nicht gerade eine romantische Traumfrau. Das Problem sind diese ganzen alten Bücher, die du liest, und die endlosen Geschichtsausstellungen, die du besuchst. In Gedanken bist du ständig in der Vergangenheit, anstatt dir Zeit für das echte Leben zu nehmen.«

Lettie drehte ihre Geschichte Londons auf dem Nachttisch um, sodass der Titel nicht mehr sichtbar war. »Das ist nicht wahr.«

»Ich weiß, dass nicht jeder so eine tolle Ehe haben kann wie Jason und ich«, fuhr Daisy fort. Sie war jetzt in Fahrt. »Aber du wirst nicht jünger und musst realistisch sein. Also, such dir wie jede normale Frau einen soliden, anständigen Mann, gründe eine Familie und hör auf, Mum und Dad Sorgen zu machen.«

Lettie hoffte aufrichtig, dass Daisy in ihrer Funktion als Life-Coach ihren Klienten gegenüber einen positiveren Ton anschlug. »Es ist nicht meine Absicht, Mum und Dad Sorgen zu bereiten.«

»Vielleicht nicht bewusst, aber unbewusst versuchst du ständig, ihre Aufmerksamkeit zu erregen, weil du das jüngste von drei Kindern bist. Das ist ein klassisches Verhaltensmuster.«

Daisy schien sie voll durchschaut zu haben. Lettie holte tief Luft. »Es tut mir sehr leid, dass ich heute Abend nicht auf die Kinder aufpassen kann, aber Mum könnte vielleicht einspringen, wenn du sie nett darum bittest. Ich werde ...«, sie zögerte und sagte dann aus einem rebellischen Impuls heraus, »... in ein oder zwei Wochen wieder da sein.«

»Zwei?«, jammerte Daisy. »Mum wird nicht zwei Date-Abende übernehmen, und ich hatte gehofft, dass du vielleicht auch nächstes Wochenende auf die Kinder aufpasst, weil Jo dann ihren Vierzigsten feiert. Sie wird am Boden zerstört sein, wenn Jason und ich nicht kommen können.«

»Du wirst sicher eine andere Lösung finden.«

Daisy schnaubte ins Telefon. »Ich werde Mum sagen, was los ist, aber du musst sie selbst anrufen, um dich zu entschuldigen.«

»Wofür? Es ist mein gutes Recht, in Urlaub zu fahren.«

»Entschuldige dich dafür, dass du einfach so verschwunden bist. Das war ein wenig gedankenlos, Letts.«

»Nur weil ich nicht erst jedermanns Erlaubnis eingeholt habe, heißt das nicht, dass ich ... ach, was soll's.«

Lettie wusste, dass diese Auseinandersetzung sinnlos war. In ihrer Familie gab es einen engen Zusammenhalt. Das sagten alle. Sie waren geradezu der Inbegriff einer fürsorglichen und innigen Familie. Aber manchmal konnte das in Einmischung und Einengung umschlagen.

»Also«, sagte Daisy, und Lettie konnte sich gut vorstellen, wie ihre Schwester dabei die Nase rümpfte. »Sag mir Bescheid, wenn du zurückkommst, dann melde ich mich.« Sie hielt für einen Moment inne. »Tut mir leid. Ich will nicht meckern. Natürlich ist es dein Recht, in Urlaub zu fahren, aber bleib nicht zu lange weg, okay?«

Als Daisy aufgelegt hatte, blieb Lettie einen Augenblick lang still sitzen. Wie immer, wenn ihre Familie ihr zu verstehen gab, dass sie sie im Stich ließ, machten ihr Schuldgefühle zu schaffen.

»Ich habe mein eigenes Leben«, sagte sie mürrisch in den leeren Raum hinein. Obwohl es ihr nicht immer so vorkam.

Das war das Problem, wenn man das dritte Kind war – ein Überraschungsbaby, das sieben Jahre nach Daisys Geburt und neun nach der ihres Bruders Ed zur Welt gekommen war. Der Vorsprung ihrer Geschwister hatte viel ausgemacht.

Daisy hatte mit dreiundzwanzig Jahren Jason geheiratet, ihren zweiten Freund, und nun hielten ihre zwei Kinder und ihre Ausbildung zum Life-Coach sie auf Trab. Ed war Schullehrer und mit Fran verheiratet, hatte drei kleine Kinder und lebte in einem Neubau nahe der Londoner Ringautobahn.

Angesichts der beruflichen und privaten Erfolge ihrer Geschwister stachen Letties Ziellosigkeit und ihr hoffnungsloses Liebesleben umso stärker hervor. Und das alles hatte Lettie selbst mehr und mehr in die Rolle der Helferin für die ganze Familie geraten lassen.

Weder Ed noch Daisy hatten Zeit – oder Lust, wie Lettie vermutete –, viel für ihre Eltern zu tun. Sie kamen beide zwar gern sonntags zum Essen, mussten aber jedes Mal schnell wieder weg, wenn ihre Mutter eine bevorstehende Einkaufstour zum Lidl ins Gespräch brachte oder jemanden brauchte, der sie zu einem Krankenhaustermin begleitete.

Lettie war immer eingesprungen, um zu helfen, und das einzige Familienmitglied, das nie etwas von ihr erwartet hatte, war Iris gewesen.

»Du bist viel zu entgegenkommend, und deine Familie nutzt dich aus«, hatte sie Lettie oft getadelt, wenn sie zusammen Tee getrunken hatten. Iris hatte sich in solchen Momenten eine Zigarette angezündet, den Rauch durch das offene Fenster geblasen und Lettie Ratschläge gegeben: »Du musst dich wehren. Sei unabhängig und selbstbewusst und lass dich nicht von anderen beeinflussen. Und denk dran: Wenn es um Männer geht, folge deinem Herzen und gib dich nicht mit dem Zweitbesten zufrieden. Es ist viel besser, allein zu sein, als mit jemandem zusammen zu sein, der nicht gut genug ist.«

Lettie lächelte bei der bittersüßen Erinnerung. Iris hatte ihren eigenen Rat befolgt und nie geheiratet. Tatsächlich hatte sie nie irgendwelche romantischen Bindungen erwähnt.

Auf der Treppe waren Schritte zu hören, dann klopfte es an die Tür.

»Entschuldigen Sie bitte die Störung«, sagte Rosie und steckte den Kopf durch die Tür. »Ich habe gerade eine Kanne Tee gekocht und wollte fragen, ob Sie auch eine Tasse möchten?«

»Das ist wirklich lieb von Ihnen, aber ich bin eingeschlafen und denke, dass ein flotter Spaziergang für mich das Beste wäre, um den Kopf freizubekommen.«

»Das sollte wirken, und Sie haben hier die Qual der Wahl. Sie könnten runter ins Dorf gehen. Es ist so ein schöner Tag, allerdings wird dort alles voller Touristen sein. Sie könnten auch hier oben bleiben und auf dem Kliff bis zum Sorrell Head gehen. Da ist nicht so viel los, und die Aussicht ist herrlich.«

Fünf Minuten später war Lettie auf dem Weg, das Haar zu einem Pferdeschwanz zurückgebunden und ihre kleine Handtasche quer über die Brust gehängt.

Rosie hatte nicht übertrieben. Die Aussicht von hier oben

war wirklich prachtvoll. Die Höhe der Steilküste gab Lettie das Gefühl, praktisch neben den Möwen herzufliegen, die sich vom Aufwind am Rand des Kliffs tragen ließen. Die Menschen tief unten in den gewundenen Gassen des Dorfes sahen aus wie winzige Ameisen, und als sie so nah an den Rand ging, wie sie sich traute, sah sie einen geschwungenen Sandstrand, an den azurblaue Wellen schlugen. Heaven's Cove trug seinen Namen zu Recht.

Lettie ging weiter und spürte, wie der Stress des Tages von ihr abfiel. Sie erreichte eine Landzunge, die ins Meer hineinragte. War das Sorrell Head, von dem Rosie gesprochen hatte?

Eine salzige Brise strich ihr über die erhitzten Wangen, während sie sich vorstellte, wie ihre Großtante als Kind hier gespielt hatte. Sie fragte sich, was sie veranlasst haben mochte, Heaven's Cove zu verlassen und nie mehr zurückzukehren.

Lettie hatte ihre Mutter vor Jahren gefragt, warum Iris immer das Thema wechselte, wenn man auf ihre Kindheit in Devon zu sprechen kam. Ihre Mum, die die direkte Art der Tante ihres Mannes ein wenig missbilligte, hatte die Lippen gespitzt. *Es gab Gerüchte über irgendeinen Streit oder Skandal,* hatte sie gesagt und die Achseln gezuckt. Aber ihre Antwort hatte Iris in Letties Augen nur noch interessanter gemacht.

Lettie setzte sich ins Gras, holte einen Umschlag aus der Tasche und betrachtete die Worte, die darauf standen:

Zu Händen von Miss Iris Starcross, Driftwood House, Heaven's Cove.

Sie hielt den Umschlag fest, damit der Wind ihn nicht fortriss, und zog den kurzen Brief daraus hervor. Das vom Alter vergilbte Blatt Papier war von derselben schwungvollen Hand wie der Umschlag mit schwarzer Tinte beschriftet. Der knappe Text lautete:

Setz dich mit dem Schlüssel zu meinem Herzen dahin, wo ich gesessen habe, mein liebes Mädchen, dann wird alles klar werden.

Was würde klar werden? Lettie hatte die Zeilen so oft gelesen, dass sie sie inzwischen auswendig kannte. Der rätselhafte Brief war sorgfältig im Futter von Iris' Handtasche verstaut gewesen, und Lettie hatte ihn gefunden, als sie die Wohnung ausgeräumt hatte. Er war der wahre Grund, warum sie jetzt hier war, in einem malerischen Dorf am Meer und weit weg von zu Hause.

Sie hatte überlegt, ihre Eltern auf den Brief anzusprechen, sich aber dagegen entschieden – sie fand ihn zu persönlich, um mit anderen darüber zu sprechen, und in ihrer Familie hatte sich ohnehin niemand außer ihr selbst jemals besonders für Iris' Leben interessiert.

Lettie schaute seufzend auf das Meer hinaus. Bunte Fischerboote hoben und senkten sich mit den Wellen, die in der Sonne wie Diamanten funkelten. Es war wirklich schön hier, fern von dem ständigen Trubel Londons, und Lettie fühlte sich schon ruhiger.

Sie wusste, was sie wollte. Sie würde für ein oder zwei Wochen in Driftwood House bleiben, sich in dieser Zeit erholen und entspannen und die Gelegenheit nutzen, um mehr über Iris' Leben in diesem kleinen Dorf zu erfahren.

Vielleicht würde ihr das mehr über den goldenen Schlüssel und den geheimnisvollen Brief offenbaren. Möglicherweise konnte sie ihrer Großtante auch den letzten Wunsch erfüllen, den sie Lettie zugeflüstert hatte, als sie ihr den zarten Schlüssel überreicht hatte: *Finde es für mich heraus, mein liebes Mädchen.*

DREI

Keine fünfzehn Minuten, nachdem Lettie die Kliffstiege hinabgegangen war, bog sie in ein weiteres schmales Sträßchen ein und stellte fest, dass sie sich bereits am Dorfrand befand. Vor ihr erhoben sich die verfallenen, mit Efeu überwucherten Mauern einer Burgruine. Heaven's Cove war wirklich winzig. Es hätte in eine kleine Ecke Londons gepasst und wäre im allgemeinen Trubel untergegangen.

Lettie betrachtete die Cottages, von denen einige weiß getüncht und andere aus attraktivem Naturstein gebaut waren. Manche hatten Strohdächer und kleine Vorgärten mit bunten Gerberas und Sonnenblumen. Sie selbst hatte nie eine andere Heimat als London gekannt, hegte aber keinerlei Zweifel, dass es für Kinder wunderbar sein musste, hier aufzuwachsen. Es gab enge Gassen und Pfade, die man erkunden konnte, und um die Ortschaft herum weit und breit nichts als Landschaft und Meer.

Letties eigene Beziehung zur See und ihren trüben Tiefen war kompliziert. Sie würde nie wieder einen Fuß ins Meer setzen, aber sie hatte kein Problem damit, es zu betrachten. Das

Glitzern der Sonne auf den weißgekrönten Wellen munterte sie immer auf.

Sie beschloss, sich den Dorfstrand anzusehen. Die Burgruine war zwar faszinierend, konnte aber noch einen Tag warten.

Während sie sich an den Touristen vorbeischlängelte, die von einem Souvenirladen in den nächsten strömten, versperrte ihr plötzlich eine stämmige Frau den Weg.

»Guten Tag. Ich bin Belinda Kellscroft, Vorsitzende des Gemeinderats und des Spendenkomitees für den Gemeindesaal.«

»Guten Tag«, antwortete Lettie und hatte das Gefühl, vor ihrer alten Schuldirektorin zu stehen. Beide Frauen hatten die gleiche Vorliebe für graue Dauerwellen, Hosen mit Gummizug und bequeme Sandalen.

»Soweit ich weiß, wohnen Sie in Driftwood House. Wie ich höre, sind Sie Rosies erster Gast.«

»Das ist richtig. Ich bin heute Morgen eingetroffen.«

»Ich habe den Finger am Puls der Lokalnachrichten, und meiner Aufmerksamkeit entgeht fast nichts. Machen Sie hier Urlaub oder sind Sie geschäftlich in Heaven's Cove?«

Lettie zog angesichts des forschen Tons und der Neugier der Frau eine Augenbraue hoch. »Ich mache hier hauptsächlich Ferien.«

»Hauptsächlich? Was haben Sie denn noch vor?«

Lettie zögerte. Belinda hatte etwas Aufdringliches an sich, das unangenehm war, aber es Lettie gleichzeitig schwer machte, ihr keine richtige Antwort zu geben. »Ich betreibe ein wenig Familienforschung.«

»Stammt Ihre Familie von hier?«, hakte Belinda nach, und ihre kleinen braunen Augen leuchteten auf.

»Ich glaube, ja.«

»Wie war der Name?«

»Starcross.«

Belinda dachte kurz nach. »Das ist ein auffälliger Name, aber ich kenne hier niemanden, der so heißt. Haben Sie Dokumente oder andere Hinweise, die einen Anhaltspunkt geben?«

»Ich weiß, dass Verwandte von mir während des Zweiten Weltkrieges in Driftwood House gelebt haben.«

»Und jetzt sind Sie dort abgestiegen?« Belinda klatschte vor Freude in die Hände. »Ach, der Lauf der Dinge. Er ist uns allen ein Rätsel.«

»Kann man so sagen«, pflichtete Lettie ihr.

»Also, was wissen Sie sonst noch über das Leben Ihrer Verwandten in unserem wunderbaren Dorf?«

Ich weiß, dass es Streit gegeben hat, vielleicht sogar einen Skandal, dachte Lettie und schob den zierlichen Schlüssel unter den Ausschnitt ihres T-Shirts.

»Rein gar nichts«, antwortete sie mit fester Stimme, denn sie beabsichtigte nicht, dieser neugierigen Frau Familienklatsch oder den Inhalt von Iris' rätselhaftem Brief anzuvertrauen, auch wenn sie ihr möglicherweise helfen konnte.

»Das ist etwas wenig ... Oh!« Belinda gab einem älteren Mann, der an einem kleinen Lebensmittelladen vorbeiging, wilde Handzeichen, um auf sich aufmerksam zu machen. »Claude! Hier drüben! Auf ein Wort? Claude!«

Der Mann, dem sie zuwinkte, ging weiter, als hätte er Belindas durchdringende Stimme nicht gehört. Er war eigenartig, fand Lettie. Groß und schlaksig, mit langem grauem Haar, das ihm über die Schultern fiel, und einem buschigen Bart. Sein dunkelblauer Pullover war ausgeleiert und hatte Löcher an den Schultern.

»Also wirklich«, schnaubte Belinda. »Er mag keine Fremden, aber es ist nicht nötig, unhöflich zu sein.« Als Lettie eine Braue hochzog, machte Belinda seltsame beschwichtigende Handbewegungen. »Sie mögen zwar eine Fremde sein, meine Liebe, aber Sie sind trotzdem herzlich willkommen in Heaven's

Cove. Wo wären wir ohne die Touristen, die unsere Wirtschaft ankurbeln? Claude ist einfach ein bisschen … altmodisch.«

»Meinen Sie, er könnte etwas über die Familie Starcross wissen?«

»Wenn einer etwas weiß, dann Claude. Er ist der inoffizielle Archivar von Heaven's Cove und hat einen Keller voller alter Dokumente und Zeitungsausschnitte, die seine Familie im Laufe der Jahre gesammelt hat. Ich sage ihm ständig, dass er sie an einem sicheren Ort unterbringen soll, aber er hört nicht auf mich oder irgendwen sonst.«

Sie schnalzte leise missbilligend mit der Zunge, während Lettie versuchte, ihre Aufregung zu verbergen. Der Gedanke an einen Keller voller alter, staubiger Dokumente ließ sie innerlich jubeln. Daisy hatte recht damit, dass Lettie in ihren Gedanken häufig mit der Vergangenheit beschäftigt war – manchmal erwies sich das als willkommene Flucht aus der Gegenwart. Das Archiv bot vielleicht eine Möglichkeit, mehr über Iris' Leben in Erfahrung zu bringen.

»Wo kann ich Claude finden? Er wohnt wahrscheinlich im Dorf?«

»Ja, aber es wäre nicht ratsam, ihn zu Hause aufzusuchen. Er hat unerwarteten Besuch nicht gern, selbst wenn es sich um Menschen handelt, die er seit Jahren kennt, und er würde Sie niemals durch die Tür seines Cottages lassen. Das ist auch gut so. Er war nie verheiratet und ist ein typischer Junggeselle, der sein Haus verkommen lässt, nach allem, was man hört. Es wird immer schlimmer, je älter er wird, und er ist zu stolz, um Hilfe anzunehmen. Erst letzten Monat hat der Gemeinderat ihm angeboten …«

»Wo könnte ich ihn denn sonst finden?«, unterbrach Lettie sie. Sie wollte nicht unhöflich sein, aber der Klatsch war ihr unangenehm.

»Er war sein Leben lang Fischer und fährt immer noch aufs

Meer hinaus, wenn er kann. Er ist ein alter Seebär, und seine Erfahrung ist sehr gefragt. Aber er ist oft im Pub anzutreffen.«

Lettie war an einem Pub vorbeigekommen – einem weißen, strohgedeckten Haus, das über und über mit bunten Blumenampeln behängt war.

»Meinen Sie The Smugglers?«

»The Smugglers Haunt, ja.«

»Das Haus wirkt sehr alt.«

»Es ist im sechzehnten Jahrhundert erbaut und früher als Lager für Schmuggelware genutzt worden.« Belinda beugte sich dicht zu ihr vor. »Fred, der Wirt, kauft große Mengen Zigaretten, wenn er ins Ausland fährt, und verkauft sie unter der Ladentheke an seine Gäste, unter anderem an Claude. Vermutlich hält er damit die Tradition des Hauses als Umschlagplatz von Schmuggelware hoch.« Sie stieß ein kehliges Kichern aus. »Außerdem trinkt Fred zu viel, und seine Frau ist genauso schlimm, aber fairerweise muss man sagen, dass sie ihren Pub gut führen. Sie konnten keine Kinder bekommen – polyzystische Ovarien in Verbindung mit einer geringen Spermienzahl –, daher widmen sie sich ganz ihrer Arbeit.«

Lettie hob erstaunt eine Braue und war wirklich froh, dass sie Belinda nicht zu viel erzählt hatte, da es sich wahrscheinlich bis zum Tee im ganzen Dorf herumgesprochen hätte.

»Dann werde ich versuchen, Claude im Pub zu erwischen. Vielen Dank für Ihre Hilfe. Es hat mich gefreut, Sie kennenzulernen.«

»Woher kommen Sie?«

»Aus London.«

»Ah, das habe ich mir bei Ihrem Akzent schon gedacht. Und welcher Arbeit gehen Sie nach?«

Gar keiner, dachte Lettie, und verspürte einen Anflug von Sorge. Ihre Ersparnisse würden nur für zwei Monate reichen, und was sollte sie dann tun?

»Ach, dies und das. Im Moment bin ich auf dem Weg zum Strand«, sagte Lettie, um endlich von Belinda wegzukommen.

»Sie und jeder andere Tourist in diesem Teil von Devon«, brummte Belinda, zeigte aber hinter die Burgruine. »Gehen Sie da lang und folgen Sie dem Weg. Er führt an Liams Farm auf der rechten Seite vorbei, so können Sie die Bucht nicht verfehlen. Sie kennen doch Rosie, die Driftwood House führt? Wussten Sie, dass sie und Liam ...« Sie brach ab und winkte einer jungen Frau in einem knallroten Hoodie zu, die ein kleines Mädchen an der Hand führte. »Ich muss unbedingt mit Nessa sprechen, daher werde ich mich jetzt von Ihnen verabschieden, Miss Starcross.«

Zu dumm. Lettie hätte gern mehr über Rosie und Liam erfahren. Aber Belinda marschierte zu Nessa hinüber, die, wie Lettie bemerkte, mit gesenktem Kopf davonzueilen schien. Vielleicht war auch Claude vor Belinda geflohen und nicht einer »Fremden« aus dem Weg gegangen.

Lettie beschloss, Claude später aufzusuchen. Inzwischen war sie viel optimistischer, was ihre Mission, die Geheimnisse ihrer Großtante zu enthüllen, anging. Aber in diesem Augenblick wollte sie sich einfach nur entspannen und das schöne Dorf genießen.

Zehn Minuten später hatte Lettie den Strand fast erreicht. Der Weg dorthin war schmal, und auf dem Grasstreifen daneben parkte ein Auto neben dem anderen. Sie kam an einer Farm mit einem hübschen Bauernhaus vorbei und konnte schon die Wellen gegen die Küstenfelsen schlagen hören. Das Rauschen und Anbranden des Meeres ließ sie unwillkürlich die Schultern anspannen, aber sie atmete tief durch und versuchte, das vertraute Aufwallen von Panik zu ignorieren.

Bleib ruhig. Atme weiter. Es ist lange her.

Hinter der nächsten Biegung des Wegs öffnete sich der Strand vor ihr. Er war von Menschen übersät und hatte die gleiche rötliche Färbung wie die Felsen, die über ihm aufragten.

Die kleine Bucht bildete einen perfekten Halbkreis, und sanfte Wellen mit weißen Schaumkronen brachen sich auf dem Sand. Kinder rannten ins Wasser hinein und wieder hinaus, während ihre Eltern in Badesachen am Spülsaum standen und sie beobachteten.

Die ganze Szenerie unter dem klaren Himmel und am hellblauen Meer hätte sich gut als Werbefoto für exotische Reiseziele geeignet. Devon war wirklich atemberaubend, fand Lettie und ließ sich so weit wie möglich vom Wasser entfernt im Sand nieder. Neben ihr planschten Kinder in den kleinen Wassertümpeln zwischen den Felsen, und Hunde tollten am Strand herum.

Lettie hielt sich eine Hand über die Augen und richtete den Blick auf eine Gestalt im Meer, die mit sicheren Zügen durch das tiefe Wasser kraulte. Es war ein Mann, und sein dunkles Haar war über dem Wasser gerade noch sichtbar. Er war weiter draußen als alle anderen im Wasser und brauchte niemandem auszuweichen. Er schien in seinem Element zu sein, ein geübter Schwimmer. Lettie beobachtete ihn für eine Weile dabei, wie er seine Bahnen zog, dann rollte sie ihren dünnen Pullover zusammen, legte sich im Sand auf den Rücken und schob sich den Pullover unter den Kopf.

Das Dröhnen eines Leichtflugzeugs lullte sie in den Schlaf, und sie nickte ein, während die Rufe der Kinder langsam aus ihrer Wahrnehmung schwanden. Sie sah Iris vor sich, wie sie als Kind an diesem Strand in die Brandung watete und die Pfützen mit einem Netz nach Krabben absuchte – neunzig Jahre bevor ihr Leben in einer kleinen Wohnung in einer lauten Stadt zu Ende gehen sollte.

Lettie verdrängte den Gedanken an Iris' Tod und malte sich stattdessen aus, wie viel Spaß sie gehabt hätte, wenn ihre Großtante mit ihr als Kind hierhergefahren wäre. Es hätte ihr besser gefallen als der jährliche Familienurlaub an der Küste von Essex.

Daisy und Ed liebten die Spielhallen und die Fish-'n'-Chips-Läden, aber ihr war der Hauch der Geschichte lieber, der überall in diesem kleinen Dorf zu spüren war: die jahrhundertealten Cottages mit ihren ausgetretenen Türschwellen, die Ruine einer prächtigen Burg, die einst Lords und Ladys beherbergt hatte, und die schmalen, gewundenen Gassen mit altem Kopfsteinpflaster.

Plötzlich kehrten ihre Gedanken zurück zu jenem schicksalhaften Ausflug nach Essex, als sie acht Jahre alt gewesen war. Daisy und Ed hatten am Strand Fußball gespielt, und ihre Eltern hatten gelesen. Aber Iris, die sie aus einer Laune heraus mitgenommen hatten, hatte Lettie im Auge behalten, während sie im Wasser geplanscht hatte. Und es war Iris gewesen, die sie hatte fallen und untergehen sehen.

Lettie hatte verzweifelt versucht, sich aufzurichten, aber auf dem trügerischen Sand keinen festen Halt gefunden. Sie war von den Wellen hin und her geworfen worden und hatte es nicht geschafft, wieder hochzukommen.

Wieder verspürte Lettie ein Aufwallen von Panik und ein Engegefühl in der Brust, und sie zwang sich, tief durchzuatmen. Luft, nicht Wasser, füllte ihre Lunge, als sie einen Atemzug nach dem anderen tat, und langsam beruhigte sie sich, während die Sonne ihr die Haut wärmte.

Es ist lange her, sagte sie sich erneut und schloss die Augen. Ich bin auf dem Trockenen. Mir kann nichts passieren, wiederholte sie in Gedanken ein ums andere Mal, während sie wieder einnickte.

VIER

Lettie war sich nicht sicher, wie lange sie geschlafen hatte. Iris'
Tod und der Schock ihrer Kündigung schienen ihr alle Kraft
geraubt zu haben, und ihr fielen bei jeder Gelegenheit die
Augen zu. Aber als sie plötzlich mit eiskaltem Wasser bespritzte
wurde, war sie mit einem Schlag wach.

»He.« Sie richtete sich etwas benommen auf einen Ellbogen
auf und musste sich erst zurechtfinden. »Passen Sie doch auf.
Sie machen ja alles nass.«

»Das hier ist ein Strand«, erklang eine tiefe, hämische
Stimme. »Und Sie liegen sehr dicht neben meinem Handtuch,
obwohl hier noch jede Menge Platz ist.«

Sie spähte zu dem Mann empor, der nass glänzend über ihr
stand. Es war der Schwimmer, den sie zuvor beobachtet hatte.
Als er sein Handtuch vom Boden aufhob, bekam sie Sand ins
Gesicht.

»Pfui.« Sie wischte sich grobe Sandkörner mit dem Handrücken von den Lippen.

»Tut mir leid«, murmelte er und machte es damit fast
wieder gut – nur um es dann restlos zu ruinieren: »Wenn Sie

nicht ein Stück zurückrutschen, bekommen Sie noch mehr Sand ab.«

Er war auf düstere, grimmige Art gut aussehend, bemerkte Lettie. Sie wandte den Blick von seinen Bauchmuskeln ab.

»Vielleicht könnten Sie ein Stück zur Seite gehen, während Sie sich abtrocknen?«

»Dann würde ich in der Pfütze hier stehen, und das möchte ich nicht.«

Der Mann blickte weiter finster drein, während Lettie ein bisschen zurückrutschte. Sein zerklüftetes Gesicht war zwar ausgesprochen attraktiv, aber er hatte null Manieren.

»Machen Sie Urlaub?«, fragte sie, um die angespannte Stimmung zu verbessern.

Der Mann rubbelte sich mit dem Handtuch das Haar ab, bevor er antwortete. »Ich wohne hier. Sie sind eine Touristin, nehme ich an.«

Er sprach das Wort »Touristin« aus, als mache sie die Tatsache, dass sie hier zu Besuch war, zu einer Bürgerin zweiter Klasse, und Lettie zuckte zusammen. Neben Claude war er nun schon der zweite Einheimische, der keine Fremden mochte.

»Ich besuche für einige Tage Heaven's Cove, um Ahnenforschung zu betreiben. Meine Familie hat früher hier gelebt.«

Warum hatte sie das gesagt? Sie entschuldigte sich praktisch dafür, dass sie es gewagt hatte, einen Fuß ins Dorf zu setzen.

»Jemand, den ich vielleicht kenne?«, fragte er und nahm ein weißes T-Shirt aus seinem kleinen Rucksack.

»Das bezweifele ich. Es war vor langer Zeit. Übrigens«, fügte Lettie hinzu, immer noch gekränkt durch den Ton des Mannes und mit Belindas Worten im Ohr, »würde Heaven's Cove ohne die Touristen, die es jedes Jahr anzieht, wirtschaftlich vermutlich am Boden liegen.«

Der Mann musterte Lettie kühl, während Wasser von

seinem Körper auf den Sand tropfte. »Vermutlich, aber da ich meinen Lebensunterhalt als Fischer verdiene, betrifft der Tourismus mich nicht.«

Lettie sah ihn auf einem Fischerboot vor sich, wie er mit seinen kräftigen Muskeln einem heftigen Sturm trotzte. Vielleicht war er so an die dünne silberne Narbe an seiner Seite gekommen, die sich bis an seinen unteren Brustkorb zog. Lettie wandte den Blick ab, als ihr bewusst wurde, dass sie ihn angestarrt hatte.

»Wo wohnen Sie?«, fragte der Mann.

»In Driftwood House, oben auf dem Hügel.«

Der Mann nickte. »Sie sind einer von Rosies ersten Gästen, nicht wahr?«

»Das stimmt.«

»Von da oben können Sie auf das Dorf hinabschauen.«

Wollte er andeuten, dass sie ein Snob war, oder brachte seine borstige Art sie lediglich dazu, alles zu hinterfragen, was er sagte? Lettie stand auf und schüttelte vorsichtig den Sand ab. »So gern ich mich weiter mit Ihnen unterhalten würde – ich sollte Sie wohl doch besser allein lassen, damit Sie sich abtrocknen können.« Sie band sich den Pullover um die Schultern und spürte, wie ihr kleine Steinchen den Rücken hinunterrieselten. »Schönen Tag noch.«

Dann ging sie davon, so schnell es ihr auf dem weichen Sand, der ihr bei jedem Schritt durch die Zehen quoll, möglich war.

Als Lettie zur Pension zurückkam, jätete Rosie hinter dem Wintergarten Unkraut. Sie schaute von dem Lavendeltopf auf, mit dem sie gerade beschäftigt war, und wischte sich mit dem Handrücken über die Stirn.

»Hallo. Hat Ihnen die Dorfbesichtigung gefallen?«

»Ja, danke. Es ist sehr alt und malerisch, und der Strand ist fantastisch.«

»Ist er nicht schön? Ich habe früher in Spanien an der Küste gelebt, und unsere Bucht kann mit den Stränden dort durchaus mithalten.«

»Was haben Sie in Spanien gemacht?«

»In einer Frühstückspension gearbeitet, Apartments verkauft, dies und das. Ich habe einige Jahre im Ausland verbracht und bin zurückgekehrt, als meine Mum dieses Jahr gestorben ist, und dann bin ich geblieben.« Sie wirkte nicht unglücklich darüber, ihr Leben in Heaven's Cove wieder aufgenommen zu haben.

»Ich habe ein paar Einheimische kennengelernt, als ich mir das Dorf angesehen habe.«

»Wirklich? Wen denn?«

»Zuerst eine Frau namens Belinda.«

»Ah.« Rosie hockte sich auf die Fersen. »Sie kann ziemlich anstrengend sein. Hat sie sich benommen?«

Lettie grinste. »Sie war wirklich anstrengend, aber nett. Sie meinte, ein Mann namens Claude könnte vielleicht etwas über meine Familie wissen, und über die Zeit, als sie hier gelebt hat.«

»Gut möglich«, sagte Rosie zögernd, »aber er ist nicht ...« Sie hielt inne und wählte ihre nächsten Worte mit Bedacht. »Es ist nicht immer ganz einfach, mit ihm zu reden.«

»Wohnt er schon lange hier?«

»Sein ganzes Leben, glaube ich.«

»Belinda hat gesagt, er hätte ein Archiv mit historischen Dokumenten.«

»Anscheinend ja, obwohl ich es noch nie gesehen habe. Seine Mutter hatte eine gewisse Sammelwut, was Informationen betraf, und Claude hat nach ihrem Tod weitergemacht.«

»Zeigt er die Sachen denn niemandem?«

Rosie zuckte die Achseln. »Soweit ich weiß, nein.«

»Ich habe überlegt, zu ihm zu gehen ...« Lettie bemerkte

Rosies Gesichtsausdruck und biss sich auf die Lippe. »Oder ich schaue, ob er vielleicht im Pub ist?«

»Das wäre die bessere Idee. Claude schützt seine Privatsphäre und kann etwas ... schroff sein, wenn man an seine Tür klopft.«

»Das hat Belinda auch gesagt.« Claude einen Besuch abzustatten verlor zunehmend an Reiz. Lettie trat zurück, als Rosie aufstand und die Schultern kreisen ließ. »Am Strand habe ich noch jemanden kennengelernt, einen Mann, der im Meer geschwommen ist. Er war nicht gerade freundlich.«

Rosie runzelte die Stirn. »Wie sah er aus?«

»Groß, dunkle Haare, ähm ...« Lettie verstummte und hielt sich davon ab, »gut aussehend« hinzuzufügen. Diese Genugtuung wollte sie ihm nicht gönnen. »Er meinte, er sei Fischer, und er war etwas unhöflich, um ehrlich zu sein. Er hatte hier eine Narbe.« Sie fuhr mit einem Finger über ihre Seite.

»Oh, das wird Corey gewesen sein. Er kann etwas bissig sein, wenn er mit Grockles spricht, und er hat im Moment viel um die Ohren.«

»Grock-was?«

Rosie grinste. »Grockles. So nennt man in Devon die Touristen. Beachten Sie Corey einfach nicht weiter. Er hat ein gutes Herz. Er kümmert sich um seine Großmutter, die oben am Dorfausgang wohnt.«

»Wirklich?« Das ließ tatsächlich auf ein gutes Herz schließen. Lettie korrigierte ihre Meinung über Corey von unausstehlich zu unangenehm. »Was ist mit seinen Eltern?«

»Seine Mum ist vor ein paar Jahren weggezogen, um näher bei seiner Schwester zu sein, die einen behinderten Sohn hat.« Rosies Mundwinkel zuckten in die Höhe. »Wenn Sie Belinda fragen, wird sie Ihnen alles darüber erzählen.«

»Darauf möchte ich wetten.«

»Und sein Dad ist gestorben, als Corey noch klein war.«

»Das ist traurig.«

»Ja, das war es. Ich war damals noch ein Kind, aber ich erinnere mich an die Bestürzung im Dorf.« Sie wischte sich die Erde von den Händen. »Aber das ist lange her. Möchten Sie eine Tasse Tee? Ich scheine mich nur davon zu ernähren.«

»Das wäre schön, wenn Sie nicht zu viel zu tun haben.«

»Die Gartenarbeit kann warten, und meine Knie bringen mich um.«

Lettie folgte Rosie ist Haus und fühlte sich nach ihrer unerfreulichen Begegnung mit Corey schon besser. Sie würde während ihres Aufenthalts im Dorf versuchen, ihm nach Möglichkeit aus dem Weg zu gehen.

Der Einzige, den sie wirklich wiedersehen wollte, war Claude mit seinem Schatz alter Zeitungsausschnitte aus Heaven's Cove. Wahrscheinlich würde sie durch ihn zwar nicht erfahren, was Iris mit ihrem geflüsterten Wunsch *Finde es für mich heraus, mein liebes Mädchen* gemeint hatte oder ob diese letzten Worte wirklich mit dem rätselhaften Brief zusammenhingen, der in ihrer Handtasche versteckt gewesen war. Aber so viel wie möglich über Iris und deren Familie herauszufinden, wäre schon ein guter Anfang.

FÜNF

Im Pub war es voll und mit der niedrigen Balkendecke an einem lauen Abend wie diesem sehr heiß, aber die Schankstube hatte Charme. Lettie bahnte sich einen Weg zur Theke, lehnte sich dagegen und wartete darauf, dass der Barkeeper sie bemerkte.

Die Steinmauern des Pubs atmeten Geschichte. Lettie stellte sich die Menschen vor, die im Laufe der Jahrhunderte hier gesessen und von ihrem Freud und Leid erzählt hatten. Sie hatten zu viel getrunken, sich gestritten, sich verliebt.

Die Wände waren so dick, dass manche Gäste auf bunten Kissen auf den breiten Fenstersimsen saßen. Andere scharten sich um dunkle Holztische vor dem großen Kamin, dessen Feuerstelle durch jahrhundertelange Nutzung schwarz geworden war. Eine offene Hintertür gab den Blick auf einen ummauerten Garten frei, der ebenfalls bis auf den letzten Platz besetzt zu sein schien. Lettie vermutete, dass einige der Gäste – diejenigen mit glühendem Sonnenbrand im Gesicht – Touristen waren, hörte aber auch überall ringsum den weichen Akzent der Bewohner Devons.

Die Atmosphäre war ganz anders als in ihrem Londoner

Lokal, einem hell erleuchteten Gastropub mit Hintergrundmusik und Personal aus der ganzen Welt, das bei Tisch bediente. Hier hingen Zaumzeugbeschläge an den Wänden, und die Theke war hart umkämpft.

Nachdem Lettie endlich bedient worden war, drehte sie eine Runde durch den Pub und hielt Ausschau nach Claude, aber er war nirgendwo zu sehen. Während sie sich so durch die Menge schob, verärgerte sie bloß einige Leute und trat einem armen Spaniel auf den Schwanz. Also gab sie es irgendwann auf und suchte nach einem Platz. Der einzige freie Stuhl stand an einem kleinen Zweiertisch, wo ein junger blonder Mann mit einem Glas Bier in der Hand saß. Wartete er auf jemanden? Dem offenen Laptop nach nicht, daher drängte Lettie sich in seine Richtung.

Als sie den Tisch erreichte, schaute er auf, lächelte aber nicht.

»Ist hier noch frei?«, fragte Lettie.

»Ja.« Er richtete den Blick wieder auf den Bildschirm des Laptops, während Lettie sich mit ihrem Gin Tonic auf den Stuhl gleiten ließ. Sie holte ihre Geschichte Londons aus der Tasche und las einen Abschnitt darüber, wie die keltische Königin Boudicca London niedergebrannt hatte. Beim Lesen warf sie ihrem Gegenüber verstohlene Blicke zu. Dessen leichte karamellfarbene Bräune kam durch ein makellos weißes T-Shirt gut zur Geltung. Lettie beobachtete seine tippenden Finger und bemerkte den goldenen Siegelring und die eckig geschnittenen Fingernägel.

Ein IT-Berater, entschied sie. Oder jemand aus der Finanzwelt. Er sah aus wie ein Buchhalter mit seinem kurzen, ordentlichen Haar und dem glatt rasierten Gesicht. Er war attraktiv und wusste das wahrscheinlich auch.

Plötzlich piepte Letties Handy. Es war eine WhatsApp-Nachricht von Kelly.

Was zum Teufel machst du in Devon? Heimliches Liebeswo-
chenende?

Lettie lächelte. Sie und Kelly waren seit der Schule unzer-
trennlich gewesen, bis Kelly geheiratet und eine entzückende
kleine Tochter namens Matilda bekommen hatte. Seitdem
hatten Lettie und Kelly sich voneinander entfernt. Sie
verstanden sich zwar immer noch gut, und Lettie passte
manchmal auf Matilda auf, damit Kelly und Adam abends
ausgehen konnten, aber ihre Freundschaft hatte sich verändert.
Kelly hatte ein neues Leben begonnen, während das von Lettie
im Wesentlichen unverändert geblieben war – sie arbeitete
(jetzt allerdings nicht mehr), wehrte die Verkupplungsversuche
ihrer Mutter ab und fungierte als unbezahltes Kindermädchen
für Daisy.

Leider nicht. Ich gönne mir einen Kurzurlaub, bevor ich mich
in die Jobsuche stürze.

Als ihr Handy fast sofort darauf erneut piepte, schaute der
Mann von seinem Laptop auf und warf ihr einen verärgerten
Blick zu.

Hast du deiner Mum und deinem Dad schon gesagt, dass du
deinen Job verloren hast?

Noch nicht, antwortete Lettie und stellte ihr Handy stumm.
Sie werden ausrasten.

Nicht, wenn du ihnen erzählst, was wirklich passiert ist,
schrieb Kelly auf der Stelle zurück. *Ich glaube eh nicht, dass sie*
dich dafür legal rauswerfen können.

Kelly kannte ihre Familie wirklich nicht sehr gut. Wenn
Lettie zu Hause wissen ließ, dass man sie – nach relativ kurzer
Zeit – hinausgeworfen hatte, weil sie unhöflich zu einem

Kunden gewesen war, würde das eine große Enttäuschung sein. Um ehrlich zu sein, konnte sie selbst nicht glauben, wie sie sich benommen hatte. Es war total untypisch für sie, genau wie ihre fluchtartige Reise nach Devon, um ein altes Rätsel zu lösen, das wahrscheinlich nur in ihrer Einbildung existierte.

In letzter Zeit fragte sie sich manchmal, ob sie nicht einen kleinen Zusammenbruch hatte.

Ich habe den Job eh gehasst, aber ich brauche etwas anderes, um die Rechnungen zu bezahlen, schoss sie zurück, und Kelly antwortete sofort.

Wenn es zu eng wird, könntest du vielleicht für eine Weile wieder zu deinen Eltern ziehen.

Lettie hatte diese Möglichkeit nicht einmal in Erwägung gezogen. Wenn sie wieder bei ihren Eltern einzog – ihre Mutter würde begeistert sein –, würden deren wohlmeinenden Einmischungen sie in den Wahnsinn treiben. Und es würde sich noch schwerer vermeiden lassen, von ihren Geschwistern als »Helferin« für ihre Eltern eingespannt zu werden. Während sie gegen ihre Panik ankämpfte, kam eine letzte Nachricht von Kelly.

Irgendetwas wird sich schon ergeben. Muss Schluss machen, weil Tilly heute Abend einfach nicht zur Ruhe kommt. Sie treibt mich in den Wahnsinn. Hör auf mich und SCHAFF DIR BLOSS KEINE KINDER AN! X

Die Gefahr besteht wohl nicht, dachte Lettie. Sie lehnte sich zurück und fragte sich, ob die Suche nach einem neuen Job im Kundendienst ihr den Abend verderben würde.

Zumindest hatte sie bei der Stelle, die sie gerade verloren hatte, Gelegenheit gehabt, zu lesen. In der Zeit zwischen den Telefonaten hatte sie im Internet gesurft, Berichte über historische Persönlichkeiten gelesen und sich über die Geschichtsausstellungen informiert, die sie als Nächstes besuchen wollte. In vielen Londoner Museen winkten die Aufseher ihr zur Begrüßung zu, wenn sie sie sahen, weil sie dort so viel Zeit verbrachte.

Aber jetzt brauchte sie etwas Neues.

Mit einem Blick auf den Mann gegenüber, der klappernd auf seine Tastatur einhieb, tippte sie in ihr Handy »Stellenangebote Kundendienst, London« ein und klickte auf einen der ersten Treffer.

Werden Sie Mitglied in unserem Dream-Team und heben Sie Ihre Ambitionen auf ein neues Level. Tauchen Sie ein in die Welt landwirtschaftlicher Lebensmittel und sorgen Sie dafür, dass unsere geschätzten Kunden den bestmöglichen Service erhalten.

Landwirtschaftliche Lebensmittel? Das klang mindestens genauso langweilig wie Klebstoff. Lettie seufzte, steckte das Handy weg und griff wieder nach ihrem Buch. Die Jobsuche konnte warten, aber Boudiccas Plünderung Londons wurde langsam interessant.

Sie hatte erst zwei Seiten gelesen, als die Atmosphäre im Pub sich veränderte. Eine Gruppe von Männern hatte sich vor dem Kamin versammelt, und die Gespräche ringsum verstummten, als sie plötzlich zu singen begannen. Letties Tischgenosse zog eine Braue hoch, tippte aber weiter, während die Stimmen das betagte Gebäude erfüllten.

Es war ein altes Lied, das vom Leben auf See erzählte und von leeren Mägen, wenn es keinen Fang gab. Lettie lächelte, gebannt von der Atmosphäre. Dieses Lied wurde sicher schon seit Generationen in diesem Pub gesungen. Die Musik hatte etwas Ergreifendes, vor allem die tiefe Solostimme, die die Strophen sang. Es war eine klare und starke Männerstimme.

Die anderen, jeder ein Bierglas in der Hand, fielen in den Refrain ein. Dann sang der Mann eine weitere Solostrophe. Als er sich beim Singen umdrehte, erkannte Lettie ihn wieder. Es war Corey vom Strand. Seine Augen waren geschlossen, während seine Stimme durch den Raum drang, und Lettie musste zugeben, dass er für einen so unangenehmen Mann eine sehr angenehme Stimme hatte.

Er trug Jeans und ein weißes Hemd. Sein dunkles Haar fiel ihm auf den Kragen und weckte in Lettie den Wunsch, es fortzustreichen. Sie beobachtete ihn immer noch, als er plötzlich die Augen öffnete und sie direkt ansah.

Sie wandte instinktiv den Blick ab und richtete ihn auf ihr Buch. Als das Lied endete und ein anderes begann, vermied sie es, ihn anzusehen.

»Oh, Herrgott noch mal«, sagte ihr Gegenüber laut. Er knallte seinen Laptop zu, schob den Stuhl zurück und ging zur Theke.

Einige Lieder später war der Auftritt zu Letties großer Enttäuschung zu Ende. Es war beruhigend gewesen, den alten Liedern zu lauschen. Sie widmete sich wieder ihrem Telefon, auf dem gerade eine Nachricht von Daisy eingetroffen war.

Der Date-Abend ist eine Katastrophe. Mum hat uns früh aus dem Pub zurückgeholt, weil die Kinder nicht ins Bett wollten.

Oje. Noch mehr Kinder mit Schlafproblemen. Wollte sie Lettie ein schlechtes Gewissen einreden? Daisy war früher eine Meisterin darin gewesen, Lettie Schuldgefühle zu vermitteln. Sie dachte gerade über ihre Antwort nach, als ein Schatten über den Tisch fiel. Lächelnd schaute sie auf, um ihrem schlecht gelaunten Gegenüber ein fröhliches Gesicht zu zeigen, aber als sie sah, dass es Corey war, sanken ihre Mundwinkel herab.

»Wollten Sie was?«, fragte er barsch.

Sie verschränkte die Arme und schaute ihn an. »Was meinen Sie damit? Ich habe mir die Lieder angehört.«

»Sie haben mich angestarrt.«

»So wie der halbe Pub, weil Sie gesungen haben.«

Corey musterte sie einen Augenblick, dann zuckte er die Achseln. »Ja, na gut.«

»Sind Sie immer so unfreundlich zu Besuchern von Heaven's Cove?«, fragte Lettie, die sich irritierenderweise nervös fühlte.

»Kommt darauf an, warum sie hierherkommen. Sie arbeiten vermutlich mit Simon zusammen.«

Er deutete mit dem Kopf auf den freien Stuhl auf der anderen Seite des Tisches.

»Stellen Sie immer Vermutungen über wildfremde Menschen an?«

Lettie wusste, dass das unhöflich klang, aber sie hatte jetzt schon die Nase voll von Corey. Wenn viele Einheimische so waren wie er, war es kein Wunder, dass Iris und ihre Familie Heaven's Cove verlassen hatten und nicht zurückgekehrt waren.

Der Mann gegenüber, der mutmaßliche Simon, tauchte plötzlich mit einem neuen Bier wieder auf und ließ sich auf seinen Stuhl gleiten.

»Belästigen Sie diese Dame, Corey?«, fragte er gleichmütig, nippte am Glas und wischte sich Schaum von der Oberlippe.

»Belästigung ist wohl eher Ihr Stil, Simon.«

»Ich würde es nicht als Belästigung bezeichnen, wenn ich meiner normalen Arbeit nachgehe.«

»Ich schon.«

Die beiden Männer durchbohrten einander mit Blicken, während Lettie versuchte, sich einen Reim auf ihr Verhalten zu machen. Als das Blickduell andauerte, ergriff Lettie das Wort. Der Testosteronspiegel war jenseits von Gut und Böse.

»Hier wird niemand belästigt. Ich trinke hier nur in Ruhe einen Gin und suche Claude aus dem Dorf, aber ohne Erfolg.«

»Corey hat wahrscheinlich sein ganzes Leben in dem kleinen Dorf hier verbracht, daher kann er Ihnen vielleicht helfen, diesen Claude aufzuspüren«, schlug Simon mit einem Grinsen vor.

Corey zog die Augen zusammen, die von einem so dunklen Braun waren, dass sie fast schwarz wirkten. »Was wollen Sie von ihm? Er besitzt nichts als zwei baufällige Cottages.«

»Jetzt machen Sie aber mal halblang!« Simon hob die Hände. »Nicht ich suche nach dem guten Herrn, sondern die junge Dame hier.«

»Das ist richtig. Belinda hat mir erzählt, er sei ein Experte, was die Vergangenheit des Dorfes betrifft. Ich ... würde gern historische Nachforschungen über Heaven's Cove anstellen.«

»Warum?«, fragte Corey und wandte sich ihr zu.

»Meine Familie hat früher hier gelebt, und ich dachte, dass Claude vielleicht Informationen über sie hat.«

»Gut möglich. Vorausgesetzt das ist wirklich, worauf Sie hier aus sind.« Corey warf einen Blick auf Letties Buch und runzelte die Stirn, als versuche er, sie zu durchschauen.

»Natürlich ist es das.«

Simon lächelte. »Hören Sie, Corey, wenn das alles ist, sollten Sie hier nicht weiter das fünfte Rad am Wagen spielen, während diese junge Dame und ich ein vertrautes Tête-à-Tête haben.«

Wie bitte? Simon hatte sie ignoriert, seit sie sich hingesetzt hatte, und jetzt stellte er es so dar, als hätten sie ein Date. Aber zumindest schaffte ihr das Corey vom Hals.

Er zuckte die Achseln. »Claude kommt heute nicht. Er ist weiter unten an der Küste auf Nachtfang. Einer Crew dort ist letzte Woche ein festes Besatzungsmitglied über Bord gegangen und wird für eine Weile ausfallen.«

Stimmte das, oder sagte Corey es nur der Dramatik wegen? Es war schwer zu entscheiden.

»Wissen Sie, wo ich ihn finden könnte?«, fragte Lettie.

»Das kann Ihnen jeder sagen. Er wohnt im Lobster Pot

Cottage am Hafen. Aber er wird Ihnen nicht dafür danken, wenn Sie vorbeischauen.«

»Das habe ich registriert. Vielen Dank für Ihre Hilfe.« Lettie bemühte sich um einen gelassenen und erwachsenen Ton, aber ihre Worte klangen sarkastisch. Simon grinste, und Röte schoss Corey in die Wangen. »Was ich meinte, ist ...«

»Ich weiß genau, was Sie meinen. Viel Glück mit Claude, und noch einen angenehmen Abend zusammen.«

Also, das klang nun wirklich sarkastisch. Simon stieß einen leisen Pfiff aus, als Corey zu seinen Freunden an die Theke zurückkehrte. »Der Kerl ist wirklich ein Charmeur.«

»Sie kennen ihn?«

»Leider ja. Wie viele Leute von hier ist er im Mittelalter stecken geblieben und immun gegen den Fortschritt.« Er beugte sich über den Tisch und zeigte seine strahlend weißen Zähne, als er sie mit einem unheimlichen Lächeln bedachte. »Da sitzen wir hier und unterhalten uns, und ich kenne nicht einmal Ihren Namen.«

»Ich heiße Lettie.«

»Und ich bin Simon, wie Sie inzwischen ja wissen. Also, erzählen Sie mir mehr darüber, woher Sie Mr Corey Allford kennen. Sie klingen nicht so, als kämen Sie hier aus der Gegend.«

»Tue ich auch nicht. Ich lebe in London.«

»Ich auch, und ehrlich gesagt kann ich es gar nicht erwarten, dorthin zurückzukehren. Ich arbeite seit einigen Tagen hier, und so wie es aussieht, werde ich wohl noch etwas länger im Dorf festsitzen.«

»Was machen Sie beruflich?«

»Ich bin Immobilien-Entrepreneur«, verkündete er hochtrabend.

»Was heißt das?«

»Es heißt, dass ich Bauland für neue Häuser und Geschäfte suche und kaufe.«

»Will Heaven's Cove wachsen?«

»Das hoffe ich doch. Die Gegend bietet erstklassige Möglichkeiten, finden Sie nicht?«

»Kann sein.«

Lettie war nicht überzeugt. Sie wusste, dass Fortschritt unvermeidbar war, aber der altmodische Charme von Heaven's Cove hatte sie bereits in seinen Bann gezogen. Das Dorf war noch so, wie Iris es vor achtzig Jahren gekannt haben musste. Es war wie ein lebendiges Museum, eine Erinnerung an eine Lebensweise, die immer mehr verschwand.

»Also, aus welchem Teil Londons kommen Sie, Lettie?«, fragte Simon mit dröhnender Stimme, um den Stimmenlärm ringsum zu übertönen. »Leben Sie vielleicht zufällig in der Nähe von meinem Revier, der Kensington High Street?«

»Ich wohne etwas weiter außerhalb«, sagte Lettie und drückte sich absichtlich ungenau aus. Ihr möbliertes Zimmer in einem ehemaligen Sozialbau mit Friedhofsblick unterschied sich wahrscheinlich stark von Simons Wohnung. Sie stellte ihn sich in einem eleganten Bau aus der Zeit Edwards VII. vor, der auf einen begrünten Platz hinausging. »Konzentriert sich Ihre Arbeit auf Devon?«

»Gott, nein. Meine Firma schickt mich kreuz und quer durchs Land, um Grundstücke in Premiumgebieten zu kaufen.«

»Und Heaven's Cove ist ein Premiumgebiet?«

»Unbedingt. Haben Sie die Landschaft und die Aussichten hier gesehen? Viele Menschen sehnen sich danach, an solche Orte zu fliehen. Ich kann das nicht nachvollziehen. Ich bin eher ein Stadtmensch, und manche der Einheimischen hier sind völlig bekloppt.« Er lehnte sich auf dem Stuhl zurück und schenkte ihr seine volle Aufmerksamkeit. »Aber verraten Sie mir, warum Sie hier sind, Lettie.«

»In Heaven's Cove?«

»Ja, und ganz allein in diesem Pub mit einem langweiligen Buch. Haben Sie das wirklich ernst gemeint, was Sie zu Corey gesagt haben, dass Sie mehr über die Geschichte von Heaven's Cove erfahren wollen? Sind Sie nicht mit Freunden oder Verwandten hier?«

»Nein, ich bin allein. Und im Pub bin ich, weil ich Claude suche ... und in Heaven's Cove, weil ich mehr über meine Großtante herausfinden will, die vor langer Zeit hier gelebt hat.«

»Was sagten Sie, woher Sie unseren charmanten Mr Allford kennen?«

»Im Grunde kenne ich ihn überhaupt nicht«, antwortete Lettie. Sie hatte sich schon gedacht, dass Simon sich nicht besonders für ihre Suche interessieren würde, aber sie wunderte sich trotzdem, dass das Gespräch so schnell wieder zum Thema Corey zurückgekehrt war. »Ich bin ihm heute Nachmittag am Strand begegnet.«

»Sie Ärmste. Was halten Sie von ihm?«

Warum fragte er das? »Ich kenne ihn eigentlich gar nicht, aber er ist ziemlich ... ungehobelt.«

Simon lachte. »Sie sagen ungehobelt, ich sage strohdumm.« Er beugte sich plötzlich über den Tisch. »Wissen Sie, wer Ihnen vielleicht etwas über Ihre Großtante erzählen könnte? Mrs Allford, Coreys Großmutter. Sie ist steinalt und wird vermutlich bald ein Pflegefall werden. Ich habe ihr einen guten Deal für ein Stück Land angeboten, das sie besitzt, aber Corey versucht, sie vom Verkauf abzubringen, damit sie das Geld nicht für ein teures Pflegeheim verpulvert. Er ist scharf auf das Erbe, wenn die alte Dame das Zeitliche segnet.«

»Wirklich? Das wäre ja furchtbar, wenn das stimmt.«

»Ja, aber so ist es.« Simon wischte sich ein Staubkörnchen von der Schulter. »Also, wenn Sie Gelegenheit haben, mit ihr zu reden, könnten Sie vielleicht erwähnen, dass Sie mich kennen und dass ich absolut vertrauenswürdig bin.«

»Ich kenne Sie doch kaum.«

»Noch nicht, aber in der Provinz müssen wir Londoner

zusammenhalten.« Er lehnte sich auf dem Stuhl zurück und sah sie an, bis sie sich verlegen wieder ihrem Buch zuwandte.

Simon trank von seinem Bier und verzog das Gesicht. »Großer Gott.«

Lettie schaute wieder von Boudicca auf. »Schmeckt's nicht?«

»Es ist etwas gewöhnungsbedürftig. Es stammt aus einer hiesigen Brauerei und nennt sich Fischers Pilz oder so.« Als Lettie kicherte, lächelte er. »Haben Sie von der Veranstaltung morgen gehört?«

Lettie schüttelte den Kopf, und er zog eine Braue hoch. »Dann dürfen Sie sich freuen, denn morgen ist Dorffest, die einzige aufregende Abwechslung, die die Leute hier das ganze Jahr über bekommen.«

Lettie sah sich um und wünschte, Simon würde etwas leiser reden.

»Wo findet es statt?«

»Auf dem Dorfanger, neben der Burgruine. Um halb drei fängt es an. Ich schätze, es wird Moriskentänzer geben, Apfeltauchen und das eine oder andere Jungfrauenopfer. Dort könnten Sie übrigens auch Claude oder Coreys Großmutter finden.«

»Ja, gut möglich. Danke. Ich werde es dort mal versuchen.«

Simon nickte, wandte sich wieder seinem Laptop zu und schenkte Lettie während der nächsten zehn Minuten keine Beachtung.

Da sie das Gefühl hatte, entlassen worden zu sein, leerte sie ihr Glas, sah sich ein letztes Mal nach Claude um und verließ den Pub. Es war noch nicht spät, aber sie konnte nicht aufhören zu gähnen. Man sollte Seeluft in Flaschen füllen und als Schlafmittel verwenden.

Draußen vor dem Pub war es kühler und frischer und roch stark nach Salz. Noch immer schlenderten Touristen in Shorts durch die Straßen, aber als Lettie den Dorfrand erreichte und die Kliffstiege hinaufging, begegneten ihr nur noch wenige. Die Steinblöcke am Pfad wirkten finster im schwindenden Tageslicht, doch der aufgehende Vollmond warf einen silbernen Strahl über das dunkle Meer. Während Lettie den Weg hinaufstapfte, hatte sie das dumpfe Dröhnen der Wellen im Ohr, die gegen die Felsen donnerten – das gleiche Dröhnen, das Iris als Kind oft gehört haben musste.

Oben auf dem Kliff stand Driftwood House. Bernsteinfarbenes Lampenlicht fiel aus den Fenstern im Erdgeschoss. Ein böiger Wind fuhr durch die Topfpflanzen und wirbelte um das Haus. Lettie stellte sich vor, wie eine jüngere Iris darauf wartete, sie zu begrüßen, doch es stand niemand in der Eingangshalle, als sie die Haustür öffnete und hineinging. Iris war für immer fort, doch das Rätsel ihrer letzten Worte und der goldene Schlüssel an Letties Hals waren geblieben.

SECHS

Lettie las mit zusammengekniffenen Augen in dem Reiseführer, den Rosie ihr am Morgen geliehen hatte, und wünschte, sie hätte daran gedacht, die Sonnenbrille mitzunehmen. Die Sonne wirkte hier greller als in Nordlondon, vor allem wenn sich das Licht auf dem Meer spiegelte. Sie beschirmte die Augen mit der Hand und las, dass die Burg von Heaven's Cove im zwölften Jahrhundert erbaut worden war, um die Küste gegen Eindringlinge zu verteidigen.

Vor achthundert Jahren mochte sie ihren Zweck erfüllt haben, aber heute waren nur verfallene Mauern und der grasbewachsene Burggraben geblieben. Lettie blieb für einen Moment stehen und ließ die Atmosphäre auf sich wirken, während sie sich vorstellte, in einem langen Gewand an dem wassergefüllten Graben zu der Zugbrücke zu gehen, die es hier einst gegeben haben musste. Die Vergangenheit schien hier zum Greifen nahe zu sein.

Die Schreie eines aufgeregten Kindes, das über den weiten Rasen lief, holte Lettie in die Gegenwart zurück. Überall gab es mit bunten Wimpeln geschmückte Stände, und ein kreisförmig gespanntes Absperrseil diente dazu, einen großen Bereich des

Geländes freizuhalten – obwohl er gerade voller Männer war, die weiße Kniebundhosen, grüne Hüte und Stöcke trugen. Moriskentänzer. In dieser Hinsicht hatte Simon recht gehabt.

Lettie ging über den Festplatz und hielt Ausschau nach Claude. Rosie hatte ihr seinen Nachnamen genannt, und als sie ihn gegoogelt hatte, war sie auf sein Foto in der Lokalzeitung gestoßen. Aufgenommen vor drei Jahren, zeigte es ihn und andere Fischer, die einen Delfin aus ihren Netzen befreit hatten.

Nach dem flüchtigen Blick auf der Straße hatte Lettie nun ein richtiges Foto von ihm. Er sah aus wie der Inbegriff eines alten Fischers aus Devon – wettergegerbtes Gesicht, grau gesträhnter Bart und eine Wollmütze auf dem Kopf, obwohl das Foto im Hochsommer aufgenommen worden war. Er wirkte auf dem Bild ziemlich grimmig, aber er und Coreys Großmutter waren die Einzigen, die ihr bei der Suche nach Informationen über Iris helfen konnten – und bei der Frage, ob der Schlüssel überhaupt etwas öffnete.

Lettie schlenderte an den Ständen vorbei, die Honig aus der Region oder Schmuck verkauften oder Kindern die Möglichkeit boten, Entenangeln oder Hau den Maulwurf zu spielen. Trotz Simons Bedenken stellte sie fest, dass sie sich gut amüsierte. Dieses Fest musste seit Jahrhunderten im Dorf stattfinden, und sie liebte alte Traditionen.

Hinter dem Apfeltauchen-Stand entdeckte Lettie Rosie an der Grabbelsack-Bude und wurde herangewunken.

»Hallo, Lettie, kommen Sie her. Ich möchte Ihnen Liam vorstellen, meinen Freund.«

Ihre Augen strahlten, als sie Lettie mit dem gut aussehenden Mann an ihrer Seite bekannt machte. Liam hatte den Arm um Rosies Taille gelegt, und Lettie beneidete sie um ihr Glück. Sie hatte zwar Belindas Geschichte über Liams und Rosies Beziehung verpasst, aber die beiden schienen sehr verliebt zu sein.

»Und, was halten Sie von unserem Fest?«, fragte Liam und reichte einem kleinen Kind, das ihm ein Siegerlos gegeben hatte, eine Plüscheule. »Nicht gerade der Notting Hill Carnival, oder?«

»Es ist ein winziges bisschen kleiner, aber es ist sehr schön, und es ist traditionell.«

»Ich erinnere mich noch, wie es früher war«, erzählte Rosie. »Meine Mum hat für den Kunsthandwerksstand immer Traumfänger und mit Muscheln beklebte Töpfe gemacht. Sie war wirklich kreativ.«

Als sie plötzlich abbrach, legte Liam ihr den Arm um die Schultern.

»Es muss schwer sein, dass Ihre Mum dieses Jahr nicht hier ist«, bemerkte Lettie.

»Ja, aber Ihnen geht es sicher genauso. Ohne Ihre Großtante wird alles seltsam für Sie sein.«

»Ja. Iris hat immer an mich geglaubt und mich unterstützt. Sie hat mich geliebt, egal was geschah.« Lettie schluckte hörbar. »Ihre Wohnung aufzulösen war das Schlimmste. Die ganze Zeit über dachte ich, dass sie gleich durch die Tür kommen und mit mir schimpfen würde, weil ich in ihren Sachen gewühlt habe – nicht, dass sie viel hinterlassen hätte.«

»Wie das?«, fragte Rosie, während sie sich über den Stand beugte und Lettie tröstend die Hand tätschelte.

»Vor ein paar Jahren hat sie bei einem Wohnungsbrand all ihre Papiere und Familienfotos und andere kostbare Dinge verloren.«

Alles, bis auf den Schlüssel, den sie immer am Hals trug, und den Brief, der im Futter ihrer Handtasche gesteckt hatte und keinen Sinn ergab.

»Das muss ja schrecklich für sie gewesen sein. Wissen Sie, was den Brand verursacht hat?«

»Anscheinend war es ein technischer Defekt.«

»Zumindest ist sie unversehrt geblieben.«

»Mhm.«

Lettie nickte und dachte daran, dass es nach dem Feuer mit Iris' Gesundheit steil bergab gegangen war. Alle hatten gesagt, es sei der Schock, aber vielleicht war unter den verlorenen Fotos auch ein Bild des Mannes gewesen, der den geheimnisvollen Brief geschrieben hatte. Ein Bild des Mannes – oder der Frau. Vielleicht war das der »Skandal«, von dem ihre Mum vor so langer Zeit Gerüchte gehört hatte.

»Haben Sie Claude gefunden?«, fragte Rosie.

»Noch nicht, aber ich hoffe, ihn hier zu sehen. Wie kommt es, dass Sie den Stand mit dem Grabbelsack betreuen?«

»Belinda hat uns zwangsrekrutiert.« Liam grinste. »Wenn man vom Teufel spricht.«

»Miss Starcross«, dröhnte eine laute Stimme hinter ihr. »Ist es Ihnen gelungen, Claude aufzuspüren?«

Als Lettie sich umdrehte, stand Belinda hinter ihr. »Noch nicht, nein.«

Belindas goldene Armreifen klimperten, als sie mit der Hand wedelte. »Es ist schwer, ihn zu fassen zu kriegen, und wie ich schon sagte, mag er Leute, die nicht von hier sind, nicht besonders. Es hat eine Ewigkeit gedauert, bis er sich an mich gewöhnt hat, und ich bin in Devon geboren und aufgewachsen! Ich bin vor über zwanzig Jahren von Exeter hierher ins Dorf gezogen.«

»Es ist so ...« Lettie zögerte, ob sie die neugierige Belinda noch mehr in ihre Angelegenheiten hineinziehen sollte. »Man hat mir gesagt, dass Corey Allfords Großmutter vielleicht eine gute Ansprechpartnerin wäre.«

»Florence? Ja, das ist eine sehr gute Idee. Sie lebt schon seit Ewigkeiten hier, seit ihrer Geburt, glaube ich, und sie muss auf die neunzig zugehen. Sie haben Glück, denn sie ist viel höflicher als Claude, und außerdem ist sie hier auf dem Fest. Ich habe sie vorhin in der Burgruine gesehen. Wenn Sie sich beeilen, erwischen Sie sie vielleicht noch.«

»Danke, Belinda.« Lettie lächelte, froh über die Hilfe der älteren Frau. »Das ist sehr nett von Ihnen.«

»Gern geschehen. Und viel Glück bei der Suche nach Claude. Ich habe ihn als Helfer beim Aufräumen nach dem Whist-Turnier nächsten Samstag im Gemeindesaal eingetragen, aber manchmal denke ich, er geht mir aus dem Weg.«

Liam riss die Augen auf, und Lettie biss sich auf die Lippe, um nicht zu kichern.

Belinda, die Liams Mimik nicht bemerkte, sprach weiter: »Ach, und da ist Fiona. Wo wir gerade von dem Turnier reden ... Sie soll für das Essen sorgen. Sie ist diesmal an der Reihe damit, aber sie ist fast genauso schwer zu fassen wie Claude.«

Mit diesen Worten eilte sie davon.

»Meine Güte, sie ist eine echte Powerfrau, nicht?«

»Immer.« Rosie lächelte. »Aber sie macht ihre Sache gut, und das Dorf würde ohne sie wahrscheinlich zusammenbrechen. Florence ist ein guter Tipp, um mehr über Ihre Großtante in Erfahrung zu bringen. Sie ist eine zierliche Frau mit dichtem weißen Haar und benutzt manchmal einen Gehstock. Sie können Sie nicht verfehlen.«

Ermutigt von Belindas Beteuerung, Florence sei höflicher als Claude, ging Lettie über die Holzbrücke, die sich über den Graben spannte, und trat zwischen die Mauerreste eines einstigen großen Saals. Ihre Fantasie lief auf Hochtouren, und sie stellte sich heldenhafte Ritter in Rüstungen und Damen in eleganten Gewändern vor, wie sie sich an kalten Winterabenden um die Feuerstelle scharten.

Wenn Mauern reden könnten. Lettie strich über den Stein und verspürte einen Schauer. Der Hauch der Geschichte durchwehte diesen Saal ohne Dach, der jetzt schutzlos den Elementen ausgesetzt war. Hatte Iris es auch gespürt, wenn sie als Kind hier gespielt hatte?

Der Lärm des Festes war hier nur gedämpft zu vernehmen.

Lettie hob ein Lutscherpapier auf, das in eine Ecke geweht worden war, und steckte es ein. Es wirkte an einem so historischen Ort fehl am Platz.

»Die Besucher lassen überall ihren Müll herumliegen und verschandeln Heaven's Cove. Es ist schön zu sehen, dass Sie mehr Rücksicht auf die Umwelt nehmen.«

Als Lettie sich umdrehte, sah sie eine alte Frau mit weißem Haarschopf, die sich auf einen Gehstock stützte und sie beobachtete. Lettie hätte sie für ein Gespenst aus vergangenen Tagen gehalten, hätte sie nicht eine Hose und ein Armband mit Notrufknopf getragen. Die Frau war klein und rundlich und wirkte recht zerbrechlich – das Gegenteil der großen, schlanken Iris.

»Guten Tag. Sind Sie Florence Allford?«

Die Frau legte den Kopf schräg und sah Lettie neugierig an. Ihre Augen waren von einem so hellen Grau, dass sie fast farblos waren. »Die bin ich. Kenne ich Sie? Irgendwie kommen Sie mir bekannt vor.«

»Verzeihen Sie bitte, wenn ich Sie störe. Wir sind uns noch nicht begegnet, aber man hat mir gesagt, dass Sie mir vielleicht bei meiner Familienforschung helfen können. Belinda meinte, Sie würden schon Ihr ganzes Leben hier wohnen.«

»Ach, redet Belinda jetzt über mich?« Die Frau lächelte. »Wie wär's, wenn wir uns setzen und Sie mir sagen, was genau Sie wissen wollen?«

Lettie folgte Florence zu einem niedrigen Mauerstück. Die alte Frau nahm darauf Platz, legte die Hände auf den Griff ihres Stocks und stützte ihr Kinn darauf ab. »Erzählen Sie mir mehr.«

»Meine Familie hat vor langer Zeit hier gelebt, und ich versuche, mehr über sie in Erfahrung zu bringen.«

»Wirklich? Wie hieß ...«

Plötzlich dröhnte eine Männerstimme durch die Ruine des Saals. »Was machen Sie da? Hören Sie auf, mit ihr zu reden.«

Lettie schaute erschrocken auf und stöhnte, als sie Corey auf sich zueilen sah. Das war das Problem mit kleinen Dörfern: Ständig traf man Leute, denen man eigentlich aus dem Weg gehen wollte.

Als Corey sie erreichte, trat er schützend neben die alte Frau. Über den dunklen Bartstoppeln an seinem Kinn stieg Röte in seine Wangen.

»Wie können Sie es wagen, meiner Gran aufzulauern? Wir haben Ihnen und Ihrem Kollegen bereits gesagt, dass wir kein Interesse haben.«

Lettie nahm flüchtig wahr, dass Corey in engen Jeans und einem schwarzen Sweatshirt ziemlich heiß aussah, bevor Ärger sie erfasste.

»Simon ist nicht mein Kollege«, erklärte sie gereizt.

»Das behaupten Sie, aber Sie haben gestern Abend mit ihm zusammengesessen, und jetzt sind Sie hier bei meiner Großmutter. Ich weiß, was Sie im Schilde führen.«

»Ich führe überhaupt nichts im Schilde.«

»Ist Ihnen denn nicht klar, dass der Mann sich nicht korrekt verhält? Er ist ein Betrüger.«

»Beruhige dich, Corey.« Florence legte ihm beschwichtigend die Hand auf den Arm, dann richtete sie das Wort an Lettie. »Ich fürchte, mein Enkel hat da etwas falsch verstanden. Diese junge Dame ist nicht hier, um über Land zu reden, Corey. Sie möchte etwas über die Geschichte ihrer Familie wissen.«

»Das behauptet sie.«

»Das behaupte ich? Warum sind Sie so misstrauisch, und überhaupt, warum sollte ich über meine Familie lügen?«

»Sagen Sie es mir.«

»Das tue ich. Sie liegen vollkommen falsch, was mich betrifft.«

Die Röte in Coreys Wangen verschwand, und er holte tief

Luft. »Wollen Sie mir etwa erzählen, dass Sie nicht mit Simon zusammenarbeiten?«

»Ich arbeite bestimmt nicht mit Simon zusammen. Ich bin im Kundenservice für ... jedenfalls habe ich früher da gearbeitet.« Lettie schüttelte den Kopf. »Mein Job spielt keine Rolle. Tatsache ist, dass ich mehr über meine Familie herausfinden will, die hier früher gewohnt hat, und Si... man hat mir gesagt, Ihre Großmutter könne mir vielleicht helfen, einige Fragen zu klären, da sie schon so lange hier lebt.«

»Ich verstehe.« Corey scharrte mit dem Stiefel über den Boden, entschuldigte sich jedoch nicht. Noch immer stand ihm Misstrauen ins Gesicht geschrieben.

Florence schnalzte missbilligend mit der Zunge, klopfte Corey aber liebevoll auf den Arm. »Hören Sie nicht auf meinen Enkelsohn. Er ist ein guter Junge und passt immer auf mich auf, Miss ... wie hießen Sie noch gleich?«

»Lettie.«

»Was für ein hübscher Name.«

»Es ist die Abkürzung für Violet. Alle Frauen in meiner Familie sind nach Blumen benannt – meine Schwester heißt Daisy, und meine beiden Tanten mütterlicherseits waren Alyssa und Hyacinth. Es ist eine Tradition.«

Florence' Lächeln verschwand. »Tatsächlich? Und wie lautet Ihr Nachname?«

»Starcross. Ich bin Lettie Starcross, und ich versuche, mehr über meine Großtante herauszufinden, die, wenig überraschend, ebenfalls nach einer Blume benannt war.«

»Nach welcher Blume?«, flüsterte Florence, fast ohne die Lippen zu bewegen.

»Iris.«

Lettie lächelte, aber Florence' Gesicht war erstarrt. Langsam stemmte sie sich an ihrem Stock hoch. »Ich habe Ihnen nichts zu sagen«, erklärte sie kalt.

Auch Lettie stand auf, bestürzt über die plötzliche Veränderung im Verhalten der alten Frau.

»Ich werde auch nicht viel von Ihrer Zeit beanspruchen«, sagte sie. »Ich habe mich nur gefragt, ob Sie sich an meine Großtante und ihre Familie erinnern. Sie haben früher in Driftwood House gelebt, wo ich zurzeit wohne. Soweit ich weiß, haben sie Heaven's Cove gegen Ende des Zweiten Weltkriegs verlassen.«

»Corey, bring mich nach Hause.« Florence ergriff die Hand ihres Enkels. »Ich muss jetzt nach Hause gehen, und Sie ...« In ihrem funkelnden Blick lag eine solche Feindseligkeit, dass Lettie einen Schritt zurücktrat. »Halten Sie sich von mir fern. Ich muss jetzt gehen, Corey.«

»Natürlich, Gran.« Er legte liebevoll den Arm um sie und führte sie davon. Bevor er verschwand, warf er Lettie über die Schulter einen fragenden Blick zu.

»Es tut mir leid. Ich wollte Sie nicht verärgern«, rief Lettie.

Aber Florence und Corey waren bereits fort.

»Was zum Teufel?«

Lettie ließ sich wieder auf die niedrige Mauer sinken. Ein Windstoß wirbelte in dem verfallenen Saal Staub auf und ließ ihn tanzen. Was um alles in der Welt hatte das zu bedeuten?

Ihre Mum dachte, Iris habe Heaven's Cove wegen eines Streits oder Skandals verlassen. Aber was konnte so schlimm gewesen sein, dass es noch fünfundsiebzig Jahre später eine alte Dame aus dem Dorf derart aus der Fassung brachte? Lettie blieb noch etwas sitzen, hörte dem Kreischen der Kinder zu, die sich auf dem Fest vergnügten, und fragte sich, was sie wohl über die Familie Starcross erfahren würde.

SIEBEN

CLAUDE

Das kleine Lobster Pot Cottage stand eingezwängt zwischen zwei größeren Cottages, als sei es nachträglich in die Lücke gequetscht worden. Es war ein weiß getünchtes Steinhaus mit schwarzem Ziegeldach und erweckte den Eindruck, als hätte es schon bessere Tage gesehen.

Claude lebte nun schon so lange hier, dass er das Erscheinungsbild seines Hauses kaum noch wahrnahm. Aber manchmal, so wie heute, wenn Besucher vorbeischlenderten und die abblätternde Farbe an der Haustür betrachteten, fragte er sich, was sie wohl dachten. Vor allem wenn sie ihn entdeckten, wie er aus dem Erdgeschossfenster spähte. *Seht euch nur den exzentrischen Alten von Heaven's Cove an!*

So nahmen ihn auch einige der jungen Leute aus dem Dorf wahr. Sie sagten es ihm nicht ins Gesicht, aber er hatte sie im Vorbeigehen tuscheln hören, und die Kinder klammerten sich immer fest an die Hände ihrer Eltern, wenn sie ihn sahen. Claude Creasey: der grimmige Alte von Heaven's Cove.

Er wandte sich gerade seufzend vom Fenster ab, als eine junge Frau vom Kai in seinen kleinen Vorgarten trat. Er kniff die Augen zusammen und musterte sie. Groß, hübsch und mit auffallendem rotbraunen Haar, das ihr in dicken Locken den Rücken hinabfiel.

Er erkannte in ihr die Frau, die vor ein oder zwei Tagen mit Belinda gesprochen hatte. Zumindest hatte sie Belinda lange genug abgelenkt, sodass er hatte vorbeieilen können, bevor sie ihn erwischen konnte.

Die Frau betrachtete den alten Hummerfangkorb, der an die Hauswand genagelt war. Darunter stand ein Steintrog mit vertrockneten Blumen, deren Blätter durch den Salzwind gelitten hatten. Dann kam die Frau zu seiner Überraschung auf sein Cottage zu und klopfte an die Tür. Das Geräusch hallte durchs Haus, und er trat verwirrt vom Fenster weg. Warum sollte sie ihn besuchen?

Claude beschloss, sie zu ignorieren. Fremde brachten nie gute Nachrichten, und sie würde denken, er sei nicht da. Aber plötzlich sprang Buster an ihm vorbei und kratzte bellend an der Tür.

»Ruhe, du dummer Hund.«

Buster schüttelte sich und verstummte, aber es war zu spät. Die junge Frau klopfte erneut, lauter diesmal, als würde sie sich nicht so leicht abwimmeln lassen. Er würde sie loswerden müssen.

Claude schob den Hund mit dem Bein aus dem Weg, öffnete die Tür und trat vor. Er füllte fast den ganzen Türrahmen aus.

»Falls Sie etwas verkaufen wollen, sind Sie an der falschen Adresse«, blaffte er sie an.

Er musste ziemlich heftig geklungen haben, denn das Mädchen hätte beinahe einen Schritt zurückgetan. Das gefiel ihm nicht. Er war nicht stolz darauf, Menschen Angst einzujagen. Aber sie fing sich wieder und blieb, wo sie war.

»Ich will nichts verkaufen.«

Ihr Stimme war sanft und ihr Akzent anders als der, den Claude aus Devon gewöhnt war. Sie klang ein bisschen wie

Simon, dieser geschniegelte, aufgeblasene Immobilienmensch, über den sich alle aufregten. Vielleicht arbeitete sie mit ihm zusammen? In dem Fall war sie eindeutig nicht willkommen.

»Es gibt hier nichts für Sie, also können Sie genauso gut weitergehen.«

»Ich möchte nicht lästig sein«, antwortete die Frau. Ihre blassen Wangen liefen jetzt rosig an.

»Dann lassen Sie mich in Ruhe. Das Cottage steht nicht zum Verkauf.«

»Oh.« Verständnis dämmerte in den Augen der jungen Frau. Sie waren von einem eigenartigen Hellbraun mit grünen Einsprengseln um die Iris. »Ich verkaufe nichts und möchte auch nichts kaufen.«

»Dann arbeiten Sie nicht mit diesem Grundstücksmann zusammen?«

»Nein, und ich weiß auch nicht, wie die Leute darauf kommen.«

Als sie Buster streichelte, der an ihrem Oberschenkel schnupperte, runzelte Claude die Stirn. Sein Hund hielt normalerweise nichts von Fremden.

»Was wollen Sie dann?«, fragte er und schob den Hund behutsam von ihr weg.

»Ich hatte gehofft, dass Sie mir vielleicht mit Informationen aushelfen könnten.«

»Ich fürchte, mir fehlt die Zeit, um Informationen herauszugeben. Im Gemeindesaal in der Nähe des Cafés gibt es eine gute Touristeninformation.«

»Das ist nicht die Art Information, die ich suche. Ich bin keine Touristin. Das heißt, eigentlich schon, aber meine Familie stammt aus dem Dorf.«

Claude legte den Kopf schräg. »Ach ja? Wie heißen Sie?«

»Lettie Starcross.«

Claude trat über die Türschwelle in den Garten und richtete sich auf. Er war über eins achtzig, viel zu groß für ein so kleines Cottage.

»Starcross, sagen Sie.« Er musterte Lettie von Kopf bis Fuß. »Das ist ein ungewöhnlicher Name.«

»Meine Familie hat vor Jahrzehnten in Heaven's Cove gelebt, und ich versuche, Informationen über sie zusammenzutragen. Belinda sagte, Sie wüssten viel über das Dorf.«

»Belinda sagt vieles über viele Menschen.«

»Ich interessiere mich sehr für das Archiv, das Sie zusammengestellt haben, wie man mir gesagt hat. Ich finde Geschichte faszinierend und liebe historisches Material.«

Hm. Es war wohl kaum ein Archiv, mehr ein paar schäbige alte Aktenschränke voller Zeitungsausschnitte, Fotos und verschiedenen anderen alten Erinnerungsstücken aus der Gegend. Aber die ungewöhnlichen haselnussbraunen Augen der jungen Frau hatten bei der Aussicht darauf aufgeleuchtet. Sie war seltsam.

Claude strich sich den Bart, als sie sich wieder bückte, um Buster zu streicheln. Er hatte sich neben ihr auf den Weg plumpsen lassen und wedelte mit dem Schwanz.

»Belinda sollte sich aus meinen Angelegenheiten heraushalten«, erklärte er energisch und trat zurück in den Flur. »Meine Antwort ist Nein, und ich wäre Ihnen dankbar, wenn Sie mein Grundstück verlassen würden.«

»Ich würde wirklich nicht viel von Ihrer Zeit in Anspruch nehmen.«

»Sie haben meine Antwort gehört.«

Das Mädchen wirkte traurig, aber nicht überrascht. »In dem Fall tut es mir leid, Sie gestört zu haben. Ich wünsche Ihnen noch einen schönen Tag.«

Was für eine idiotische Höflichkeitsfloskel! Claude brummte leise missbilligend vor sich hin, während seine Besucherin aus seinem Vorgarten auf den Kai trat und sich langsam von ihm entfernte. Er sah, dass Buster ihr mit niedergeschlagener Miene nachschaute. Blödes Tier!

Claude pfiff ihn zurück ins Haus, schloss die Tür und setzte sich an den kleinen Esstisch am Wohnzimmerfenster. Der Besuch der Frau, so kurz er gewesen war, hatte ihn aus dem Gleichgewicht gebracht. Wäre es so schlimm gewesen, ihr den Inhalt der Aktenschränke zu zeigen? Sie schien ganz versessen darauf gewesen zu sein, die Sachen durchzugehen.

Er warf einen Blick zu dem silbergerahmten Foto, das auf der Anrichte stand, dann erhob er sich und schaltete den Wasserkocher ein. Es war besser, die Vergangenheit ruhen zu lassen. Das würde sie schnell genug begreifen und fortgehen. Wieder betrachtete er das Foto, das im Laufe der Jahre vergilbt war. Am Ende gingen alle fort.

ACHT

LETTIE

Das war nicht besonders gut gelaufen. Lettie seufzte. Bisher hatte sie bei dem Versuch, das Rätsel um den Schlüssel ihrer Großtante zu lösen, nicht mehr erreicht, als Florence in die Flucht zu schlagen und von Claude mehr oder weniger vom Grundstück gejagt zu werden. Sie schaute zurück zum Lobster Pot Cottage, aber die Tür war fest verschlossen und das Fenster war leer. Claude war mit seinem langen, grau melierten Haar und dem zotteligen Bart eine angsteinflößende Erscheinung, und er war alles andere als freundlich gewesen. Aber er hatte etwas Faszinierendes an sich, und Lettie brannte darauf, in sein Archiv zu kommen.

Schon seit ihrer Kindheit hatte sie viel für Geschichte übriggehabt. Ihr gefiel es, dass Geschichte die Vergangenheit betraf und nicht verändert werden konnte. Die Zukunft war unbestimmt und ziemlich beängstigend, aber die Vergangenheit war eine feste Größe – eine Schatztruhe voller Geschichten aus dem wahren Leben, von denen die Menschen der Gegenwart viel lernen konnten.

Im Laufe der Jahre, in denen sie Geschichtsbücher gewälzt und Museen besucht hatte, war Lettie klar geworden, dass es für sie nichts Schöneres gab, als in historischen Bänden und in unscheinbaren Gegenständen faszinierende menschliche Geschichten zu entdecken. Claude hatte etwas an sich, das ihr die gleiche Gänsehaut, das gleiche Nackenkribbeln bescherte – eine Andeutung verborgener Tiefen, die nur darauf warteten, entdeckt zu werden.

Es war schade, dass sie keine Möglichkeit gefunden hatte, ihrer Lieblingsbeschäftigung mehr Zeit zu widmen oder sie sinnvoll zu nutzen. Ihre Pläne, nach der Schule in Birmingham Geschichte zu studieren, waren »für eine Weile verschoben worden«, als ihr Dad am Herzen operiert werden musste und ihre Mum völlig gestresst gewesen war. Lettie war geblieben, um zu helfen, und – sie war sich nicht ganz sicher, wie es dazu gekommen war – das Geschichtsstudium war irgendwann dauerhaft vom Tisch gewesen, selbst nachdem ihr Dad sich erholt hatte.

Sie trat an den Rand des Kais und blickte übers Meer. Weiter draußen war es hellblau mit dunkleren Streifen, wo das Wasser tiefer wurde, aber hier waren die sanft an die Mauer plätschernden Wellen klar. Kleine Fische huschten durch die verrosteten Metallringe, die an der Kaimauer befestigt waren, und auf dem sandigen Grund lag eine verlorene Kindersandale. Am Himmel schrie eine Möwe, die ein in den Hafen einlaufendes Fischerboot begleitete.

Ohne die aufgeregten Rufe der Kinder, die aus der Eisdiele kamen, und das Brummen des Verkehrs in den schmalen Straßen wäre es hier friedlich. Außerhalb der Saison musste es hier viel ruhiger sein, selbst wenn Stürme vom Meer herangebraust kamen und das dunkle Wasser zu turmhohen Wellen aufwühlten. Lettie schauderte und trat vom Kai zurück.

Sie schlenderte durchs Dorf und kaufte sich in der Eisdiele neben dem Fischgeschäft ein Bananeneis. Es war aus eigener Herstellung und hatte einen herrlich sahnigen Geschmack.

Trotz ihres Zusammenstoßes mit Claude, und obwohl sie

keine Ahnung hatte, was sie als Nächstes wegen des geheimnisvollen Schlüssels unternehmen sollte, verspürte sie eine große Gelassenheit. Das hübsche historische Dorf übte eine beruhigende Wirkung auf sie aus. Wohin sie auch schaute, überall fanden sich Echos gelebter Leben – alte Cottages, Straßen mit Kopfsteinpflaster, Fischfanggeräte. Sie fragte sich, ob die vielen Touristen, die sich an ihr vorbeidrängten, das auch wahrnahmen oder ob sie zu beschäftigt damit waren, quengelnde Kinder hinter sich herzuziehen, die lieber Videospiele spielen würden.

Lettie kam an einem eindrucksvollen Bau aus Naturstein vorbei, der wie eine alte Kirche aussah. Von den großen roten Türen führte eine breite Rampe ins Meer. Interessiert ging sie näher heran und stellte fest, dass es sich um die Rettungsstation handelte.

Auf einem laminierten Aushang an der Wand war von den jüngsten Einsätzen zu lesen. Lettie war gerade dabei, die Texte zu überfliegen, als eine Frau an ihr vorbeieilte und in einer kleinen Seitentür verschwand. Dann erblickte sie Corey, der wie der Teufel den Hügel heruntergerannt kam. Er raste mit seinen langen Beinen und mit schwingenden Armen über das Kopfsteinpflaster, während sein dunkles Haar im Wind flatterte. Er bemerkte Lettie nicht, als auch er in das Gebäude stürmte.

Fasziniert setzte Lettie sich auf eine Mauer, aß ihr Eis auf und fragte sich, ob jemand auf See in Gefahr war. Der Gedanke, dort hilflos in den Wellen zu treiben, jagte ihr einen Schauer über den Rücken.

Plötzlich öffneten sich die roten Türen und ein blau-orange gestrichenes Boot glitt die Rampe hinunter und landete mit einem lauten Klatschen im Meer. Die Crew war gelb gekleidet, und Lettie reckte den Hals, um zu sehen, ob Corey dabei war. Sie meinte, ihn am Bug des Bootes stehen zu sehen, aber es verschwand schon bald hinter der nächsten Landzunge.

»Seid vorsichtig da draußen«, murmelte Lettie und wischte sich Eiscreme vom T-Shirt. Bei dem Gedanken, dass die Retter sich womöglich in Gefahr brachten, schlug ihr Herz schneller. Trotz seiner schlechten Laune und seines Gepolters war Corey Allford ein mutiger Mann, der über die Wellen ins Unbekannte jagte. Sie hingegen war ein Feigling, der sich nicht einmal traute, einen Fuß ins Wasser zu setzen, geschweige denn über das Meer zu rasen, um jemand anderen zu retten.

Mit einem Seufzen stand Lettie auf und schlenderte von der belebten Hafenpromenade aus den Hügel hinauf. Die kopfsteingepflasterte Straße war steil, und als Lettie fast oben war, sah sie eine Frau, die sich mit einem Einkaufstrolley abmühte. Er schien ein Rad verloren zu haben, und die drei verbliebenen Räder blieben immer wieder an den Pflastersteinen hängen und brachten das Wägelchen aus dem Gleichgewicht.

Die Dame keuchte und atmete schwer und geriet vor Letties Augen ins Stolpern.

»Warten Sie«, rief Lettie und eilte zu ihr. »Ich werde Ihnen helfen.«

Erst als die alte Dame sich aufrichtete und umdrehte, sah Lettie, dass es Coreys Großmutter war, die sie bei ihrer letzten Begegnung so kurz abgefertigt hatte.

Na prima.

Lettie näherte sich ihr beklommen und rechnete fest damit, dass ihr Hilfsangebot zurückgewiesen werden würde. Florence' Gesichtsausdruck trug nicht dazu bei, ihre Ängste zu zerstreuen. Die alte Frau funkelte sie an und stemmte die Hände in die Hüften, während ihr Einkaufstrolley bedenklich schief stand.

»Sie sind das Starcross-Mädchen«, sagte sie vorwurfsvoll.

»Das ist richtig, aber ich dachte, Sie brauchen vielleicht Hilfe.«

»Ich komme zurecht, vielen Dank.«

Als sie sich umdrehte und ihren widerspenstigen Wagen

weiter den Hügel hinaufzog, erinnerte sie Lettie für einen Augenblick an ihre eigene Großtante: unabhängig, stolz und streitsüchtig – ganz anders als die Hülle einer Frau, die sie in ihren letzten Tagen geworden war. Die Erinnerung an Iris in der Blüte ihrer Jahre entlockte Lettie ein Lächeln – es war das erste Mal seit Langem, dass sie bei dem Gedanken an Iris lächelte.

»Verdammt!«

Florence sah hilflos mit an, wie ein Kohlkopf aus ihrem schiefen Wägelchen kullerte und den Hang hinabrollte. Lettie stoppte den Kohl geschickt mit der Längsseite des Fußes und hob ihn auf.

»Bitte schön.« Sie legte den Kohlkopf zurück in den Wagen. »Darf ich Ihnen die Einkäufe nach Hause bringen? Wenn ich Ihnen nicht behilflich bin, werden Sie noch mehr verlieren. Außerdem sieht es so aus, als würden Sie humpeln.«

Florence sah Lettie mit lebhaften Augen an, die in einem seltsamen Kontrast zu ihrer zerfurchten Haut standen. Junge Augen in einem alten Gesicht. Sie nickte.

»Das wäre hilfreich. Mein Cottage ist dort drüben.«

Ohne ein weiteres Wort zog Lettie den Einkaufstrolley zu dem Cottage, auf das Florence gezeigt hatte. Es stand kurz vor dem Gipfel des Hügels und war dem Meer zugewandt. Es war weiß getüncht, strohgedeckt und hatte kleine Sprossenfenster. In dem Garten wuchsen bunte Blumen, und um die Tür rankten sich Kletterrosen. Das Cottage sah idyllisch aus, und plötzlich sehnte Lettie sich danach, in einem so historischen und schönen Haus zu leben, das sicher von Geistern der Vergangenheit erfüllt war.

Florence folgte ihr leicht humpelnd durchs Gartentor und ging zur Haustür. Sie fingerte den Schlüssel aus der Tasche ihrer Baumwolljacke, und nachdem sie die Tür geöffnet hatte, trat sie in einen dunklen, schmalen Flur.

»Sie können ihn da stehen lassen«, sagte sie, als Lettie den Wagen über die Türschwelle hob.

»Sind Sie sich sicher, dass ich die Sachen nicht in die Küche bringen soll?«

»Da bin ich mir absolut sicher.«

»Was ist mit dem Wägelchen passiert?«

»Auf halbem Weg den Hügel hinauf hat sich ein Rad gelöst und ist weggerollt.«

»Soll ich schauen, ob ich es finde?«

Florence schüttelte den Kopf. »Sie brauchen sich keine Mühe zu machen, Miss Starcross. Ich denke, es ist an der Zeit, mir einen neuen zu kaufen.«

»Ich habe Ihren Enkel mit dem Rettungsboot ausfahren sehen«, erwiderte Lettie, um höfliche Konversation zu machen.

Florence runzelte die Stirn. »Er setzt zweifellos sein Leben für jemanden aufs Spiel, der keinen Respekt vor dem Meer hat. Ich werde keine Ruhe haben, bis er zurück ist.«

»Ihm wird sicher nichts passieren«, sagte Lettie und bereute ihre Worte, kaum dass sie sie ausgesprochen hatte.

Wie konnte sie sich da sicher sein? Das Meer war unberechenbar, und wer wusste, was unter der Oberfläche lauerte? Das Bild von Corey, wie er in dem dunklen Wasser trieb und Wellen über sein Gesicht schwappten, drängte sich ihr auf und schnürte ihr die Kehle zu.

»Ich wollte Sie am Samstag in der Burg nicht verärgern«, beteuerte sie schnell und bemühte sich, das Bild zu verdrängen.

Florence sah sie einen Moment lang an. »Wissen Sie, Sie sehen genauso aus wie sie. Die gleiche seltsame Augenfarbe und das gleiche eigenwillige Haar.«

»Haben Sie meine Großtante gekannt?«, fragte Lettie und strich sich verlegen über die rotbraunen Locken. Es war vermutlich unklug, diese Frage zu stellen, nachdem Florence in der Burg so abweisend reagiert hatte. Aber Claude hatte ihr sie abgewiesen und ihr gingen langsam die Möglichkeiten aus, überhaupt etwas herauszufinden.

»Oh ja, ich habe sie gekannt.«

»Darf ich fragen, woher?«

Florence verengte die Augen. »Weil wir in demselben verdammten Dorf gelebt haben natürlich.«

Lettie schluckte. »Natürlich. Ich dachte nur, dass Sie viel jünger gewesen sein müssen als Iris.«

»Ich war noch ein Kind, als sie aus Heaven's Cove weggezogen ist. Aber sie hat meinen Bruder gekannt.«

Dies konnte ihre letzte Gelegenheit sein, und Lettie war fest entschlossen, sie zu ergreifen. »Wäre es vielleicht möglich, mit ihm zu sprechen, um mehr über Iris zu erfahren?«, fragte sie sanft.

Aber Florence' Blick verhärtete sich. »Cornelius ist tot«, sagte sie barsch und schlug Lettie die Tür vor der Nase zu.

NEUN

Zwei Stunden später war Lettie, immer noch verunsichert von ihrem letzten Zusammenstoß mit Florence, umgeben von Toten. Viele Menschen fanden alte Friedhöfe unheimlich, aber für Lettie gab es kaum etwas Schöneres. Sie hatte so manchen Nachmittag damit verbracht, Grabinschriften zu lesen, jede einzelne eine spannende Zusammenfassung eines ganzen Lebens.

All diese Menschen, die gelebt und geliebt und gestritten und gelacht und gebangt hatten. All diese Hoffnungen und Träume, die jetzt begraben waren.

Lettie strich über einen der schiefen Grabsteine. Jeder dieser Menschen hatte dazu beigetragen, Heaven's Cove zu dem zu machen, was es heute war. Die Geschichte des Dorfes gründete sich auf ihren Lebensgeschichten – auf den Geschichten von Menschen wie Cornelius.

Manche Steine waren so alt, dass die Namen vom Regen und vom salzigen Wind ausgelöscht worden waren. Aber Lettie sah sich jeden einzelnen genau an und suchte nach Florence' Bruder. Sie fand zwar niemanden namens Cornelius, aber im Schatten der aus rotem Stein erbauten Kirche, am äußersten

Rand des Friedhofs, entdeckte sie einen Stein für eine Elizabeth Allford, geboren 1895 und gestorben 1942. Unter ihrem Namen stand in Zierschrift:

In Gottes Händen geschützt vor den beschwerlichen Prüfungen der Welt.

Könnte sie Florence' Schwiegermutter oder vielleicht ihre Schwägerin gewesen sein? Lettie rechnete gerade nach, als das Klingeln ihres Handys sie aus ihren Gedanken riss. Es war ihre Mutter, und sofort bekam Lettie ein schlechtes Gewissen, weil sie nicht bei ihr war, um ihr beim Einkaufen zu helfen.

»Lettie, da bist du ja. Ich hoffe, du amüsierst dich.«

»Das tue ich, danke. Wie geht es dir und Dad?«

»Ach, du weißt schon. Wir vermissen dich und freuen uns darauf, wenn du zurückkommst. Ich habe viele kleine Aufgaben für dich.«

»Kann Daisy dir nicht helfen? Oder Ed?«

»Ich frage sie nicht gern, weil sie beide so viel zu tun haben.«

Schuldgefühle machten sich in Lettie breit, aber auch Ärger, den sie mit aller Macht zu ersticken versuchte.

»Ich bin höchstens zwei Wochen weg.«

»Es kam alles ziemlich unerwartet, aber du wirst bald wieder zurück zur Arbeit müssen, nicht wahr?«

»Mhm.«

Lettie wünschte sich langsam, ihre Mum hätte nicht angerufen. Sie konnte ihr nicht am Telefon erzählen, dass sie keine Arbeit hatte, zu der sie zurückkehren musste. Selbst wenn sie die Umstände ihrer Kündigung beschönigte, würde ihre Mum ihr bei der Nachricht, dass sie arbeitslos war, noch vor Ende des Tages eine Liste »passender« – also langweiliger – Jobs mailen, um die sie sich bewerben sollte.

»Erzähl mir etwas über das Dorf, in dem du bist.«

»Heaven's Cove ist wunderschön, mit viel Charakter und Geschichte.«

»Und warum hast du ausgerechnet dieses Dorf gewählt?«

»Es ist zauberhaft.«

»Und ...?«

»Und ... in dem Haus, in dem ich wohne, hat vor vielen Jahren Iris mit ihrer Familie gelebt, als sie noch jung war. Ich habe die Adresse bei ihren Sachen gefunden.«

»Ach ja?« Ihre Mum hielt kurz inne, bevor sie sanft hinzufügte: »Ich weiß, dass der Tod deiner Großtante dich schwer getroffen hat, Lettie, aber hältst du es für klug, ihr jetzt, da sie nicht mehr da ist, nachzuspüren?«

»Ich spüre ihr nicht nach. Ich versuche, mehr über die Kette mit dem Schlüssel herauszufinden, die sie mir hinterlassen hat.« Lettie zögerte. »Und über den Brief, den ich gefunden habe.«

»Welchen Brief?«

»Ich habe einen alten Brief an sie entdeckt, in dem sie als ›mein liebes Mädchen‹ angeredet wird und in dem von einem ›Schlüssel zu meinem Herzen‹ die Rede ist, was sich vielleicht auf die Kette bezieht.«

»Und das erzählst du mir erst jetzt, über einen Monat nach ihrem Tod?«

»Es schien mir damals zu persönlich zu sein, um darüber zu sprechen.«

»Hm.« Ihre Mum klang verärgert. »In einer Familie kann man über alles reden, Lettie.«

Lettie hatte das Gefühl, zurechtgewiesen und erdrückt zu werden. Sie bereute es bereits, ihrer Mutter von dem Brief erzählt zu haben, obwohl ein Gespräch darüber vielleicht die einzige Möglichkeit war, zu erfahren, was er zu bedeuten hatte.

Als sie schwieg, ergriff ihre Mum wieder das Wort. »Wie dem auch sei, ich bin mir sicher, dass du zu viel in diesen alten Brief hineingeheimnisst, den du gefunden hast. Er wird wahrscheinlich von einem Mann sein, der früher in Iris verliebt war und den sie nie vollkommen vergessen hat. Das ist alles.«

»Hat Dad jemals davon gesprochen?«

»Dein Vater?« Ihre Mum lachte. »Natürlich nicht. Er ist ein wunderbarer Mann, aber er bekommt von dem, was um ihn herum passiert, nichts mit. Das war schon immer so.« Sie machte eine kurze Pause, um Luft zu holen. »Iris hat jedenfalls nie von dem Briefschreiber gesprochen, er kann also nicht so wichtig gewesen sein.«

»Manchmal ist es schwer, über etwas Schmerzhaftes zu reden.«

»Das stimmt, und darum ist es auch oft besser, Dinge unter den Teppich zu kehren und weiterzumachen.«

Lettie zuckte zusammen. Ihre Mutter hatte genau wie Daisy eine praktische und pragmatische Einstellung. Vorbei war vorbei, das Leben ging weiter ...

»Schon möglich, aber ...«

Ihre Mum seufzte durch die Leitung. »Es ist sehr lange her, Lettie, und ich weiß, dass du schon immer von der Vergangenheit besessen warst, aber lass dich wegen deiner Gefühle für Iris nicht auf ein aussichtsloses Unterfangen ein. Wir brauchen dich hier zu Hause. Daisy will dich unbedingt sehen. Sie und Jason haben Karten für ein Konzert in der O2-Arena, und du sollst auf die Kinder aufpassen. Ich kann nicht mitten in der Nacht durch ganz London fahren, um den Babysitter zu spielen, und übernachten will ich nicht, weil ihr Gästebett so unbequem ist.«

»Was du nicht sagst.«

»Dein junger Rücken hält das aus. Meiner nicht.«

Lettie setzte sich auf eine Bank und streckte die Beine aus, während ihre Mutter eine lange Liste ihrer Gebrechen aufzählte, gefolgt von einem Bericht über die Enkelkinder. Lettie spürte die warme Sonne im Gesicht und schloss die Augen.

»Lettie, hörst du mir überhaupt zu?«

»Natürlich.« Lettie richtete sich auf und blinzelte. »Ich bin bald wieder da.«

»Gut. Na dann genieß deine Ferien, wenn du schon mal dort bist, aber mach keinen Unsinn.«

»Okay. Grüß Dad von mir.«

»Mach ich. Tschüs, bis in ein paar Tagen.«

Lettie schob das Handy zurück in ihre Tasche und seufzte. Sie konnte die Zukunft vor sich sehen, die ihre Familie für sie vorgesehen hatte – unbezahltes Kindermädchen für Daisys Nachwuchs, Heirat mit einem »sicheren« Mann, der gern bereit war, in der Nähe ihrer Eltern zu leben, und schließlich Pflegerin für ihre Mum und ihren Dad, wenn sie älter wurden. Daisy würde es nicht übernehmen, und Ed kam nur sporadisch zu Besuch.

»Hey, ich hatte gehofft, Sie noch mal anzutreffen.«

Überrascht sah sie, wie Simon das Friedhofstor aufdrückte. Er verließ den Weg und kam über das Gras auf sie zu.

»Wieso sitzen Sie hier auf dem Friedhof?«, fragte er und blickte die Nase rümpfend auf die historischen Grabsteine. »Suchen Sie nach Vorfahren?«

»Etwas in der Art«, bestätigte Lettie, und plötzlich wurde ihr bewusst, dass sie auf dem Friedhof keinen einzigen Starcross gesehen hatte. Es war, als sei ihre Familie aus dem Dorf verbannt worden.

»Haben Sie schon mit der alten Allford gesprochen?« Simon setzte sich neben sie und strich sich das blonde Haar hinter die Ohren.

»Nur kurz. Ich habe Mrs Allford vorhin mit ihren Einkäufen geholfen.«

Simon beugte sich zu ihr, um mehr zu hören, aber Lettie würde ihm bestimmt nicht verraten, wie das Gespräch wirklich verlaufen war oder warum es sie auf diesen Friedhof geführt hatte.

»Schön. Es ist gut, ihr Vertrauen zu gewinnen.«

Er zwinkerte Lettie zu, als sie sich zu ihm umdrehte.

»Ich war bloß hilfsbereit, und ich bin ausschließlich daran interessiert, mehr über meine Großtante zu erfahren. Ich schmiere ihr keinen Honig ums Maul, damit Sie zum Zug kommen und ihr das Land abkaufen können.«

»Natürlich nicht.« Er lachte und beugte sich noch dichter zu ihr vor. »Aber Sie könnten beiläufig meinen Namen erwähnen, damit ich und mein äußerst großzügiges Angebot ihr immer präsent sind.«

»Dafür weiß ich gar nicht genug über Sie oder Ihr Angebot.«

»Was wollen Sie über mich wissen? Ich bin ein ehrlicher Geschäftsmann, der viele Eisen im Feuer hat.«

»Hm. Also, woran arbeiten Sie sonst noch, während Sie hier sind?«

»Ich treffe mich morgen mit einem hiesigen Grundbesitzer, obwohl ich mir nicht sicher bin, ob das Land, das er verkaufen will, für eine Erschließung geeignet ist. Man hat von dort aus keinen Meerblick, und es liegt nahe am Fluss in einem Überschwemmungsgebiet. Es ist schade, weil er unbedingt verkaufen will. Hingegen steht das Land, das ich wirklich haben will, nicht zum Verkauf.« Er zwinkerte ihr zu. »Jedenfalls noch nicht.«

»Was ist so besonders an Mrs Allfords Land?«

»Es läuft alles auf eines hinaus: Lage, Lage, Lage. Das Land ist eine kleine Halbinsel, die ins Meer hineinragt, und von dort hat man einen unglaublichen Blick. Wir könnten da ein kleines Feriendorf bauen – einen Ferienweiler, wenn man so will, nur zwei oder drei Häuser. Wir könnten von den Besuchern Top-Preise verlangen. Wenn Sie sich hinstellen, können Sie es wahrscheinlich von hier aus sehen.«

Lettie erhob sich und folgte Simons ausgestrecktem Finger durch das Dorf.

»Da! Wenn Sie aufs Meer schauen und dann nach rechts. Sehen Sie die Landzunge, die ich meine?«

Lettie kniff die Augen zusammen und blickte zu dem kleinen Abschnitt blauen Meeres, das sie zwischen den Cottages ausmachen konnte. Rechts war eine Landzunge zu sehen, die sich mit ihrem hohen roten Kliff ins Meer vorschob. Simon hatte recht. Der Blick von dort oben musste bei jedem Wetter unglaublich sein.

»Offiziell heißt sie Cora Head, aber man nennt sie hier Lovers' Link, weil sie zwei Buchten miteinander verbindet, und ich könnte mir denken, dass liebeskranke Dörfler sich früher dort in den Tod gestürzt haben. Die Menschen nehmen die Dinge hier ziemlich wörtlich.«

»Gehört die ganze Landzunge Mrs Allford?«

»Das Stück, für das ich mich interessiere, gehört ihr. Aber sie ist ja schon ziemlich betagt, daher wird es sicher bald dem singenden Fischer gehören.«

Es erschien Lettie nicht richtig, so herzlos von Florence' Tod auszugehen, aber sie ging nicht darauf ein.

»Hat sie denn Pläne, selbst dort zu bauen?«

»Nein, sie will es so lassen, wie es ist. Perfektes Bauland! Es ist wirklich egoistisch, Urlaubern diese Aussicht vorzuenthalten.«

»Ist die Landzunge im Moment für Besucher zugänglich?«

»Es gibt einen Fußweg, der darüber verläuft, aber ich wette, dass der mürrische Allford alles dafür tun würde, um ihn zu schließen, wenn er könnte.«

»Dann können Urlauber also doch den Blick genießen.«

»Schon, aber stellen Sie sich vor, mit einer solchen Aussicht aufzuwachen. Endloser Himmel und Meer sind zwar nicht mein Ding, aber es wäre ein Kinderspiel, die Ferienhäuser an gestresste Städter zu vermieten. Ich kann nicht glauben, dass die alte Dame mir einen Korb gegeben hat, vor allem bei dem Preis, den ich anbiete.«

»Es dreht sich vermutlich doch nicht alles um Geld.«

Simon sah sie an, als hätte sie den Verstand verloren. »Jeder, aber auch wirklich jeder hat seinen Preis, wie ich festgestellt habe. Aber ich bin mir sicher, dass ihr Enkel sie unter Druck setzt, das Geld nicht anzunehmen, obwohl es ihr das Ende ihres Lebens viel angenehmer machen würde.«

»Warum sollte er das tun? Er scheint seine Großmutter zu lieben.«

»Er hat etwas von einem Aktivisten, der das Dorf bewahren und den Fortschritt aufhalten will.«

Das war vielleicht etwas, was sie und Corey gemeinsam hatten.

Lettie bedachte Simon mit einem gepressten Lächeln. »Ich schätze, er ist daran gewöhnt, dass die Dinge so sind, wie sie eben sind. Die Landzunge muss wild und wunderschön sein. Es wäre sehr bedauerlich, sie durch eine Bebauung zu verschandeln.«

»Sie zu verschandeln?« Wenn Blicke töten könnten, wäre Lettie mausetot gewesen. Simon stand auf. »Ich würde sie aufwerten, und mehr Besucher würden die Wirtschaft ankurbeln. Es wäre gut für Heaven's Cove.«

»In mancher Hinsicht vielleicht. Wo würde Ihr Ferienweiler liegen?«

»Genau in der Mitte. Schauen Sie.«

Er trat auf sie zu, und in dem Moment sah sie Corey an der Kirche vorbeieilen.

Sie lächelte, froh darüber, dass er sicher von seiner Rettungsaktion draußen auf dem Meer zurückgekehrt war. Aber als er ihrem Blick begegnete, runzelte er nur finster die Stirn und lief weiter.

Erst da wurde ihr bewusst, dass Simon ihr die Hände auf die Schultern gelegt und sie so gedreht hatte, dass sie die Stelle für seine geplante Ferienanlage sehen konnte.

Na wunderbar! Sie und Simon zusammen zu sehen würde

Coreys Verdacht bestimmt nicht zerstreuen. Lettie war sich nicht sicher, warum ihr die Meinung eines mürrischen singenden Fischers im tiefsten Devon so wichtig war. Aber sie war es.

ZEHN

Am nächsten Morgen saß Lettie auf dem Bett und las noch einmal den Brief, der sie nach Heaven's Cove geführt hatte. *Setz dich mit dem Schlüssel zu meinem Herzen dahin, wo ich gesessen habe, mein liebes Mädchen, dann wird alles klar werden.*

Die Zeilen waren ein Widerhall der Worte, die Iris ihr auf dem Totenbett zugeflüstert hatte. *Finde es für mich heraus, mein liebes Mädchen.*

»Was bedeutet das, Iris?«, sagte sie laut in die frühe Morgenluft. »Wie soll ich wissen, was ich finden soll?«

Sie hatte im Internet nach Informationen über die Familie Allford in Heaven's Cove gesucht, wo es nur wenig von Interesse gab, und eine kurze, aber faszinierende Geschichte des Dorfes gelesen. In der vergangenen Nacht hatte sie davon geträumt, ein Kind in Heaven's Cove zu sein. Der Traum ließ sich idyllisch an, doch dann ging sie im eisblauen Wasser der Bucht unter und das Geschehen wandelte sich zu einem Albtraum, aus dem sie in kalten Schweiß gebadet aufgewacht war.

Lettie griff nach ihrem Handy und las noch einmal die

Nachricht, die Kelly ihr zu einer unmöglichen Uhrzeit geschickt hatte. Kelly bekam im Moment nicht viel Schlaf.

Tilly hat einen neuen Zahn bekommen. Ist sie nicht süß? Ich wünschte nur, die Kleine würde schlafen.

Matilda grinste ihr breit vom Display entgegen, das kleine Gesicht vor der Kamera zu einer Grimasse verzogen, und winkte mit den pummeligen Händen. Sie war wirklich goldig, und Lettie liebte sie. Das Foto machte sie jedoch nervös, als würde das Leben weitergehen und sie selbst abgehängt werden. Kein Job, kein richtiger Beruf, kein nennenswertes Liebesleben, keine Hoffnung.

Nachdem sie sich im Geiste geschüttelt hatte, sammelte sie Handtasche und Sonnenbrille ein und schlüpfte hinaus in den Morgen. Er roch süß und frisch, und die Sonne lugte hinter weißen Wolkenbänken hervor. Beim Anblick der bunten Fischerboote auf dem hellblauen Meer spürte Lettie plötzlich, wie ein Gefühl der Zufriedenheit sie überkam. Ihre Großtante und ihr Job waren weg, aber das Dorf würde immer da sein. Es besaß eine Schönheit, die sie mehr ansprach als all die Glas- und Betonfassaden Londons.

War es anmaßend von ihr, so zu denken? Iris hätte wahrscheinlich Ja gesagt. Mit einem Lächeln ging Lettie hinunter ins Dorf. Claude und Florence weigerten sich zwar, mit ihr zu sprechen, aber sie hatte noch eine Idee.

Der Gemeindesaal befand sich an einer gepflasterten Straße im Herzen von Heaven's Cove. Er sah aus, als sei er früher eine Kirche gewesen. Die Säulen am Eingang wirkten zu prächtig für Fischerdorf, das einst völlig unbedeutend gewesen war, bis die Touristen es entdeckt hatten, die sich jetzt in den Straßen drängten.

Daneben stand ein niedriges weiß getünchtes Gebäude, in dem die Touristeninformation untergebracht war. Lettie drückte die Tür auf und trat ein. Eine Frau in mittleren Jahren kniete auf dem Boden und packte Faltblätter aus einem Pappkarton aus.

»Was kann ich für Sie tun?«, fragte sie, während sie sich die Brille ins Haar schob. Sie klang gehetzt.

»Ich versuche, etwas über die Geschichte von Heaven's Cove herauszufinden, insbesondere über meine Familie, die aus dem Dorf stammt.«

»Wirklich?« Sie erhob sich langsam und wischte sich die Hände an ihrer schicken schwarzen Hose ab. »Wie lautete der Name?«

»Starcross.«

Die Frau runzelte die Stirn. »Der Name sagt mir nichts.«

»Sie haben in den Vierzigerjahren in Driftwood House gelebt.«

»Ach, das ist ein wunderbares Haus.«

»Ja. Ich wohne im Moment dort.«

»Das ist gut. Ich hoffe, dass Rosies Pension ein großer Erfolg werden wird.« Sie lächelte. »Sie dürfen sich gern umsehen und alle Broschüren mitnehmen, die Sie haben möchten.«

Lettie besah sich die Informationsblätter, die in Prospekthaltern an den Wänden hingen und in Regalen auslagen. Sie warben für nahe gelegene Attraktionen, historische Gebäude des National Trust, das Dartmoor, einen Gnadenhof für Ponys und eine Reihe von Geschäften im Dorf, die Obst und Gemüse aus der Region verkauften. Die Tür zu einem Nebenraum, in dem sich weitere Pappkartons stapelten, stand offen.

Lettie nahm ein Faltblatt mit einer kurzen Geschichte des Dorfes, stellte aber schnell fest, dass es der gleiche Text war, den sie im Internet gelesen hatte. Mehr schien es an historischen Informationen nicht zu geben.

»Was ist mit den Menschen, die hier gelebt haben?«, erkundigte sie sich. »Sie müssen interessante Geschichten gehabt haben. Was ist mit den Menschen, die auf See geblieben sind, oder den Männern, die in den Krieg gezogen sind? Gibt es hier ein Heimatmuseum?«

Die Frau unterbrach ihre Tätigkeit. »Ich fürchte, nein, obwohl Sie vollkommen recht haben, dass ein so geschichtsträchtiges Dorf förmlich danach schreit. Claude, ein Einheimischer, hat zahlreiche Informationen über die Vergangenheit des Dorfes gesammelt, aber sie sind leider nicht öffentlich zugänglich. Und um ehrlich zu sein, ich bin mir nicht sicher, ob er sehr hilfreich wäre.«

»Ich bin zu ihm gegangen und habe darum gebeten, mir die Informationen ansehen zu dürfen, aber er hat Nein gesagt.«

»Das überrascht mich nicht. Er ist ein ziemlicher Einzelgänger.« Sie dachte kurz nach. »Das Museum in Exeter könnte Informationen über das Dorf haben, und dann wären da noch die Kirchenbücher. Aber wir teilen uns eine Pastorin mit drei anderen Gemeinden, daher ist sie nicht so oft da.«

»Ich denke nicht, dass meine Familie viel mit der Kirche zu tun hatte.«

Hatte Iris nicht gesagt, sie habe Gott aufgegeben?

»Dann fürchte ich, dass Sie am ehesten bei Claude fündig werden. Sie dürfen gern alle Prospekte mitnehmen, die Sie interessieren.«

Sie packte weiter ihre Faltblätter aus, während Lettie Informationsbroschüren über das Dartmoor und eine Töpferei auswählte und wieder hinaus an die salzige Luft trat.

Sie ging weiter durchs Dorf und setzte sich auf eine Bank neben dem kristallklaren Fluss, der ins Meer strömte. Ein kleiner Junge mit gelben Gummistiefeln planschte im Wasser und lachte, wenn es ihm ins Gesicht spritzte.

Es waren bereits einige Tage vergangen, doch sie hatte über Iris nichts weiter in Erfahrung gebracht, als dass sie Florence' verstorbenen Bruder gekannt hatte. Das Rätsel um den

Schlüssel und den Brief blieb ungelöst, und ein weiteres Geheimnis war hinzugekommen – warum hasste Florence Iris so sehr?

Lettie seufzte, denn bald würde sie wieder in London sein und nach einem Job suchen. Eigentlich müsste sie es jetzt schon tun. Bei dem Gedanken, dass ihre Ersparnisse zur Neige gingen, verspürte sie einen Anflug von Panik, aber hier kam ihr alles so unwirklich vor. Heaven's Cove war wie eine kleine Blase, in der sie vor dem echten Leben geschützt war.

Aber die wirkliche Welt würde sie bald genug einholen – vermutlich noch bevor sie mehr über Iris herausfinden konnte, und sie würde ihre Großtante enttäuschen müssen. Iris hatte zu Lebzeiten nicht viel von ihr verlangt. Ihre Gesellschaft war genug gewesen.

Finde es für mich heraus, mein liebes Mädchen. Iris' geflüsterte Worte hallten in ihrem Gedächtnis wider.

Lettie stand auf und klopfte sich Staub hinten von ihrem Sommerkleid. Es war nicht zu ändern. Sie würde noch einmal zu Claude gehen und versuchen müssen, ihn zu überreden, ihr zu helfen. Das zumindest war sie Iris schuldig.

Sie hatte fast den Kai erreicht, als Belinda vor sie hintrat. Die einzige Möglichkeit, ihr auszuweichen, hätte darin bestanden, um sie herumzugehen, doch auf der einen Seite versperrten Cafétische auf dem Gehsteig Lettie den Weg und auf der anderen die umherschlendernden Touristen.

»Haben Sie sie gefunden?«, verlangte Belinda zu erfahren. »Mrs Allford. Florence«, verdeutlichte sie ihre Worte, als Lettie sie verständnislos ansah.

»Ja, danke.«

»Und, hat Sie Ihnen weitergeholfen?«

»So gut sie es konnte.«

Als Belinda sich nicht rührte und auf weitere Informationen wartete, bemühte Lettie sich, das Thema zu wechseln.

»Ich war gerade in der Touristeninformation und habe den Gemeindesaal gesehen. Es ist ein schönes Gebäude.«

Belinda schnurrte beinahe. »Ja, nicht wahr, obwohl an einem so alten Bau ständig etwas repariert werden muss. Ohne eingebildet klingen zu wollen, aber ich bezweifle, dass es ohne die Spendengelder, die ich gesammelt habe, noch stehen würde.«

Lettie kam plötzlich ein Gedanke. »Es ist schön, dass die Touristeninformation im Gemeindesaal untergebracht ist. Es ist nur schade, dass es im Dorf kein Museum gibt, das die Geschichte und die Kultur des Ortes feiert.«

»Hmmm.« Belinda zog die Augen zusammen. »Das wäre eine gute Idee, wenn wir genug Informationen und Ausstellungsstücke dafür hätten.«

»Wenn jemand so etwas auf die Beine stellen könnte, dann Sie.«

Mit Schmeichelei erreichte man alles, und da Belinda im Dorfleben eine feste Größe war, war es wahrscheinlich ohnehin die Wahrheit.

Die ältere Frau lächelte. »Ich glaube, da haben Sie recht. Vielleicht sollte ich mich mal darum kümmern. Sie haben mir auf jeden Fall etwas zum Nachdenken gegeben. Was hat Sie auf diese Idee gebracht?«

»Ich liebe Geschichte, und dieses Dorf ist ohnehin ein bisschen wie ein lebendiges Museum. Seine reiche Vergangenheit sollte angemessen präsentiert und vermittelt werden, damit sie nicht an den Fortschritt verloren geht.«

»Gut formuliert.« Belinda sah Lettie forschend an. »Und Sie interessieren sich natürlich mehr als die meisten Besucher für die Geschichte von Heaven's Cove, weil Sie Verbindungen zu dem Dorf haben.«

Verbindungen, die immer noch unklar waren. Lettie nickte, weil sie weiterwollte, und Belinda trat beiseite.

»Nun, ich darf Sie nicht aufhalten. Wohin wollen Sie denn?«

»Ich dachte, ich schaue mal bei Claude vorbei.«

»Viel Glück«, sagte Belinda zum Abschied, was Lettie nicht gerade mit Zuversicht erfüllte.

ELF

CLAUDE

Die junge Frau war hartnäckig, das musste er ihr lassen. Claude sah zu, wie sie entschlossen an seine Tür trat, und wartete auf das Klopfen. Als es nicht kam, spähte er aus dem Fenster.

Sie stand da, die Finger um den angelaufenen Türklopfer gelegt, als würde sie darüber nachdenken, was sie tun sollte. Sie nahm ihren Mut zusammen, begriff er mit einem Anflug von Scham. Was würde seine Mutter von ihm denken, wenn sie wüsste, dass er anderen Angst machte? Was würde Esther sagen?

Ihr Klopfen hallte durch das kleine Cottage und brachte seine Gedanken zum Schweigen. Buster, der zu seinen Füßen gesessen hatte, erhob sich langsam und schlenderte voran.

Seufzend ging Claude in den Flur, ohne die Müdigkeit zu beachten, die ihm in letzter Zeit zu schaffen machte, und öffnete die Tür.

»Ja?«, fragte er langsam und bemühte sich bewusst, nicht gereizt zu klingen.

Die junge Frau – Lettie, meinte er sich zu erinnern – lächelte ihn nervös an. Sie trug heute ein farbenfrohes Sommerkleid aus Baumwolle und hübsche braune Sandalen, aber ihr rotbraunes Haar war immer noch ungebändigt und fiel ihr in Wellen über die Schultern. Sie sah aus, als wäre sie einem der präraffaelitischen Gemälde entstiegen, die seine Mutter so geliebt hatte.

»Entschuldigen Sie bitte, dass ich Sie noch einmal belästige«, begann die junge Frau zögernd. »Sie haben mir bei unserem letzten Gespräch zwar deutlich klargemacht, dass Sie mir nicht helfen wollen, aber ich weiß nicht recht, wo ich es sonst versuchen soll.« Ihre nächsten Worte kamen so schnell, dass sie sich beinahe überschlugen. »Ich muss bald zurück nach London und bin immer noch nicht dahintergekommen, was mit meiner Großtante passiert ist, als sie hier gelebt hat, und ich möchte sie nicht enttäuschen. Sie würde es verstehen, sie war immer sehr lieb zu mir. Aber es ist das Letzte, das ich für sie tun kann, sie ist nämlich gestorben.«

Ihre Unterlippe bebte, und ihre Augen glänzten, als würde sie gleich in Tränen ausbrechen. Oh, verflucht. Claude hatte noch nie gut mit Frauentränen umgehen können. Sie verunsicherten ihn, und in letzter Zeit brachten sie ihn manchmal selbst den Tränen nahe. Das konnte nicht angehen.

»Was genau wollen Sie?«, fragte er und nickte Marcus vom Postamt zu, der im Vorbeigehen den Hals reckte, um zu sehen, was vor sich ging. Claude redete an der Tür mit einer attraktiven jungen Frau! Am Abend würde es im Pub die Runde machen.

»Wenn möglich, würde ich gern einen Blick auf Fotos und Dokumente aus den Dreißiger- und Vierzigerjahren werfen. Haben Sie so etwas in Ihrem Archiv?« Lettie lächelte, als Claude nickte. »Das ist wunderbar. Es könnte mir mehr über meine Großtante verraten. Ich weiß bisher nur, dass sie Florence' Allfords Bruder gekannt hat, daher versuche ich, auch mehr über ihn zu erfahren.«

»Warum fragen Sie nicht Florence?«

»Das habe ich versucht, aber sie will nicht darüber reden.«

»Dann spricht man am besten nicht darüber.«

»Vielleicht haben Sie recht, aber das weiß ich erst, wenn ich herausgefunden habe, was eigentlich los war.« Sie schüttelte leicht den Kopf. »Was damals im Dorf passiert ist, gehört der Vergangenheit an, aber die Vergangenheit kann großen Einfluss auf die Gegenwart haben, finden Sie nicht?«

Allerdings. In letzter Zeit beeinflusste die Vergangenheit seine Gegenwart sehr. Er verbrachte Stunden damit, darüber nachzudenken, wie anders alles hätte sein können.

Claude bemerkte plötzlich, dass Lettie erschöpft wirkte und dunkle Ringe unter den Augen hatte.

»Was erwarten Sie zu finden?«

Die junge Frau zuckte die Achseln. »Keine Ahnung, aber irgendetwas ist damals passiert, das meine Familie veranlasst hat, Heaven's Cove zu verlassen und nie mehr zurückzukommen. Es muss etwas gewesen sein, das meine Großtante noch achtzig Jahre später nicht losgelassen hat, obwohl das absurd klingt.«

Für Claude klang es nicht absurd. Die Vergangenheit lastete schwer auf ihm, und diese junge Frau, die völlig unerwartet aufgetaucht war, war wie eine Verbindung zu etwas, das er verloren hatte. Er zögerte, dann trat er beiseite. »Sie drücken sich sehr rätselhaft aus, aber Sie kommen am besten herein.«

Er gab ihrer Bitte nach, aber sie blieb trotzdem unschlüssig auf der Türschwelle stehen. Plötzlich erblickte Claude sich in dem angelaufenen Spiegel, der an der Flurwand hing. Sein Haar war heute ungebärdig und umrahmte in wilden Locken sein ledriges Gesicht, und sein Bart war buschiger denn je.

»Ich schätze, Belinda hätte es Ihnen gesagt, wenn ich ein heimlicher Serienmörder wäre«, bemerkte er und zog eine Braue hoch, und paradoxerweise schien die junge Frau sich daraufhin zu entspannen. Ihre Schultern sackten herab.

»Belinda scheint wirklich eine Menge über die Menschen hier zu wissen.«

»Zu viel«, murmelte Claude und war froh, dass ihr seine jüngsten Neuigkeiten noch nicht zu Ohren gekommen waren. Seine Besuche im Krankenhaus waren unbemerkt geblieben.

Er hielt die Haustür so weit auf, wie es ging. »Nach Ihnen, falls Sie hereinkommen wollen.«

Mit einem nervösen Lächeln betrat die junge Frau sein Cottage, und er folgte ihr und ließ die Haustür offen. Buster wedelte mit dem Schwanz und drückte sich an ihr Bein.

Der Flur – eigentlich eher ein schmaler Durchgang – führte in ein kleines Wohnzimmer mit niedriger Decke und kleinen Fenstern mit tiefen Fensterbänken aus Stein. Es war ein düsterer Raum, selbst an einem strahlenden Sommertag, und die Züge der jungen Frau lagen im Schatten.

Claude schob Buster mit dem Fuß zur Seite und bedeutete ihr, auf dem Zweiersofa Platz zu nehmen. Er setzte sich an den Tisch am Fenster und richtete den Blick auf seinen unerwarteten Gast.

»Wie war noch gleich Ihr Name? Etwas mit Starcross?«

»Lettie.« Sie lächelte und setzte sich auf dem Sofa zurecht. Es war so unbequem, dass er es normalerweise Buster überließ. Die Polster waren mit langen braunen Hundehaaren bedeckt. Vielleicht hätte er ihr einen Stuhl am Tisch anbieten sollen. Er war es nicht gewohnt, Fremde im Haus zu haben, und langsam bereute er es, sie hereingebeten zu haben. Es war lächerlich zu glauben, dass sie in irgendeiner Weise mit seiner Vergangenheit in Verbindung stand.

»Wie heißt Ihr Hund?«, fragte sie, während sie dem Tier den Kopf tätschelte.

»Buster.«

»Haben Sie ihn schon lange?«

»Acht Jahre, seit er ein Welpe war.«

»Was ist das für eine Rasse?«

»Keine Ahnung. Ein Mischling. Ich habe ihn in einem Sturm zitternd auf dem Kai gefunden und ihn aufgenommen.«

»Das war nett von Ihnen.«

Claude zuckte die Achseln. »Ach was. Er macht keine Mühe.«

Die ganze Wahrheit war, dass Claude Buster zwar in jener Nacht gerettet hatte, als der Regen über den Kai gepeitscht war und der zitternde Streuner Gefahr lief, von den hohen Wellen, die über die Mauer schwappten, mitgerissen zu werden. Aber dann hatte Buster im Gegenzug Claude vor der Einsamkeit gerettet, die ihn oft zu überwältigen drohte. In Heaven's Cove schien jeder jemanden zu haben. Selbst Florence, seit Ewigkeiten verwitwet, hatte jetzt ihren Enkel, der bei ihr wohnte. Aber Claude war seit vierzig Jahren allein, seit Esther aus seinem Leben verschwunden war. Seine liebevollen Eltern hatten die Lücke, die Esther hinterlassen hatte, nicht füllen können.

Er richtete seine Aufmerksamkeit wieder auf den stickigen Raum.

»Dann erzählen Sie mir am besten, was Sie über Ihre Familie wissen, Miss Starcross.«

»Mein Großvater, meine Großtante Iris und deren Eltern haben während der frühen Vierzigerjahre in Driftwood House gelebt, soweit ich weiß, aber sie sind während des Krieges fortgezogen.«

»Sie sind aus Heaven's Cove weggezogen?« Claude schüttelte langsam den Kopf und konnte ihre Dummheit kaum fassen.

»Ja. Die ganze Familie hat das Dorf verlassen und ist nie wieder nach Devon zurückgekehrt. Ich war einfach neugierig, wie ihr Leben hier ausgesehen hat und warum sie weggezogen sind. Besonders interessiere ich mich für Iris, die kürzlich gestorben ist.«

»Sie haben ihr nahegestanden?«

»Ja.«

Zu Claudes Bestürzung traten Lettie diesmal Tränen in die

Augen, und sie blinzelte hektisch. Sollte er ihr ein Papiertaschentuch anbieten? Er hatte gar keine. Er überlegte, ihr sein eigenes Taschentuch anzubieten, und versuchte, sich daran zu erinnern, wann es das letzte Mal gewaschen worden war, doch dann schniefte sie und versuchte zu lächeln.

»Wenn möglich, wüsste ich gern mehr über sie.«

»Warum haben Sie sie nicht nach ihrer Kindheit im Dorf gefragt?«

»Ich habe es versucht, aber die anderen Familienmitglieder aus der Zeit sind schon lange tot, und Iris wollte nicht darüber reden.«

Scheinbar wollte niemand darüber reden, und doch war diese junge Frau fest entschlossen, nichts unversucht zu lassen, auch wenn sie nicht wusste, was am Ende dabei herauskommen würde.

»Ich habe es im Internet versucht«, sprach sie weiter, »aber das hat nichts Konkretes ergeben.«

»Internet!« Claude spie das Wort förmlich aus, und Lettie zuckte leicht zusammen. »Ihr jungen Leute verbringt viel zu viel Zeit damit, in euren Handys und Computern nach Erfüllung zu suchen. Ich habe mich in klaren Nächten immer nach dem Polarstern gerichtet, sonst nichts.«

»Aber die Sterne werden mir vermutlich nicht viel über meine Großtante erzählen können.«

Lettie biss sich auf die Lippe und strich über den hübschen goldenen Schlüssel an ihrem Hals.

»Nein, da haben Sie wohl recht.«

Als Claude bemerkte, dass die Anrichte Letties Aufmerksamkeit erregte, stand er auf und schob den Brief von der Krankenkasse, der darauf lag, in eine Schublade. Dann legte er den kleinen Silberrahmen daneben mit dem Gesicht nach unten auf die Anrichte. Er verfluchte die Sehnsucht, die ihn vor einigen Wochen veranlasst hatte, das Foto aus der Schublade zu holen. Normalerweise spielte es keine Rolle, denn nur er selbst bekam es zu sehen, aber jetzt betrachtete Lettie es neugierig. Das war der Grund, warum er normalerweise niemanden in sein Haus einlud. Die Leute steckten ihre Nase gern in Dinge, die sie nichts angingen.

»Dann kommen Sie mit«, sagte er schnell, bevor sie anfangen konnte, Fragen zu stellen.

»Mitkommen? Wohin?«

»In den Keller, um zu schauen, was ich über Ihre Großtante und die geheimnisvolle Familie Starcross finden kann.«

»Im Keller?«

Sie klang nervös, und Claude überlegte flüchtig, ob es klug war, eine hübsche junge Frau in den Keller zu bitten, aber sie war schon aufgestanden.

»Wollen Sie alles wiederholen, was ich sage? Im Keller bewahre ich die Sachen auf. Hier entlang.«

Lettie folgte Claude durch die winzige Küche mit den alten Schränken und dem schmalen Elektroherd mit Grill über dem Kochfeld. Als Claude die Kellertür öffnete, schlug ihm ein Schwall modriger Luft entgegen.

»Ich gehe vor. Passen Sie auf, dass Sie nicht ausrutschen.«

Er knipste das Licht an, und die nackte Glühbirne vergrößerte den Schatten seiner Gestalt an den Wänden in etwas Riesiges, als er gefolgt von Lettie die steinernen Stufen hinabstieg.

Am Fuß der Treppe schaltete er eine hellere Lampe ein. Sie beleuchtete drei große schwarze Aktenschränke, die in der Mitte des Raums neben einem wackeligen Tisch standen. Leise vor sich hin pfeifend öffnete Claude die oberste Schublade des nächsten Schrankes und blätterte durch die Akten. »Nach welchen Jahren suchen wir?«

»Nach den Dreißiger- und Vierzigerjahren, denke ich. Meine Familie ist während des Krieges aus Heaven's Cove weggezogen, und ich möchte gern wissen, warum.«

»Aus der Zeit gibt es hier einiges an Informationen.«

Claude machte sich daran, Papiere, Fotos und alte Zeitungsausschnitte auf dem schmuddeligen Tisch auszubreiten. Hier unten war es kalt und feucht, und Lettie zitterte. Er war sich nicht sicher, ob es an der Kälte lag oder daran, dass sie mit dem grimmigen Alten von Heaven's Cove allein in einem Keller war.

»Möchten Sie sich etwas um die Schultern legen?«, fragte er schroff und achtete darauf, ihr nicht zu nah zu kommen, um sie nicht zu erschrecken.

Sie studierte bereits die Dokumente und schüttelte den Kopf.

»Nein, danke. Das hier ist faszinierend. Haben Sie all diese Informationen selbst zusammengetragen?«

»Nein. Ich habe die neueren Sachen gesammelt, aber es war hauptsächlich meine Mutter. Sie hat von Geburt an in Heaven's Cove gelebt und das Dorf geliebt.«

Seine Mutter war eine ziemliche Hamsterin gewesen. Claude dachte an die Zeit zurück, als sie in dem Cottage nebenan gelebt hatte. Es war bis obenhin voll gewesen mit ihren »Sammlungen«, von der Lokalgeschichte über alte Ausgaben von *Good Housekeeping* bis hin zu Filzhüten und Porzellanpapageien. Warum ausgerechnet Papageien, hatte er nie herausgefunden.

Ein großer Teil davon war nach ihrem Tod an Wohltätigkeitsläden gegangen oder im Müll gelandet, aber er hatte ein paar Erinnerungsstücke behalten und auch ihre alten Zeitungsausschnitte, Dokumente und Fotos.

Nach dem Tod seiner Mum hätte er in das Cottage nebenan ziehen können, aber hier in seinem kleineren Heim war er glücklich gewesen. Er bereute allerdings oft seine Entscheidung, ihr Cottage über eine Ferienhausagentur an Touristen zu vermieten. Die Agentur erledigte die Arbeit, und er bezog daraus ein Einkommen. Aber die Überprüfung der Gäste durch die Agentur ließ oft zu wünschen übrig, sodass laute Musik oder singende Betrunkene ihm so manche schlaflose Nacht beschert hatten. Zumindest wirkte die junge Frau nicht wie eine Fremde, die Ärger machte.

Lettie, das Gesicht ein Bild gespannter Konzentration, arbeitete sich durch viele seiner Fotografien aus den Dreißiger- und Vierzigerjahren, einige davon Schwarz-Weiß-Aufnahmen, andere verblasste Farbfotos. Es gab Bilder vom Dorf, von Mädchen der Women's Land Army auf den Feldern und eine Panoramaaufnahme von Heaven's Cove, auf der Driftwood House oben auf der Steilküste zu erkennen war.

Vielleicht war die Großtante der jungen Frau in dem Haus gewesen, als das Foto aufgenommen worden war, dachte Claude, während er auf Busters Winseln oben im Erdgeschoss lauschte. Buster mochte es nicht, ausgeschlossen zu werden.

»Diese Sammlung ist fantastisch«, schwärmte Lettie. »Ich bin mir sicher, dass die Einheimischen und die Touristen sie gern sehen würden. Ich habe gerade erst zu Belinda gesagt, dass ein Heimatmuseum eine wunderbare Ergänzung für Heaven's Cove wäre.«

»Mag sein, aber die Sammlung ist nicht öffentlich.«

Lettie stöberte in Dutzenden von Fotos, hielt sie ins Licht und betrachtete die Gesichter lang verstorbener Menschen, die ihr Leben gelebt und beendet hatten. Claude stand währenddessen mit verschränkten Armen in der Ecke.

»Das ist wunderbar.« Sie grinste, ihr Gesicht bleich im Licht der Glühbirne. »Ihr Keller ist eine absolute Schatzkammer der Lokalgeschichte. So viele Lebensgeschichten. Es ist schade, dass alles hier unten versteckt ist.«

»Wer würde es schon sehen wollen?«

»Viele Menschen. Leute aus dem Dorf, und Touristen wie ich, die sich für die historischen Ereignisse interessieren, die das Dorf zu dem gemacht haben, was es heute ist.«

»Vermutlich ja, aber es müsste alles sortiert werden, und dazu fehlt mir die Zeit.«

»Es ist ein Jammer, dass ich nicht in der Nähe wohne, sonst würde ich Ihnen meine Hilfe anbieten. Ich würde mir das alles zu gern richtig ansehen. Oh!« Sie lächelte und wedelte mit einem Foto in seine Richtung. »Ich glaube, ich habe sie gefunden! Ich bin mir ziemlich sicher, dass das Iris ist, ich erkenne sie von alten Fotos wieder, auf denen sie noch jünger war. Sehen Sie nur!«

Claude trat neben sie und betrachtete das Bild. Eine junge Frau, wahrscheinlich Anfang zwanzig, mit langem, dunklem Haar, lehnte mit einer Handvoll anderer Leute an einem Karren. Obwohl er noch nie Fotos von ihr gesehen hatte, erkannte er, dass sie und die junge Frau in seinem Keller miteinander verwandt waren. Beide waren hochgewachsen und hatten ausgeprägte Wangenknochen, große Augen und das gleiche lange, lockige Haar.

»Iris' Haar war damals noch dicht«, murmelte Lettie und betrachtete lächelnd das Foto. »Im Alter ist es dünner geworden.«

Neben Iris stand ein junger, dunkelhaariger Mann, der ihr den Arm um die Schultern gelegt hatte. Er grinste glücklich und hatte Iris fest an sich gezogen.

»Wissen Sie, wer die anderen Personen auf dem Foto sind? Iris und der Mann scheinen sich sehr nahegestanden zu haben.«

»Ich habe keine Ahnung, aber diese Fotos haben meiner Mutter gehört, und sie war immer sehr ordentlich.« Er drehte das Foto um, und beim Anblick der sorgfältigen Handschrift seiner Mutter stockte ihm selbst nach all den Jahren der Atem. »Sehen Sie, sie hat die Namen auf die Rückseite geschrieben.«

Er gab Lettie das Foto zurück, und sie las mit zusammengekniffenen Augen die Namen.

»Hier steht *Iris Starcross,* und daneben steht *Cornelius Allford.*« Sie runzelte die Stirn. »Der Vorname stimmt, aber es kann sich nicht um Mrs Allfords Bruder handeln. Sie war verheiratet, also hätte er nicht den gleichen Nachnamen wie sie gehabt.«

»Sie kennen Florence nicht. In ihrer Jugend war sie ziemlich resolut«, antwortete Claude und bemerkte, dass die junge Frau die Brauen hochzog. »Als sie geheiratet hat, hat sie meiner Mutter zufolge ihren Mann gezwungen, den Namen Allford anzunehmen, damit er nicht ausstarb.«

»In dem Fall muss es sich bei dem Mann doch um Florence' Bruder handeln – er hat die gleiche Mundpartie wie sie. Er und Iris wirken so jung und sorglos.« Sie schaute die restlichen Fotos in ihrer Hand durch und hielt inne, als sie zur letzten Aufnahme kam. »Ist er das nicht auch?«

Claude spähte über ihre Schulter. Sie betrachtete eine Gruppe junger Männer in Soldatenuniform, die mit stolzen Gesichtern in einer Reihe standen – und der Mann ganz außen hatte eine große Ähnlichkeit mit Cornelius Allford auf dem Foto mit Iris.

Lettie runzelte die Stirn. »Ich hatte angenommen, dass Florence' Bruder erst kürzlich gestorben sei, aber wenn sie nach ihrer Hochzeit den Familiennamen fortführen wollte, muss er schon vor langer Zeit gestorben sein. Wissen Sie, wann das war oder wie es passiert ist?«

Claude zuckte die Achseln, denn er war abgelenkt von Busters Winseln, das immer lauter wurde. »Ich erinnere mich nicht. Er war nicht mehr hier, als ich klein war.«

Lettie beugte sich vor und überflog die wenigen Zeitungsausschnitte, die auf dem Tisch ausgebreitet waren.

»Ist etwas dabei?«, fragte Claude nach einer Weile.

»Ich glaube nicht, nein. Ich sehe keine Erwähnung von Cornelius, und meine Großtante wird auch nicht erwähnt.«

»Sie könnten es beim Kriegerdenkmal versuchen.«

»Ich habe im Dorf keins gesehen.«

»Es steht am Ende der Weaver's Row, in der Nähe der Kirche.«

Lettie wirkte erneut aufgewühlt. »Ich weiß nicht, ob ich es fertigbringe, dort nach Cornelius' Namen zu suchen. Nicht, nachdem ich das Foto von ihm und Iris gesehen habe, auf dem sie so glücklich zusammen wirkten. Es muss schrecklich sein, jemanden zu verlieren, den man liebt.«

Claude schloss für einen Moment die Augen, überwältigt von bittersüßen Erinnerungen.

»Ich denke nicht, dass ich Ihnen noch weiterhelfen kann. Ich möchte, dass Sie jetzt gehen«, sagte er schließlich energisch.

Er wusste, dass er schroff war, sogar unhöflich. Aber plötzlich stürmten die Erinnerungen auf ihn ein, Erinnerungen an seine lang verstorbenen Eltern und an eine Frau, die er vor vielen Jahren verloren hatte. Es war ihm auch zu viel, einen anderen Menschen für längere Zeit in seinem Haus zu haben. Er war es nicht gewohnt – normalerweise waren nur er und der treue Buster hier.

»Oh. Okay. Natürlich. Es tut mir leid, dass ich Ihre Zeit beansprucht habe.«

Letties Augen wurden noch größer, und sie sammelte die Fotos und Zeitungsausschnitte ein, die sie sich angesehen hatte, und verstaute sie wieder im Aktenschrank. Er hatte sie verstört.

»Vielen Dank für Ihre Hilfe«, sagte Lettie. »Ich weiß es wirklich zu schätzen. Könnte ich mir das Foto von meiner Großtante für ein oder zwei Tage ausleihen? Ich bringe es auch zurück.«

Claude beäugte sie misstrauisch. Diese Fremden kamen und gingen – eben noch hier und schon wieder weg.

»Ich verspreche, dass ich es zurückbringen werde«, versicherte sie ihm, und ihr ernster Gesichtsausdruck erinnerte ihn plötzlich an Esther.

»Nehmen Sie es mit«, antwortete er, schaltete die Lampe aus und führte die junge Frau die Kellertreppe hinauf. »Ich verlasse mich darauf, dass Sie es mir zurückgeben.«

ZWÖLF

LETTIE

Google Maps zufolge war die Gasse, nach der sie suchte, genau … hier. Lettie sah sich nach einem Straßenschild um, und schließlich entdeckte sie eins an der Hauswand eines steinernen Cottages. *Weaver's Row.*

Die schmale kopfsteingepflasterte Gasse war von alten Cottages mit kleinen Fenstern und glänzenden Haustüren gesäumt. Sie sahen aus wie Arbeiterhäuser aus früheren Jahrhunderten. Lettie spähte im Vorbeigehen unauffällig durch die Sprossenfenster und sah gemauerte Kamine und Deckenbalken. Es musste wunderbar sein, in so einem historischen Haus zu leben. Ihre eigene Einzimmerwohnung befand sich in einem ehemaligen Sozialbau aus den Siebzigerjahren und hatte so gar nichts Interessantes an sich.

Weaver's Row mündete in einen kleinen Rasenplatz, in dessen Mitte das Kriegerdenkmal stand – ein Steinkreuz auf einem steinernen Sockel. Beides war von Wind und Wetter gezeichnet. Um den Sockel waren Blumen gepflanzt, und die bunten Blüten wiegten sich in der leichten Brise, als Lettie näher trat.

Deprimierenderweise waren es viele Namen für ein so

kleines Dorf. Es gab eine Liste der Gefallenen des Ersten und eine des Zweiten Weltkriegs. Lettie strich über die eingemeißelten Namen lang verstorbener Männer und überflog die Liste derer, die in dem Krieg zwischen 1939 und 1945 ihr Leben gelassen hatten. Insgeheim hoffte sie, dass er nicht dabei war, aber dann sah sie plötzlich seinen Namen: *Cornelius J. Allford, 1915–1941.*

Er war nur sechsundzwanzig Jahre alt gewesen, als er starb, und Iris musste zu der Zeit Anfang zwanzig gewesen sein. Lettie fragte sich, wie eng ihre Beziehung gewesen war. Schon der Tod eines guten Freundes wäre für ihre Tante ein schwerer Schlag gewesen, und falls sie sich noch mehr bedeutet hatten, wie das Foto vermuten ließ ...

Letties Augen füllten sich plötzlich mit Tränen. Es gab so viel, was sie ihre Großtante gern gefragt hätte und von dem sie sich wünschte, dass Iris es ihr erzählt hätte.

Ein altes Flugblatt für das Dorffest flatterte vorbei, und Lettie sah zu, wie es übers Gras geweht wurde. Das Blau der See glitzerte in der Ferne, und dort, rechts, ragte die Landzunge der Allfords ins Meer.

Setz dich dahin, wo ich gesessen habe, mein liebes Mädchen ...

Hatte Cornelius den Brief geschrieben? Er musste dort oben auf der Landzunge gesessen haben, hoch über dem Dorf und dem Meer. Er und Iris hatten dort vielleicht sogar zusammengesessen, Pläne geschmiedet und von einer Zukunft geträumt, die sich im Rattern von Gewehrfeuer zerschlagen sollte. Wenn Lettie es nur wüsste.

Sie seufzte und sehnte sich danach, die Wahrheit zu erfahren. Aber sowohl Cornelius als auch Iris waren jetzt tot, und sie hatte nichts als einen Brief, der wenig Sinn ergab, und den Schlüssel an ihrem Hals, der in der Sonne glänzte.

· · ·

Lettie riss sich los und ging weiter bis zum Rand des Dorfes. Dort strömte ein seichter Fluss dem Meer entgegen. Eine hübsche Holzbrücke verband beide Ufer. Ihr Weg führte Lettie über die Brücke und dann höher hinauf.

Als es wärmer wurde, zog sie ihre Strickjacke aus. Sie würde aufpassen müssen, dass sie sich auf den bloßen Schultern keinen Sonnenbrand zuzog. In London ging sie manchmal in den nächsten Park, aber sie verbrachte doch nur einen sehr geringen Teil ihrer Zeit im Freien.

Endlich erreichte sie die Landzunge – Cora Head oder Lovers' Link, wie sie von den Einheimischen genannt wurde. Man war hier vollkommen ungeschützt, hoch über dem Meer, das sich bis zum Horizont in der Sonne kräuselte. Näher am Ufer war das Auf und Ab der Wellen stärker und erfüllte die Luft mit einem salzigen Sprühnebel, der in der Sonne in allen Farben des Regenbogens glitzerte.

Am Ende der Bucht lag Heaven's Cove, und Lettie fiel auf, wie klein das Dorf war. Von hier oben sah alles aus wie eine Spielzeuglandschaft mit kleinen Booten, die am Kai dümpelten, Dutzenden hübscher Häuser, darunter Claudes Cottage, gewundenen Gässchen und, wo das Land anstieg, der Burgruine.

Die Menschen, die vor Jahrhunderten in der Burg gelebt hatten, hatten von dort aus einen guten Blick über das Dorf und das Meer gehabt und so frühzeitig erkennen können, wenn von See aus unerwünschte Eindringlinge nahten. Vergleichbar dem Ansturm neuer Urlauber, falls Simon seinen Willen bekam, dachte Lettie, relativierte den Gedanken aber gleich wieder. So mochten Corey und seine Großmutter denken, aber vielleicht hatte Simon recht, und mehr Touristen würden mehr Geld für das Dorf bedeuten.

Lettie trat näher an den Rand der Steilfelsen heran, um die Aussicht zu betrachten, und bereute es sofort. Sie sah sich schon in die Tiefe und ins Wasser stürzen. Ein vertrautes

Gefühl des Erstickens legte sich wie eine Klammer um ihre Brust, bis sie kaum noch atmen konnte. Wenn sie die Augen schloss, würde sie wieder in der kalten Nordsee an der Küste von Essex sein, wo sie unter die Wellen gezogen wurde, während ihre Brust brannte und Salzwasser ihr in den Mund strömte. Sie würde sterben. Sie war erst acht Jahre alt, aber sie wusste ohne jeden Zweifel, dass ihr Leben vorüber war. Kein Sauerstoff bedeutete kein Leben, und sie bekam keine Luft.

Tritt zurück, befahl eine Stimme in ihrem Kopf, so laut, dass sie beinahe nach hinten gekippt wäre.

Immer noch zitternd setzte sie sich ins Gras und zog die Knie ans Kinn.

Komm schon, Cornelius. Hast du den Brief geschrieben? »Setz dich mit dem Schlüssel zu meinem Herzen dahin, wo ich gesessen habe, mein liebes Mädchen, dann wird alles klar werden.« Ist das die Stelle, an der du gesessen hast? Was sollte Iris hier sehen?

Vielleicht gab es gar nichts anderes zu sehen außer der Aussicht, die sie gemeinsam genossen hatten, und Letties Besuch in Heaven's Cove war wirklich ein fruchtloses Unterfangen. Iris war aus dem Dorf geflohen, nachdem der Mann, den sie geliebt hatte, gestorben war. Mehr steckte nicht dahinter. Und jetzt war Lettie paradoxerweise hierher geflohen, um einem Leben in London zu entkommen, das ihr hohl und leer erschien.

Das schrille Klingeln ihres Handys riss Lettie aus ihren Gedanken, und sie stöhnte, als sie Daisys Namen auf dem Display sah.

Sie war versucht, den Anruf zu ignorieren, aber es könnte ein Notfall sein. *Ein Betreuungsnotfall*, dachte Lettie und zog die Augenbrauen hoch, als sie das Gespräch entgegennahm.

»Lettie, da bist du ja. Geht es dir gut? Wie ist Devon? Und wann kommst du nach Hause?« Daisy kam stets ohne Umschweife zur Sache.

»Es geht mir gut, danke. Und wie geht es dir, Daisy?«

»Ich bin total erledigt, falls es dich interessiert. Mum treibt mich in den Wahnsinn. Ehrlich, wenn sie mich noch ein Mal bittet, mit ihr einkaufen zu gehen, dann kann sie was erleben. Ich habe samstags Besseres zu tun, als durch den Poundstretcher zu latschen.«

»Ich auch«, sagte Lettie, aber Daisy war zu beschäftigt damit, zu jammern, um zuzuhören. Aber Lesen oder einen Museumsbesuch hätte sie ohnehin nicht als etwas »Besseres« durchgehen lassen.

»Was machst du eigentlich in Heaven's Cove?«, fragte Daisy gereizt.

»Ich erhole mich und versuche, ein bisschen mehr über Iris' Leben hier herauszufinden.«

»Das ist Jahrzehnte her.«

»Ich weiß, aber hier fühle ich mich ihr näher.«

Daisy schwieg für einen Moment. »Ich weiß, dass Iris dir viel bedeutet hat und dass sie dir fehlt, Lettie. Ist das der Grund, warum du so plötzlich verschwunden bist? Du leidest doch nicht an einer anhaltenden Trauerstörung, oder?«

Ihre Schwester spielte gern Psychotherapeutin. Lettie dachte kurz nach. »Ich weiß es nicht. Ist Trauer nicht immer ein langer Prozess? Aber ich glaube nicht, dass ich eine Störung habe.«

»Hast du die Realität des Verlustes von Iris voll akzeptiert? Lässt du den Schmerz darüber zu, dass sie nicht mehr Teil deines Lebens ist?«

»Ich glaube, ja«, antwortete Lettie und dachte an die Tränen, die sie bereits vergossen hatte.

»Dann ist mit dir alles in Ordnung«, befand Daisy energisch. »Außerdem war sie eine sehr alte Frau, fast hundert.«

Lettie zuckte zusammen. Das hatte sie öfter zu hören bekommen, als bedeute die Tatsache, dass Iris ein langes Leben gehabt hatte, dass sie sie weniger vermissen sollte.

»Also, was hast du über sie herausgefunden? Hatte Iris eine wilde Vergangenheit?«

»Das bezweifle ich«, sagte Lettie und ärgerte sich über Daisys scherzhaften Ton. Genau das war der Grund, warum sie ihr weder von den letzten Worten ihrer Großtante noch von dem Brief erzählt hatte, den sie in deren Handtasche gefunden hatte. »Es interessiert mich einfach, wie sie als junge Frau gewesen ist.«

»Warum? Was hat das für einen Sinn?«

»Muss es einen Sinn haben?«

»Es hat immer alles einen Sinn.« Daisy seufzte. »Ist es schön da unten?«

Lettie blickte über das Meer zu dem Dorf mit seinen kleinen Cottages und gewundenen Gassen. »Es ist absolut traumhaft. Etwas malerischer als ein Londoner Vorort.«

»Aber vermutlich ruhig und todlangweilig.«

»Eigentlich nicht. Es kommen viele Touristen und es herrscht ständig Betrieb, außerdem habe ich einige ...«, sie hielt inne, »interessante Personen kennengelernt.«

»Ich muss gestehen, dass ich ein bisschen neidisch bin. Die Kinder zanken sich, und Jason hat heute frei und sitzt rum und liest Zeitung.« So deutlich hatte Daisy noch nie zugegeben, dass ihre Ehe alles andere als perfekt war. »Da wir gerade von den Kindern sprechen, vergiss nicht, dass Elsa Ende des Monats Geburtstag hat, und ich wollte dich bitten, den Kuchen zu backen, weil ich keine Zeit dafür habe, und sie möchte unbedingt einen Regenbogenkuchen haben, der innen bunt ist, wenn man ihn anschneidet. Das macht dir doch nichts aus, oder?«, fügte Daisy hinzu, als Lettie nichts sagte. »Bis dahin bist du doch wieder da, oder?«

Das *Ja* lag Lettie bereits auf der Zunge, aber plötzlich erklang Iris' Stimme in ihrem Kopf. *Du bist viel zu entgegenkommend, und deine Familie nutzt dich aus.* Lettie schaute auf das Dorf unten hinab.

»Vielleicht, vielleicht auch nicht.«

Es folgten einige Augenblicke des Schweigens, bevor Daisy antwortete. »Was soll das heißen, vielleicht auch nicht? Du kommst doch zurück, oder?«

»Wahrscheinlich.«

Lettie bereute das Wort, noch während sie es aussprach. Natürlich würde sie nach London zurückkehren. Sie hatte es nur satt, für selbstverständlich genommen zu werden.

»Wahrscheinlich?«, stieß Daisy hervor. »Was zum Teufel soll das denn heißen?«

Lettie seufzte, denn sie hatte auf die harte Tour gelernt, dass der Schuss unausweichlich nach hinten losging, wenn sie Daisy auf die Palme brachte. »Es bedeutet, dass ich mich noch nicht entschieden habe, wann ich zurück sein werde, aber ich denke, dass ich rechtzeitig wieder da bin, um Elsas Geburtstagskuchen zu backen.«

Daisys Stimme wurde wieder etwas weicher. »Gut. Erzähl mal, was machst du gerade?«

»Ich sitze in der Sonne auf einer Landzunge und schaue aufs Meer.«

»Das klingt schön.«

»Ist es auch. Es muss toll gewesen sein, hier aufzuwachsen, Daisy. Die Luft riecht sauber, und obwohl das Dorf von Touristen überlaufen ist, ist das Leben weniger hektisch. Und die Geschichte des Dorfes ist faszinierend.«

»Geschichte! Dass du dich für diesen trockenen Kram begeistern kannst«, stöhnte Daisy. »Das klingt ja alles schön und gut, aber wenn du zu lange fehlst, wirst du deinen Job verlieren.«

Lettie zögerte. Dies war der perfekte Zeitpunkt, um ihrer Familie mitzuteilen, dass sie offiziell arbeitslos war. Aber der Moment verstrich, und Daisy begann, von ihrer Ausbildung und den Kindern zu erzählen.

»Na, jedenfalls«, sagte sie abschließend, nachdem sie die

Besonderheiten der Kindererziehung beschrieben hatte, die im Wesentlichen darauf hinausliefen, um Schlaf zu beten und sie mit Keksen zu bestechen, »komm einfach bald wieder nach London.«

»Das mache ich, sobald ... oh.«

Lettie brach ab, denn ihr stockte der Atem. Corey war gerade in der Ferne aufgetaucht. Als er sie entdeckte, blieb er stehen. Dann machte er kehrt, als wolle er die Flucht ergreifen, drehte sich jedoch wieder um und kam mit schnellen Schritten auf sie zu.

»Oh, was?«, fragte Daisy scharf.

»Ich muss Schluss machen.«

»Warum?«

»Da kommt jemand.«

»Wer kommt?«

»Ein Mann aus dem Dorf, den ich kenne.«

»Wie meinst du das, du *kennst* ihn?«

»Er ist ein Fischer, den ich kennengelernt habe.«

»Was für ein Fischer? Was genau treibst du da eigentlich in Devon, Lettie? Wir brauchen ...«

»Ich muss auflegen. Bis dann.«

Daisy würde ihr nie verzeihen, dass sie sie abgewürgt hatte, dachte Lettie und schaltete das Handy stumm. Aber sie konnte nicht gleichzeitig ihre neugierige Schwester *und* den mürrischen Corey verkraften.

DREIZEHN

Corey kam mit starrer Miene auf sie zu, das Haar von der warmen Brise zerzaust. Er trug einen grauen Aranpullover und sah auf kernige Art gut aus. Für einen flüchtigen Moment fragte Lettie sich, wie es sich anfühlen würde, an seiner Brust gehalten zu werden, doch dann schüttelte sie energisch den Kopf.

Ja, er war attraktiv und charismatisch, aber er war auch knurrig und ihr gegenüber misstrauisch. Dass er sie ausgerechnet hier antraf, auf dem Stück Land, das Simon unbedingt in die Finger bekommen wollte, machte es nicht besser.

»Guten Tag. Ich dachte, ich mache mal einen Spaziergang hierhin, dieser Ort soll bei Touristen sehr beliebt sein.«

Sie verzog innerlich das Gesicht. Das klang viel zu förmlich und abwehrend.

»Guten Tag«, erwiderte er ihren Gruß und zog leicht eine Braue hoch. »Ich wollte Sie nicht bei Ihrem Telefonat stören.«

»Ist schon gut. Es war nur meine Schwester, und ich war ziemlich froh, das Gespräch beenden zu können.«

»Ist alles in Ordnung?«

»Bestens.«

»Das ist gut.«

Er blickte übers Meer, und sie konnte sein Gesicht im Profil betrachten.

»Obwohl meine Familie es mir übel zu nehmen scheint, dass ich es gewagt habe, für ein paar Tage zu verreisen.«

Warum hatte sie das gesagt? Sie schien heute die Königin unnötiger Bemerkungen zu sein, aber Coreys Lippen bebten, als würde er sich ein Lächeln verkneifen.

»Verlässt Ihre Familie sich auf Sie?«, fragte er und drehte sich zu ihr um.

»Jepp, meine Schwester verlässt sich darauf, dass ich auf ihre Kinder aufpasse, und meine Mutter baut stets darauf, dass ich mit ihr einkaufen fahre. Und mein Bruder verlässt sich darauf, dass ich das alles tue, damit er es nicht zu tun braucht.«

»Glückliche Familien.« Er trat von einem Fuß auf den anderen. »Ich hatte gehofft, Sie zu sehen. Ich wollte mich bei Ihnen dafür bedanken, dass Sie gestern meiner Großmutter geholfen haben.«

Das war überraschend. Lettie hatte eher erwartet, dafür gescholten zu werden, dass sie Florence schon wieder belästigt habe.

»Das habe ich gern getan. Sie hätte beinahe ihre Einkäufe verloren.« Lettie zögerte und fragte sich, ob es klug war, die anschließende Meinungsverschiedenheit zur Sprache zu bringen. »Es überrascht mich, dass sie mich überhaupt erwähnt hat. Ich scheine nicht gerade ihr Lieblingsmensch zu sein.«

Corey zuckte zusammen. »War sie schroff?«

Lettie dachte daran, wie die alte Frau ihr die Tür vor der Nase zugeschlagen hatte. »Das könnte man sagen, ja.«

Er runzelte leicht die Stirn. »Gran ist normalerweise nicht unhöflich. Ich habe keine Ahnung, was in sie gefahren ist.«

»Ich auch nicht. Es ist alles etwas rätselhaft.« Sie zögerte. »Ich habe den Namen Ihres Großonkels auf dem Kriegerdenkmal im Dorf gesehen.«

»Cornelius?«

»Ja. Ihre Gran hat ihn flüchtig erwähnt. Es ist traurig, dass er im Krieg gefallen ist.«

»Das war natürlich lange vor meiner Zeit, aber ich weiß, dass die Familie am Boden zerstört war. Er hat irgendwo in der Fremde sein Grab gefunden.«

»Er ist wahrscheinlich oft hier auf die Landzunge gekommen.«

»Ja. Gran hat erzählt, dass er die Stelle hier oben geliebt hat.«

»Vermutlich hat er einfach nur dagesessen und aufs Meer geschaut.«

Corey warf Lettie einen Seitenblick zu. »Keine Ahnung. Kann sein.«

»Es wird Ihrer Gran das Herz gebrochen haben, als er starb.«

»Es muss schrecklich gewesen sein. Sie war damals erst zehn, und kurz danach ist ihre Mutter gestorben.«

Lettie stieß bei dem Gedanken an das arme Kind, über das so viel Leid hereingebrochen war, einen bestürzten Laut aus. Es musste entsetzlich gewesen sein, den geliebten älteren Bruder zu verlieren, aber dann auch noch die Mutter? Sie schüttelte den Kopf und empfand eine plötzliche Zuneigung zu Florence, der es gelungen war, eine solche Tragödie zu bewältigen.

»Das ist wirklich furchtbar. Ich habe auf dem Friedhof den Grabstein von Elizabeth Allford gesehen.«

»Ach ja?«, fragte Corey und sah sie mit einem starren Blick an, bei dem ihr die Knie weich wurden.

»War sie die Mum Ihrer Gran?«

Corey ging nicht auf ihre Frage ein, sondern stellte stattdessen eine eigene. »Warum interessieren Sie sich eigentlich so dafür, was früher in Heaven's Cove passiert ist?«

»Ich ... Ich vermisse Iris.«

Er legte den Kopf schräg und sah ihr immer noch in die

Augen. »Ich glaube, dass mehr dahintersteckt. Warum interessieren Sie sich so für meine Familie?«

Was sollte sie darauf sagen? Dass sie vergeblich versuchte, die letzten Worte ihrer Großtante zu verstehen? Dass sie herausfinden wollte, wer vor Jahrzehnten einen Brief geschrieben hatte, der überhaupt keinen Sinn ergab? Er würde sie für verrückt halten, und seine ohnehin schon schlechte Meinung von ihr würde sich noch weiter verschlechtern. Und dennoch …

Aus irgendeinem Grund, den Lettie nicht ganz verstand, wollte sie Corey Allford die Wahrheit sagen – obwohl sie diese ihrer Familie bewusst verschwiegen hatte und es schon bereute, den Brief ihrer Mutter gegenüber erwähnt zu haben, und obwohl Corey und seine Großmutter wahrscheinlich denken würden, dass sie sich in eine Geschichte hineinsteigerte, bei der es gar nichts zu finden gab.

»Was ist wirklich los?«, drängte Corey und kam einen Schritt auf sie zu. Unter seinen Augen lagen dunkle Schatten, und sein Kinn war mit Bartstoppeln bedeckt. Er sah müde aus.

»Es hat mit Iris zu tun.«

»Sie scheint Ihnen sehr wichtig zu sein.«

»Das ist sie.« Lettie schluckte. »Das war sie. Meine Familie kann manchmal recht …«, sie suchte nach dem treffenden Ausdruck, »… anstrengend sein. Meine Mutter und meine Geschwister sind lauter als ich, selbstbewusster. Aber Iris hat mich immer verstanden. Manchmal haben wir nicht viel geredet, wenn ich sie besucht habe. Ich habe dann einfach nur ein Buch gelesen, oder wir sind zusammen ins Museum gegangen. Ich liebe Geschichte. Iris war eine tolle Frau, aber sie war traurig, genau wie Ihre Gran. Hinter dem äußeren Anschein trug sie eine tiefe Trauer in sich. Irgendetwas aus ihrer Vergangenheit hat sie nicht losgelassen, ein Leid, das sie wahrscheinlich hier in Heaven's Cove erlebt hat, und ich möchte herausfinden, was das war.«

Sie dachte, dass Corey verächtlich oder sogar sarkastisch darauf reagieren würde, aber er verzog das Gesicht, und ein mitfühlender Ausdruck trat in seine Augen. »Das tut mir leid. Es ist schmerzhaft, einen Menschen zu verlieren, den man liebt.«

Lettie nickte.

»Aber ich wüsste nicht, wie Sie herausfinden können, was vor so langer Zeit passiert ist. Haben Sie einen Anhaltspunkt?«

Lettie holte tief Luft, griff in ihre Umhängetasche und reichte ihm den Brief.

»Den habe ich bei Iris' Sachen gefunden, und sie hat mir diese Kette hinterlassen, die sie immer getragen hat.«

Lettie griff automatisch an den Schlüssel an ihrem Hals und schob ihn an der goldenen Kette hin und her. Wie immer gab ihr das ein Gefühl von Trost und Sicherheit.

»Ich verstehe immer noch nicht, warum Sie sich so für meine Familie interessieren, es sei denn ...« Corey brach ab und las die rätselhaften Worte ein zweites Mal. »Es sei denn, Sie denken, Cornelius habe diesen Brief geschrieben.«

»Es ist meine eheste Vermutung. Ich glaube, Ihr Großonkel und meine Großtante waren ein Liebespaar.«

Er gab ihr den Brief zurück. »Das ist ziemlich weit hergeholt.«

»Eigentlich nicht. Sehen Sie sich dieses Foto an.« Lettie holte das alte Foto aus der Tasche und reichte es Corey. »Die Frau rechts ist Iris, und der Mann neben ihr ist Cornelius. Es steht auf der Rückseite.«

Corey betrachtete das Foto. »Stimmt, das ist er. In Grans Schlafzimmer steht ein altes Foto von ihm.«

»Und sie wirken sehr vertraut miteinander.«

»Woher haben Sie das Foto?«

»Von Claude. Ich habe es in seinem Archiv gefunden.«

»Claude hat Sie in sein Cottage gelassen?« Als Lettie nickte, stieß Corey langsam den Atem aus. »Das ist beeindruckend. Normalerweise traut er Fremden nicht über den Weg. Er ist ziemlich ...«

»Misstrauisch?«, half Lettie ihm aus und lächelte leicht.

Corey sah sie mit seinen dunkelbraunen Augen an. »Das können Sie laut sagen.« Einer seiner Mundwinkel zuckte. »Wofür ist der Schlüssel?«

»Ich habe keine Ahnung. Vielleicht für gar nichts. Ich glaube, Iris wollte, dass ich es herausfinde, aber ich weiß nichts über ihre Vergangenheit hier. Deshalb wollte ich mit Ihrer Gran reden.«

»Und ist das wirklich der einzige Grund, warum Sie sich so für meine Familie interessieren? Sie arbeiten doch nicht etwa mit Simon zusammen, oder?«

Lettie seufzte. Was hatte es nur mit Corey und Simon auf sich, zwei Männern, die eine unübersehbare Abneigung gegeneinander hegten, aber der Versuchung nicht widerstehen konnten, den anderen in jedem Gespräch zu erwähnen?

»Nein, ich arbeite definitiv nicht mit Simon zusammen. Ich habe ihn erst vor ein paar Tagen kennengelernt.«

»Ich habe Sie gestern mit ihm auf dem Friedhof gesehen.«

»Ich bin ihm dort zufällig begegnet, und er hat mich auf diese Landzunge aufmerksam gemacht. Er scheint fest entschlossen zu sein, sie zu kaufen.«

»Dann steht ihm eine Enttäuschung bevor«, sagte Corey, und sein Blick verhärtete sich. »Gran könnte sich nie davon trennen, weil sie ihrem Bruder so viel bedeutet hat, und sie will genauso wenig wie ich, dass sie verschandelt wird.«

»Falls Ihre Gran das Geld braucht, würde Simon sich vielleicht bereit erklären, diesen Teil der Landzunge unberührt zu lassen und weiter hinten zu bauen.«

»Mag sein, aber ich traue ihm nicht. Sobald er das Land hat, kann er damit machen, was er will.«

»Es gibt doch sicher Regeln und Vorschriften, an die er sich halten muss?«

»Ein Mann wie er wird sie umgehen oder zu seinen Gunsten auslegen.«

Lettie wandte sich zum Meer um. Sie wollte das Thema wechseln und nicht mehr über Simon reden. Die Landzunge war verlassen. Sie hörte nur das leise Rauschen der Wellen am Fuß der Felsen. Selbst die am Himmel kreisenden Möwen hatten aufgehört zu kreischen.

»Von hier oben kann man meilenweit sehen.«

Sie ging so nah an den Rand, wie sie sich traute, und blickte übers Meer. Das Wasser hatte den dunkelblauen Farbton angenommen, den man aus der Werbung für Urlaub an Mittelmeerstränden kannte, und am Himmel hingen nur einige zarte Schleierwolken. Die Aussicht war atemberaubend, und die frische Luft war geschwängert von dem salzigen Geruch des Meeres.

»Meine Großmutter hat einmal erwähnt, dass Cornelius hier oben gesessen und Gedichte geschrieben hat«, erzählte Corey. Er verschränkte die Arme und schaute zum Horizont. »Anscheinend war er künstlerisch veranlagt. Hatte Ihre Großtante einen Hang zur Kunst?«

»Ich schätze, ja«, antwortete Lettie und dachte daran, wie sie als Kind still dagesessen hatte, damit Iris sie zeichnen konnte. »Sie hat zwar nicht geschrieben, aber sie hat manchmal gern Skizzen von mir angefertigt.«

Corey lächelte. »Das überrascht mich nicht. Mit Ihrem auffälligen roten Haar und der hellen Haut sehen Sie aus wie die Frauen, die Millais oder Rossetti gemalt haben.«

Lettie strich sich verlegen durch die rotbraunen Locken, überrascht über das unverhoffte Kompliment.

»Schreibt Ihre Gran auch Gedichte? Liegt es in der Familie?«

»Nein, Dichtung ist nichts für sie, aber sie mag Kunst. Als ich jünger war, hat sie mich zu Ausstellungen mitgenommen.«

»Sie sind in Kunstausstellungen gegangen?«

Corey zog eine Braue hoch. »Ich bin nicht der unkultivierte Barbar, für den Sie mich als Londonerin vielleicht halten. Wir haben hier jetzt sogar Strom und fließendes Wasser.«

»Ich habe Sie für nichts dergleichen gehalten«, verteidigte Lettie sich rasch und errötete wegen seiner akkuraten Einschätzung ihres ersten Eindrucks von ihm.

»Hm.« Er schob die Hände in die Taschen und blickte übers Meer. Er sah kräftig und robust aus, wie ein Teil dieser wunderbaren Landschaft. Lettie konnte kaum den Blick von ihm wenden. »Also, was werden Sie auf der Suche nach der Wahrheit als Nächstes unternehmen?«, erkundigte er sich.

»Ich bin mir nicht sicher. Ich hatte eigentlich gehofft, mit Ihrer Gran sprechen zu können, aber das ist ein bisschen schwierig, weil sie mich hasst.«

»Ich würde nicht sagen, dass sie Sie hasst. Vielleicht könnte man es als heftige Abneigung bezeichnen?«

Als Corey erneut die Brauen hochzog und grinste, konnte Lettie nicht anders als das Lächeln zu erwidern. Vielleicht war er ja doch nicht so mürrisch. Sein Gesicht war ihrem sehr nah, und sie konnte die zarten Falten um seine Augen und die weiche Wölbung seiner Oberlippe sehen. *Du hast ein Problem*, bemerkte eine kleine Stimme in ihrem Hinterkopf, als sie plötzlich das Gefühl hatte, aus dem Gleichgewicht zu geraten.

Die ferne Sirene eines Rettungswagens holte sie wieder auf die Erde zurück.

»Jedenfalls ...«, sagte sie schnell und schlug den sachlichen Ton an, den Daisy normalerweise für sie reservierte. »Ich sollte besser ins Dorf zurückkehren. Es gibt hier noch viel Historisches zu sehen.« Sie wedelte mit dem Reiseführer, immer noch leicht durcheinander. »Vor allem würde ich mir gern das Dartmoor anschauen, das diesem Buch zufolge eine sehr sehenswerte Landschaft ist.«

Wieder wedelte sie mit dem Buch und verzog innerlich das Gesicht. Sie klang wie eine Schuldirektorin, die Reiseführerin spielte und zu einer Klasse widerspenstiger Zehnjähriger sprach.

»O-kay«, antwortete Corey langsam und mit einem Blick, bei dem sie sich noch idiotischer vorkam. »Also, noch einmal Danke dafür, dass Sie Gran geholfen haben, und viel Glück bei Ihrer Suche. Wir sehen uns vielleicht noch mal, bevor Sie das Dorf verlassen.«

»Ja, wahrscheinlich.«

Lettie winkte und ging davon, das Gesicht zu einer Maske der Verlegenheit verzogen.

VIERZEHN

Rosie blickte vom Computer auf, als Lettie nach Driftwood House zurückkam. Sie hatte den Gedanken aufgegeben, das Dorf weiter zu erkunden, wie sie es Corey gegenüber gesagt hatte. Sie war zu verwirrt.

»Hallo, da sind Sie ja.« Rosie klappte ihren Laptop zu.

»Hallo. Entschuldigung, ich wollte Sie nicht stören.«

»Keine Angst. Die Internetverbindung spinnt mal wieder, aber ich kann mich auch später ums Marketing kümmern. Hatten Sie einen schönen Tag?«

»Ja, danke. Ich bin zum Cora Head gegangen – oder Lovers' Link, wie es, glaube ich, hier heißt –, und davor habe ich etwas Zeit mit Claude verbracht.«

»Wirklich? Sind Sie ihm im Pub begegnet?«

»Nein, er hat mich in sein Cottage gelassen, damit ich mir seine Fotos und Zeitungsausschnitte über das alte Heaven's Cove ansehen konnte.«

Rosie stand auf. Ihr war der Unterkiefer heruntergeklappt. »Wow, was für eine große Ehre. Claude lässt nicht viele Menschen in sein Haus, vor allem nicht Fremde. Er muss Sie sehr mögen. Wie finden Sie ihn?«

Lettie dachte an den etwas merkwürdigen, aber unaufdringlich liebenswerten Mann, mit dem sie einen Teil des Nachmittags verbracht hatte. Er hatte sie plötzlich aus dem Haus haben wollen, fast so, als hätte er Angst vor ihr gehabt.

»Er ist ziemlich exzentrisch, aber er scheint ein netter Mensch zu sein. Vielleicht ein bisschen einsam.«

»Das denke ich auch. Wir versuchen, ihn in das Dorfleben einzubinden, aber er bleibt lieber für sich.«

»Wissen Sie viel über seine Vergangenheit?«

Rosie zuckte die Achseln. »Eigentlich nicht. Soweit ich weiß, hat er immer im Dorf gelebt.«

»War er immer allein?«

»Ich glaube, ja. Er hat nie geheiratet, und ich habe auch nie gehört, dass er eine Partnerin hätte. Er lebt mit Buster, seinem Hund. Die beiden machen alles gemeinsam. Konnte Claude Ihnen bei der Familienforschung helfen?«

»Oh ja. Sehen Sie nur!« Lettie zog das Foto von Iris und Cornelius aus der Handtasche. »Das ist meine Großtante Iris vor über fünfundsiebzig Jahren, und der Mann neben ihr ist Cornelius Allford.«

»Allford?« Rosie nahm das Foto entgegen und sah es sich genau an. »Ist er verwandt mit ...?«

»Er war Florence' Bruder, Coreys Großonkel, der im Krieg gefallen ist.«

»Wie traurig.« Rosie gab ihr das Foto zurück. »Haben Sie noch mehr über Iris oder ihr Leben hier herausgefunden?«

»Nein, noch nicht.«

Lettie zögerte. Sollte sie Rosie von ihrer Auseinandersetzung mit Florence erzählen? Sie entschied sich dagegen und wechselte das Thema. »Im Dorf ist mir wieder Belinda über den Weg gelaufen.«

Rosie grinste. »Sie hat überall ihre Finger drin, und man kann ihr nur schwer entgehen.«

»Ja, das merke ich – ich begegne ihr ständig, und Simon

auch. Ich habe ihn an meinem ersten Abend im Pub gesehen und gestern auf dem Friedhof.«

»Ist das der Immobilienmensch?« Als Lettie nickte, nahm Rosie die Lesebrille ab und setzte sich wieder hin. »Er ist ein gewandter Redner und wahrscheinlich ein guter Geschäftsmann, aber er macht sich im Dorf keine Freunde. Die Grundstücke, die zum Verkauf stehen, will er nicht haben, aber er möchte unbedingt Cora Head kaufen, um darauf Ferienhäuser zu bauen.«

»Was halten Sie davon?«

»Ich?« Rosie runzelte die Stirn und tippte sich mit dem Stift gegen die Lippe. »Ich finde, es wäre ein Jammer, die Stelle durch eine Bebauung zu verschandeln, aber mir ist klar, dass viele Menschen gern mit dieser Aussicht aufwachen würden, und ich würde Florence keinen Vorwurf machen, wenn sie das Geld annehmen würde. Ich kann mich glücklich schätzen, weil ich jeden Tag mit dieser schönen Aussicht aufwache.«

»Es überrascht mich, dass Simon noch nicht bei Ihnen war, um zu hören, ob Sie bereit wären zu verkaufen. Oh!«, fügte Lettie hinzu, als sie Rosies Gesichtsausdruck sah. »Er hat es versucht?«

»Er hat mit mir darüber gesprochen, ob ich bereit wäre, Driftwood House zu verkaufen, damit er es abreißen und stattdessen Ferienhäuser bauen kann.«

»Was haben Sie geantwortet?«, fragte Lettie und hoffte gegen alle Hoffnung, dass dieses schöne, historische Haus sicher war.

»Nie im Leben«, erwiderte Rosie mit einem Grinsen. »Ich habe das Haus erst vor Kurzem übernommen und es bedeutet mir zu viel, um es aufzugeben. Ich verstehe, warum Florence sich so strikt weigert, Lovers' Link zu verkaufen.«

»Ich bin heute auch Florence' Enkel begegnet, oben auf der Landzunge. Oh, ich habe ganz vergessen, ihn nach dem Einsatz mit dem Rettungsboot gestern Nachmittag zu fragen.«

»Das war nur falscher Alarm, aber das Rettungsboot soll nach Mitternacht noch mal angefordert worden und erst kurz vor Sonnenaufgang zurückgekehrt sein.«

Kein Wunder, dass er müde ausgesehen hatte. Lettie versuchte sich vorzustellen, durch hohe, dunkle Wellen zu preschen, um jemandem zu Hilfe zu kommen, aber der bloße Gedanke ließ sie schaudern.

»Corey muss sehr mutig sein, wenn er auf dem Rettungsboot arbeitet.«

»Er gehört zu den freiwilligen Besatzungsmitgliedern. Warten Sie.« Rosie stöberte in einem Papierstapel unter dem Schreibtisch und zog eine Zeitung hervor. »Letzte Woche war ein Foto von ihnen hier in der Zeitung.«

Das Bild, das Rosie ihr hinhielt, zeigte eine Gruppe von Männern und Frauen, die auf dem Deck eines Rettungsbootes nebeneinanderstanden. Sie trugen alle die gleiche schwarzgelbe, wetterfeste Uniform und passende Stiefel. Lettie schaute an der Reihe entlang, bis sie Corey entdeckte. Er war größer als die anderen und sein kohlschwarzes Haar wehte in der Brise.

»Wissen Sie, ob der Einsatz vergangene Nacht gut ausgegangen ist?«, erkundigte sie sich.

»Ich glaube, ja. Sie sind zu einem Boot hinausgefahren, das bei rauer See in Not geraten war, und haben es in den Hafen geschleppt.« Als Lettie bei dem Gedanken an tiefes, dunkles Wasser erneut schauderte, warf Rosie ihr einen Seitenblick zu. »Und ich gebe Ihnen recht, er ist sehr mutig.«

»Meiner Meinung nach ist jeder mutig, der in einem Sturm aufs Meer hinausfährt, um anderen zu helfen.«

»Und er sieht gut aus.«

Lettie warf Rosie einen Blick zu, aber sie schob gerade ihre Unterlagen zu einem Stapel zusammen und bemerkte es nicht.

»Ja, kann sein. Wie lange lebt er schon hier?«

»Noch nicht lange. Er war weggezogen, und dann ist seine Ehe mit Grace in die Brüche gegangen und vor etwa zwölf

Monaten ist er zu seiner Großmutter gezogen, weil sie seine Hilfe brauchte.« Rosie zuckte die Achseln. »Das ist alles, was ich weiß. Ich halte nicht viel von Klatsch und Tratsch.«

»Ich auch nicht«, beteuerte Lettie, obwohl sie darauf brannte, mehr zu erfahren. Der singende Fischer Corey, der im einen Moment mürrisch und im nächsten heldenhaft war, war fast so rätselhaft wie sein Großonkel.

FÜNFZEHN

CLAUDE

»Komm her, Buster.«

Was machte der dumme Hund da? Claude rief ihn noch einmal, aber Buster stupste mit der Nase eine Frau an, die mit dem Rücken zu ihm am Flussufer saß und die nackten Füße in das flache Wasser gesteckt hatte.

»Tut mir leid«, sagte Claude schroff, packte Buster am Halsband und zog ihn weg. Als die Frau sich umdrehte, sah er, dass es das Mädchen war, das vor einigen Tagen vor seiner Tür gestanden hatte. »Lettie Starcross.«

»Das bin ich, ja.« Er hätte sie gleich erkennen sollen. Ihr auffälliges kastanienbraunes Haar, das rotgolden in der Sonne glänzte, als sie es sich über die Schulter schob, war unverkennbar. »Er heißt Buster, nicht?« Sie streichelte den Hund, dann drehte sie sich zu Claude um und lächelte. »Wie geht es Ihnen?«

»Gut.« Claude schob die Hände in die Hosentaschen. Er war es nicht gewohnt, mit Frauen, die jung genug waren, um seine Enkelin zu sein, auf der Straße Small Talk zu machen. »Ähm, und wie geht es Ihnen?«

Lettie warf ihm ein freundliches Lächeln zu, als spüre sie

sein Unbehagen, dann stand sie auf und schüttelte das Wasser von den Füßen. »Bei mir ist alles in Ordnung, vielen Dank.«

»Wirklich?«

Das Mädchen hatte etwas an sich, das ihm zu schaffen machte. Es lächelte zwar, aber es strahlte eine Traurigkeit aus, eine Einsamkeit. Und er wusste, wie das war.

Als Lettie nickte, bemerkte Claude, dass Belinda sie vom Eingang der Dorfpost aus beobachtete.

»Dann ist ja alles gut. Wie kommen Sie mit der Suche nach Informationen über den jungen Mann voran, für den Sie sich interessiert haben?«, erkundigte er sich. Plötzlich war er entschlossen, das Gespräch in die Länge zu ziehen, und sei es nur, um Belinda mit ihrer fixen Meinung über ihn Lügen zu strafen. Sie hatte es zwar nie gesagt, aber es war klar, dass sie ihn für einen Einsiedler hielt. Viele Leute taten das, und es stimmte, dass er Busters Gesellschaft bevorzugte und nicht gern unter Menschen ging. Aber noch weniger mochte er es, wenn über ihn geredet wurde.

»Um ehrlich zu sein, komme ich im Moment nicht weiter, daher habe ich in den letzten ein, zwei Tagen einfach nur das Dorf genossen. Es ist ein wunderbarer Ort.«

»Ich würde nirgendwo anders sein wollen. Haben Sie Ihre Suche aufgegeben?«

»Nein. Ich möchte immer noch mehr über Iris' Jugend wissen.«

»Es wird sie nicht zurückbringen.«

Als Letties Unterlippe zitterte, wünschte er sich, er wäre nicht so schroff gewesen.

»Ich weiß. Das ist nicht der Grund, warum ich es mache.«

»Menschen verschwinden aus dem Leben, aber sie hinterlassen immer ein Echo«, sagte Claude schnell. Er dachte an die Frau, die vor so langer Zeit fortgegangen war, ihn aber immer noch in seinen Träumen besuchte. Früher waren sie tröstlich gewesen, aber in letzter Zeit hatte Esther seine Träume geradezu heimgesucht, ihn mit ihren großen blauen Augen traurig angesehen und mit ihm geschimpft, dass er solch ein Einzelgänger geworden war. Sein Leben hätte ganz anders verlaufen sollen. Er wandte sich zum Gehen – zum Teufel mit Belinda und ihrer blöden Meinung –, aber Lettie berührte ihn leicht am Arm.

Er musste sich beherrschen, um nicht zusammenzuzucken. Es war so lange her, seit er von einer Frau berührt worden war. Die Männer auf den Booten rempelten ihn ständig an, und sie schüttelten ihm im Pub die Hand. Aber Frauen neigten dazu, einen großen Bogen um ihn zu machen. Vielleicht machten sein gutes Aussehen und seine strahlende Persönlichkeit sie nervös. Bei dem Gedanken erlaubte Claude sich ein bitteres Lächeln, denn er wusste genau, was im Laufe der Jahre aus ihm geworden war – ein ergrauter, mürrischer alter Knacker, der seinen Hund menschlicher Gesellschaft vorzog. Ein Einzelgänger. Der Dorfexzentriker.

Deshalb überraschten Letties nächsten Worte ihn besonders.

»Darf ich Sie auf eine Tasse Kaffee einladen?«

»Warum?«, fragte er und zog die Augen zusammen.

»Um mich bei Ihnen für Ihre Hilfe bei der Entdeckung des Fotos von Iris und Cornelius zu bedanken.« Lettie zuckte die Achseln. »Und um ehrlich zu sein, ich kenne eigentlich niemanden hier und habe meine eigene Gesellschaft allmählich satt.« Claude zögerte, als Lettie sich bückte und Buster den Kopf streichelte. »Ich habe in der Straße an der Kirche ein hübsches Café gesehen – The Heavenly Tea Shop oder so etwas Ähnliches –, und ich würde es gern ausprobieren.«

»Ich bin da noch nie gewesen.«

»Wirklich? Wie lange wohnen Sie schon in Heaven's Cove?«

»Mein ganzes Leben.«

»Und seit wann gibt es das Café?«

»Seit zehn Jahren vielleicht? Pauline führt es zusammen mit ihrem Mann, wenn er nicht gerade auf den Booten ist.«

»Warum waren Sie noch nie da?«

Claude zuckte die Achseln. »Ich kann mir zu Hause einen hervorragenden Kaffee machen.«

»Gutes Argument, aber ich habe Heißhunger auf Tee und Scones mit Erdbeermarmelade. Ich kann nicht nach London zurückkehren, ohne mir das gegönnt zu haben. Also, wollen Sie sich mir anschließen?«

Er stand im Begriff abzulehnen, aber die junge Frau hatte etwas an sich, das in ihm den Wunsch weckte, etwas mehr Zeit in ihrer Gesellschaft zu verbringen. Ihre Jugend vermittelte ihm das Gefühl, alt zu sein, und sie redete zu viel, aber ihr Interesse an der Vergangenheit war faszinierend, und was war die Alternative? Ein weiterer Nachmittag in seinem Cottage mit dem treuen Buster, während draußen auf dem Kai Touristen schrien und kreischten. Wenn er vor dem Haus saß und seine Pfeife rauchte, machten die Leute Fotos von ihm.

»Ich denke, das wäre akzeptabel«, antwortete er, bevor er es sich anders überlegen konnte.

Paulines Teestube war bis auf den letzten Platz mit lärmenden Touristen und lauten Kindern besetzt, und Claude bereute seine Entscheidung, sobald er das Gewimmel sah. Er machte sich innerlich bereit, sich einen Weg durch Kinderwagen, aufgerollte Windschutze und herumliegende Rucksäcke zu bahnen.

Aber Lettie warf nur einen kurzen Blick in die Teestube und führte ihn dann von der Eingangstür zu dem einzigen freien Tisch draußen auf dem Gehsteig.

»Wollen wir draußen sitzen? Der Tag ist viel zu schön, um drinnen zu sein.«

Claude ließ sich dankbar auf den klappbaren Bistrostuhl

sinken, der von Blumen in bunten Töpfen und steinernen Pflanztrögen umgeben war.

Pauline hatte die Teestube hier draußen schön hergerichtet und ihr den Charme eines mediterranen Straßencafés verliehen. Nicht, dass Claude jemals über Dieppe hinausgekommen wäre. Er und Esther hatten Reisepläne gehabt, aber sie waren alle ins Wasser gefallen. Und wenn man allein in den Urlaub fahren musste, konnte man gleich zu Hause bleiben. Und wer würde sich um seinen Hund kümmern, während er durch die Weltgeschichte fuhr? Buster war der letzte einer langen Reihe von Hundegefährten. Bei einem Hund war die Wahrscheinlichkeit, enttäuscht zu werden, erheblich geringer als bei einem Menschen.

»Hier draußen ist es viel schöner«, bemerkte Lettie, während sie die Speisekarte auf dem Tisch überflog. Claude nickte, obwohl er sich unangenehm exponiert fühlte. Die Leute starrten sie im Vorbeigehen an, und mehrere Einheimische stutzten und schauten noch mal hin, als sie ihn dort sitzen sahen.

»Claude, was für eine schöne Überraschung, Sie hier zu sehen!« Pauline trat an ihren Tisch, und fächelte sich mit dem Notizblock Luft zu. »Diese Hitze ist zwar gut fürs Geschäft, aber im Café herrschen bestimmt vierzig Grad, daher war es eine kluge Entscheidung, sich nach draußen zu setzen. Unsere neuen Ventilatoren verteilen drinnen nur die heiße Luft im Raum. Aber egal.« Sie hörte auf zu fächeln. »Was darf ich Ihnen und Ihrer Freundin bringen?«

Freundin? Claude gefiel der Ausdruck nicht, vor allem, da Lettie so jung war. Er war Mitte siebzig, und sie musste ungefähr dreißig sein. Das Alter von Frauen zu schätzen war nicht seine Stärke. Aber Lettie schien es nicht das Geringste auszumachen.

»Ich hätte gern einen Cream Tea, bitte, und Claude nimmt ...?«

Er zuckte die Achseln. »Einen Kaffee.«

»Sind Sie sich sicher, dass das alles ist? Ich lade Sie ein.«

»Ich habe keinen Hunger. Ein Kaffee reicht mir völlig.«

Pauline holte Luft. »Latte, Flat White, Macchiato, Espresso oder Americano?«

Wann war Kaffeetrinken so kompliziert geworden? Das war der Grund, warum er nicht in Cafés ging. Heutzutage war nichts mehr einfach. Die moderne Welt rückte Heaven's Cove immer näher. Auf dem Hügel, den er von seinem Fenster aus sehen konnte, stand ein Handymast, auf einigen der Cottages abseits der Hafenfront prangten Satellitenschüsseln, und die Touristen liefen mit Handys herum und schossen pausenlos Fotos von allem, was sich bewegte – auch von ihm. Sie nahmen die Schönheit des Dorfes gar nicht wahr, weil sie zu beschäftigt damit waren, ihre Fotosammlung zu erweitern. Fotos, die sie sich nach ihrer Heimkehr wahrscheinlich nie wieder ansahen.

Claude strich sich über den Halsausschnitt seines alten T-Shirts. Obwohl er hier wohnte, fühlte er sich fehl am Platz.

»Einen ganz normalen Kaffee«, antwortete er, und Pauline kritzelte etwas auf ihren Notizblock.

»Okay. Dann also einen Kaffee mit Milch. Kuhmilch, Hafermilch, Sojamilch oder ...« Als sie den Ausdruck auf Claudes Gesicht bemerkte, hörte sie auf zu schreiben. »Normale Milch«, murmelte sie und eilte davon.

Es dauerte einige Minuten, bis Tee, Scones und Kaffee kamen, und die ganze Zeit über erzählte Lettie von ihrer Familie, der schönen Aussicht von Driftwood House und ihrer Suche nach den Spuren ihrer Großtante. Es war nicht zu übersehen, dass sie ihre Großtante geliebt hatte, und Claude kam der Gedanke, dass niemand sich die Mühe machen würde, nach seinen Spuren zu suchen, wenn er den Löffel abgab. Der Einzige, der ihn wirklich vermissen würde – statt nur das Dahinscheiden eines Urgesteins von Heaven's Cove zur Kenntnis zu nehmen –, war Buster. Das war schade. Er hätte sich gewünscht, dass er einem jungen Menschen wie Lettie etwas bedeutete.

»Was ist mit Ihnen, Claude?«, fragte Lettie, während sie ihren warmen Scone durchschnitt. Bei dem Geruch knurrte ihm der Magen. Sein Mittagessen hatte aus einer Scheibe Toast und einer kleinen Dose Baked Beans bestanden, weil sein Lebensmittelschrank fast leer war.

»Was soll mit mir sein?«, fragte er abweisend und nahm einen Schluck von seinem Kaffee. Er schmeckte gut. Claude lehnte sich entspannt auf dem Stuhl zurück, während er die Möwe auf der nahen Mauer im Blick behielt, die Letties Scone beäugte. Diese Räuber nutzten jede Gelegenheit. Claude hatte aufgehört zu zählen, wie oft er sah, dass Möwen den Touristen im Sturzflug die Fish ’n’ Chips wegschnappten.

»Sind Sie in Heaven’s Cove zur Welt gekommen?«

Lettie sah ihn immer noch an, und ihr Messer schwebte über der Clotted Cream.

»Ja, vor fünfundsiebzig Jahren in dem Cottage neben meinem.«

»Dann müssen Sie geboren worden sein, kurz nachdem Iris und ihre Familie das Dorf verlassen haben.«

»Ja, vermutlich.«

Lettie schaute auf ihren Teller hinab. »Kommt in Devon zuerst die Clotted Cream oder die Marmelade auf den Scone? Ich will die Einheimischen nicht verärgern.« Sie grinste.

»Sie können es essen, wie Sie wollen. Es ist ein freies Land.« Er hielt inne. »Aber Belinda würde Ihnen sagen, dass die Clotted Cream zuerst kommt, weil wir keine Barbaren sind.«

Lettie grinste, und Claude freute sich darüber, dass er sie erheitert hatte. Buster war ein wunderbarer Gefährte, aber er wusste den Humor, den Claude gelegentlich an den Tag legte, nicht zu schätzen. Esther hatte ihm einmal gesagt, sein Sinn für Humor sei einer der Gründe, warum sie ihn so mochte.

Er nahm noch einen Schluck von seinem Kaffee, der eindeutig besser schmeckte als der Pulverkaffee, den er sich zu Hause machte. Warum dachte er in letzter Zeit so viel an Esther, besonders seit er Lettie kennengelernt hatte? Es war nicht immer gut, in der Vergangenheit zu wühlen, wie sie es tat. Es war beunruhigend. Er scharrte unter dem Tisch mit den Füßen und wollte plötzlich nur noch weg.

»Sie sollten besser aufessen, denn ich habe nicht den ganzen Tag Zeit«, sagte er und fühlte sich schrecklich, als er Letties bestürztes Gesicht sah. Er hätte ihre Einladung nicht annehmen dürfen. Belinda hatte recht. Er war ein exzentrischer Einzelgänger. So hatte sie ihn einmal bezeichnet, als sie nicht bemerkt hatte, dass er zuhörte. Er nahm einen großen Schluck Kaffee und schlug nach einer Fliege, die ihn umsummte. »Entschuldigung. Ich will nicht unhöflich sein.«

Lettie zog leicht die Brauen hoch, als hätte sie ihn ohnehin nicht als höflich bezeichnet, aber sie lächelte.

»Ist schon gut.«

»Ich habe noch ein paar Zeitungsausschnitte über das Dorf im Krieg gefunden«, platzte er, ohne nachzudenken, heraus. »Sie waren hinter den Aktenschrank gefallen.«

»Wirklich? Das klingt faszinierend.«

»Mhm. Sie können gern kommen und sie sich anschauen.«

Ihr Gesicht leuchtete auf. »Unbedingt. Wann wäre es Ihnen recht?«

»Jederzeit. Wenn ich zu Hause bin, können Sie sich die Sachen ansehen.«

»In Ordnung. Vielen Dank.«

»Schon gut.«

Das klang unhöflicher, als er es gemeint hatte. Warum zum Teufel hatte er das gesagt?

Er lächelte Lettie an, um den Ausdruck abzumildern, und fragte sich, warum er sie überhaupt noch einmal zu sich eingeladen hatte. Mit dem Blick in die Vergangenheit öffnete man die Büchse der Pandora.

Lettie lehnte sich zurück und wischte sich mit einer Papierserviette etwas Sahne von den Lippen. »Der Tee und die Scones waren göttlich, sind aber schlecht für die Hüften. Ich werde schnell reingehen und bezahlen.«

»Ist schon gut. Ich kann meinen Kaffee selbst bezahlen«, erklärte Claude schroff, aber Lettie winkte ab.

»Nein, ich möchte mich dafür revanchieren, dass Sie mir mit Ihrem Archiv geholfen haben. Sie haben ja ohnehin nur einen Kaffee getrunken.«

Sie kramte gerade in ihrer Handtasche nach dem Portemonnaie, als Florence Allford vorbeilief, dann stehen blieb und kehrtmachte.

Die alte Frau, die Claude seit seiner Kindheit kannte, kam auf sie zumarschiert, und ihr weißes Haar schimmerte in der Sonne. In ihrem langärmligen Kleid und den Strumpfhosen wirkte sie zu warm angezogen.

»Guten Tag, Claude. Es überrascht mich, dich hier sitzen zu sehen.« Sie nickte ihm zu, und er brummte eine Begrüßung. Dann drehte sie sich zu Lettie um, die aufgehört hatte, nach ihrem Portemonnaie zu suchen. »Ich habe Sie gesehen, Miss Starcross, und möchte mit Ihnen reden.«

»Natürlich«, sagte Lettie, deren Wangen in der Hitze rosig glühten.

»Mein Enkel sagt, es wäre vielleicht eine gute Idee, mich mit Ihnen zu treffen. Er meinte, Sie besitzen einige Erinnerungsstücke, die für mich von Interesse sein könnten.«

»Das ist richtig«, stotterte Lettie.

»Dann kommen Sie am besten morgen früh um elf zu mir. Passt Ihnen das?«

»Ja, absolut. Vielen Dank.«

Florence beugte sich zu ihr vor. »Danken Sie nicht mir,

Miss Starcross. Bedanken Sie sich bei meinem Enkel, der mich gegen meinen Instinkt dazu überredet hat.«

Mit diesen Worten nickte sie Claude zu und schritt wieder davon.

Lettie schluckte hörbar. »Puh. Geht es nur mir so, oder ist Florence Allford etwas furchteinflößend?«

Claude lachte laut auf, und mehrere Leute drehten sich zu ihm um. »Florence war schon immer ziemlich grimmig und hat kein gutes Händchen für den Umgang mit Menschen.« Er spürte, wie seine Wangen heiß wurden. Er selbst war noch ungeselliger als Florence. »Ich sollte besser nach Hause gehen, Miss Starcross ... Lettie.« Er stand auf, und Buster kam mit einem ausgiebigen Gähnen an seine Seite geschlendert. »Vielen Dank für den Kaffee.«

»Nein, ich habe zu danken. Ich habe Ihre Gesellschaft sehr genossen.«

Hatte sie das wirklich? Claude nickte verlegen. »Ja«, murmelte er dann und ging davon.

»Warum habe ich sie noch mal eingeladen, Buster?«, brummte er, als er außer Hörweite war. Aber tief im Innern wusste er genau, warum er mit Miss Starcross unter vier Augen sprechen wollte. Ihm war ein Plan in den Sinn gekommen, während er an dem teuren Kaffee genippt hatte. »Ich werde es eines Tages bereuen ... das heißt, wenn ich lange genug lebe«, sagte er laut mit einem freudlosen Lachen. Er strich seinem Hund behutsam mit den schwieligen Händen über die Flanke und eilte dann über die Pflastersteine nach Hause, ohne dem Lockruf des einen oder anderen Gläschens Bier im Smugglers Haunt zu folgen.

SECHZEHN

LETTIE

Lettie strich sich über das Sommerkleid, bevor sie an Florence'
Haustür klopfte. Nachdem sie bei der alten Dame einen so
schlechten ersten Eindruck hinterlassen hatte, hatte sie sich mit
ihrem Aussehen große Mühe gegeben, in der Hoffnung, dass
der zweite Eindruck besser ausfallen würde.

Sie hatte das Haar zu einem Pferdeschwanz gebändigt und
ein wenig Make-up aufgetragen, um die Ringe unter ihren
Augen zu verbergen. Die frische Seeluft hatte ihren Wangen
etwas Farbe verliehen, aber sie hatte in der vergangenen Nacht
schlecht geschlafen. Ein starker Wind war durch das offene
Dachfenster geweht und mit ihm das Geräusch der Wellen, die
sich an den Klippen brachen. Es hatte sich wie das Brüllen
eines bösartigen Tiers angehört, und Letties Gedanken waren
zu dem Rettungsboot gewandert.

Waren Corey und seine Crew dort draußen auf dem aufgewühlten Meer und kämpften sich durch die Wellen? Als sie
schließlich doch eingeschlafen war, hatte sie von starken Strö-
mungen geträumt, die sie und Corey unter Wasser zogen,
während ihr Haar wie Algen hinter ihnen herströmte und ihre
Körper sich ineinander verschlangen.

Am Morgen hatte sich der Sturm gelegt, und die Sonne strahlte am blauen Himmel, der wie frisch gewaschen wirkte.

Lettie atmete tief durch. Zumindest war Florence bereit, sie zu empfangen, was sie Coreys Eingreifen verdankte. Sie war sich nicht sicher gewesen, ob er seiner Großmutter von ihrem Treffen erzählen würde, aber sie war froh darüber, dass er es getan hatte. Sie hatte sich den ganzen Vormittag in der Nähe von Driftwood House aufgehalten und war – in sicherem Abstand zum Rand – über das Kliff gewandert, für den Fall, dass Corey anrief, um ihr mitzuteilen, Florence habe es sich anders überlegt. Aber es hatte keinen Anruf gegeben, und nun war sie hier.

Lettie hob die Hand, um erneut anzuklopfen, aber die Tür wurde geöffnet, bevor ihr Finger sich um den glänzenden Messingklopfer schließen konnten.

»Wollen Sie Tote aufwecken? Ich mag zwar alt sein, aber ich bin nicht taub.«

Florence und Claude hatten eine Menge gemeinsam, dachte Lettie und betrachtete die alte Dame in braunem Teekleid mit cremefarbenen Punkten, die sich mit ihrem Gehstock durch den schmalen Flur entfernte. Nach einem leichten Zögern betrat Lettie das Haus, schloss die Tür hinter sich und folgte Florence ins Wohnzimmer.

Der Raum war klein, aber gemütlich. In der Ecke stand eine Stehlampe mit einem Fransenschirm, wie auch Iris ihn in ihrer Wohnung gehabt hatte. Es gab einen großen gemauerten Kamin, neben dem eine Kohlenschütte aus Messing stand, und auf einer alten Anrichte aus dunklem Holz waren silbern gerahmte Fotos platziert.

Die Gemälde an der Wand waren alles Seestücke, bis auf eins in einem vergoldeten Rahmen, das Letties Aufmerksamkeit erregte. Die Ansicht von belaubten Bäumen an einem plätschernden Bach kam ihr seltsam bekannt vor, und sie sah es sich genauer an. In der Ecke des Bildes ergoss sich ein Wasserfall in die Tiefe und verwandelte sich dort in eine weiße, wirbelnde Masse.

»Was sehen Sie sich da an?«, fragte Florence.

»Das Gemälde gefällt mir. Zeigt es eine Landschaft hier in der Nähe?«

»Es ist das Dartmoor, warum?«

»Ich glaube … Ich glaube, meine Tante Iris hatte in ihrer Wohnung ein gerahmtes Foto, das genauso aussah. Es zeigte den gleichen Wasserfall.«

Florence schwieg für einen Moment, dann zeigte sie auf einen Sessel neben dem steingerahmten Fenster. »Da irren Sie sich wahrscheinlich. Nehmen Sie Platz, Miss Starcross. Ich habe nicht viel Zeit.«

Lettie ließ sich in den Sessel sinken und versuchte, nicht über das Gemälde nachzugrübeln, das dem Foto in Iris' Wohnung, das sie sich oft angesehen hatte, so ähnlich war. Sie und Florence waren die Einzigen in dem stark nach Lavendel riechenden Raum, und ein Stich der Enttäuschung durchfuhr sie.

Florence seufzte, als könne sie die Gedanken der jungen Frau lesen. »Mein Enkel hielt es für eine gute Idee, mit Ihnen zu sprechen, obwohl ich mir da nicht so sicher bin. Er sagt, es könne einem guttun, über schmerzhafte Dinge zu sprechen, obwohl das ziemlich scheinheilig von ihm ist, da er nicht über Grace reden will …«

Sie brach abrupt ab und schüttelte leicht den Kopf.

»Ist Corey bei der Arbeit?«, fragte Lettie, neugierig, mehr über dessen Exfrau zu erfahren.

»Ja.«

»Dann ist er also nicht auf dem Rettungsboot«, bemerkte sie, um Konversation zu machen.

»Zur Abwechslung einmal nicht, obwohl im Moment so viele Touristen hier sind, die meinen, sie wissen das Meer zu beherrschen. Fremde, die nicht hierhergehören«, fügte Florence vielsagend hinzu. »Aber Sie sind wenigstens pünktlich, daher ist der Tee noch heiß.« Ohne zu fragen, schenkte sie Lettie eine Tasse aus der Porzellankanne neben ihr ein und reichte sie ihr. »Der Zucker ist noch in der Küche, falls Sie welchen brauchen.«

Lettie verneinte und nahm einen Schluck.

»Leben Sie schon lange in Heaven's Cove, Mrs Allford?«, fragte sie, um die frostige Stimmung aufzutauen.

»Ich bin vor fast neunzig Jahren in diesem Haus zur Welt gekommen und habe seitdem hier gelebt.«

Der weiche Akzent der alten Frau übte eine beruhigende Wirkung auf Lettie aus, wenngleich in ihren Augen immer noch Misstrauen lag.

»Das Dorf scheint sich in der Zeit kaum verändert zu haben. Es ist wie ein lebendiges Museum.«

»Und das ist etwas Schlechtes?«

»Nein, überhaupt nicht. Es ist wunderbar. Ich würde gern Ihre Geschichten darüber hören, wie das Leben hier früher war, als Sie aufgewachsen sind.«

»Es war hart, Miss Starcross, und nicht ganz so romantisch, wie Sie und andere Fremde es sich vorstellen.«

Lettie unterdrückte ein Stöhnen. Ihr Plan, eine unverfängliche und möglichst angenehme Unterhaltung mit dieser Frau zu führen, bevor sie sie behutsam nach Cornelius' Beziehung zu Iris fragte, lief nicht allzu gut.

»Es war sicher sehr hart«, antwortete sie gelassen. »Ich interessiere mich sehr für Sozialgeschichte und wie die Vergangenheit die Gegenwart beeinflusst hat.«

»Ach ja?«, sagte Florence und strich sich eine Strähne schneeweißen Haares aus der runzligen Stirn.

»Ich interessiere mich schon immer für ...«

»Also, was wollen Sie über meinen Bruder wissen, Miss Starcross?«, fiel Florence ihr ins Wort, während sie langsam ihren Tee umrührte.

»Nennen Sie mich doch bitte Lettie.«

»Hm.« Florence nippte an der Tasse, ohne den Blick ihrer hellen Augen von Letties Gesicht abzuwenden.

»Ich weiß nur sehr wenig, aber ich glaube, dass er und meine Tante Iris vor langer Zeit vielleicht ... gute Freunde waren.« Florence sah Lettie weiter an, bis diese spürte, dass ihre Wangen flammend rot wurden.

»Und was bringt sie auf diesen Gedanken?«

»Ich habe in Claudes Archiv ein Foto von den beiden gefunden.«

Florence blinzelte heftig. »Claude hat Sie in sein Cottage gelassen?«

»Ja, nach etwas Überredung.«

»Sie scheinen recht gut darin zu sein, Menschen zu überreden, Miss Starcross, auch meinen Enkelsohn.« Sie streckte die Hand aus. »Zeigen Sie mir das Foto.«

Lettie reichte ihr das Bild, und Florence betrachtete es kurz, bevor sie es ihr zurückgab.

»Ja, das sind die beiden. Ist das alles, was Sie haben? Mein Enkel hat sich da etwas unklar ausgedrückt.«

»Ich habe mich gefragt, ob Cornelius und Iris zusammen ausgegangen sind?«

»Zusammen ausgegangen?«

»Ich meine, waren die beiden damals ein Liebespaar?«

Florence seufzte. »Warum wollen Sie das wissen? Warum um alles auf der Welt interessiert Sie das?«

Lettie holte tief Luft. Es war an der Zeit, die ganze Wahrheit zu sagen und zu hoffen, dass Florence Licht auf das Rätsel werfen konnte. »Wegen der Worte, die Iris auf dem Sterbebett zu mir gesagt hat.«

Als Florence ihre Tasse sorgfältig auf den kleinen Tisch neben sich stellte, zitterte ihre Hand leicht.

»Wann genau ist Ihre Großtante gestorben?«

»Vor etwa sechs Wochen. Sie war schon einige Zeit krank gewesen.«

Wie oft sie es auch sagte, ihre Stimme stockte ihr jedes Mal. Ein Funke des Mitgefühls flackerte in Florence' Augen auf. »Sie muss an die hundert Jahre alt gewesen sein.«

»Sie war neunundneunzig.«

»Sie hatte Glück, so viel Zeit gehabt zu haben«, murmelte Florence, und ein harter Ausdruck trat in ihre Augen. Lettie biss sich fest auf die Lippe, um die Tränen aufzuhalten, die zu kullern drohten. »Also, was hat sie Ihnen gesagt, bevor sie gestorben ist?«

Lettie zitterte und dachte zurück an den Augenblick, als Iris die Kluft zwischen Leben und Tod überschritten hatte.

»Sie sagte: ›Finde es für mich heraus, mein liebes Mädchen.‹«

Florence runzelte die Stirn. »Das ergibt keinen Sinn. Was genau sollen Sie herausfinden?«

»Ich denke, ich soll mehr hierüber herausfinden.«

Lettie öffnete die Schließe ihrer Halskette, die unter ihrem Sommerkleid lag, und reichte sie wortlos der alten Frau. Florence betrachtete den kleinen, zarten Schlüssel in ihrer Hand.

»Hat Corey das gemeint, als er sagte, Sie wollten mir etwas zeigen? Woher haben Sie das?«

»Iris hat die Kette mit dem Schlüssel jeden Tag getragen.« Sie baumelte zwischen Florence' Fingern und glänzte in der Sonne, die durchs Fenster fiel. »Und nachdem sie … von uns gegangen ist, habe ich das hier in ihrer Handtasche gefunden.«

Lettie nahm den Umschlag aus der Tasche, zog den Brief darin hervor und reichte ihn Florence. Als diese die Worte las, schlug sie sich die Hand vor den Mund. Zu Letties Entsetzen verzerrte sich plötzlich ihr Gesicht, und eine Träne lief ihr über die faltige Wange. Lettie fischte ein sauberes Papiertaschentuch aus der Handtasche und gab es ihr.

»Es tut mir sehr leid, Mrs Allford. Ich möchte Sie nicht aus der Fassung bringen, aber ist das die Handschrift Ihres Bruders?«

Florence nickte und tupfte sich mit dem Papiertuch die Augen ab. »Ja.« Sie las den Brief laut vor. *Setz dich mit dem Schlüssel zu meinem Herzen dahin, wo ich gesessen habe, mein liebes Mädchen, dann wird alles klar werden.* Ich habe mich all die Jahre gefragt, was er geschrieben hat.«

Sie sprach so leise, dass Lettie sich vorbeugen musste, um sie verstehen zu können. »Sie wussten bereits von dem Schlüssel und diesem Brief?«

Florence knüllte das Papiertaschentuch zusammen und straffte die zarten Schultern.

»Ich habe diesen Umschlag von meinem Bruder zu Ihrer Großtante gebracht. Es war der Tag, an dem er in den Krieg zog und an dem ich ihn das letzte Mal gesehen habe.« Sie blickte kurz auf ihre Hände hinab. »Ich habe hineingespäht. Ich hätte das nicht tun sollen, aber ich war neugierig. Was schickte mein Bruder an Iris Starcross? Ich habe die Kette gesehen, den Brief aber nicht gelesen. Ich hatte ohnehin schon ein schlechtes Gewissen, dass ich hineingeschaut hatte.«

Sie nahm den Brief wieder auf, und ihre Lippen bewegten sich leicht, während sie ihn noch einmal las.

»Wissen Sie, was das bedeutet?«, fragte Lettie behutsam.

Florence zuckte die Achseln. »Es ist eine Liebeserklärung, vermute ich.«

»Und der Schlüssel? Wissen Sie, was er öffnet?«

Enttäuschung machte sich in Lettie breit, als die alte Frau den Kopf schüttelte. »Ich habe keine Ahnung. Vielleicht öffnet er gar nichts, und Sie wühlen hier für nichts und wieder nichts die Vergangenheit auf.«

»Mag sein.«

Sie sollte es dabei belassen. Sie hatte sich davon überzeugt, dass Florence genauso im Dunkeln tappte wie sie selbst, und wusste, dass sie aufhören sollte, Fragen zu stellen. Aber die Gelegenheit, mehr über Iris als junge Frau und den Mann, der sie anscheinend geliebt hatte, zu erfahren, war einfach zu verlockend. »Es tut mir sehr leid, dass Ihr Bruder nicht die Möglichkeit hatte, ein langes Leben zu leben. Was war er für ein Mensch?«

»Ein guter.« Florence stieß einen langen Seufzer aus, der in der Luft zu verweilen schien. »Er ist mir manchmal auf die Nerven gegangen, so wie das mit älteren Brüdern eben der Fall ist, und er hat mir ständig Streiche gespielt. Bei Cornelius wusste man nie so genau ... Aber er war freundlich und sanft und künstlerisch begabt. Er hat eine Ausbildung zum Möbeltischler gemacht, und er hat Gedichte geschrieben. Er hat stundenlang auf Cora Head gesessen oder oben an seinem Schreibtisch, wenn das Wetter schlecht war, und gedichtet. Den Schreibtisch hat er übrigens selbst gebaut. Er hatte wirklich Talent.«

»Hat er Gedichte für Iris geschrieben?«, fragte Lettie sanft.

»Wahrscheinlich.«

Florence legte auf ihrem Schoß die Fingerspitzen aneinander und schloss für einen Moment die Augen. Sie atmete so schwer, dass Lettie sich langsam Sorgen machte. War diese Rückkehr in die Vergangenheit zu viel für sie?

Aber dann öffnete sie die Augen und zeigte den Hauch eines Lächelns.

»Cornelius war mein großer Bruder und der wichtigste Mensch für mich. Haben Sie ältere Geschwister, Miss Starcross?«

»Ich habe einen älteren Bruder und eine ältere Schwester.«

»Und Sie stehen sich nah?«

Lettie zuckte die Achseln. »Ziemlich nah, denke ich.«

»Cornelius und ich hatten ein sehr enges Verhältnis, obwohl er viel älter war als ich. Meine Mutter hatte immer viel zu tun, daher hat Cornelius geholfen, mich großzuziehen. Er ist mit mir schwimmen gegangen und hat mit mir die Landzunge erkundet und mir die wilden Blumen und die Robben gezeigt, die in der Bucht schwammen. Ich habe ihn geliebt.«

»Sie müssen am Boden zerstört gewesen sein, als er starb.«

»Es war in vieler Hinsicht eine schwierige Zeit.«

Florence verzog den Mund zu einem schmalen Strich, als sie Lettie den Brief und die Kette zurückgab.

»Ich denke, Sie sollten jetzt besser gehen, Miss Starcross. Ich habe gesehen, was Sie mir zeigen wollten, und ich habe Ihnen gesagt, dass ich Ihrer Großtante den Brief mit der Kette überbracht habe, obwohl meine Eltern sehr böse gewesen wären, wenn sie davon erfahren hätten. Aber ich weiß nicht, was sie zu bedeuten haben. Das Vergangene bleibt in der Vergangenheit, und ich fürchte, ich kann Ihnen nicht helfen.«

Als sie sich aus dem Sessel erhob, tat Lettie es ihr gleich und stand ebenfalls auf. Sie schlang sich die Tasche um und ging zur Tür. Aber bevor sie in den schmalen Flur trat, drehte sie sich noch einmal um.

»Danke, dass Sie sich die Zeit für mich genommen haben, Mrs Allford. Darf ich Ihnen noch eine Frage stellen? Warum wären Ihre Eltern böse auf Sie gewesen, wenn sie gewusst hätten, dass Sie Iris den Umschlag gebracht haben?«

»Nachdem Cornelius in den Krieg gezogen war, wollten sie nichts mehr mit Ihrer Großtante zu tun haben.«

»Aber warum? Entschuldigung. Ich weiß, es ist schwer für Sie, darüber zu reden, aber ich verstehe einfach nicht, warum Ihre Eltern Iris gegenüber so negativ eingestellt waren.«

Florence sah Lettie in die Augen. »Weil alles ihre Schuld war, natürlich.«

»Was war ihre Schuld?«, fragte Lettie langsam.

»Alles. Iris war für Cornelius' Tod verantwortlich und für alles, was danach geschehen ist.«

Lettie war fassungslos. Eine Uhr, die auf dem Kaminsims tickte, durchbrach die Stille.

»Aber Ihr Bruder ist im Krieg gefallen.«

»Er hätte gar nicht eingezogen werden dürfen, Miss Starcross. Genau darum geht es ja.« Florence spie die Worte förmlich aus. »Er hatte ein Problem mit der Lunge, sodass er vom Wehrdienst hätte befreit werden müssen, und wir waren froh darüber, dass er außer Gefahr war. Wir haben damals so schreckliche Nachrichten von der Front gehört. Zwei junge Männer aus dem Dorf waren bereits gefallen. Ihre armen Familien waren am Boden zerstört, und Cornelius sagte, er würde bei uns bleiben. Er hat mit mir auf der Landzunge gestanden und mir gesagt, ich solle mir keine Sorgen machen, weil er mich nicht verlassen würde.« Sie strich sich mit der Hand übers Gesicht, um sich zu beruhigen. »Aber dann hat Iris alles verändert.«

»Ich verstehe immer noch nicht.«

»Ihre Großtante war eine böse Frau. Sie hat meinen Bruder ermutigt, in den Krieg zu ziehen.«

»Das hätte sie niemals getan«, sagte Lettie leise. Es fiel ihr schwer zu atmen. »Warum hätte sie das tun sollen?«

»Es gefiel ihr nicht, einen Liebsten zu haben, der nicht tapfer kämpfte. Das haben jedenfalls meine Eltern gesagt. Es war ihr peinlich, dass ihr Freund noch hier in Heaven's Cove war, während andere Männer Uniform trugen und für unsere Freiheit kämpften. Also hat er seine Papiere gefälscht, über seine Gesundheit gelogen und sich freiwillig zum Militärdienst gemeldet. Ihre Großtante hat seinen Schlüssel für den Rest ihres langen Lebens um den Hals getragen, aber nicht, weil sie ihn geliebt hat, sondern weil sie sich schuldig gefühlt hat.«

Plötzlich wurde Florence' Miene sanfter, und sie ließ sich wieder in den Sessel sinken. »Es tut mir leid, Miss Starcross. Ich weiß, dass Sie Ihre Großtante sehr gern hatten, aber mehr kann ich dazu nicht sagen. Mein Bruder hat Iris bis zum Ende geliebt. Er wollte ihr den Schreibtisch hinterlassen, den er in stundenlanger Arbeit selbst gebaut hatte, aber meine Eltern wollten nichts davon wissen. Sie haben sich nicht an die Anweisungen gehalten, die er ihnen hinterlassen hatte, und es wurde nie wieder über die Familie Starcross gesprochen.«

»Ist das der Grund, warum meine Familie Heaven's Cove verlassen hat?«

»Nach Cornelius' Tod war sie im Dorf nicht sehr beliebt.«

Plötzlich ergab alles einen Sinn. Das war der Skandal, von dem ihre Mutter gesprochen hatte, und der Grund, warum Iris nur selten von ihrer Jugend oder von dem schönen Dorf erzählt hatte, in dem sie aufgewachsen war.

»Also hat man sie vertrieben.«

»Es war ihre Entscheidung, fortzuziehen.«

Lettie holte tief Luft. Ihr schwirrte immer noch der Kopf.

»Ich glaube, dass der Tod Ihres Bruders Iris wirklich das Herz gebrochen hat.«

Florence schüttelte den Kopf und betrachtete durchs Fenster die weißen Schäfchenwolken. »Vielleicht am Anfang. Bis ein anderer kam.«

»Mrs Allford, ich denke nicht, dass es einen anderen gab. Meine Großtante hat bis zum Schluss allein gelebt.«

»Dann hat sie also nie geheiratet oder Kinder bekommen?«

»Nein. Ich erinnere mich nicht, dass sie jemals eine Beziehung gehabt hätte.«

»Aber sie hat meinen Bruder Ihnen gegenüber offensichtlich nie erwähnt.«

»Nein, aber sie hat den Schlüssel jeden Tag um den Hals getragen, und nach ihrem Tod habe ich den Brief gefunden. Er war im Innenfutter ihrer Handtasche, als sei er kostbar für sie gewesen und als habe sie es nicht ertragen können, von ihm getrennt zu sein.«

Florence sah sie einen Moment lang an, dann schenkte sie ihr ein trauriges Lächeln.

»Das ist längst Vergangenheit, Miss Starcross. Es ist lange her, und wir sollten es hinter uns lassen. Das gilt auch für Sie.

Kehren Sie nach London zurück und behalten Sie Iris so in Erinnerung, wie sie in Ihren Augen gewesen ist. Danke, dass Sie mir die Erinnerungsstücke meines Bruders gezeigt haben. Ich denke, Sie finden allein hinaus.«

Lettie ging langsam durchs Dorf. Zum ersten Mal achtete sie kaum auf die hübschen gewundenen Gassen und die historischen Cottages mit ihren kleinen, blühenden Vorgärten.

Florence' Enthüllungen hatten sie hart getroffen. Sie konnte nicht glauben, dass die freundliche, sanfte Iris irgendjemanden ermutigt hatte, in den Krieg zu ziehen, erst recht nicht den Mann, den sie geliebt hatte. Falls Iris das tatsächlich getan hatte, mussten die Schuldgefühle wegen seines Todes sie nie mehr losgelassen haben.

Florence irrte sich, wenn sie sagte, das Vergangene würde in der Vergangenheit bleiben. Was immer wirklich vor achtzig Jahren passiert war, drohte gerade überzuschwappen wie eine unaufhaltsame Welle, die im Begriff stand, die Gegenwart zu verschlingen. Lettie zitterte, obwohl die Sonne heute warm war, und beschleunigte ihre Schritte in Richtung Driftwood House, das einst Iris' Zuhause gewesen war – bis man sie und ihre Familie mehr oder weniger aus dem Dorf gejagt hatte, wie es schien.

Auf dem Heimweg nahm Lettie Iris' Schlüssel aus der Tasche und hängte ihn sich wieder um den Hals. Anstatt Lettie von weiteren Nachforschungen abzubringen, hatte Florence sie mit ihren Erzählungen erst recht dazu motiviert, die Wahrheit aufzudecken, wie immer sie aussehen mochte.

SIEBZEHN

Lettie wälzte sich herum und stöhnte. Ihr Bett in dem Dachzimmer von Driftwood House war zwar bequem, aber sie fand dennoch nicht wieder in den Schlaf.

Kreischende Möwen hatten sie geweckt, als die blasse Morgendämmerung sich am Himmel ausgebreitet und allmählich die Schatten in Letties Zimmer verjagt hatte. Sofort war ihr Kopf voller Sorgen und Fragen gewesen. Warum hatte sie wegen der paar Tage, die sie sich von ihren familiären Verpflichtungen freigenommen hatte, ein schlechtes Gewissen? Warum schob sie die Jobsuche hinaus? Und vor allem: Hatte Iris, die Großtante, die sie so liebte und die ihr so fehlte, wirklich einen Mann, der ihr viel bedeutet hatte, dazu ermutigt, unnötigerweise in den Krieg zu ziehen?

Da war noch etwas, was Florence gesagt hatte und das Lettie in einer Endlosschleife durch den Kopf ging. Cornelius hatte Iris im Falle seines Todes den selbst gebauten Schreibtisch hinterlassen wollen – den Schreibtisch, an dem er stundenlang gesessen und Gedichte geschrieben hatte. *Setz dich dahin, wo ich gesessen habe, mein liebes Mädchen, dann wird alles klar werden.* Vielleicht passte der geheimnisvolle Schlüssel in ein

Schloss im Schreibtisch. Aber wie würde sie ihn je zu sehen bekommen?

Lettie stöhnte noch einmal, dann schwang sie die Beine aus dem Bett und reckte sich. Statt hier herumzuliegen und sich vom Karussell immer gleicher Gedanken verrückt machen zu lassen, würde sie einen frühen Spaziergang ins Dorf unternehmen. Es gab da etwas, das sie tun wollte.

Lettie schlüpfte leise aus dem Haus, das Haar noch feucht von der Dusche. Das Gras war nass vom Tau, und dunkelblaue Wolkenfetzen trieben über den Himmel. Es war herrlich hier draußen. Die Sonne erhob sich über dem Horizont und tauchte den Himmel in Rosa- und Goldtöne. Die Luft war bereits warm und roch nach Salz und Meer.

Lettie ging bis an den Rand des Kliffs und pflückte bunte Wildblumen, die im Gras wuchsen. Als sie einen hübschen Strauß beisammenhatte, ging sie die Kliffstiege hinunter und bewunderte die Aussicht auf das bewegte Meer.

Die Straßen und Gassen von Heaven's Cove waren zu so früher Stunde noch frei von Touristen, alles war still und die Geschäfte bis auf den Zeitungsladen geschlossen. Der Zeitungsverkäufer winkte Lettie zu, als sie vorbeiging, und sie winkte freudig zurück, als gehöre sie in dieses historische Dorf.

Auf dem Weg durch Weaver's Row sah Lettie das Kriegerdenkmal auf dem Rasen in der frühen Morgensonne leuchten. Sie kramte einen Stift und ein Haarband aus der Handtasche, mit dem sie die Blumen zu einem ordentlichen Strauß zusammenband. Dann riss sie ein Blatt aus dem kleinen Notizbuch, das sie immer bei sich trug.

In liebevollem Gedenken an Cornelius Allford, einen mutigen Mann, der geliebt wurde und geliebt wird, schrieb sie. Dann schob sie den Zettel unter das Haarband und legte die Blumen auf den Sockel des Denkmals, ein Farbklecks auf dem hellen Stein.

Lettie neigte für einen Moment den Kopf und dachte an

den jungen Mann, der ihre Großtante geliebt hatte und der auf grausame Weise sein Leben lassen musste. Und sie dachte an die Trauer, die Iris und seine Familie verspürt haben mussten. Eine Trauer, die für ihre Großtante noch dadurch verstärkt worden war, dass man sie für seinen Tod verantwortlich gemacht hatte.

Es war eine traurige Geschichte, und sie war noch nicht zu Ende. Iris und Cornelius waren zwar tot, aber die Folgen ihrer und der in ihrem Namen getroffenen Entscheidungen reichten bis in die Gegenwart und verursachten noch immer Zorn und Schmerz.

»Es ist an der Zeit, herauszufinden, wie es wirklich passiert ist«, sagte Lettie laut, dann sah sie sich um, um sicherzugehen, dass niemand ihre Selbstgespräche gehört hatte und sie für eine merkwürdige Fremde hielt. Sie war allein, daher strich sie über Cornelius' eingemeißelten Namen. Sie wusste noch nicht, wie sie herausfinden sollte, was damals wirklich geschehen war, aber je länger sie darüber nachdachte, umso mehr fragte sie sich, ob Cornelius' alter Schreibtisch wichtig war.

Lettie war nicht danach zumute, nach Driftwood House zurückzukehren, daher spazierte sie durchs Dorf zum Kai, wo sie den Fischern dabei zuschaute, wie sie ihren Fang abluden, während über ihnen die Möwen kreisten. Der intensive Fischgeruch begleitete sie, als sie an der Burgruine und Liams Farm vorbeiging, bis sie die Bucht erreichte. Die Sonne war jetzt eine strahlende Kugel, die die Nacht verjagte und breite goldene und orangefarbene Streifen an den Himmel malte.

Es war bereits ziemlich warm. Lettie setzte sich an den menschenleeren Strand und sah zu, wie kleine Wellen sich am Ufer brachen, bevor sie ins große Meer zurückströmten. Für einen Moment schloss sie die Augen und lauschte den Rufen der Möwen und dem sanften Rauschen der Wellen. Hier fühlte sie sich Iris nahe und konnte sich vorstellen, dass sie neben ihr in dem weichen Sand saß.

Sie hätte Lettie umarmt und ihr dann zweifellos einen Rat wegen des Dilemmas mit ihrem Job gegeben. Ihre Familie würde sie dazu ermutigen, sich auf jede Stelle im Kundendienst zu bewerben, die gerade ausgeschrieben war. Lettie konnte in Gedanken die Stimme ihrer Mum hören: *Du musst Rechnungen bezahlen, also kannst du nicht wählerisch sein.* Aber Iris hätte gesagt ... Was hätte sie gesagt? *Folge deinem Herzen, Lettie. Sei mutig und tu, was du wirklich willst.*

Iris hatte gewusst, was Lettie wirklich wollte: Geschichte studieren und nebenher einen Job ausüben, der sie in die Welt der Vergangenheit führte. Aber dazu war es nicht gekommen, und jetzt war sie neunundzwanzig Jahre alt und hatte zu viele Verpflichtungen, um von dem Weg abzuweichen, auf dem sie sich befand. Es sei denn, sie war sehr mutig. War sie das?

Lettie öffnete die Augen und schaute aufs Meer, das einen silbrigen Blauton angenommen hatte, während die Sonne sich höher über den Horizont erhoben hatte.

Bevor sie Zeit hatte, es sich anders zu überlegen, zog sie ihre Sandalen aus und marschierte ans Wasser. Das Meer war ruhig und konnte ihr nichts tun. Plötzlich brach sich eine Welle auf dem Sand, und schäumendes Wasser strömte auf Letties Zehen zu.

Mit klopfendem Herzen trat sie zurück. Einfach erbärmlich. Natürlich hatte sie nicht den Mut, die Richtung ihres Lebens zu ändern, wenn sie nicht einmal den Mumm aufbrachte, einen Schritt ins Meer zu tun.

Sie stand lange da, die Hände in die Hüften gestemmt, und blickte übers Wasser, so sehr in ihre Gedanken vertieft, dass sie das Keuchen erst hörte, als es ganz nah war.

Erschrocken drehte sie sich um und sah Corey schwer atmend dastehen, vornübergebeugt, die Hände auf die Oberschenkel gestützt.

»Dachte ich mir, dass Sie es sind. Was machen Sie hier so

früh am Morgen?«, stieß er hervor. Er trug schwarze Shorts, ein hellblaues T-Shirt und blaue Turnschuhe.

Sein plötzliches Auftauchen warf Lettie aus der Bahn.

»Ich konnte nicht schlafen.«

»Zu viel im Kopf?«

»Das können Sie laut sagen.« Sie zögerte. »Ich muss mich bei Ihnen dafür bedanken, dass Sie Ihre Gran ermutigt haben, mit mir zu sprechen.«

»Mhm.« Corey senkte den Blick und scharrte mit den Füßen im Sand. »Soweit ich gehört habe, ist das Gespräch nicht besonders gut gelaufen. Ich hoffe, sie war nicht zu ... unfreundlich.«

»Sie hat keinen Zweifel an ihren Gefühlen meiner Großtante gegenüber gelassen. Aber der Verlust ihres Bruders muss für sie als Kind schrecklich gewesen sein.«

»Ja.«

Corey sah sie einen Augenblick lang an, als wolle er noch etwas über seine Großmutter sagen, aber dann schaute er auf ihre Zehen, die sich in den feuchten Sand bohrten.

»Wollen Sie schwimmen gehen?«

»Nein, lieber nicht.«

»Warum nicht? Es ist Spätsommer, das Wasser ist gar nicht so kalt.«

Er musste Witze machen, dachte Lettie, als der Rand einer Welle über ihre Zehen spülte. Das Wasser war absolut eisig.

»Mir ist nicht danach.«

»Warum stehen Sie dann hier mit nackten Füßen?«

Wer war Corey Allford, die Wasserpolizei? »Wenn Sie es unbedingt wissen müssen, ich habe versucht, den Mut aufzubringen, durchs Wasser zu waten.«

Sie wartete darauf, dass er sie auslachte, aber er legte nur den Kopf schräg und sah sie an. »Warum erfordert es Mut?«

Lettie schluckte und blinzelte, um das Bild von kaltem Wasser, das über ihr zusammenschlug, zu verscheuchen. »Weil ich es satthabe, Angst zu haben. Angst vor dem Meer ist mein ...« Sie brach ab und suchte nach dem richtigen Wort, um das Entsetzen zu vermitteln, das tiefes Wasser in ihr auslöste. »Es ist einer meiner Dämonen. Aber ich wollte mir beweisen, dass ich es kann.« Sie nahm die Schultern zurück und wechselte das Thema. »Und was machen Sie so früh am Morgen am Strand?«

»Joggen.« Er zeigte auf seine Shorts und die Turnschuhe. »Ich laufe oft um diese Uhrzeit, bevor die Straßen und der Strand voller Menschen sind. Es ist eine gute Methode, um meine Dämonen aus dem Kopf zu vertreiben.« Er hielt inne und sah sie an. »Wollen Sie jetzt reingehen oder nur darüber reden?«

»Ich ... bin mir nicht sicher.«

»Wenn Sie möchten, helfe ich Ihnen.«

»Warum sollten Sie das tun?«

»Weil es eine Schande ist, wenn Angst das Leben beherrscht.«

»Die Angst vor dem Meer beherrscht mein Leben nicht. London ist weit genug von der Küste entfernt.«

Als Corey die Achseln zuckte und sich abwandte, überlegte Lettie es sich noch mal. »Wobei ...«

»Wobei?«

Sie holte tief Luft. »Ich möchte wirklich ins Wasser. Ich bin mir nur einfach nicht sicher, ob ich es kann. Erbärmlich, was?«

»Kommen Sie«, sagte Corey schroff und bückte sich, um sich die Turnschuhe und Socken auszuziehen. Er warf sie von sich, außer Reichweite der Wellen, und ging ins Wasser, bis es ihm über die Knöchel reichte. Dass streckte er die Hand aus.

Lettie zögerte. Was hatte das für einen Sinn? Wenn sie wollte, konnte sie nach London zurückkehren und nie wieder ans Meer fahren.

»Sind Sie ein Angsthase?« Corey lächelte sie an und wackelte mit den Fingern des ausgestreckten Arms.

»Nein, bin ich nicht.« Sie schüttelte den Kopf. »Oder vielleicht doch.«

»Keine Sorge, Angsthase.« Er grinste. »Ich verspreche, dass ich Sie nicht ertrinken lasse. Das würde meinem Ruf auf dem Rettungsboot nicht gut bekommen. Also, was meinen Sie?«

Bevor sie kneifen konnte, griff Lettie nach seiner Hand und trat ins Wasser. Puh, es war noch kälter, als sie gedacht hatte. Eine herankommende Welle brach sich an ihren Füßen und spülte eisiges Wasser um ihre Waden. Lettie fühlte, wie ihr die Brust eng wurde und sich ihr die Kehle zuschnürte. Sie atmete in kurzen, flachen Stößen und versuchte, dem Drang zu widerstehen, zurück auf den trockenen Sand zu laufen, wo sie in Sicherheit war.

Das ist doch lächerlich, sagte sie sich. *Das Meer ist ruhig, und es reicht mir noch nicht einmal bis zu den Knien. Kleine Kinder tun das ständig.* Aber Bilder von kaltem, dunklem Wasser, das über ihrem Kopf zusammenschlug, wirbelten ihr durch den Kopf. Sie bekam keine Luft.

»Ihnen kann nichts passieren«, hörte sie Coreys leise, gelassene Stimme und spürte, wie sich sein Griff um ihre Hand verstärkte. »Das Meer ist heute wirklich ruhig. Wollen Sie weiter hinausgehen oder zurück zum Strand?«

»Noch weiter raus«, keuchte Lettie. Sie wollte unbedingt mutig sein, so wie Iris es ihr geraten hätte.

»Dann kommen Sie, Schritt für Schritt. Und denken Sie daran, wenn Sie im Meer je den Halt verlieren und keinen festen Stand haben, versuchen Sie, sich auf dem Rücken treiben zu lassen.«

Langsam wateten sie vom Strand weg, und das Wasser stieg immer höher. Bald reichte es ihr über die Knie und dann bis zur Mitte der Oberschenkel. Wasserspritzer hinterließen dunkle Flecken auf ihren hellblauen Shorts.

Sie spürte, wie ihr Herz raste, und plötzlich war ihr alles zu viel – die Dünung des Wassers und die Erinnerung daran, zu fallen und nicht in der Lage zu sein, wieder an die Luft zu kommen. Erinnerungen daran, nicht atmen zu können.

»Tut mir leid«, stieß sie hervor. »Es ist so dumm.« Tränen liefen ihr über die Wangen, und sie war so aufgewühlt, dass sie im Sog einer Welle das Gleichgewicht verlor und beinahe gefallen wäre. Plötzlich spürte sie Arme um sich, die ihr Halt gaben, und als sie die Augen öffnete, lag ihr Kopf an Coreys Brust.

Er hielt sie kurz fest, dann nahm er sie schwungvoll auf die Arme und trug sie aus den Wellen zurück zum Strand.

»So.«

Als er sie auf den Sand stellte, stand sie für einen Augenblick nur da und genoss das Gefühl, ihren Kopf an seiner Brust zu spüren, bevor er die Arme sinken ließ. Dann trat sie zurück und kam sich unglaublich albern vor. Hier war ein Mann, der sich selbst in Gefahr brachte, um bei Sturm und rauer See Menschen zu retten, und sie bekam eine Panikattacke, weil sie durch seichtes Wasser watete.

»Entschuldigung«, murmelte sie und rieb sich mit den Handballen die Augen.

»Nein, ich muss mich entschuldigen. Ich hätte Sie nicht drängen dürfen, ins Wasser zu gehen. Mir war nicht klar, wie groß Ihre Angst ist.«

»Es ist nicht Ihre Schuld. Ich wollte mutig sein, aber habe kläglich versagt.«

Lettie bückte sich, um die Sandalen anzuziehen, aber Corey ließ sich in den Sand fallen und zog sie zu sich herunter.

»Setzen Sie sich für eine Minute und erzählen Sie mir von dem Erlebnis, das diese Angst ausgelöst hat.«

Sein Gesicht war sehr nah an ihrem und wirkte so besorgt, dass Lettie beschloss, es ihm zu sagen.

»Als ich acht Jahre alt war, wäre ich bei einem Familienausflug an die Küste von Essex beinahe ertrunken. Die anderen haben es nicht bemerkt, als ich zum dritten Mal untergegangen bin, aber Iris hat es gesehen. Sie hat sich das Kleid in die Unterhose gestopft, ist ins Wasser gewatet und hat mich gerettet. Ich hatte solche Angst, dass ich das Wasser seitdem hasse.«

Coreys Mundwinkel zuckte. »Ihre Großtante scheint eine bemerkenswerte Frau gewesen zu sein.«

»Ja. Ihre Gran erinnert mich an sie. Sie ließ sich nicht unterkriegen, und manchmal war sie stur.«

»Das hört sich tatsächlich nach Gran an«, murmelte Corey.

»Hat Ihre Gran Ihnen erzählt, dass sie und ihre Eltern dachten, Iris sei für den Tod ihres Bruders verantwortlich?«

»Ja, gestern Abend.«

Lettie betrachtete die Wellen, die sich sanft am Ufer brachen und die ihr solche Angst machten.

»Ich kann nicht glauben, dass meine Großtante ihren Geliebten ermutigt haben soll, in den Krieg zu ziehen. Ich habe sie gut gekannt.«

»Vielleicht haben Sie recht, aber sie war damals jünger, und selbst die Menschen, die man am besten kennt und denen man am meisten vertraut, können einen überraschen.«

Lettie sah Corey an, der ebenfalls aufs Meer blickte. Dem bitteren Ton seiner Stimme nach zu urteilen, war sie sich nicht sicher, ob er noch über Iris sprach.

Plötzlich schüttelte er den Kopf und schenkte ihr ein Lächeln, das nicht ganz bis zu den Augen reichte. »Hat Ihnen das Gespräch mit Gran etwas gebracht?«

»Ein bisschen schon, ja. Es hat erklärt, warum Iris nur selten über ihr Leben in Devon gesprochen hat und warum sie nie mehr nach Heaven's Cove zurückkehren wollte. Aber das Rätsel um den Schlüssel hat es nicht gelöst.« Lettie tastete nach der Kette an ihrem Hals und ließ den Schlüssel daran hin- und hergleiten. »Wobei ...«

»Wobei?«

Lettie drehte sich im Sand zu ihm um. »Ihre Gran hat beiläufig erwähnt, dass Ihr Großonkel seine Eltern gebeten hatte, dafür zu sorgen, dass Iris im Falle seines Todes seinen Schreibtisch bekommt.«

Corey nickte. »Gran hat mir gestern Abend alles erzählt und mir den Brief gezeigt, den er seinen Eltern hinterlassen hatte.«

Lettie zuckte zusammen und stellte sich vor, wie dieser Brief Cornelius' Mum und Dad gequält haben musste, während sie ängstlich auf Nachrichten von ihrem Sohn warteten und der Krieg weiterwütete. Sie mussten wider aller Hoffnung gehofft haben, dass sie den Brief nie würden öffnen müssen. Aber eines Tages war das Schlimmste eingetreten, und der Brief war gelesen worden.

»Was stand drin?«

»Es war seltsam, den Brief nach all der Zeit zu lesen – wie Worte von jenseits des Grabes.« Corey schluckte und fuhr sich mit der Hand über die Augen. »Er schrieb, es tue ihm leid, seinen Eltern solchen Kummer bereitet zu haben, und dass er den größten Teil seiner mageren Habe Gran hinterließ. Außerdem bat er darum, Iris keine Schuld zu geben, und fügte hinzu, dass er ihr seinen Schreibtisch zur Erinnerung hinterlassen wolle.«

»Aber seine Eltern haben Iris trotzdem für seinen Tod verantwortlich gemacht, und sie haben ihr den Schreibtisch nicht gegeben.«

»Gran meinte, dass sie ihr noch nicht einmal von dem Schreibtisch erzählt haben.«

»Ich habe mich gefragt, ob mein Schlüssel vielleicht zu diesem Schreibtisch passt. *Setz dich dahin, wo ich gesessen habe, mein liebes Mädchen.* Das hat in dem Brief an Iris gestanden. Und Ihre Gran hat gesagt, Cornelius habe stundenlang dort gesessen. Haben Sie den Schreibtisch noch?«

Corey runzelte die Stirn. »Ja, er steht oben. Aber ich glaube nicht, dass die Schubladen abschließbar sind.«

»Sind Sie sich sicher?«

»Ziemlich. Es gibt nicht einmal Schlüssellöcher, glaube ich, und wenn doch, dann sind sie nur dekorativ.«

Lettie stieß einen enttäuschten Seufzer aus und bemerkte, dass die Feuchtigkeit des Sandes durch ihre Shorts drang. Sie war sich so sicher gewesen, dass der Schreibtisch alle Antworten barg, aber das lag vielleicht nur daran, dass er die letzte Möglichkeit zu sein schien, das Rätsel um den Schlüssel zu lösen und damit vielleicht sogar Iris' Namen reinzuwaschen. *Ich habe mich wirklich als hervorragende Detektivin erwiesen*, dachte Lettie enttäuscht.

»Macht nichts«, sagte sie Corey. »Es war ohnehin nur ein Schuss ins Blaue. Ich hoffe, es hat Ihre Gran nicht zu sehr verstört, dass ich die Vergangenheit aufgewühlt habe.«

Corey zuckte die Achseln. »Gestern Abend schien es ihr gut zu gehen. Es fiel ihr leichter, über all das zu sprechen, was sie jahrelang gequält hat. Gerade in den letzten Monaten schien es ihr noch mehr zu schaffen zu machen – seit es mit ihrer Gesundheit bergab ging.«

»Ich wusste nicht, dass sie krank ist.«

»Sie hat ein Lungenleiden. Deshalb bin ich bei ihr eingezogen, um ein Auge auf sie zu haben. Aber die Ärzte sagen, dass sie noch eine ganze Weile zu leben hat.«

»Sie sind ein guter Enkel.«

Wieder zuckte Corey die Achseln. »Granny war gut zu mir, als ich klein war, und es ist nur recht, dass ich es ihr zurückgebe.«

»Es tut mir trotzdem leid, dass ich sie damit belästigt habe.«

»Machen Sie sich deswegen keine Gedanken. Diese Dinge können nicht ewig verborgen bleiben. Wenn man nicht darüber spricht, führt das nur zu Kummer und Schmerz.«

Wieder gewann Lettie den Eindruck, dass er vom Thema abkam und von etwas ganz anderem sprach. Rosie hatte gesagt, dass Coreys Ehe ein bitteres Ende genommen hatte, und sie brannte darauf, ihn danach zu fragen. Aber sie hatte ihre Nase schon genug in die Angelegenheiten der Allfords gesteckt.

Sie stand auf und schüttelte den Sand ab.

»Danke, dass Sie Ihre Gran gebeten haben, mit mir zu sprechen, und danke ... hierfür.« Sie zog die Nase kraus und wies mit dem Kopf auf die zurückweichenden Wellen, deren Gischtbögen sich zischend in nichts auflösten.

Corey erhob sich ebenfalls und Lettie bemerkte, dass er darauf achtete, sie dabei nicht mit Sand zu bestreuen.

»Ich sollte jetzt besser weiterlaufen.«

»Und ich werde zurück nach Driftwood House gehen und frühstücken. Rosie wird sich schon wundern, wo ich geblieben bin. Also, danke für den Gang ins Wasser und das Gespräch. Es kann ein bisschen einsam werden, wenn man allein Urlaub macht.«

Corey schnürte sich die Laufschuhe zu und richtete sich auf. »Was haben Sie heute noch vor?«

Lettie dachte kurz nach. »Ich denke, ich werde mal schauen, ob ich das Dartmoor erkunden kann. Iris hat Heaven's Cove zwar kaum erwähnt, aber sie hatte ein gerahmtes Foto von einem Wasserfall im Dartmoor in ihrer Wohnung hängen. Ich glaube, es ist derselbe wie auf dem Gemälde bei Ihrer Gran.«

»Wirklich?« Corey schob die Hände in die Taschen seiner Shorts, während Lettie versuchte, nicht seine gebräunten, muskulösen Beine anzustarren. »Mit dem Bus ins Dartmoor zu fahren ist etwas mühsam, aber ich habe nachher frei und könnte Sie hinbringen. Ich kann mir Grans Auto leihen.«

»Sie und ich?«, fragte Lettie, völlig baff über die Einladung.

»Ja.« Er schenkte ihr ein kleines Lächeln. »Kein Problem, wenn Sie nicht wollen.«

»Nein, ich meine, ja, und ob ich will, wenn Sie Zeit haben. Obwohl Ihre Gran wahrscheinlich nicht begeistert sein wird, dass Sie sich ihr Auto ausleihen, um Zeit mit einer Starcross zu verbringen.«

Corey grinste. »Ich glaube, sie bereut es langsam, dass sie gestern so schroff zu Ihnen war. Vielleicht wird ihr langsam klar, dass Sie nicht Iris sind und deshalb auch nicht für ihre Sünden verantwortlich sind.«

»Sünden ist ein starkes Wort«, bemerkte Lettie mit einem Stirnrunzeln.

»Sünden ist das vollkommen falsche Wort. Tut mir leid.« Diesmal war sein Lächeln breiter. »Es ist noch früh am Morgen, und ich bin noch nicht ganz da, mir fehlt der notwendige Koffeinschub. Wenn Sie Lust auf einen Ausflug ins Dartmoor haben, bin ich ab Mittag frei. Könnten Sie zum Cottage kommen, sodass wir direkt von dort aus starten können? Ich bin mir nicht sicher, ob Grans alte Klapperkiste es die Kliffstiege hinaufschafft.«

»Ja, in Ordnung. Ich habe bezweifle allerdings, dass Ihre Gran erfreut darüber sein wird, mich zu sehen.«

»Sie wird gar nicht da sein, weil sie ihre Freundin Maud besucht. Die beiden essen zusammen zu Mittag.«

»Gut. Dann also bis nachher.«

Er lief über den Strand davon und wirbelte bei jedem Schritt eine kleine Sandwolke auf. Lettie war sich nicht sicher, ob das Flattern in ihrem Magen bedeutete, dass sie glücklich oder dass sie nervös war, oder beides zugleich? Warum um alles in der Welt hatte sie einem Ausflug zugestimmt, der alles andere als entspannend sein würde?

Du weißt, warum, sagte eine kleine Stimme in ihrem Kopf, die sehr nach Iris klang.

»Hey, warten Sie mal!«

Lettie beschlich ein ungutes Gefühl, als sie Simon auf sich zukommen sah. Er drängte sich durch die Touristen, die ins Dorf strömten.

»Hallo, Simon. Sind Sie immer noch hier?«

»Natürlich.« Er strich sich das tadellose blonde Haar glatt und unterzog sie einer unverhohlenen Musterung. »Ich gebe nicht so leicht auf, und hier ist immer noch viel zu tun. Was haben Sie denn getrieben?«

»Wie meinen Sie das?«, fragte Lettie und bekam Herzklopfen, als sie daran dachte, wie ihr Kopf an Coreys Brust geruht hatte.

»Sie sind voller Sand.«

»Oh. Ich war am Strand und habe für eine Weile im Sand gesessen. Es ist eine schöne Bucht.«

»Ja, nicht schlecht«, pflichtete Simon ihr bei, während Lettie sich die Beine abwischte. »Wohin wollen Sie jetzt?«

»Ich gehen zurück nach Driftwood House. Ich habe noch nicht gefrühstückt.«

»Ich werde Sie ein Stück begleiten.« Letties ungutes Gefühl verstärkte sich, als er sich ihr anschloss und seine blank polierten Schuhe bei jedem Schritt leise quietschten. »Also, was haben sie hier getrieben?«, fragte er noch einmal.

»Ach, Sie wissen schon. Was man im Urlaub so tut – Sehenswürdigkeiten besichtigen, entspannen, tonnenweise Eiscreme essen.«

»Ha, ja. Das Eis hier ist nicht schlecht.« Während sie weitergingen, warf er ihr einen Seitenblick zu. »Ich habe Sie gar nicht im Pub gesehen.«

»Ich bin ein paar Tage nicht dort gewesen.«

Er blieb abrupt stehen. »Ich habe mich gefragt ... ob Sie vielleicht abends mal Lust haben, etwas trinken zu gehen? Wie wär's mit morgen, wenn Sie nichts anderes vorhaben?«

Lettie wusste es durchaus zu schätzen, innerhalb von zehn Minuten zu zwei Verabredungen eingeladen zu werden. Das war ihr noch nie passiert, und Kelly, die knietief in Tillys Windeln steckte, wäre megabeeindruckt gewesen. Aber der Gedanke, einen Abend mit Simon zu verbringen, ließ sie innerlich zusammenzucken. Das klang nicht nach Spaß, aber wie konnte sie etwas anderes vorhaben, wenn sie allein Urlaub machte?

»Ich bin mir noch nicht sicher, was ich morgen vorhabe, daher kann ich mich nicht festlegen.«

»Nun, ich werde um sieben Uhr dort sein, falls Sie doch noch Lust auf ein Date *avec moi* bekommen.« Er zwinkerte ihr zu. »Und sonst, haben Sie mehr über die Frau erfahren, für die Sie sich interessieren?«

»Meinen Sie meine Großtante?«

»Genau.«

»Eigentlich nicht.«

»Und was ist mit Cora Head? Sind Sie mal hingegangen?«

»Ich habe vor ein paar Tagen einen Spaziergang dorthin gemacht.«

»Und, was halten Sie davon?«

»Es ist wunderschön dort. Die Aussicht ist einfach großartig.«

»Auf jeden Fall, und genau deshalb ist das auch so ein perfekter Ort zum Bauen.«

Sie gingen schweigend ein Stück nebeneinander her, als Simon plötzlich herausplatzte: »Ich weiß, dass Sie Mrs Allford besucht haben.«

»Wirklich? Woher?«

»Ich habe Sie gestern in ihr Cottage gehen sehen.«

»Verfolgen Sie mich, Simon?«, fragte Lettie. Sie fühlte sich plötzlich gestalkt. War das der Grund, warum er mit ihr etwas trinken gehen wollte? Um sie über Florence auszuhorchen?

»Ha, natürlich nicht. Das Dorf ist klein, und ich habe einfach zufällig ...«

»Florence' Haus beobachtet.«

Simon stieß ein freudloses Lachen aus. »Sie sind sehr witzig, Lettie. Ich habe mich nur gefragt, ob bei Ihrer Unterhaltung auch die Landzunge erwähnt wurde?«

»Ich fürchte, nein.«

»Gar nicht?«

»Nein.«

Als er den Kopf schüttelte, stieg ihr der würzige Duft seines Rasierwassers in die Nase. »Sehr schade. Es wäre wirklich das Beste, wenn Mrs Allford – Florence – mir das Land verkaufen würde.«

»Das Beste für Sie.«

»Natürlich wäre es gut für mich, aber auch für sie, denn überlegen Sie nur, was sie mit dem Geld anfangen könnte. Sie könnte in ein viel komfortableres Haus ziehen.«

»Ich glaube nicht, dass sie umziehen möchte.«

»Ihr ist nur nicht klar, welche Möglichkeiten ihr offenstehen.«

»Sie sollten wirklich nicht ...« Lettie blieb so unvermittelt stehen, dass ein anderer Passant von hinten gegen sie prallte. »Entschuldigung!« Sie verzog das Gesicht, als der Mann vor sich hin schimpfend davonstapfte.

»Alles in Ordnung?«, fragte Simon und trat zu ihr.

»Bestens, aber Sie müssen Florence in Ruhe lassen«, sagte Lettie leidenschaftlich und war selbst von ihrem starken Beschützerinstinkt gegenüber der alten Dame überrascht. »Sie hat Ihnen ihre Antwort gegeben, und es tut mir leid, wenn es nicht das war, was Sie hören wollten, aber so ist es nun mal.«

»Und genau da irren Sie sich. Sie würden nicht glauben, von wie vielen Menschen ich schon ein Nein zu hören bekommen habe.«

»Oh doch«, murmelte Lettie und hielt verzweifelt Ausschau nach einer Fluchtmöglichkeit.

»Aber mit ein wenig Überzeugungsarbeit und Beharrlichkeit ändern die Menschen plötzlich ihre Meinung.«

»Sie müssen Florence in Ruhe lassen. Es geht ihr nicht gut, und sie braucht keinen zusätzlichen Stress.«

»Ach ja? Ich wusste gar nicht ...«

»Oh, ist das Claude?«, unterbrach Lettie ihn und winkte

heftig in Richtung Kai, während sie gleichzeitig den Entschluss fasste, am folgenden Abend einen großen Bogen um den Pub zu machen. »Tut mir leid, Simon, aber ich habe versprochen, ihn zu besuchen. Vielleicht sieht man sich ja später noch einmal.«

Mit diesen Worten eilte sie, so schnell sie konnte, davon, fragte sich aber gleich darauf, ob sie vielleicht gerade vom Regen in die Traufe geraten war, denn ihr Winken schien Claude, der Pfeife rauchend vor seinem Cottage saß, ziemlich erschrocken zu haben.

ACHTZEHN

CLAUDE

Sie kam also tatsächlich wieder. Claude klopfte – leicht nervös – seine Pfeife aus und erhob sich von der Türschwelle. Er saß fast jeden Morgen dort und genoss das leise Klatschen der Wellen gegen die Kaimauer, bevor das Dorf von lärmenden Touristen überrannt wurde. Wenigstens schliefen die Urlauber nebenan heute lange, und es herrschte himmlische Ruhe.

Er strich seinen besten alten Pullover glatt, den er gezielt für den Fall angezogen hatte, dass sie wiederkam. Er hatte sogar aufgeräumt, eine saubere Jeans angezogen und sich das Haar gewaschen. Wahrscheinlich spielte es keine Rolle, aber er hatte beschlossen, um Hilfe zu bitten – und das tat er so gut wie nie. Aus irgendeinem Grund erschien es ihm wichtig, sich und sein Haus von der besten Seite zu zeigen, wenn er Lettie um Unterstützung bat.

Was machte das Mädchen da? Es hatte gewunken und war entschlossen auf ihn zugekommen, aber jetzt zögerte es, fast so, als hätte es seine Meinung geändert.

Plötzlich schoss Buster an ihm vorbei aus dem Cottage und auf das Mädchen zu. Es bückte sich und streichelte ihn, während er an ihm auf und ab sprang. Der dumme Hund hatte Lettie wirklich ins Herz geschlossen.

Sie flüsterte ihm etwas ins Ohr, dann führte sie ihn in den Vorgarten.

»Reden Sie mit meinem Hund?«, fragte Claude und wischte sich einen kleinen Rest Ei vom Frühstück aus dem Bart.

»Eigentlich nicht, das heißt, vielleicht doch. Tut mir leid, wenn das ein bisschen seltsam ist.«

Claude sah sie an, ohne zu lächeln, dann zuckte er die Achseln. »Ich rede ständig mit Buster. Aber ich bin ja auch der Dorfexzentriker.«

Sie wusste nicht, wie sie auf die Bemerkung reagieren sollte, daher lächelte er, und sie erwiderte das Lächeln. Pferdeschwanz, Shorts und Sweatshirt standen ihr gut.

»Meine Familie hält mich auch für ein bisschen exzentrisch.«

»Warum?«

»Weil ich nicht so bin wie die anderen.«

»Sind Sie mehr wie Iris, Ihre Großtante?«

»Ja, ich schätze schon.«

»Sie scheint eine gute Frau gewesen zu sein. Was hatten Sie mit dem Immobilienmann zu tun?«

»Ich habe vor allem versucht, ihm zu entkommen.«

»Das war klug. Ich mag ihn nicht besonders. Verschlagener Blick.« Claude trat einen Schritt zurück und drückte die Haustür weit auf. »Dann kommen Sie am besten herein.«

Sie bemerkte, dass er sauber gemacht hatte. Er sah es ihr an, wie sie registrierte, dass der Tisch ordentlich abgeräumt, das Sofa von Hundehaaren befreit und die Anrichte abgestaubt und poliert worden war. Das alte, dunkle Holz glänzte in dem Licht, das durch das kleine Fenster fiel, und das silbern gerahmte Foto, für das Lettie sich bei ihrem letzten Besuch interessiert hatte, war auf der Anrichte von hinten nach vorne gestellt worden.

War jetzt ein guter Zeitpunkt, sie zu fragen? Wahrscheinlich war es das Beste, sie nicht gleich beim Eintreten damit zu überrumpeln. Außerdem musste er sich noch innerlich darauf vorbereiten.

»Setzen Sie sich. Ich werde die Zeitungsausschnitte holen, die ich gefunden habe. Ich habe mir einige angesehen und nach Informationen aus der Kriegszeit gesucht«, berichtete er ihr. Dann stellte er ihr schroff die Frage, die die Leute immer stellten: »Möchten Sie eine Tasse Tee?«

»Nein, danke. Es ist freundlich von Ihnen, sich Zeit für mich zu nehmen. Ich wäre fast nicht gekommen, weil ich dachte, Sie hätten zu tun.«

»Ich habe doch gesagt, dass Sie noch mal herkommen dürfen, oder?«

»Ja.«

»Na also. Ich hole die Sachen.«

Er ging in den Keller, dicht gefolgt von Buster, und brachte den flachen Stapel von Zeitungsausschnitten und Fotos aus dem Krieg, die er jüngst gefunden hatte, mit nach oben. Er war sich nicht sicher, ob für das Mädchen überhaupt etwas Nützliches dabei war, aber das musste sie selbst entscheiden.

Als er zurückkam, stand Lettie am Fenster. Das Licht ließ ihr Haar in einem kräftigen Dunkelrot erstrahlen.

»Ich habe an die Menschen gedacht, die im Laufe der Jahrhunderte in diesem Haus gelebt haben«, bemerkte sie. »Sie müssen alle aus diesem Fenster geschaut und das Meer beobachtet haben.«

»Sie haben das Meer respektiert. Ihm verdankten sie ihren Lebensunterhalt. Es gab ihnen Leben, und manchmal nahm es auch Leben.«

Claude bemerkte, dass Lettie schauderte. Sie ging zum Sofa

und setzte sich. Er reichte ihr die Zeitungsausschnitte, und sie machte sich daran, sie durchzublättern.

»Haben Sie noch etwas über Ihre Verwandte erfahren?«

»Ein wenig.«

War jetzt der richtige Zeitpunkt? Ohne länger darüber nachzudenken, ging Claude zur Anrichte und nahm das Foto in die Hand. Die Farben waren fast zu Sepia verblasst. Eine Frau mit langem, dunklem Haar saß in einem Boot und lächelte den Fotografen an. Sie lächelte ihn an.

»Ich möchte Sie etwas fragen«, platzte er heraus.

»Gern.« Lettie sah ihn erwartungsvoll an.

Stille breitete sich zwischen ihnen aus, während draußen ein Kind vorbeirannte, das eine Möwe anschrie.

»Es hat mit diesem Foto zu tun. Mit der Frau auf dem Foto.« Claude schloss kurz die Augen, dann öffnete er sie wieder und sah Lettie an. Es war sehr lange her, dass er ihren Namen laut ausgesprochen hatte. »Ich bitte nicht gern um Hilfe. Habe ich noch nie getan.« Er hielt inne und schluckte. »Aber ich habe mich gefragt, ob Sie mir helfen könnten herauszufinden, was aus ihr geworden ist.«

Sie sah ihn neugierig an. »Wer ist sie?«

»Eine Frau, die ich gekannt habe.«

»Wie lange ist das her?«

Claude zögerte und konnte selbst fast kaum glauben, wie lange es her war. »Ich habe sie vor vierzig Jahren das letzte Mal gesehen.«

»Das ist eine sehr lange Zeit.«

»Ja.«

Claude dachte an die letzten vier Jahrzehnte. Obwohl seitdem viel passiert war, hatte er das Gefühl, während der ganzen Zeit in einem Schwebezustand gelebt zu haben. Als hätte das wirkliche Leben an dem Tag aufgehört, an dem sie fortgegangen war, und als sei nur eine Ahnung dessen geblieben, was das Leben hätte sein können.

»Warum fragen Sie mich nach ihr?«, erkundigte Lettie sich mit einem sanften Tonfall, für den er dankbar war. »Können Ihre Freunde im Dorf nicht bei der Suche helfen?«

Claude schüttelte den Kopf. »Belinda hat ihre Augen und Ohren überall, und ich will nicht, dass über mich geredet wird. Ich bin immer für mich geblieben, und so soll es auch bleiben.«

Er hätte fast gesagt: *Für die Zeit, die mir noch bleibt.* Aber damit würde er sich verraten, und das ging nicht. Wenn Lettie sich wegen seines bevorstehenden Endes mitfühlend zeigte – und das würde sie bestimmt –, würde er vielleicht die Fassung verlieren.

»Ich bin mir nicht sicher, wie ich Ihnen helfen kann, Claude.«

»Können Sie nicht mit Ihrem Computer versuchen, sie zu finden? Ich dachte, dass man heutzutage im Internet jeden finden kann, und Sie scheinen sich dafür zu interessieren, Menschen von früher aufzuspüren.«

»Wenn Sie mir ihre Daten geben, kann ich im Internet nachschauen, aber könnten Sie das nicht selbst tun?«

Claude stieß ein Schnauben aus. »Ich hatte noch nie einen Computer und verstehe auch nichts von dieser neuen Technik. Nach dem, was ich über den sozialen Kram gelesen habe, verursacht sie nichts als Probleme.«

»Die sozialen Medien haben ihre Tücken.«

»All die Menschen, die ins Leere rufen.« Claude schauderte. »Und von den Fremden in Heaven's Cove sind die meisten zu beschäftigt damit, auf ihre Handys zu schauen, um die Farbe des Meeres wahrzunehmen und wie die Landschaft sich mit den Jahreszeiten verändert. Damit will ich nichts zu tun haben. Aber ich würde gern wissen, was aus Esther geworden ist. Das heißt, wenn es Ihnen nichts ausmacht.« Da, er hatte ihren Namen laut ausgesprochen.

Er betrachtete seine Hände im Schoß. Es hatte ihn große Überwindung gekostet, um Hilfe zu bitten, und eine Fremde war vielleicht nicht die beste Ansprechpartnerin. Sie war nach Heaven's Cove gekommen, um mehr über ihre Großtante zu erfahren, nicht, um in eine klägliche alte Liebesgeschichte verwickelt zu werden, die im Sande verlaufen war, weil Esther ihn nicht genug geliebt hatte.

Lettie sah ihn einen Augenblick lang an, dann lächelte sie. »Am besten erzählen Sie mir etwas über sie und sagen mir genau, was ich tun soll.«

Claudes Schultern entspannten sich, und er verspürte ein Brennen in den Augen, das er geflissentlich ignorierte.

»Wird das, was ich Ihnen erzähle, unter uns bleiben?«

»Natürlich. Ich kann ein Geheimnis für mich behalten.«

Sie war eine Fremde und er sollte ihr nicht trauen. Er traute nicht vielen Menschen, aber sie hatte etwas an sich, das ihn an die Frau erinnerte, die er verloren hatte. Und manchmal musste man im Leben Risiken eingehen.

Er nahm das Foto und reichte es Lettie.

»Ich habe Esther kennengelernt, als ich Anfang dreißig war, in einem großen Restaurantbetrieb an der Küste, dem wir unseren Fisch verkauft haben. Es gab da einen Mann, der im Büro gearbeitet hat. Er hatte keinen Sinn für Humor und einen garstigen Umgangston. Ich habe ihm nicht über den Weg getraut, aber seiner Frau bin ich auch begegnet, und sie habe ich gemocht. Das war meine Esther.«

Er faltete die kräftigen Hände auf dem Schoß. »Ich habe mir nicht viel dabei gedacht, aber dann habe ich sie eines Tages auf Cora Head sitzen sehen, und sie wirkte sehr traurig. Ich habe guten Tag gesagt, und wir haben uns unterhalten, eigentlich über nichts Besonderes – das Wetter, den Zustand der Welt, und ich habe sie zum Lachen gebracht.« Er starrte für einen Moment ins Leere, den Anflug eines Lächelns auf den Lippen. »Dann haben wir uns regelmäßig dort getroffen, nur um zu reden, und, nun ja ... sie ist mir sehr ans Herz gewachsen.«

Er verfiel in Schweigen.

»Wusste noch jemand davon?«, fragte Lettie nach einem Augenblick.

Claude schüttelte den Kopf. Er hatte es niemandem erzählt, aber jetzt sprudelte die Geschichte aus ihm heraus.

»Da gab es nicht viel zu wissen. Es war alles sehr keusch. Ihr jungen Leute von heute würdet über uns lachen. Sie war eine ehrenwerte Frau und wollte ihren Mann nicht betrügen. Aber wir haben uns weiter getroffen. Wir waren sehr diskret und haben uns von Heaven's Cove ferngehalten.«

»Und sie hat ihnen wirklich viel bedeutet?«

»Sie war die Liebe meines Lebens.« Claude sah Lettie trotzig an, damit sie es nicht wagte, ihn zu verspotten. Aber er sah nichts als Traurigkeit in ihren großen haselnussbraunen Augen.

»Was ist passiert?«, fragte sie leise.

»Ich denke, ihr Mann muss es herausgefunden haben, oder zumindest hatte er einen Verdacht. Er hat plötzlich einen neuen Job meilenweit entfernt angenommen und ihr gesagt, dass sie umziehen würden. Einfach so. Ohne Gespräch, ohne Möglichkeit für einen Kompromiss. Zuerst wollte sie nicht mit ihm gehen. Sie wollte ihm sagen, dass die Ehe vorbei sei, und bei mir bleiben. Sie hat mir gesagt, dass sie mich liebt.«

Stille breitete sich zwischen ihnen aus, nur durchbrochen von dem stetigen Ticken der Uhr auf dem Kaminsims.

»Aber?«, hakte Lettie schließlich sanft nach.

»Aber sie hat ihre Meinung geändert und ist mit ihm aufs Land gezogen, und das war es.«

»Wissen Sie, warum sie ihre Meinung geändert hat?«

Er kam jetzt zum Kern der Geschichte und sprach plötzlich stockend. »Sie ... Sie hat erfahren, dass sie schwanger war. Ich habe ihr gesagt ... Ich habe gesagt, dass ich das Kind als mein eigenes annehmen würde, aber sie konnte es nicht, konnte es dem Kind und ihrem Mann nicht antun. Sie muss ihn wohl immer noch geliebt haben.«

»Ist sie mit Ihnen in Verbindung geblieben?«

»Nein. Sie hat gesagt, ein sauberer Bruch sei das Beste. Und sie hatte recht. Es gab keine Zukunft für uns, welchen Zweck hätte es also gehabt, das Ganze in die Länge zu ziehen? Es war besser für sie und das Kind. Sie war eine fromme Frau mit strengen Vorstellungen von Moral, und unsere ... Freundschaft ist ihr nicht leichtgefallen.«

Claude blickte niedergeschlagen aus dem Fenster, während Buster ihm den Kopf auf den Schoß legte. Er schob die Finger in das dicke Fell des Hundes. Es hatte keinen Sinn, Lettie auch den Rest zu erzählen – dass Esther ihm einen Brief geschickt hatte, in dem sie ihm mitteilte, dass ihre Beziehung, wenn man es überhaupt so nennen konnte, zu Ende sei. Dass er bei ihrer letzten Begegnung eine Vorahnung gehabt und ihr bewusst nicht nachgesehen hatte, weil es zu schmerzhaft gewesen war.

»Es tut mir sehr leid, Claude. Aber es ist lange her. Warum möchten Sie sich jetzt mit ihr in Verbindung setzen?«

»Ich bin fünfundsiebzig Jahre alt, Miss Starcross, und meine Gesundheit ist nicht mehr das, was sie mal war.« Das Gesicht des Arztes, als er es ihm gesagt hatte, blitzte vor Claudes innerem Auge auf, aber er schob die Erinnerung beiseite. Jetzt war nicht der richtige Zeitpunkt, um wegen etwas sentimental zu werden, das er nicht ändern konnte. »Ich werde nicht ewig leben, und bevor ich abtrete, muss ich wissen, was aus Esther geworden ist.«

»Sie sterben aber nicht bald, oder?«, fragte Lettie, als sei es wirklich von Belang.

»Bald genug. Aber wenn ich zu viel verlange, vergessen Sie es. Ich erwarte nicht, dass Sie für jemanden wie mich etwas tun.«

Aber Lettie strich sich mit der Hand über die Wange, als sei sie feucht, und lächelte.

»Natürlich werde ich Ihnen helfen. Ich werde mein Bestes tun, aber ich kann nicht versprechen, dass ich sie finde.«

»Ich bitte Sie nur darum, es zu versuchen.« Er schenkte Lettie ein kleines Lächeln. »Ich weiß Ihre Freundlichkeit zu schätzen.«

Zehn Minuten später verabschiedete Lettie sich und ging mit den alten Zeitungsausschnitten und Esthers Daten, die Claude in dicken Großbuchstaben aufgeschrieben hatte, davon. Zuvor hatte sie schnell auf dem Handy gesucht, konnte aber keine Esther Kenvale im richtigen Alter finden.

Vielleicht ist sie schon tot. Claude konnte den Gedanken kaum ertragen oder es aussprechen, aber Lettie hatte geahnt, was er dachte. Sie hatte ihm versichert, dass es in dem Fall in der Cloud, von der die jungen Leute redeten, einen Hinweis geben würde, einen Nachruf oder etwas Ähnliches.

Claude nahm das gerahmte Bild in die Hand und sprach, wie so oft während der langen, einsamen Jahre, mit der Frau, die ihn vom Foto anlächelte.

»Ich werde dich suchen, meine Liebste. Aber willst du auch gefunden werden?«

NEUNZEHN

LETTIE

»Auf Wiedersehen, Lettie. Amüsieren Sie sich gut«, rief Rosie und winkte ihr von der Tür von Driftwood House nach. »Lassen Sie sich die Sandwiches schmecken.«

Lettie erwiderte die freundliche Geste und wünschte, sie hätte für sich behalten, dass Corey sie ins Dartmoor fahren würde. Sie hatte es nur erwähnt, weil Rosie ihr den Busfahrplan in die Hand drücken wollte, und die Begeisterung, mit der Rosie die Neuigkeit aufgenommen hatte, hatte sie überrascht.

»Das ist ja wunderbar«, hatte sie mit einem breiten Lächeln ausgerufen. »Corey verdient ein bisschen Spaß nach der Sache mit seiner Frau. Sein Leben dreht sich nur noch um die Arbeit und darum, anderen Menschen zu helfen.«

Diese Bemerkungen machten Lettie nicht nur neugierig darauf, zu erfahren, was genau mit Coreys Frau passiert war, sondern setzten sie absurderweise auch unter Druck, dafür zu sorgen, dass der Ausflug ein Erfolg wurde. Sie hatte länger als sonst überlegt, was sie anziehen sollte, da sie nur eine begrenzte Auswahl an Kleidern dabeihatte. Sie hatte auch mit der Bürste einigermaßen Ordnung in ihr Haar gebracht und sogar etwas Make-up aufgelegt. In London war sie immer geschminkt, aber hier, unter der Sommersonne in Heaven's Cove, schienen Sonnencreme und ein Hauch Lipgloss ausreichend zu sein.

Das gute Wetter hatte Horden von Touristen angelockt, die ihr den Weg versperrten, als sie, so schnell sie konnte, durch die schmalen Straßen zu den Allfords eilte.

Als Lettie am Kai vorbeikam, war vor Claudes Cottage niemand zu sehen. Sie fragte sich, ob er es bereute, ihr seine Geschichte erzählt zu haben. Sie hoffte nicht, denn sie fühlte sich geehrt und auch überrascht, dass er sich ihr anvertraut hatte. Zwar hatte sie jetzt noch ein Rätsel, das sie lösen musste, aber wenigstens waren diesmal die beiden Beteiligten – hoffentlich – noch am Leben.

Lettie spürte die Sonne im Rücken, als sie den Hügel zu Florence' Cottage hinaufstieg. Sie freute sich darauf, das Dartmoor zu erkunden, war aber trotzdem nervös. Das Flattern in ihrem Magen wurde mit jedem Schritt schlimmer, und als sie an die Tür klopfte, war sie ein Nervenbündel.

Sie strich sich übers Haar und setzte ein Lächeln auf, als sie Schritte im Flur hörte, doch ihr Lächeln gefror, als Florence die Tür öffnete.

»Oh!« Lettie trat unwillkürlich einen Schritt zurück. »Ich dachte, Sie wären nicht da. Corey sagte, Sie wollten eine Freundin besuchen. Er und ich hatten vor ...«

Lettie verstummte und fragte sich, ob Florence' Anwesenheit bedeutete, dass die Fahrt zum Dartmoor ins Wasser fiel. Die alte Frau würde es wohl kaum gutheißen, dass ihr geliebter Enkel mit einer Starcross fraternisierte. Aber Florence zog die Tür weit auf und trat zur Seite.

»Kommen Sie doch kurz herein. Er ist hinterm Haus und bringt meine Wäscheleine wieder in Ordnung.«

»Ist Ihnen das wirklich recht?«, fragte Lettie und blieb zögernd auf der Schwelle stehen.

»Sonst hätte ich Sie nicht hereingebeten. Sie können in der Küche warten.«

Lettie folgte ihr in den kleinen Raum, der auf den Garten hinausging. Draußen mühte Corey sich ab, eine Leine an der rückwärtigen Mauer zu befestigen.

»Das verdammte Ding ist heute Morgen mit meiner sauberen Wäsche zu Boden gefallen.« Florence deutete mit dem Kopf auf einen Küchenstuhl. »Setzen Sie sich doch bitte.«

Lettie nahm wie befohlen Platz und sah sich um. Die Schränke im traditionellen Stil waren in einem hellen Beige gestrichen, und auf der hölzernen Arbeitsplatte standen Dosen mit den Aufschriften *Kaffee, Tee* und *Zucker*. Die Teekanne trug einen gestrickten Kannenwärmer, und auf einem Regal stand ein halbes Dutzend gelbe Eierbecher.

Lettie klopfte nervös mit den Füßen gegen den Stuhl und fühlte sich äußerst unwohl. Es war ihr unangenehm, mit Florence allein zu sein, nachdem sie bei ihrer letzten Begegnung so ungut auseinandergegangen waren, und es würde auch ziemlich peinlich sein, den Nachmittag allein mit Corey zu verbringen. Sie seufzte leise und wünschte, sie wäre stattdessen mit dem Bus gefahren. Warum hatte sie Coreys Angebot nur angenommen?

»Sind die Blumen, die jemand ans Kriegerdenkmal gelegt hat, von Ihnen?«, fragte Florence. Sie bückte sich und nahm einen goldbraunen Kuchen aus dem Ofen. »Ich habe den Strauß heute Morgen gesehen.«

»Ja, den habe ich dort hingelegt«, bestätigte Lettie und fragte sich, ob sie nun dafür beschimpft werden würde.

Florence stürzte den Kuchen vorsichtig aus der Form auf ein Rost und fragte: »Warum haben Sie das getan?«

»Ich wollte Cornelius meinen Respekt erweisen.«

»Obwohl Sie ihn nicht gekannt haben?«

Lettie dachte kurz nach, während der köstliche Duft von gebackenen Rosinen und Zucker die Küche erfüllte. »Ich habe Ihren Bruder zwar nicht gekannt, aber Iris kannte ihn, und ich weiß, dass sie ihn nie vergessen hat. Was immer Sie von ihr halten mögen, ich war bei ihr, als sie starb, und ich bin mir ziemlich sicher, dass ihr letzter Gedanke Cornelius galt.«

»Hm.«

»Und es tut mir sehr leid, dass Sie ihn verloren haben, als sie beide noch jung waren. Ich kann mir gar nicht vorstellen, wie schrecklich das gewesen sein muss.«

Florence stellte die Kuchenform in die Spüle, ohne Lettie anzusehen, und drehte den Wasserhahn auf.

»Mein Enkel sagt, es sei nicht höflich oder nett von mir, meinen Zorn über die damaligen Ereignisse an Ihnen auszulassen.«

»Wirklich?« Lettie konnte sich nicht vorstellen, ihr etwas Derartiges ins Gesicht zu sagen. Florence mochte hinter ihrer schroffen Fassade zwar eine reizende alte Dame sein, aber sie machte Lettie trotzdem ein bisschen Angst. »Ist schon gut. Es ist verständlich, dass es Sie immer noch aufwühlt, das würde doch jedem so gehen.«

»Allerdings, aber es ist ja nicht Ihre Schuld. Haben Sie weitere Anhaltspunkte dazu gefunden, was der Brief meines Bruders bedeuten könnte?« Sie schaute auf, als die Hintertür geöffnet wurde. »Ah, da ist Corey. Hängt die Wäscheleine wieder?«

»Ja, jetzt wird sie deine Wäsche nicht mehr in den Schmutz ziehen. Oh!« Als er Lettie bemerkte, breitete sich ein Lächeln auf seinem Gesicht aus. Dann schaute er auf seine Armbanduhr. »Mir war gar nicht klar, wie spät es schon ist. Es tut mir leid, dass Sie warten mussten, Lettie. Ist hier alles in Ordnung?«

Er blickte nervös zwischen den Frauen hin und her. Sie nickten beide.

»Ich habe Miss Starcross gerade gefragt, ob sie beim Enträtseln von Cornelius' Brief weitergekommen ist. Cornelius hat sich nie klar ausgedrückt.«

»Nein, eigentlich nicht.« Lettie zögerte, denn sie wollte den fragilen Frieden nicht gefährden, der jetzt zwischen ihnen zu herrschen schien. Andererseits reizte es sie, einen weiteren Versuch zu unternehmen, herauszufinden, was der Schlüssel öffnete. Corey hatte gesagt, die Schubladen seien nicht abschließbar ... Aber was, wenn er sich irrte? Lettie holte tief Luft. »Ich habe mich aber gefragt, ob Ihr Bruder vielleicht von seinem selbst gebauten Schreibtisch gesprochen hat, als er Iris aufgefordert hat, sich dahin zu setzen, wo er gesessen hat. Ich meine den Schreibtisch, den er meiner Großtante hinterlassen wollte.«

»Ich weiß, welchen Sie meinen«, antwortete Florence scharf.

»Aber er hat keine Schlösser«, warf Corey ein und trat vor. »Nach unserem Gespräch am Strand habe ich nachgesehen, und die Schubladen sind nicht abschließbar und waren es auch nie. Es tut mir leid, Lettie.«

Das war es also. Lettie versuchte zu lächeln, um Corey zu zeigen, dass sie dankbar dafür war, dass er nachgesehen hatte, aber es gelang ihr nicht recht. Ihr war nicht bewusst gewesen, wie sehr sie sich gewünscht hatte, der Schreibtisch würde alle Antworten offenbaren.

Florence beobachtete Lettie, und ihre Züge wurden weicher. »Es ist ein ganz normaler Schreibtisch, aber für mich ist er von unschätzbarem Wert.« Sie sah Corey an, der leicht nickte, bevor sie fragte: »Möchten Sie ihn gern sehen?«

Es hatte im Grunde keinen Sinn mehr, aber Florence machte ihr gerade ein Friedensangebot, daher lächelte sie und nickte.

»Das wäre wunderbar, wenn es für Sie in Ordnung ist.«

»Dann kommen Sie doch bitte mit nach oben.«

Die Treppe war schmal und führte zu einem kleinen Flur mit vier Türen. Zwei standen offen – die zum Bad, in dem sie einen Blick auf ein Waschbecken und eine Wanne aus weißer Emaille erhaschte, sowie die zu Coreys Schlafzimmer. Dort hing ein dicker grauer Pullover über einer Stuhllehne, und auf dem Boden lagen zwei große blaue Turnschuhe, die er sich achtlos von den Füßen gestreift haben musste. Unter der zurückgeschlagenen Bettdecke lugte eine Pyjamahose hervor. Lettie kam plötzlich die Vorstellung in den Sinn, wie Corey mit ausgestreckten Gliedern halbnackt auf dem Bett lag, das dunkle Haar auf dem Kissen ausgebreitet. Es kam so unerwartet, dass ihr die Röte in die Wangen schoss, und sie war dankbar, dass er ihnen noch nicht nach oben gefolgt war.

»Kommen Sie«, drängte Florence und öffnete eine der geschlossenen Türen. »Cory wartet auf Sie, und es wird ihm guttun, den Nachmittag mal rauszukommen. Er arbeitet zu viel.«

Sie stand immer noch in der Tür, als Lettie sie erreichte.

»Das war Cornelius' Zimmer, Miss Starcross. Es ist unser Gästezimmer, aber es wird nur selten benutzt. Es ist noch so, wie mein Bruder es hinterlassen hat.«

Lettie schnappte nach Luft. Der Raum hätte einen Sozialhistoriker in Begeisterung versetzt. Die Wände waren hellblau und an einer Metallstange über dem Fenster hingen schlichte braune Vorhänge. Ein einfaches Einzelbett ohne Kopfteil war mit einer apricotfarbenen Rüschendecke bedeckt. Davor lag ein kleiner Bettvorleger auf dem nackten Dielenboden, und auf dem Nachttisch stand ein Modellflugzeug. Ein kleiner Kleiderschrank füllte eine Ecke des Raums, und an der Wand gegenüber dem Fenster stand ein Schreibtisch aus dunklem Holz.

»Ist es in Ordnung, wenn ich hineingehe?«, fragte Lettie.

Als Florence nickte, trat sie über die Schwelle und hatte das Gefühl, ein Museum oder einen heiligen Ort zu betreten.

Cornelius' Bücher stapelten sich noch immer auf dem Schreibtisch. Er war ein solides Möbelstück, mehr praktisch als hübsch, aber mit großer Sorgfalt gearbeitet. Unter der Schreibfläche befanden sich zwei große Schubladen, darauf ein Aufsatz mit Fächern, die mit Briefpapier und Schreibmaterial gefüllt waren.

»Sehen Sie sich den Schreibtisch ruhig an, Miss Starcross«, forderte Florence sie auf. Sie war Lettie in den Raum gefolgt. »Cornelius hat Stunden damit verbracht, ihn zu bauen, und er war sehr stolz auf sein Werk. Wie mein Enkel schon sagte, kann man die Schubladen nicht abschließen.«

Lettie trat näher an den Schreibtisch heran und strich über die glatte Oberfläche. Plötzlich hatte sie ein scharfes inneres Bild von Cornelius vor Augen, dem Mann, an den ihre Großtante ihr Herz verloren hatte, wie er hier gesessen und den Brief an Iris geschrieben hatte, bevor er in den Krieg gezogen war, aus dem er nicht wieder zurückgekommen war.

Aber Corey und Florence hatten recht. Es gab hier definitiv keine Schlüssellöcher. Der Brief an Iris musste eine einfache Liebeserklärung gewesen sein – nichts weiter. Eine andere Erklärung gab es nicht, und Lettie jagte Gespenstern hinterher. Plötzlich verspürte sie den überwältigenden Drang, zu weinen, und grub die Fingernägel in die Handflächen, um es zu verhindern.

»Haben Sie genug gesehen?« Florence trat beiseite, damit Lettie das Zimmer ihres Bruders verlassen konnte.

»Ja. Danke.« Sie holte tief Luft und sagte dann: »Was Ihrem Bruder zugestoßen ist, ist sehr traurig, und es tut mir sehr leid, Mrs Allford. Ich bedaure, dass es geschehen ist und dass ich alles wieder aufgewühlt habe. Ich weiß, dass Sie Cornelius geliebt haben. Es ist nur so, dass ich auch Iris geliebt habe.«

Lettie zog die Nase hoch, als eine Träne auf Cornelius’ Tisch tropfte und über die Holzmaserung rann.

Florence trat vor und wischte die Träne weg.

»Liebe kann schmerzen, mein Kind, aber es ist noch viel schmerzhafter, überhaupt nicht geliebt zu haben.« Sie ging zur Tür und wartete darauf, dass Lettie den Raum verließ.

Unten ging Corey in dem kleinen Flur auf und ab. Er füllte ihn fast vollständig aus.

»Ist alles in Ordnung?«, fragte er und legte die Stirn besorgt in Falten.

»Sie hat den Schreibtisch gesehen«, erklärte Florence, die vorsichtig die Treppe hinabstieg. »Und jetzt muss ich zu Maud, sonst komme ich noch zu spät. Wohin genau willst du mit Miss Starcross fahren?«

»Zum Granite Tor und dann vielleicht noch nach Kellen Woods. Mal sehen.«

Florence und Corey tauschten einen Blick, den Lettie nicht deuten konnte. Die alte Frau nickte.

»Was immer du für das Beste hältst.«

ZWANZIG

Florence' altes Auto verströmte einen seltsamen Fischgeruch, und nachdem sie eine Weile auf Landstraßen dahingerollt waren, kurbelte Lettie ihr Fenster herunter und ließ sich die warme, frische Brise durchs Haar wehen. Der Himmel war von dem leuchtenden Blau, das sie sonst nur in Südfrankreich gesehen hatte, und die Wattewölkchen sahen aus wie Kugeln aus Vanilleeis.

Sie betrachtete den Kondensstreifen eines Flugzeugs und warf dann Corey einen verstohlenen Blick zu. Er saß aufrecht da, das Lenkrad fest im Griff, den Blick starr auf die Straße gerichtet, die immer schmaler zu werden schien. Die Landschaft hatte sich verändert. Die malerischen Dörfer im Grünen waren kargem Land gewichen, das mit riesigen Felsbrocken übersät war. Ihr Blick ging ungehindert meilenweit in die Ferne.

»Wohin fahren wir?«, fragte Lettie, während sie auf das Handy in ihrem Schoß blickte, das gerade mit einer neuen Nachricht gepiept hatte.

Hi. Habe die Chance, Ende des Monats mit Laura ein langes Wochenende in Frankreich zu verbringen. Könntest du die Kinder nehmen? Mum will nicht, und Jase ist ein hoffnungsloser Fall. Daisy x

Daisys Nachrichten endeten immer mit einem Kuss, wenn sie etwas von einem wollte.

Corey sah sie kurz an. »Ich möchte Ihnen einen Teil des Dartmoors zeigen, der mir viel bedeutet. Wäre das in Ordnung?«

»Das klingt toll. Ich finde es schön, dass Sie mir einen so wunderbaren Ort zeigen.«

»Es ist meine absolute Lieblingsstelle.«

Letties Handy meldete sich wieder.

Außerdem brauchen die Eltern jemanden, der ihre Regenrinnen sauber macht. Du kennst doch bestimmt jemanden, der das kann, also habe ich gesagt, du kümmerst dich drum, wenn du wieder da bist. Vergiss nicht, dass auch die Heizung in der Küche repariert werden muss. X

Lettie schloss kurz die Augen.

»Ist alles in Ordnung?«, fragte Corey. Er fuhr jetzt langsamer, damit ein braunes Pferd mit einer Blesse die Straße überqueren konnte.

»Ja, alles gut. Es ist nur meine Schwester, die mein Leben organisiert.«

Sie lachte, um nicht allzu verbittert zu klingen. Dann tippte sie: *Hast du Ed und Fran gefragt, ob sie die Kinder nehmen? x* und klickte auf »Senden«.

Daisys Antwort kam fast sofort:

Zwecklos. Sie haben immer zu viel zu tun. Aber du bist doch bis dahin zurück, oder? X

Letties Finger schwebten einen Augenblick lang über den Tasten, bevor sie antwortete:

Ich fürchte, ich bin mir nicht sicher. Kann sein, dass ich dann noch in Devon bin. X

Was ist mit Ellas Geburtstagskuchen und deinem Job? Die Klebstoff-Reklamationen bearbeiten sich nicht von selbst.

Die Antwort kam umgehend – diesmal ohne Kuss, wie Lettie bemerkte.

Sie sah von ihrem Handy auf und musterte Corey kurz. Er liebte seine Arbeit als Fischer. Für sie selbst war das natürlich nichts – es war viel zu ... wässrig –, aber er schien darin Erfüllung zu finden. Sie hingegen hatte ihre Rolle in einem »Dream-Team der Reklamationsabteilung« wirklich nie als »erfüllend« betrachtet.

Bevor sie ihre Meinung ändern konnte, antwortete sie Daisy schnell:

Habe keinen Job mehr, zu dem ich zurückmuss, daher bleibe ich vielleicht etwas länger. Werde Bescheid sagen. Regenbogengeburtstagskuchen gibt es bei Sainsbury's. Habe schlechten Empfang hier im Dartmoor. x

Das würde einschlagen wie eine Bombe. Lettie, die sich ungewohnt mutig vorkam, schaltete das Handy aus und ließ es in ihre Handtasche gleiten. Jetzt konnte sie sich auf die großartige Landschaft konzentrieren und für eine Weile ihre fordernde Familie, verlorene Geliebte und Geheimnisse, die sich nicht lüften ließen, vergessen.

Gerade als die Straße so schmal wurde, dass Lettie dachte, sie würde unpassierbar werden, bog Corey ab und parkte den Wagen auf unbefestigtem Grund. Er schaltete den Motor aus und drehte sich zu ihr um.

»Wir sind da.«

»Wo ist da?«

»Mitten im Moor. Wir können zu der Felsenkuppe dort drüben wandern.« Er deutete durch die Windschutzscheibe auf eine hoch aufragende Felsformation. »Sind Sie bereit?«

»Auf jeden Fall.«

Eine frische Brise zerzauste Lettie das Haar, als sie aus dem Wagen stieg, und ließ ihre weite graue Hose flattern. Lettie nahm ihre grüne Strickjacke von der Rückbank und legte sie sich um die Schultern.

Corey steckte die Autoschlüssel ein und marschierte los. Er legte ein flottes Tempo vor, und Lettie hatte Mühe, mit ihm Schritt zu halten. Nach einigen Minuten blieb sie stehen und stemmte die Hände in die Hüften.

»Könnten Sie bitte etwas langsamer gehen?«

Corey blieb stehen und drehte sich um. »Tut mir leid. Ich bin sonst immer allein hier unterwegs.«

Er wartete, bis sie ihn eingeholt hatte; dann gingen sie in einem angenehmeren Tempo weiter.

»Kommen Sie oft her?«

»Ziemlich oft, ja, um den Menschenmengen im Dorf zu entkommen und um Zeit zum Nachdenken zu haben. Ich kann es nicht ertragen, wenn es zu voll wird und die Straßen voller Menschen sind. Es erinnert mich an meine Zeit in London.«

»Wann haben Sie denn in London gelebt? Ich dachte, Sie wären in Devon fest verwurzelt.«

»Ich habe drei Jahre in Hammersmith gelebt und bin vor zwei Jahren nach Devon zurückgekehrt. Grace hatte sich die Gelegenheit geboten, in der Hauptstadt für eine Werbefirma zu arbeiten. Es war für sie ein großer Schritt die Karriereleiter hinauf, und ich wollte ihr dabei nicht im Weg stehen, daher sind wir zusammen hingezogen.«

Lettie zögerte. Ihr war aufgefallen, dass dies das erste Mal war, dass Corey von seiner Frau gesprochen hatte.

»Wenn Ihnen hier schon die Touristen zu viel sind, wie sind Sie dann mit den Menschenmassen dort zurechtgekommen?«, fragte sie und stellte ihn sich vor, eingeengt in wimmelndem Gedränge. Wenn an einem Samstagnachmittag plötzlich sämtliche Einwohner von Heaven's Cove einschließlich der Touristen in der Oxford Street auftauchen würden, würde es kaum auffallen.

»Für eine Weile war es ganz in Ordnung. Ich war jünger und sorgloser.« Sein Gesicht verzog sich zu einem spöttischen Grinsen, und er verscheuchte eine Fliege, die um seinen Kopf summte.

»In London herrscht vermutlich kein großer Bedarf an Küsten- oder Hochseefischern?«

»Richtig, und das ist der Grund, warum ich schließlich einen Job in einer Bar im Zentrum angenommen habe, um nervenaufreibende Geschäftsleute wie Simon zu bedienen.«

»Ist das ein weiterer Grund, warum Sie ihn nicht mögen?«

»Kann sein.«

Coreys Miene verfinsterte sich, und Lettie hätte sich dafür treten können, dass sie die Frage gestellt hatte.

»Jetzt, da Sie wieder hier sind, denken Sie, dass Sie für immer in Heaven's Cove bleiben werden?«, fragte sie schnell, um das Thema Simon hinter sich zu lassen.

»Für immer ist eine lange Zeit.« Er zuckte die Achseln. »Wer weiß?«

»Es ist mir ein Rätsel, wie Sie auch nur daran denken konnten, so ein wunderbares Dorf zu verlassen.«

»Es ist wirklich etwas Besonderes. Vielleicht sollten Sie herziehen.«

»Eine Starcross in Heaven's Cove? Ich bin mir nicht sicher,

ob man das zulassen würde«, versetzte Lettie mit hochgezogener Braue.

Er lächelte, und sie gingen weiter und plauderten über London und Devon, während es die ganze Zeit bergauf ging. Hier draußen war es leicht, mit ihm zu reden, fand Lettie, als hätte die Sonne die Wolke vertrieben, die über ihm zu schweben schien.

Zottelige braune Schafe mit weißen Gesichtern schauten teilnahmslos zu, wie sie vorbeigingen. Die Landschaft wechselte von grün zu gelb und dann zu braun, als sie sich einer riesigen Formation aus kahlen Granitfelsen näherten, die sich aus dem Boden erhob – der zerklüftete Stein sah aus, als hätte ein Riese mit einem Schwert Kerben hineingehauen.

Corey kletterte den Felsen hinauf, ergriff Letties Hand und half ihr, die steilen Abschnitte zu überwinden. Oben gab es eine flache Stelle, wo Corey sich niederließ und seinen schwarzen Rucksack abnahm. Lettie blieb noch einen Moment stehen und genoss die Panoramaaussicht, während der Wind ihr das Haar um den Kopf peitschte. Weit und breit war niemand zu sehen. Ringsum gab es nichts als baumlose, mit Granitformationen übersäte Landschaft. So hoch oben wirkten die Wolken zum Greifen nahe. Lettie streckte die Hand aus, kam sich töricht vor und zog sie dann wieder zurück.

»Es ist fantastisch hier«, sagte sie und setzte sich neben Corey. »Danke, dass Sie mich hergebracht haben.«

»Es ist wunderbar, nicht? Ich komme her, sooft ich kann.« Er nahm seinen Rucksack und holte etwas zu essen heraus.

»Was ist das?«

»Ein Picknick. Ich dachte, es würde Ihnen vielleicht Spaß machen, hier oben eine Kleinigkeit zu essen, obwohl es nichts Besonderes ist – nur die Beute aus Grans Vorratskammer und einer Stippvisite im Lebensmittelladen.«

Lettie beäugte die selbst gemachten Schinkensandwiches,

die er auspackte, die Kirschtomaten und die kleinen Chipstüten.

»Zwei Dumme, ein Gedanke!« Lachend packte sie Schinkensandwiches aus ihrer Tasche aus. »Die hat Rosie uns gemacht. Sie hat darauf bestanden, dass ich etwas zu essen mitnehme, also werden wir hier bestimmt nicht verhungern.«

Sie grub die Zähne in die dicken Scheiben frischen Brotes und genoss den Geschmack von kräftigem Schinken und scharfem Senf.

Sie aßen mehrere Minuten lang schweigend, und die Stille wurde nur vom Rauschen des Windes und dem klagenden Ruf eines Raubvogels unterbrochen, der am Himmel kreiste.

»Wie war es oben mit Gran?«, erkundigte Corey sich nach einer Weile und wischte sich Krümel vom Kinn.

»Gut. Ihre Großmutter ist eine beeindruckende Frau, und sie ist sehr stolz auf die Familie Allford.«

»Kann man wohl sagen. Sie bestand sogar darauf, dass ihr Mann den Namen Allford annahm.«

Lettie lachte. »Das habe ich gehört.«

»Ohne Cornelius wäre der Name ausgestorben, aber das hat sie nicht zugelassen. Außerdem glaube ich nicht, dass sie eine Smith werden wollte, was sonst nämlich passiert wäre.« Er grinste. »Sie war über fünfzig Jahre sehr glücklich mit John verheiratet, einem wunderbaren Mann. Er fehlt uns beiden sehr.« Er blickte für einen Moment auf die Landschaft. »Ich wäre beinahe mit Ihnen und Gran nach oben gegangen, aber ich hielt es für das Beste, Sie beide allein zu lassen.«

Lettie dachte an den Schreibtisch, von dem sie sich Hilfe beim Enträtseln alter Geheimnisse erhofft hatte.

»Wir sind gut miteinander ausgekommen. Ich habe mich bei Ihrer Gran dafür entschuldigt, dass ich sie traurig gestimmt habe, und ich habe mir den Schreibtisch angesehen. Aber Sie haben recht, er hat keine Schlösser.«

»Der Schlüssel passt also nirgendwo hinein.«

Als Corey sich vorbeugte und den Schlüssel in die Hand nahm, der ihr um den Hals hing, wurde Lettie bewusst, dass sie den Atem anhielt. Er war ihr so nah, dass sie die einzelnen Bartstoppeln an seinem Kinn und die feinen weißen Blinzelfältchen um seine Augen sehen konnte.

»Sie sehen Cornelius sehr ähnlich«, brachte sie heraus und stellte sich vor, wie es sein musste, einen Mann wie Corey in den Krieg ziehen zu sehen, in dem Wissen, dass er vielleicht nicht mehr zurückkehren werde.

»Das sagt Gran auch.« Er ließ den Schlüssel los und lehnte sich zurück. Seine Wangen hatten sich gerötet. »Nach dem Essen möchte ich Ihnen noch eine Stelle zeigen. Ich denke, sie wird Ihnen gefallen.«

Ein Picknick und eine halbstündige Autofahrt später befand Lettie sich in einer ganz anderen Umgebung. Corey war mit ihr in ein tiefes grünes Tal am Rande des Dartmoors gefahren und hatte den Wagen vor einem dichten Wald abgestellt, der die Ufer eines seichten, plätschernden Baches säumte. Die Granitfelsen waren in ihrer Kargheit atemberaubend schön gewesen. Dieser Ort hingegen war voller Leben – von den Vögeln, die in den Bäumen zwitscherten, und dem Rascheln der Blätter im Wind bis hin zu dem Gebell von Hunden, die im Wasser herumtollten.

Gemeinsam gingen sie am Bach entlang, der sich durch die Bäume schlängelte. Ein kleines Kind rannte am anderen Ufer voraus, gefolgt von einem jungen Paar, das Hand in Hand ging.

»Wo sind wir?«, fragte Lettie, während das Wasser über die Steine rauschte.

»Die Einheimischen nennen es Kellen Woods, aber meine Schwester und ich haben es den Geheimwald genannt, als wir klein waren. Mum und Dad sind ständig mit uns hergefahren.

Es war der Lieblingsplatz meiner Familie, abgesehen natürlich von Cora Head.«

»Dann ist es mir eine Ehre, dass Sie mich hergebracht haben. Ist Ihre Schwester älter oder jünger als Sie?«

»Evie ist zwei Jahre jünger.«

»Rosie hat mir erzählt, Sie hätten auch einen Neffen?«

»Das stimmt. Mum ist in Evies Nähe gezogen, damit sie ihr mit George helfen kann.«

»Und Sie sind hier und helfen Ihrer Gran.«

Lettie sah, wie er die Achseln zuckte. Der Pfad war hier schmaler geworden, und er ging ihr voran. »Es macht mir nichts aus. Sie braucht Hilfe im Haus und Gesellschaft. Es gibt sonst niemanden.«

Fast so wie bei ihr, die ständig ihren Eltern und ihrer Schwester half, dachte Lettie. Obwohl es in ihrem Fall andere gab, die durchaus hätten helfen können – wenn sie es nur gewollt hätten.

Corey ging noch einige Schritte weiter, dann blieb er wieder stehen und drehte sich um.

»Ich bin ein alleinstehender, geschiedener Mann, der bei seiner alten Großmutter lebt. So hatte ich mir mein Leben mit Mitte dreißig nicht vorgestellt.«

»Geht mir genauso. Das Leben läuft nicht immer so, wie es soll. Eigentlich eine ziemliche Frechheit.«

Sie wollte Corey zum Lächeln bringen und freute sich, als er lachte.

»Es ist das Allerletzte.« Sein Gesicht wurde wieder ernst. »Erzählen Sie mir von Ihrem Leben, Lettie Starcross. Was ist bei Ihnen nicht so gelaufen, wie es sollte?«

Wo soll ich anfangen?, fragte Lettie sich.

»Also, ich lebe allein in einem möblierten Zimmer an einer großen Straße und habe einen Nachbarn, der sich für den nächsten Eric Clapton hält und bis in die frühen Morgenstunden auf seiner E-Gitarre übt. Meine Familie hält mich für ihre persönliche Assistentin, meine Mum arrangiert ständig Blind Dates für mich, und meinen Job habe ich gerade verloren.«

»Du meine Güte.« Coreys Gesicht verzog sich zu einem strahlenden Lächeln. »Ich will ja nicht kalt und gefühllos wirken, aber jetzt geht es mir gleich viel besser, was mein Leben betrifft.«

»Wie nett!«

Beim nächsten Schritt rutschte Lettie im Schlamm aus, und Corey hielt sie am Arm fest.

»Vorsicht, sonst haben Sie zu allem Übel auch noch ein gebrochenes Bein. Warum wurden Sie gefeuert, wenn ich fragen darf?«

»Ich habe einem Kunden den nachdrücklichen Rat gegeben, sich um seinen eigenen Kram zu kümmern.«

Es tat gut, es laut auszusprechen. Außer Kelly hatte sie niemandem erzählt, was genau sie in dem Augenblick des Wahnsinns getan hatte.

Corey lachte brüllend und schreckte die Vögel in den nahen Bäumen auf. »Warum haben Sie das getan?«

»Ich habe in der Kundenbetreuung eines Klebstoffherstellers gearbeitet, und dieser Mann rief an und beschwerte sich aufgeblasen und wichtigtuerisch in aller Ausführlichkeit darüber, dass unser Klebstoff zu klebrig sei.«

»Oje.« Corey lachte jetzt richtig ausgelassen, tief aus dem Bauch heraus, und ließ Letties Herz vor Glück hüpfen.

»Es wäre ja nicht so schlimm gewesen, aber Iris war gerade gestorben, und ich konnte nicht schlafen, und er hat geredet und geredet, bis ich dachte, ich fange gleich an zu schreien. Also habe ich ihm die Meinung gesagt und aufgelegt.«

Lettie war über ihr Verhalten beschämt gewesen, aber Coreys Lachen nahm der Erinnerung den Stachel.

»Also«, sagte er und grinste dabei immer noch breit. »Ich finde, Ihr Rat war genau das Richtige.«

»Mein Manager hat das anders gesehen, und als der Typ zurückgerufen und sich über mich beschwert hat, bin ich hochkant rausgeflogen.«

Corey runzelte die Stirn. »Darf man das heutzutage überhaupt?«

»Keine Ahnung. Ich hatte die Stelle noch nicht lange, daher war ich noch in der Probezeit, aber es ist mir egal, weil ich den Job gehasst habe. Ich möchte ...«

Lettie brach ab, denn ihr wurde bewusst, dass sie zu viel redete. Aber Corey sah sie ruhig an. Seine dunklen Augen waren im Schatten der Bäume fast schwarz.

»Was möchten Sie?«

»Lachen Sie nicht, aber ich würde beruflich gern umsatteln und etwas mit Geschichte machen – in einem Museum arbeiten oder so etwas.« Sie brach ab und lächelte. »Ich würde auch gern Geschichte studieren.«

Lettie wusste schon länger, dass es ihr Traumjob war, in einem Museum zu arbeiten, aber der Drang, Geschichte zu studieren, hatte sich erst in letzter Zeit verstärkt – seit sie angefangen hatte, sich mit der Vergangenheit von Heaven's Cove zu beschäftigen.

Corey legte den Kopf schräg. »Warum sollte ich darüber lachen?«

»Weil das alle tun.« Sie seufzte. »Meine Familie tut es.«

»Warum?«

»Wer weiß? Weil sie es für unpraktisch halten, das Leben zu ändern. Weil sie möchten, dass ich ihnen helfen kann. Weil eine Starcross so etwas nicht tut.« Obwohl Daisy es getan hat, dachte Lettie rebellisch. Als ihre Schwester plötzlich den Entschluss gefasst hatte, sich zum Life-Coach ausbilden zu lassen, hatte niemand auch nur mit der Wimper gezuckt. »Iris hat mich immer wieder ermutigt, mein eigenes Ding zu machen, und jetzt, nach ihrem Tod, erscheint es mir mit einem Mal noch wichtiger.« Sie stieß langsam den Atem aus. »Entschuldigung. Ich plappere über mich selbst, während Sie mit einer gescheiterten Ehe zu kämpfen haben.«

Corey schüttelte den Kopf. »Es ist jetzt schon eine ganze Weile her. Ich war damals ziemlich fertig.«

»Das tut mir sehr leid.«

»Ist schon gut. Das Leben läuft nicht immer so, wie man es sich vorstellt.«

Ein schmerzlicher Ausdruck legte sich flüchtig über seine kräftigen Züge, und er tat plötzlich einen Schritt auf Lettie zu. Er war ihr so nah, dass sie sein Aftershave riechen konnte.

»Sie sollten das Leben leben, das Sie wollen, Lettie. Selbst wenn es Mut erfordert, sich aus der momentanen Situation zu lösen.«

»Ich bin mir nicht sicher, ob ich den Mut habe. Ich kann ja noch nicht einmal am Strand durchs seichte Wasser waten, wie Sie wissen.«

»Aber Sie haben es versucht, obwohl Sie Angst hatten. Das nenne ich Mut.«

Eine dunkle Haarsträhne fiel Corey in die Stirn, und Lettie verspürte den Drang, sie ihm aus dem Gesicht zu streichen. Sie streckte die Hand aus, zog sie aber zurück, als eine Flut von Spritzern den Moment zerstörte. Ein Labrador, der mit seinem Herrchen unterwegs war, war in den Bach gesprungen, und als Lettie den Blick von dem Hund abwandte, war Corey wieder zurückgetreten.

»Kommen Sie«, sagte er barsch und trat beiseite, damit der Hundebesitzer ihn auf dem Weg überholen konnte. »Wir sind fast da.«

Sie gingen schweigend weiter, während der Pfad immer schmaler wurde und die Bäume näher kamen. Lettie war durcheinander, nicht wegen Coreys Enthüllungen oder weil es ihr so leicht gefallen war, ihm von ihrem Leben zu erzählen, sondern wegen des Ansturms an Gefühlen, als er auf sie zugetreten war. Es war, als hätte sich ihr plötzlich ein anderes Leben offenbart: ein erfüllenderes Leben, frei von familiären Verpflichtungen.

Vielleicht ein Leben hier, in Heaven's Cove.

Ein Rauschen war zu hören, das immer lauter wurde, als sie weitergingen, und als sie um eine letzte Biegung des Pfades kamen, standen sie vor einem Wasserfall. Einem sehr vertrauten Wasserfall. Weißes Wasser toste über moosbewachsene Felsen in die Tiefe und ergoss sich in eine wirbelnde schwarze Wassermasse.

»Ich glaube es ja nicht! Das ist der Wasserfall von dem Foto, das Iris an der Wand hängen hatte«, rief Lettie. »Sie hat mir gesagt, das sei irgendwo im Dartmoor, aber jedes Mal, wenn ich es genauer wissen wollte, hat sie das Thema gewechselt.«

»Es ist auch der von dem Bild an Grans Wand. Ich dachte, Sie würden den Wasserfall gern in natura sehen. Es ist ein magischer Ort.«

Es war wirklich magisch. Lettie betrachtete das herabstürzende Wasser und staunte über die Beständigkeit dieses Wunders der Natur. Egal welche Entscheidung sie für ihren Beruf und ihr Leben traf, das Wasser würde weiterfallen und dabei den Felsen glätten. Ein Gefühl der Ruhe überkam sie, und sie schloss die Augen.

Als sie sie wieder öffnete, sah Corey sie an. »So geht es mir hier auch immer. Wenn mir ... alles zu viel wird, komme ich hierher.«

»Iris muss diesen Wasserfall also gekannt haben.«

»Gran hat erzählt, dass Cornelius manchmal mit ihr hergefahren ist.«

»Wow. Dann war es für die beiden ein besonderer Ort.«

Lettie konnte sich vorstellen, wie die junge Iris über die Felsen geklettert war und sich die Füße in dem flachen Bach gekühlt hatte, der ein Stück weiter in die Tiefe brauste. Wie sie neben Cornelius gesessen hatte, dem Mann, den sie geliebt hatte, und den ewigen Strom des Wassers betrachtet hatte. *Setz dich dahin, wo ich gesessen habe, mein liebes Mädchen.* Aber auch hier gab es nichts, zu dem der Schlüssel passen könnte, der jetzt an ihrem Hals hing.

»Kommen Sie, ich möchte Ihnen noch etwas zeigen«, sagte Corey und deutete auf einen kleinen Steinhaufen am Fuß des Wasserfalls. »Es kann etwas rutschig sein, also seien Sie vorsichtig.«

Corey hielt ihr die Hand hin, und als sie sie nahm, schloss er seine warmen Finger um ihre. Er hielt sie den ganzen Weg über mit kräftigem Griff fest, während sie die feucht-glatten Felsen hinabkletterten.

Unten am Wasserfall ließ er sie los und ging zu den Steinen, die, wie sie jetzt sah, sorgfältig in Pyramidenform aufgeschichtet waren. Die größten Steine bildeten den Sockel.

Auf einem davon war eine verrostete Plakette angebracht, deren Inschrift noch zu erkennen war:

In liebendem Gedenken an Cornelius Allford, einen wahren Sohn Devons. Nie vergessen. Immer vermisst.

»Wir wissen nicht genau, wo Cornelius begraben liegt, aber Gran und ihre Familie haben ihr eigenes Denkmal gebaut«, erzählte Corey. »Es gibt natürlich das Kriegerdenkmal in der Weaver's Row im Dorf, aber sie wollten ein persönliches, nur für ihn. Hier, an einem Ort, den er geliebt hat.«

Lettie strich über die Plakette. Darunter befand sich noch ein kleineres Messingschild. Sie wischte die Wasserspritzer weg, damit sie die Inschrift lesen konnte:

Und in Erinnerung an Elizabeth Allford, die den Verlust ihres geliebten Sohnes nicht verkraftet hat.

Dann war der Grabstein am Rand des Kirchhofs von Heaven's Cove tatsächlich der für Florence' Mutter.

»Was ist nach Cornelius' Tod mit Ihrer Urgroßmutter passiert?«, fragte Lettie sanft.

»Sie ist kurz darauf gestorben.«

»Aber was genau ist passiert?«

»Sie ist ertrunken.«

»Wie?«, flüsterte Lettie. Ihr graute vor der Antwort, aber sie musste es wissen.

Corey fuhr sich mit der Hand über die Augen. »Sie war eine zerbrechliche Frau, die von Trauer überwältigt war.« Er verzog das Gesicht. »Sie ist vollständig bekleidet ins Meer gegangen.«

»In Heaven's Cove?«

Corey nickte, und Lettie stellte sich vor, wie das Wasser über ihrem Kopf zusammengeschlagen sein und ihre Lunge gebrannt haben musste, als sie sich mit Salzwasser füllte. Wie unsagbar schrecklich für Elizabeth, und für Florence, die durch den tragischen Tod ihres Bruders bereits erschüttert war.

Lettie mochte sich nicht vorstellen, wie es gewesen wäre, wenn sie als Kind ihre Mutter verloren hätte. So nervig ihre Mum mit ihrer ständigen Kuppelei und Einmischung in Letties Leben auch sein konnte, Lettie wusste, dass sie geliebt wurde. Florence hatte diesen besonderen Menschen nur kurz nach dem Tod ihres Bruders verloren.

»Kein Wunder, dass Ihre Gran traumatische Erinnerungen aus der Zeit hat. Es ist verständlich, dass sie Iris immer noch hasst, wenn sie in ihr die Ursache für ihren Kummer sieht.«

Corey berührte sie sanft am Arm, aber Lettie nahm es kaum wahr. »Es ist lange her«, sagte er. »Es ist Vergangenheit und vorbei.«

»Es ist Vergangenheit, aber solange sich jemand erinnert, ist es nicht vorbei.«

Corey seufzte und warf einen Blick zum Himmel. Das Wetter schlug um.

»Wir sollten besser zurück, bevor wir nass werden, und ich habe heute Abend Bereitschaft.«

Dunkle Wolken hatten sich über ihnen zusammengebraut, und Lettie zitterte. Die Sonne war verschwunden, und als sie zurück zum Auto gingen, kam der Wald ihr finster und bedrohlich vor. Und obwohl sie sich während der Rückfahrt die meiste Zeit unterhielten, war die Stimmung gedrückt, als würde der Geist von Elizabeth Allford zwischen ihnen schweben.

Zurück in Heaven's Cove hielt Corey an der Abzweigung zu Driftwood House am Straßenrand.

»Sind Sie sich sicher, dass ich Sie nicht bis vor die Tür bringen soll?«

»Nein, ich kann zu Fuß gehen, Sie würden sich nur das Fahrwerk ruinieren. Vielen Dank für den schönen Nachmittag.«

»Gerne. Ich habe ihn auch genossen.«

Er zögerte, als ob er noch etwas sagen wollte, aber als er schwieg, öffnete Lettie die Tür und stieg aus.

Sie drehte sich um und beugte sich in den Wagen. »Grüßen Sie Ihre Gran von mir.«

Corey nickte. »Mache ich. Sie wird sicher noch einiges für mich am Cottage zu erledigen haben, bevor ich zur Rettungsstation gehe. Das Haus ist über zweihundert Jahre alt und verfällt immer mehr. Es bereitet ihr ziemliche Kopfschmerzen.« Er verzog den Mund. »Und mir auch.«

Er sah müde und traurig aus, und sein Anblick tat Lettie im Herzen weh.

»Das ist schade, denn wenn Ihre Gran die Landzunge verkaufen würde, könnte sie es sich leisten, das Cottage komplett renovieren zu lassen oder sogar irgendwo anders hinzuziehen. Dann wären Sie freier.«

Lettie wollte nur mitfühlend sein, aber Corey versteifte sich. »Sie will nicht woanders hinziehen.«

»Das ist mir klar«, sagte sie und war sich bewusst, dass sie gerade knietief ins Fettnäpfchen getreten war. Aber jetzt war es zu spät, die Worte zurückzunehmen. »Ich meinte nur, dass das Geld ihr und Ihnen das Leben einfacher machen könnte, wenn alles zu viel wird. Aber ich weiß, dass sie nicht verkaufen will, und ich weiß auch warum.«

»Ihr Entschluss steht fest. Und anders als Simon behauptet, habe ich nicht auf sie eingeredet und sie angewiesen, sein Angebot abzulehnen.«

»Das weiß ich. Ich meinte nur, dass der Verkauf des Landes Ihnen einen Neuanfang ermöglichen würde. Das ist alles.« Eine plötzliche Windbö ließ den Wagen schaukeln, und Corey sah durch die Windschutzscheibe auf das aufgewühlte Meer in der Ferne.

Lettie seufzte. »Also, noch einmal danke. Jetzt lasse ich Sie am besten zurück zu Ihrer Großmutter fahren.«

Sie schloss die Tür und sah dem Wagen nach, der sich in Richtung Heaven's Cove entfernte.

»Gut gemacht, Lettie«, murmelte sie vor sich hin. Wie man die Stimmung an einem schönen Nachmittag verdirbt: Erstens, erkundige dich nach einer armen, verzweifelten Frau, die sich im Meer ertränkt hat, und zweitens, rede, als seist du Simons Sprachrohr. Warum hatte sie die verflixte Landzunge erwähnt? Vielleicht hatte ihre Familie recht und es wäre besser, wenn sie nach London zurückkehrte – anstatt die Einheimischen in Heaven's Cove zu verärgern.

Die ersten dicken Regentropfen fielen, und Lettie eilte die Kliffstiege hinauf, während sie mit sich selbst schimpfte.

EINUNDZWANZIG

Lettie saß in ihrem Zimmer in Driftwood House in einem Rechteck aus Sonnenlicht auf dem grauen Teppich.

Sie hätte auch auf dem kleinen Sessel in der Ecke oder auf dem Bett sitzen können, aber sie brauchte Platz. Die Zeitungsausschnitte und Fotos, die Claude ihr gegeben hatte, waren auf dem Boden ausgebreitet – sie wollte heute lieber in die Vergangenheit eintauchen, statt über die Verabschiedung von Corey am Vortag nachzugrübeln, bei der sie es geschafft hatte, einen schönen Nachmittag in ein peinliches Debakel zu verwandeln.

Wieder ließ sie den Blick über die Bilder und Dokumente wandern. Sie boten ein faszinierendes Porträt des Lebens der Dreißiger- und Vierzigerjahre in Heaven's Cove, aber es war nichts über Iris und Cornelius dabei.

Sie hätte ihre Zeit besser damit verbracht, sich einen neuen Job zu suchen.

Lettie stöhnte und reckte sich. Sie saß in derselben Haltung hier, seit sie von ihrem Morgenspaziergang oben auf dem Küstenpfad zurückgekehrt war, und ihre Gelenke schmerzten. Ihr Handy zeigte den Eingang einer E-Mail an, und als sie las, von wem die Mail kam, waren alle Gedanken an Haltung und Gelenke sofort verflogen.

Einem Zeitungsausschnitt zufolge, den Lettie im Internet aufgespürt hatte, war eine Esther Kenvale in einem kleinen Dorf in Cheshire aktiv gewesen – als Mitglied einer Gruppe, die Spenden für ein örtliches Hospiz sammelte. Ohne sich viel davon zu versprechen, hatte Lettie am Morgen eine Mail an diese Gruppe gesendet, und nun hatte jemand geantwortet. Sie öffnete und überflog die Antwort:

Liebe Miss Starcross,

leider gehört Esther nicht mehr zu unserer Gruppe, und sie wohnt auch nicht mehr hier. Sie ist zurück in ihre Heimat nach Devon gezogen, und ich glaube, sie lebt jetzt in einer Einrichtung für betreutes Wohnen in Shelton Ford. Leider habe ich ihre Adresse nicht, da sie bereits weggezogen war, als ich die Leitung der Gruppe übernommen habe, aber ich hoffe, dass es Ihnen gelingen wird, Ihre alte Freundin zu finden. Grüßen Sie sie bitte von uns.

Mit den besten Wünschen

Lorraine Chamberlain

Sie ist zurück in ihre Heimat nach Devon gezogen ... Das musste sie sein. Claudes lang verlorene Liebe. Lettie hob das Gesicht zum Dachfenster und genoss die Wärme der Sonnenstrahlen auf ihrer Haut. Esther Kenvale war gefunden – beinahe. Und das mit wenig Aufwand, verglichen mit ihrer scheinbar hoffnungslosen Suche nach der Wahrheit über Iris und Cornelius.

Esther zu finden wäre für alle Beteiligten von Vorteil. Das war auch der Grund, warum sie die Suche überhaupt aufgenommen hatte, sagte sie sich, bevor sie sich eingestand, dass es doch vor allem Claudes gequälter Gesichtsausdruck gewesen war, als er von Esther gesprochen hatte. Außerdem war es ein weiterer Vorwand gewesen, in Heaven's Cove zu bleiben. Das Dorf schien ihr ans Herz zu wachsen.

Als eine rasche Online-Suche nur eine Einrichtung für betreutes Wohnen in Shelton Ford ergab, schickte Lettie eine schnelle E-Mail an die Adresse der Verwaltung und fragte, ob sie Mrs Kenvale besuchen dürfe. Ein solches Gespräch wollte sie persönlich führen, nicht am Telefon. Shelton Ford war nur zwanzig Meilen entfernt – es musste eine Busverbindung geben.

Sie hatte sich gerade erst wieder den Zeitungsausschnitten aus Claudes Archiv zugewandt, als es an der Tür klopfte.

»Herein.«

Rosie steckte den Kopf in den Raum, eine Falte zwischen den Brauen, und warf einen Blick auf die Papiere, die auf dem Boden ausgebreitet lagen. »Entschuldigen Sie die Störung, aber da ist eine Dame für Sie.«

»Sie hat nach mir gefragt?«

»Ja. Sie besteht darauf, Sie sofort zu sprechen.«

»Es ist doch nicht Florence, oder?«

Rosie runzelte die Stirn. »Nein. Erwarten Sie sie?«

»Überhaupt nicht. Entschuldigung. Sie hätten es natürlich gewusst, wenn es Florence gewesen wäre. Ich komme mit nach unten.«

Lettie folgte Rosie die Treppe hinunter und in die Eingangshalle. Die Frau stand mit dem Rücken zu ihnen, neben ihr ein großer dunkelbrauner Koffer mit hellen Lederriemen. Als sie näher kamen, drehte die Frau sich um.

»Lettie!«, rief Daisy. »Da bist du ja.«

Sofort spürte Lettie, wie ihr Herz klopfte. »Warum bist du hier? Geht es Mum und Dad gut?«

»Klar geht es ihnen gut.«

»Ist was mit den Kindern? Oder mit Ed und seiner Familie?«

»Nur keine Panik! Es geht allen gut.«

»Warum bist du dann hier?«

Daisy breitete die Arme aus. »Ich bin hergekommen, um dir Gesellschaft zu leisten, Letts. Ich bin zu einem Kurzurlaub hier! Ist das nicht toll? Ich habe gehofft, dass ich hier wohnen kann.«

Sie warf Rosie einen fragenden Blick zu, die daraufhin nickte. »Natürlich. Wir haben noch ein Zimmer frei. Sind Sie Letties ...?«

»Ich bin ihre Schwester«, sagte Daisy und hängte ihre Jeansjacke an den Mantelständer. »Ich habe zwar nicht das wilde Haar geerbt, aber sonst haben wir viel gemeinsam, nicht wahr, Schwesterherz?«

»Ähm.« Lettie fielen zwar kaum Gemeinsamkeiten ein, aber sie war zu verblüfft, um etwas zu sagen. Daisy verbrachte sonst nie von sich aus Zeit mit ihr. Warum um alles in der Welt tauchte sie plötzlich in Driftwood House auf? Und warum nannte sie sie »Schwesterherz«?

»Und du bist wirklich nicht mit irgendwelchen Unglücksnachrichten gekommen?«

»Absolut nicht.« Daisy wandte sich grinsend an Rosie. »Ehrlich, was halten Sie davon? Da überrasche ich meine Schwester, und sie erwartet nur Hiobsbotschaften und macht ein Gesicht wie sieben Tage Regenwetter.« Und an Lettie gerichtet fuhr sie im selben Atemzug fort: »Du hast mir so oft erzählt, wie schön Heaven's Cove ist, dass ich dachte, ich komme mal vorbei und sehe es mir selbst an.«

»Ich werde das Zimmer für Sie herrichten«, bemerkte Rosie und griff nach Daisys Koffer, einem Louis-Vuitton-Imitat. Lettie fiel auf, dass er viel größer war als ihr eigener. Wie lange hatte ihre Schwester denn vor zu bleiben?

»Vielen herzlichen Dank, und in der Zwischenzeit kann

meine Schwester mir ja die fabelhafte Aussicht zeigen.« Daisy hakte Lettie unter und zerrte sie förmlich durch die offene Tür hinaus. Ihr kleiner Wagen stand dort auf dem Gras. »Na los. Zeig mir die Sehenswürdigkeiten! Ich könnte ein bisschen Bewegung gebrauchen, nachdem ich die Straße hinaufgeholpert bin. Die Schlaglöcher sind ja die Hölle.«

Eine warme Brise zerzauste ihnen das Haar, als Lettie Daisy bis zum Rand des Kliffs führte.

»Sehr hübsch!«, bemerkte Daisy mit Blick auf das Meer, das in der Sonne glitzerte. »Ist das da drüben eine Burg?«

»Die Ruine einer Burg, ja. Also, warum bist du wirklich hier, Daisy?«

»Ehrlich, man könnte meinen, du würdest dich nicht freuen, mich zu sehen.« Daisy zog finster die Brauen zusammen.

»Natürlich freue ich mich, aber ich verstehe immer noch nicht, warum du plötzlich hier auftauchst.«

»Ich war neidisch, dass du dir ein paar Tage Urlaub gönnst, und dachte, dass du dich vielleicht einsam fühlst, also bin ich hergekommen, um dir für eine Weile Gesellschaft zu leisten. Außerdem bist du nicht ans Telefon gegangen.«

»Der Empfang hier ist ziemlich mies«, murmelte Lettie, die es genossen hatte, nicht immer erreichbar zu sein. »Kommt Jason klar, solange du hier bist?«

Daisy setzte sich ins Gras und beschirmte die Augen gegen die Sonne. »Natürlich. Er meinte, ich kann so lange bleiben, wie ich will.«

Resigniert setzte Lettie sich zu ihr. Sie liebte ihre Schwester, aber dass Daisy so vollkommen unerwartet auftauchte, war beunruhigend. Es war wie ein Überfall aus dem Hinterhalt.

»Was ist mit den Kindern?«

»Die sind versorgt. Ich habe sie in ein Sommerlager geschickt, weil du ja nicht da warst, um zu helfen, und wenn Mum auf sie aufpasst, ist das der reinste Albtraum.«

Lettie seufzte. Sie hatte sich schon gefragt, wie lange es noch dauern würde, bis Daisy wieder ihr die Schuld an allem zuschob.

»Was ist mit deiner Ausbildung zum Life-Coach? Wirst du da nicht ins Hintertreffen geraten, wenn du blaumachst?«

»Wir haben Ferien. Und viel wichtiger: Was ist mit deinem Job?«

»Ich bin zu dem Schluss gekommen, dass es nicht der richtige Job für mich ist.«

»Wirklich?«

Daisy sah ihrer Schwester in die Augen, während Lettie versuchte, ruhig zu bleiben. Sie hatte nicht vor, mit der Wahrheit herauszurücken, solange sie nicht genau wusste, warum Daisy hier war.

Daisy funkelte sie noch einen Augenblick lang an und lächelte dann.

»Ehrlich, Lettie. Mach nicht so ein ernstes Gesicht. Du freust dich doch, mich zu sehen, oder? Ich kann auch wieder fahren, wenn dir das lieber ist.«

»Natürlich wäre mir das nicht lieber «, antwortete Lettie mit dem vertrauten Gefühl, von ihrer Schwester in eine Ecke gedrängt worden zu sein.

»Wunderbar. Also! Erzähl mir, was du über Iris herausgefunden hast.«

»Eigentlich nicht viel. Obwohl ich ...«

»Also bleibt das Rätsel des Briefes ungelöst«, fiel Daisy ihr ins Wort. »Mum hat mir davon erzählt.« Plötzlich sprang sie auf und stemmte die Hände in die Hüften. »Gott, die Aussicht von hier ist wirklich fantastisch. Heaven's Cove ist so malerisch und absolut winzig, wie eine Spielzeugstadt. Wie geschaffen für ein paar hübsche Instagram-Posts. Und sieh dir das Wasser an, und einen Strand gibt es auch!« Sie trat näher an den Rand und schaute nach unten. Lettie krampfte sich der Magen zusammen. »Es ist wirklich schön hier! Warst du schon schwimmen?«

Lettie schüttelte den Kopf. Sie hatte sich schon lange damit abgefunden, dass ihre Schwester wenig über sie wusste und die nervige Angewohnheit besaß, sie zu unterbrechen, sobald etwas anderes ihre Aufmerksamkeit erregte.

»Du hast doch nicht immer noch diese Wasserphobie, oder? Wird es nicht langsam Zeit, dass du darüber hinwegkommst? Es ist Jahre her, dass du im Urlaub im Meer hingefallen bist und Wasser ins Gesicht bekommen hast.«

»Ich wäre fast ertrunken, Daisy.«

»Wenn du meinst ...«

Lettie runzelte die Stirn. Sie hatte die Nase voll davon, dass ihre Familie den Vorfall und seine schlimmen Folgen für sie herunterspielte. »Das tue ich. Iris hat mich gerettet.«

»Die heilige Iris, Schutzpatronin ertrinkender Urlauberinnen. Hast du damals angefangen, sie als Heldin zu verehren?«

»Es war keine Heldenverehrung. Ich habe Iris einfach geliebt.«

»Du warst immer ihr Liebling. Sie hat dir alles hinterlassen.«

»Daisy, Herrgott noch mal!« Sie hatten wirklich oft genug darüber gesprochen. »Nach dem Brand in ihrer Wohnung besaß sie ja kaum noch etwas, das sie hätte hinterlassen können, und ich habe dir gesagt, dass du alles haben kannst, was du willst.«

»Eigentlich will ich gar nichts haben.«

»Wo liegt dann das Problem?«

Daisy zog einen Schmollmund und strich sich das dunkle Haar hinter die Ohren. »Es geht ums Prinzip. Sie hat dir jedes einzelne Stück, das sie besaß, hinterlassen.«

»Weil ich die Einzige war, die ihr Aufmerksamkeit geschenkt hat.«

»Ist ja auch egal.« Daisy zuckte die Achseln. »Sie war ein bisschen anders, genau wie du. Aber einfach so nach Heaven's

Cove abzuhauen und sie wieder auferstehen lassen zu wollen, ist ... Offen gesagt ist das ziemlich seltsam.«

»Das tue ich doch gar nicht. Ich möchte lediglich herausfinden, wie ihr Leben hier als junge Frau ausgesehen hat.«

»Aber warum?«

»Weil ich das Gefühl habe, es tun zu müssen.«

Lettie biss sich auf die Unterlippe. Sie war nicht in der Lage, der brüsken, praktisch veranlagten Daisy die Anziehung zu beschreiben, die dieser Ort und seine Geheimnisse auf sie ausübten.

»Und was hast du herausgefunden?«

»Nicht viel. Iris war in einen Mann namens Cornelius Allford verliebt, der im Zweiten Weltkrieg gefallen ist.«

»Wie traurig.« Daisy runzelte die Stirn. »Das wusste ich nicht. Könnte das der Grund sein, weshalb sie nie geheiratet hat?«

»Gut möglich.«

»Ich habe sie immer für eine Einzelgängerin gehalten. Aber das ist wirklich schade. Arme alte Iris.« Sie schaute einen Augenblick lang übers Wasser und fasste dann Lettie am Arm. »Komm, schauen wir mal, ob die Pensionswirtin mir eine Tasse Tee macht. Nach der langen Fahrt von London bin ich völlig dehydriert und erledigt.«

Seltsam, dass zwei Schwestern so unterschiedlich sein können, dachte Lettie, während sie in Richtung Driftwood House gezogen wurde. Der Gedanke, dass Iris so früh die Liebe ihres Lebens verloren hatte, war für sie selbst tief erschütternd gewesen. Daisy dagegen schien nur flüchtiges Interesse dafür aufbringen zu können, das schon der Aussicht auf ein Tässchen Tee nicht standhalten konnte. Es zeichnete sich ab, dass dieser unverhoffte Familienbesuch eine echte Herausforderung werden würde.

Als sie ins Haus kamen, war Rosie in der Küche und füllte Kuchenteig in zwei Backformen.

»Victoria Sponge«, sagte sie anstelle einer Begrüßung. »Liams Lieblingskuchen. Liam ist mein Freund«, erklärte sie Daisy.

»Sind Sie verlobt?«

Lettie wand sich innerlich wegen Daisys unverblümter Art, aber Rosie schien sich nicht daran zu stören. »Noch nicht, aber wer weiß?« Sie warf einen Blick zu dem Ring an Daisys linker Hand. »Können Sie die Ehe empfehlen?«

»Unbedingt. Ich bin seit über zehn Jahren verheiratet ...«

Los geht's, dachte Lettie.

»Wir teilen alles miteinander. Ich will ja nicht angeben, aber unsere Ehe ist praktisch perfekt. Wir sind Seelenverwandte.«

»Wie schön!« Lettie bemerkte, dass Rosies Lächeln etwas gezwungen wirkte.

Ein heißer Schwall Luft drang durch die Küche, als Rosie die Ofentür öffnete und die Kuchenformen hineinschob. Dann wischte sie sich die Hände an der Schürze ab. »Kann ich Ihnen beiden eine Tasse Tee anbieten?«

»Ich dachte schon, Sie würden nie fragen«, sagte Daisy und ließ sich auf einen Küchenstuhl sinken, als sei sie schon seit Tagen zu Gast in Driftwood House.

Zwei Tassen Tee später war Daisy wieder fit. Sie hatte ununterbrochen von ihrer perfekten Familie erzählt und war gerade dazu übergegangen, Rosie mit Geschichten über ihre Kompetenz als Life-Coach zu erfreuen, als diese einen Blick auf die Wanduhr warf. Es war fast halb sieben.

»Entschuldigen Sie, wenn ich Sie unterbreche, Daisy, aber mir ging gerade durch den Kopf, ob Sie vielleicht zusammen im The Smugglers Haunt essen wollen? Wenn Sie vor sieben Uhr da sind, haben Sie noch den besten Fisch zur Auswahl.«

»The Smugglers was?«, fragte Daisy, die Teetasse auf halbem Weg zum Mund.

»Haunt«, ergänzte Lettie. »Das ist ein Pub im Dorf, und es ist eine sehr gute Idee, Rosie. Musst du dich vorher umziehen, Daisy?«

»Ich sollte mir vielleicht ein frisches Oberteil anziehen.«

Rosie schenkte Lettie ein dankbares Lächeln, als sie die Küche verließen und sich auf den Weg zu Daisys Zimmer machten.

Es lag im ersten Stock. Es war kleiner als Letties Dachzimmer, aber trotzdem warm und gemütlich, mit cremefarbenen Wänden, einem Doppelbett mit hellblauer Decke, einem kleinen Kleiderschrank in der Ecke und Gemälden mit Ansichten aus dem Dartmoor an den Wänden.

Daisy sah sich um und nickte. »Es ist hübsch hier oben. Ich dachte, Driftwood House würde ein bisschen kitschig und geschmacklos sein, aber es ist sehr nett eingerichtet.« Sie drehte sich zu Lettie um. »Was für ein Pub ist The Smugglers Haunt?«

»Es ist ein schöner historischer Dorfpub.«

»Also genau dein Ding.« Daisy öffnete ihren Koffer – der randvoll war, wie Lettie bemerkte – und nahm ein blaues Oberteil mit Fledermausärmeln heraus. »Das müsste gehen. Für eine Dorfkneipe brauche ich nichts allzu Schickes.« Sie schlüpfte aus ihrem T-Shirt und zog das saubere Oberteil an. »Na dann los. Heaven's Cove, ich komme!«

ZWEIUNDZWANZIG

»Kaum zu glauben, dass Tante Iris hier aufgewachsen ist.«
Daisy spähte in das Schaufenster eines Souvenirladens und
betrachtete die Geschenkkörbe mit den Zutaten für Cream
Tea, die Töpferwaren aus dem Dorf, die Schürzen mit der
Fahne Devons und die Süßigkeiten. »Und noch schwerer zu
glauben ist, dass sie in einen Dorfjungen mit einem seltsamen
Namen verliebt war. Wie hieß er noch gleich?«

»Cornelius«, antwortete Lettie leise, während ihre
Gedanken sich überschlugen. Wie lange wollte Daisy bleiben,
und warum war sie überhaupt hier? Daisy hatte noch nie den
Wunsch erkennen lassen, ihr Gesellschaft zu leisten.

»Cornelius«, wiederholte Daisy langsam. »Das klingt ziemlich vornehm, aber wenn er hier gelebt hat, war er das wohl
nicht. Hat er noch Familie im Dorf?«

»Seine Schwester lebt oben auf dem Hügel.«

»Nach all den Jahren? Sie muss uralt sein. Hast du sie
kennengelernt?«

»Flüchtig«, antwortete Lettie. Sie war nicht in der Stimmung, weitere Erklärungen abzugeben.

»Es ist sehr traurig, dass sie einen Mann geliebt hat, der im

Krieg gestorben ist.« Daisy warf sich das Haar über die Schulter und überprüfte im Spiegelbild des Schaufensters ihren Lippenstift. »Es überrascht mich, dass sie uns nie davon erzählt hat, oder vielmehr, dass sie es dir nicht erzählt hat. Mit uns hat sie ja kaum gesprochen.«

»Weil ihr kaum mit ihr gesprochen habt, und wenn, dann habt ihr sie behandelt, als ob sie ein bisschen gaga wäre.«

»Ich nicht, und außerdem war sie wirklich etwas merkwürdig. Wie du.«

»Sie hat sich in London einfach einsam gefühlt.«

»Hm.« Lettie und Daisy setzten sich wieder in Bewegung. Sie gingen am Kai vorüber und bogen in die schmale Gasse neben dem kleinen Lebensmittelladen ein. Plötzlich blieb Daisy stehen. »Fühlst du dich in London einsam?«, fragte sie.

»Manchmal.«

Sorge flackerte in Daisys Augen auf, dann schürzte sie die Lippen. »Dann musst du heiraten und aufhören, herumzutrödeln und wählerischer zu sein, als gut für dich ist. Was du brauchst, ist ein Mann wie Jason.« Sie wandte den Blick zu dem Pubschild, das im Wind hin und her schwang. »Ist das der Pub?«

»Ja, das ist The Smugglers Haunt.«

»Nett. Die Blumenkörbe gefallen mir. Sehr hübsch.«

Sie strich über die Blütenblätter eines besonders bunten Korbs, dann drückte sie die Tür des Lokals auf und trat ein. Lettie folgte ihr.

Der erste Gast, den Lettie im Schankraum erblickte, war Simon. Er saß am Kamin und sah in seiner dunkelbraunen Wildlederjacke und braunen Hose wie ein smarter Filmstar aus. Das blonde Haar hatte er zur Seite gegelt, und unpassenderweise saß ihm die Sonnenbrille auf dem Kopf.

»Hey, Lettie«, rief er und winkte ihr zu. »Sie haben mich also doch unwiderstehlich gefunden.«

»Oh Gott«, murmelte Lettie. Durch Daisys unerwartetes

Erscheinen hatte sie ihren Plan, heute Abend einen Bogen um den Pub und Simons »Date« zu machen, völlig vergessen. Wahrscheinlich wollte er sie ohnehin nur nach Informationen über Florence aushorchen.

»Ein Bekannter?«, fragte Daisy mit großen Augen.

»Ja, ich kenne ihn, und benimm dich bitte«, flüsterte Lettie, während sie zu ihm gingen.

»Ich bin ja so froh, dass Sie mein Angebot angenommen haben.« Simon stand auf und küsste Lettie auf die Wange. »Und Sie sehen heute Abend besonders reizend aus, falls mir die Bemerkung erlaubt ist.« Er warf Daisy einen neugierigen Blick zu.

»Hallo, Simon. Das ist Daisy, meine Schwester.«

»Oh.« Simons Augen wurden groß. »Sie haben Ihre Schwester mitgebracht?« Er fing sich fast sofort wieder. »Wie schön. Sie gleichen sich wie ein Ei dem anderen.«

Das bezweifelte Lettie – die eher zierliche Daisy hatte dunkles Haar, während sie selbst ihrem Bruder Ed zufolge »ein schlaksiger Rotschopf« war.

»Ich wusste gar nicht, dass Ihre Schwester auch in Heaven's Cove ist.«

»Ich bin erst heute Nachmittag angekommen«, trällerte Daisy und klang auf einmal ganz anders als sonst. »Ich dachte, ich komme mal her und verbringe ein, zwei Tage mit Lettie. Ich wusste ja nicht, dass sie bereits einen Freund hat, der ihr Gesellschaft leistet.«

Klimperte sie mit den Wimpern, während sie mit Simon sprach? Daisy flirtete nie. Sie führte eine mustergültige Ehe mit Jason, dem perfekten Ehemann.

»Darf ich den Damen etwas zu trinken holen?« Simon stand auf.

»Einen Wodka mit Limette, bitte«, sagte Daisy.

»Und Sie, Lettie?«

»Ich hätte gern einen Gin Tonic.«

»Gin Tonic und Wodka mit Limette, kommt sofort.«

»Wer zum Teufel ist das?«, zischte Daisy, als Simon sich durch den vollen Pub einen Weg zum Tresen bahnte. »Und ich dachte, du wärst unglücklich und würdest in Heaven's Cove Trübsal blasen. Er ist doch nicht der Fischer, von dem du gesprochen hast, oder?«

»Das ist Simon, und er ist *kein* Fischer. Er ist Immobilien-Entrepreneur.«

»Was ist das denn?«

Lettie zuckte die Achseln. »Ich bin mir nicht ganz sicher, aber er kauft Land, um es zu erschließen.«

»Wohnt er hier?«

»Nein, in London.«

»Oh, das ist praktisch.«

Als Daisy ihr zuzwinkerte, überkam sie ein ungutes Gefühl. Es würde eine echte Herausforderung werden, dieses »Date« mit Simon und ihrer kupplerischen Schwester zu verbringen. Vor allem, wenn er anfing, sie über die Allfords auszufragen.

»Simon ist nur ein Freund. Im Grunde genommen noch nicht einmal das.«

»Das sieht er wahrscheinlich anders.« Daisy beugte sich über den Tisch. »Hör auf, so verdammt wählerisch zu sein, Lettie. Er sieht gut aus, und du sagst, dass er in London lebt, also könntest du dich mit ihm treffen, wenn du wieder zu Hause bist. Wo genau wohnt er?«

»In Kensington.«

»Oh, wow.« Daisy verschränkte die Arme vor der Brust und wirkte beeindruckt. »Übrigens, habe ich dir erzählt, dass Elsa die Judo-Prüfung letzte Woche mit Bravour bestanden hat?«

Lettie lehnte sich auf dem Stuhl zurück und lauschte dem Bericht über das Talent ihrer kleinen Nichte als Kampfsportle-rin. Es machte ihr nichts aus. Sie liebte ihre Nichte und ihren Neffen, und zumindest hatte sich das Gespräch von ihrem Liebesleben abgewandt.

Daisy war immer noch voll in Fahrt, als Simon mit den Drinks zurückkehrte. Er hörte aufmerksam zu und nippte an seinem Bier. Irgendwann begegnete er Letties Blick und strich ihr zwinkernd mit dem Fuß über die Wade. Sie zog verwirrt das Bein zurück. Hatte er wirklich ein Auge auf sie geworfen, oder war das alles nur ein Trick, um an Informationen über die Allfords zu gelangen? Falls ja, stand ihm eine herbe Enttäuschung bevor, denn sie besaß diese Informationen nicht.

Glücklicherweise hielt Daisy das Gespräch in Gang. Lettie war ganz woanders und dachte gerade an ihren Ausflug mit Corey ins Dartmoor, als Simon plötzlich ihre Gedanken unterbrach.

»Oh, verflucht.« Sein Blick war auf die Tür des Pubs gerichtet. »Jetzt gibt's Ärger.«

Lettie drehte sich auf dem Stuhl um und sah, dass die Leute für Corey eine Gasse bildeten. Er suchte den Raum mit den Augen ab und kam dann auf sie zumarschiert.

»Dachte ich's mir doch, dass ich Sie hier finde«, sagte er zu Simon und nahm Letties Anwesenheit kaum zur Kenntnis. Seine Wangen waren unter den dunklen Bartstoppeln gerötet.

»Hier gibt's ja auch keine besonders große Auswahl, mein Guter«, antwortete Simon glattzüngig und bedachte Corey mit einem Lächeln, das nicht bis zu seinen Augen reichte. »Was kann ich für Sie tun?«

»Sie können sich von meiner Großmutter fernhalten!«, befahl Corey und spannte den Kiefer an.

»Wie bitte?«

»Sie haben sie heute Nachmittag schon wieder belästigt.«

»Belästigt? Das ist ein ziemlich starker Ausdruck. Ich weiß ehrlich nicht, weshalb Sie sich so aufregen. Ich bin Ihrer Großmutter lediglich im Postamt begegnet und habe kurz ein Wort mit ihr gewechselt.«

»Sie haben Sie erneut gedrängt, Cora Head zu verkaufen,

und ihr gesagt, dass in Anbetracht ihrer gesundheitlichen Situation jetzt der geeignete Moment dafür sei.«

Corey warf Lettie einen feindseligen Blick zu, und sie rutschte auf ihrem Stuhl instinktiv ein Stück zurück. Sie hatte Simon gesagt, dass es Florence nicht gut ging, um ihn davon abzuhalten, ihr weitere Angebote zu machen, aber es schien die gegenteilige Wirkung gehabt zu haben.

»Beruhigen Sie sich, Kumpel«, sagte Simon gelassen. »Ich bin mir sicher, dass Ihre alte Gran das Geld gebrauchen könnte.«

»Meine Großmutter will das Land nicht verkaufen. Das hat sie Ihnen schon mehrmals gesagt. Und ich bin nicht Ihr Kumpel.«

»Will *sie* nicht verkaufen, oder wollen *Sie* nicht verkaufen?«

Corey hob die Stimme. »Worauf genau wollen Sie hinaus?«

»Auf gar nichts.« Simon hob unschuldig die Hände. »Ich sitze hier nur schön mit Lettie und ihrer Schwester bei einem Drink und ich schätze es nicht, im Pub belästigt zu werden.«

»So wie meine Großmutter es nicht schätzt, in dem Dorf belästigt zu werden, in dem sie ihr ganzes Leben verbracht hat. Also, lassen Sie sie in Ruhe.«

»Ganz wie Sie meinen«, sagte Simon mit einem Grinsen, das Lettie in Anbetracht der Umstände für nicht besonders angebracht hielt.

Mit einem letzten, finsteren Blick rauschte Corey aus dem Pub, und die Einheimischen funkelten Simon, Lettie und Daisy an.

»Wer zum Geier war das denn?«, murmelte Daisy aus dem Mundwinkel, während Simon, scheinbar unbeeindruckt von der Aufregung, einen weiteren Schluck von seinem Bier nahm.

»Das war Corey, ein Fischer aus dem Dorf, dessen Großmutter ein Stück Land gehört.«

»Ist das der Fischer, den du am Telefon erwähnt hast, als ... meine Güte. Hier geht es ja zu wie in *Poldark*.«

Sie kippte ihren dritten Wodka mit Limette in einem Zug herunter, während Simon sich zurücklehnte und sein makelloses Hemd glatt strich.

»Es tut mir leid, dass Sie das miterleben mussten, Ladys. Ich denke, Mr Allford hat Angst um sein Erbe und hat seine eigenen Pläne für das Land.«

»Oder vielleicht gefällt es ihm nicht, dass seine Großmutter bedrängt wird, obwohl sie Ihnen bereits ihre Antwort gegeben hat«, schoss Lettie zurück.

Simon sah sie kalt an, dann lächelte er. »Ich erlebe das ständig. Die Leute brauchen eine Weile, um über mein Angebot nachzudenken, bevor sie verstehen, dass es das Beste für sie ist. Sie ändern ihre Meinung.«

»Was ich Ihnen über ihren Gesundheitszustand gesagt habe, war vertraulich.«

»Tut mir leid, Lettie.« Er beugte sich vor und streichelte Letties Hand, doch sie riss sie weg. »Seien Sie nicht böse auf mich. Ich wollte Ihnen keinen Ärger mit dem mürrischen Fischer machen.« Er wandte sich an Daisy. »Was denken Sie darüber? Ich habe einer alten Dame einen Haufen Kohle für ein Stück Land geboten, das sie nicht nutzt.«

Daisy warf Lettie einen nervösen Blick zu. »Ich kenne zwar keine Einzelheiten, aber es klingt vernünftig.«

»Genau. Mehr als vernünftig. Aber Mr Allford erweist sich als unverrückbares Hindernis.« Simon seufzte. »Wie dem auch sei, genug von meinen Geschäften. Wir sollten Corey Allfords Wutanfälle vergessen und unseren äußerst angenehmen Abend fortsetzen. Ich weiß nicht, wie es Ihnen beiden geht, aber ich amüsiere mich blendend.«

DREIUNDZWANZIG

»Du bist ja ein ganz schön stilles Wasser«, sagte Daisy, als sie kurz vor zehn zurück zu Driftwood House gingen. Sie hatte viel zu viel getrunken und schwankte leicht, als sie über das Kopfsteinpflaster stöckelte.

In den Fenstern der Cottages brannte Licht, aber die Abenddämmerung war noch hell genug, um den Weg zu erkennen. Gartenmauern und Bäume warfen Schatten über die kleinen gepflasterten Straßen.

»Was soll das heißen, ein stilles Wasser?«

»Ich dachte, du wärst ein langweiliges Mauerblümchen, und dabei hast du dir hier klammheimlich gleich zwei Männer geangelt.«

»Wovon redest du?«, fragte Lettie. Sie hatte Kopfschmerzen und wollte ins Bett.

»Von sexy Simon und dem *sehr* grüblerischen, zornigen Fischer.«

»Corey Allford ist ganz bestimmt nicht an mir interessiert.«

Das hatte während ihres Ausflugs ins Dartmoor noch anders ausgesehen. Da schien er sie noch zu mögen. Aber jetzt, nachdem sie Simon verraten hatte, dass seine Großmutter krank war, hatte sich das geändert.

»Ha«, sagte Daisy und stolperte betrunken über einen losen Stein. »Willst du damit andeuten, dass Simon interessiert ist? Wobei ich zugeben muss, dass es durchaus den Anschein hat. Hast du gesehen, was der Fischer für ein Gesicht gemacht hat, als er in den Pub gekommen ist?«

»Ja, er schien furchtbar aufgebracht zu sein, als er Simon entdeckt hat.«

»Und wie. Er war fuchsteufelswild. Ich dachte kurz, er würde Simon gleich mit seinen muskulösen Armen packen und quer über den Tisch ziehen.« Daisy wirkte bei der Vorstellung alles andere als unglücklich. »Aber bevor er Simon zur Rede gestellt hat, hat er dich gesehen, und da hat sich sein Gesichtsausdruck geändert. Er sah aus, als ...« Daisy dachte kurz nach, während das dumpfe Dröhnen der Wellen, die gegen die Felsen schlugen, durch die Nacht hallte. »Er sah bestürzt aus. Als hätte er nicht erwartet, dich dort mit Simon zu sehen. Enttäuscht.«

Lettie schüttelte den Kopf. »Das bildest du dir nur ein.«

»Ich weiß doch, was ich gesehen habe! Also, wie gut kennst du diesen Corey? In Kniehose und Dreispitz würde er umwerfend aussehen. Und er hat einen prima Hintern.«

Daisy war so was von betrunken. Lettie hakte ihre Schwester unter, damit sie nicht umkippte. »Ich habe mit Florence gesprochen, seiner Großmutter. Das ist die Schwester von Cornelius, in den Iris vor fast achtzig Jahren verliebt war.«

»Was?«

»Das habe ich dir doch alles schon erzählt.«

»Dann erzähl es mir noch mal.«

Also wiederholte Lettie ganz langsam die Geschichte, und Daisy dachte einen Augenblick lang nach, dann schüttelte sie den Kopf. »Nein, ich kapiere es immer noch nicht.«

»Vergiss es.«

»Macht er außer Fischen noch was anderes?«

»Ich weiß nur, dass er auch freiwilliger Seenotretter ist.«

Daisy blieb stehen und warf die Arme auseinander. »Oh mein Gott. Ein Held ist er auch noch! Ein Held in einer sexy gelben Gummiuniform. Glückwunsch, Schwesterherz, obwohl ich hoffe, dass du ihm nichts vorgemacht hast, da du schließlich bald wieder in London sein wirst. Simon ist die mit Abstand klügere Wahl.«

Lettie seufzte. Ihre Schwester kannte sie wirklich nicht. »Ich mache niemandem etwas vor. So etwas tue ich einfach nicht. Und ich glaube auch nicht, dass ich im Moment Coreys Lieblingsmensch bin, da er denkt, ich hätte mit Simon über seine Gran gesprochen.«

»Mit wem über was gesprochen?«

Daisy machte Anstalten, sich auf die Pflastersteine zu setzen, aber Lettie packte sie und schob sie mit etwas Mühe in Richtung Kliffstiege. »Vergiss es. Du musst ins Bett.«

»Du kommst doch bald wieder nach London, oder, Letts?«

Als Letties Antwort ausblieb, schniefte Daisy. Am Fuß des Weges fügte sie mit zitternder Stimme hinzu: »Du hast viel mehr Glück als ich.«

»Wovon redest du?«

»Ich rede über dich, du Glückspilz.«

Wie betrunken war sie? Lettie verstärkte ihren Griff um Daisys Arm und zog sie die steile Kliffstiege hinauf.

»Ich habe nicht mehr Glück als du, also hör auf damit.«

»Oh doch. Du hast wirklich, wirklich, wirklich mehr Glück als ich. Zwei Männer!«

»Du hast Jason.«

»Ich weiß. Den liebenswerten, zuverlässigen Jason. Mum sagt, er ist genau wie Dad.«

Daisy hörte auf zu schniefen und begann laut zu schluchzen.

»Komm schon«, sagte Lettie und tätschelte ihrer Schwester

unbeholfen die Schulter. »Komm schon ... Schwesterherz. Du hattest einen anstrengenden Tag und hast einfach zu viel getrunken.«

»Ich überlege, ihn zu verlassen«, sagte Daisy und blieb so unvermittelt stehen, dass Lettie beinahe ausgerutscht und gestürzt wäre.

»Wen zu verlassen?«

»Jason natürlich.«

Jason? Supermann Jason, »den besten Ehemann der Welt«? Lettie konnte kaum glauben, was sie da hörte.

»Warum solltest du überlegen, ihn zu verlassen? Geht er fremd?«

Daisy hörte auf zu weinen und sah Lettie an. »Eine Affäre? Bist du verrückt? Warum sollte Jason sich eine andere suchen? Denkst du, er hat jemanden? Betrügt er mich?«

»Nein, natürlich nicht. Das würde er niemals tun. Ich dachte nur ... Du hast gesagt, du würdest überlegen, ihn zu verlassen.«

»Das tue ich.«

»Warum?«

»Weil mein Leben Mist ist.«

»Dein perfektes Leben?« Lettie fing an zu lachen, hörte aber wieder auf, als sie Daisys finstere Miene sah. »Du machst Witze, oder? Sonst erzählst du mir doch ständig, wie wunderbar und perfekt deine Ehe ist.«

»Dann lüge ich«, gestand Daisy unverblümt. »Sie macht überhaupt keinen Spaß. Im Gegenteil, sie ist todlangweilig. Entweder ich arbeite, oder ich mache den Haushalt, oder ich passe auf die Kinder auf.«

»Du hast ein sehr schönes Haus«, wandte Lettie verzweifelt ein.

»Es ist nur deshalb schön, weil ich mir die Finger wund schufte.«

»Du hast einen ziemlichen ...«, Lettie verzog das Gesicht, »Putzfimmel. Vielleicht machst du mehr Hausarbeit als nötig?«

Daisy sah ihre Schwester an, als hätte sie den Verstand verloren. »Putzfimmel? Ich stelle hohe Ansprüche, Lettie. Das ist alles. Ansprüche. Aber weißt du, womit mein liebender Ehemann mich letzten Monat zu meinem Geburtstag überrascht hat?« Sie fuhr fort, ohne Lettie Gelegenheit zu einer Antwort zu geben. »Mit einem Dampfbesen.«

»Du hast doch gesagt, er habe dir einen Wellness-Gutschein geschenkt.«

»Ich ... war etwas sparsam mit der Wahrheit. Ich habe ihn mir selbst im Internet besorgt. War ein Sonderangebot.«

»Ein Besen ist zwar kein besonders romantisches Geschenk, aber Jason denkt eben praktisch. Das magst du doch so an ihm.«

»Er ist langweilig«, jammerte Daisy.

»Aber du hast mir doch immer gesagt, das Leben sei nun mal langweilig und es habe keinen Sinn, mehr zu wollen.«

»Bist du dir ganz sicher, dass ich das gesagt habe? Ich dachte, ich wollte einen soliden und zuverlässigen Mann, aber jetzt bin ich mir da nicht mehr so sicher. Ich will zwei Männer haben, so wie du.«

Daisy putzte sich lautstark mit einem Papiertaschentuch die Nase, während Lettie fieberhaft überlegte, was sie tun sollte. So hatte sie ihre Schwester noch nie erlebt.

»Und dann«, stieß Daisy hervor, »machst du alles noch schlimmer, indem du in den Sonnenuntergang davontanzt und meine freien Abende sabotierst.«

»Kannst du Mum nicht bitten, auf die Kinder aufzupassen?«

»Sie hilft ein bisschen aus, scheint aber ehrlich gesagt nicht besonders scharf darauf zu sein. Ich glaube, sie mag mich nicht besonders.«

»Jetzt machst du dich aber lächerlich. Du bist die perfekte Tochter, die Auserwählte.«

»Wohl kaum.« Sie zog einen Schmollmund und fuhr sich mit den Händen durchs Haar. »Wenn ich die perfekte Tochter wäre, und ich sage nicht, dass ich das bin, welche wärst du dann?«

»Die seltsame, ungeplante.«

»Mhmmm.« Daisy nickte. »Du bist seltsam. Aber ich beneide dich trotzdem um dein Leben.«

Jetzt musste Lettie doch lachen. »Du bist neidisch auf mich? Machst du Witze?«

»Nein. Du hast deine eigene Wohnung, jede Menge Freizeit, und du hast keinen Job, bei dem du anderen Leuten dabei zuhören musste, wie sie sich endlos über ihre Probleme auslassen.«

Nicht zum ersten Mal fragte Lettie sich, ob Daisy wirklich als Life-Coach geeignet war.

»Ein Dampfbesen, Lettie.« Daisy packte sie an den Schultern. »Ein verdammter Dampfbesen. So etwas würde Dad Mum schenken, und sie ist schon richtig alt und hat sich aufgegeben. Ich werde wie meine Mutter.«

Sie begann wieder zu schniefen, und Lettie legte ihr die Hand auf den Rücken und schob sie weiter die Kliffstiege hinauf. Der Himmel wechselte von grau zu schwarz. Bald würde es zu dunkel sein, um zu sehen, wohin sie gingen, und das Dröhnen der anbrandenden Wellen wurde lauter.

Rosie hatte Lettie einen Schlüssel gegeben, mit dem sie nun die Tür von Driftwood House öffnete. Sie rief Rosie, die vor dem Fernseher saß, einen schnellen Gruß zu und bugsierte Daisy die Treppe hinauf und in deren Zimmer. Die Art-déco-Lampe auf dem Nachttisch war bereits eingeschaltet und warf einen bernsteinfarbenen Schimmer in den Raum.

»Ich glaub, ich bin betrunken, Letts«, nuschelte Daisy und fiel mit dem Gesicht nach unten aufs Bett.

»Ich weiß«, seufzte Lettie, zog Daisy die Schuhe aus und deckte sie zu. »Du bist sternhagelvoll.«

»Ich liebe dich, Letts. Total.« Daisy hob den Kopf und ließ ihn dann wieder aufs Bett fallen. »Hui, dieses Zimmer dreht sich ganz schön.«

»Du solltest jetzt schlafen, Daisy, und morgen früh reden wir weiter.«

Lettie füllte Wasser aus der Karaffe auf dem Nachttisch in ein Glas und ließ es in Reichweite ihrer Schwester stehen, dann schloss sie behutsam die Tür hinter sich. Sie ging zum Dachboden hinauf, machte sich bettfertig und schlüpfte unter die Decken. Das Fenster war offen, und sie konnte das einschläfernde Rauschen der Wellen hören.

Was für ein Abend! Ein katastrophales »Date« mit Simon und eine betrunkene Daisy, die allen möglichen Unsinn geplappert hatte. Oder hatte der Rausch die Wahrheit ans Licht gebracht, und ihr Leben war nicht ganz so perfekt, wie sie es immer darstellte?

Lettie machte sich Sorgen um ihre Schwester, aber ihre Gedanken fanden immer wieder zu Corey zurück. Was musste er jetzt von ihr denken, wo sie Simon von dem schlechten Gesundheitszustand seiner Großmutter erzählt hatte? Sie hatte nur versucht, ihn von Florence fernzuhalten, aber es würde Coreys Verdacht neue Nahrung gegeben, dass sie und Simon unter einer Decke steckten – vor allem, da er sie beide zusammen im Pub angetroffen hatte.

Er war so zornig gewesen und hatte mit geballten Fäusten dagestanden, während ihm das dunkle Haar in die Augen gefallen war. Zornig und – Daisy hatte recht – enttäuscht.

Mit ihrem Besuch in Heaven's Cove schien sie alles nur noch schlimmer zu machen. Sie hatte das Rätsel um Iris' Schlüssel nicht gelöst, stattdessen aber Corey verärgert, und Daisy war völlig unerwarteterweise aufgetaucht, schien aber nicht ganz sie selbst zu sein. Zumindest hatte Lettie Esther gefunden, aber Claude bei seiner Suche zu helfen, war wahrscheinlich nicht mehr als eine unbewusste Ablenkung – damit sie sich davor drücken konnte, einen neuen Job zu suchen und ihr Leben in Ordnung zu bringen.

Lettie verzog das Gesicht, um nicht zu weinen, aber es war zu spät. Tränen liefen ihr die Wangen hinab und tropften aufs Kissen, während sie langsam einnickte.

VIERUNDZWANZIG

Daisy saß zusammengesunken vor einer Tasse Tee, als Lettie am nächsten Morgen in die Küche kam.

»Guten Morgen. Ich habe nicht gedacht, dass du so früh auf sein würdest.«

»Ich hätte auch lieber weitergeschlafen, aber diese großen Vögel machen in aller Herrgottsfrühe einen Höllenlärm, und das Licht ist so grell. Es ist unglaublich.«

Sie stützte den Kopf in die Hände und atmete den Dampf ein, der von ihrer Tasse aufstieg.

»Die großen Vögel sind Möwen. Was macht dein Kopf?«

»Dem geht es bestens, vielen Dank. Und deiner?«

»Dem geht es auch gut, aber ich habe gestern Abend auch nicht so viel getrunken wie du.«

»So viel war es nun auch wieder nicht«, murmelte Daisy und fuhr zusammen, als ihr Handy, das sie neben sich auf dem Tisch liegen hatte, klingelte. Sie warf einen Blick darauf und lehnte den Anruf ab.

»Wer war das?«

»Jason. Ich rede später mit ihm.«

Lettie machte sich eine Tasse Tee und setzte sich Daisy

gegenüber an den großen Eichentisch. Sie war ebenfalls früh aufgewacht und im Bett liegen geblieben, um über die Ereignisse des vergangenen Abends nachzudenken.

»Hast du Rosie heute Morgen schon gesehen?«, erkundigte sie sich.

»Nur kurz. Sie wollte gerade gehen, um sich mit ihrem Freund zu treffen – Lucas, Leo, irgendetwas mit L.«

»Liam.«

»Genau. Er scheint ein Bauer aus dem Ort zu sein. Sie hat gesagt, im Kühlschrank und in dem Schrank am Herd sind Sachen für Frühstück und wir sollen uns gerne bedienen. Sie hat auch angeboten, uns ein komplettes englisches Frühstück zu machen, aber ...« Sie hielt inne und schluckte. »Um ehrlich zu sein, ich hatte keinen Appetit darauf. Also habe ich ihr gesagt, wir würden uns selbst bedienen und sie könne gehen. Es ist allerdings ziemlich vertrauensselig von ihr, uns hier ganz allein zu lassen.«

»Das muss man wohl sein, wenn man Fremde in sein Haus lässt. Außerdem sehen wir nicht gerade wie Diebe aus, und falls doch etwas fehlen sollte, hat sie meine Adresse in London.«

»Ha.« Daisy versuchte zu lachen, schloss aber die Augen und schluckte stattdessen noch einmal. Ihr Gesicht hatte fast die gleiche Farbe wie die taubengrauen Schränke.

»Ich glaube, du solltest dich wieder hinlegen.«

»Das tue ich auch gleich.«

Lettie musterte sie einen Moment lang und nippte an ihrem Tee, bevor sie sagte: »Ich bin froh, dass du dich mir gestern Abend anvertraut hast.«

»Dir anvertraut? Wovon redest du?«

»Von dem, was du auf dem Heimweg vom Pub gesagt hast.« Daisy starrte Lettie mit verschlafenen Augen über ihren unberührten Tee hinweg an. »Als wir die Kliffstiege hinaufgegangen sind.«

»Ich weiß nicht, wovon du sprichst.«

»Du hast mir ein bisschen über dein Leben und deine Ehe und deine Gefühle erzählt.«

»Echt? Das klingt aber gar nicht nach mir.«

»Du warst ein wenig betrunken. Willst du damit sagen, dass du dich an nichts davon erinnern kannst?«

»Ich habe einen totalen Filmriss.«

Lettie warf ihrer Schwester einen forschenden Blick zu, aber Daisy zuckte mit keiner Wimper.

»Wie du willst, Daisy. Ich möchte nur sagen, dass es okay ist, kein perfektes Leben zu haben. Niemand hat das. Das Leben ist für jeden eine Herausforderung.«

»Für dich bestimmt, obwohl mich deine beiden Verehrer gestern Abend beeindruckt haben.«

»Jetzt hör aber auf, Daisy! Du beleidigst mich und versuchst, mich aus der Ruhe zu bringen, um von dir selbst abzulenken. Ich mache zwar keine Ausbildung zum Life-Coach wie du, aber selbst für mich ist das offensichtlich.«

»Hm.« Daisy wirkte für einen kurzen Moment beeindruckt, dann stand sie langsam auf. »Ich muss wirklich nach oben und Schlaf nachholen. Was hast du heute vor?«

Lettie hatte am Morgen noch im Bett eine Entscheidung getroffen. Es hatte keinen Sinn, eine Aufgabe nicht zu Ende zu führen, wenn einem einsamen, alten Mann so viel daran lag. »Ich wollte mal schauen, ob ein Bus nach Shelton Ford fährt. Das ist ein Dorf in der Nähe.«

»Warum? Ist es schön dort?«

»Ich habe keine Ahnung, aber da wohnt jemand, mit dem ich mich gern über die Vergangenheit unterhalten möchte.«

Daisy stieß einen großen, bebenden Seufzer aus. »Keine Schnüffelei mehr, Lettie! Iris ist tot, aber sie scheint die Ursache für dein seltsames Verhalten in letzter Zeit zu sein. Trauer verändert Menschen. Und warum trägst du eigentlich dauernd diese Kette mit dem Schlüssel?«

Lettie schob den Schlüssel schützend unter den Ausschnitt ihres T-Shirts. »Sie ist hübsch und gibt mir das Gefühl, Iris nahe zu sein.«

»Ungesunde Bindung an Tote«, murmelte Daisy.

»Wie auch immer«, sagte Lettie, getroffen von Daisys Pseudopsychologie. »Ich fahre nicht dorthin, um mit jemandem über Iris zu sprechen. Ich tue einem Freund einen Gefallen.«

»Welchem Freund?«

»Claude, einem Mann aus dem Dorf.«

»Noch ein Mann? Du bist ja plötzlich unersättlich!«, rief Daisy und zuckte bei der Lautstärke ihrer eigenen Stimme zusammen.

Lettie lachte über die Vorstellung, eine Femme fatale zu sein. »Claude ist über siebzig. Er hat mich gebeten, ihm bei der Suche nach jemandem zu helfen, und ich habe zugesagt.«

»Du hältst dich in letzter Zeit wirklich für Sherlock Holmes. Wann bist du zurück?«

»Das kommt auf die Busverbindungen an. Heute Mittag, hoffe ich.«

Daisy begann, leicht zu schwanken. »Ich würde dich ja fahren, nur ...«

»Nur dass du zurück ins Bett musst. Ist schon gut.«

»Nimm mein Auto. Es ist Sonntag, wer weiß, ob hier überhaupt ein Bus fährt.« Sie beugte sich vor und schob ihre Handtasche über den Tisch. »Da sind die Schlüssel drin, und du bist versichert.«

Das stimmte. Daisy und Jason hatten sie mit in ihre Versicherung aufgenommen, damit sie die Kinder vom Schulhort und ihren Wochenendaktivitäten abholen konnte.

»Danke. Das geht schneller, als auf den Bus zu warten.«

Daisy nickte und ging zur Tür. Plötzlich blieb sie noch einmal stehen und sagte, ohne sich umzudrehen: »Ich liebe Jason.«

»Ich weiß, und er liebt dich auch, selbst wenn er kein großer Romantiker ist.«

»Mhmm.« Daisy schloss leise die Tür hinter sich, und Lettie hörte sie die Treppe hinaufgehen.

FÜNFUNDZWANZIG

Shelton Ford war ein kleines, binnenwärts gelegenes Dorf, durch das eine stark befahrene Hauptstraße führte. Es war nicht so schön wie Heaven's Cove, aber viele seiner Stein-Cottages hatten Charme.

Carro Lodge, der Anlage für betreutes Wohnen, fehlte leider jede Spur von Charme. Der moderne vierstöckige Bau lag etwas zurückgesetzt an der Hauptstraße zwischen gewöhnlichen Doppelhäusern. Davor befand sich ein ungepflegter Rasen mit zwei runden Blumenbeeten.

Lettie stand vor der glänzenden schwarzen Tür und suchte auf dem Klingelbrett nach *Kenvale*. Als sie den Namen gefunden hatte, drückte sie auf die Klingel und wartete. Was würde Claude davon halten, dass sie hier war? Sie hatte ihm noch nicht gesagt, dass sie Esther gefunden hatte – für den Fall, dass dieser Besuch nicht gut lief.

»Ja?«, erklang eine roboterhafte Stimme in der Gegensprechanlage. »Kann ich Ihnen helfen?«

»Spreche ich mit Mrs Kenvale? Mein Name ist Lettie Starcross. Ich habe eine Nachricht erhalten, dass Sie bereit sind, mich zu treffen.«

»Oh ja. Warten Sie einen Moment. Im ersten Stock.«

Die Gegensprechanlage knisterte, als sie abgeschaltet wurde, dann ertönte ein lautes Summen, und die Haustür schwang auf. Lettie betrat eine unpersönliche Eingangshalle. In einer Ecke neben dem Aufzug stand eine verwelkende Topfpflanze auf dem blauen Teppichboden. Der ganze Bereich wirkte lieblos. Vom Flur gingen Türen ab, die wahrscheinlich zu Wohnungen gehörten. An einer hing eine laminierte Karte mit der Aufschrift *Büro*.

Lettie nahm die Treppe in den ersten Stock. Im Haus roch es nach verkochtem Kohl, überlagert vom Gestank von Möbelpolitur.

In der offenen Wohnungstür wartete eine zierliche Frau mit weißem, zu einem Dutt gebundenem Haar. Die alte Dame strich sich über die Perlenkette an ihrem Hals. Sie war tadellos gekleidet und trug ein graurosa Teekleid und dazu eine cremefarbene Strickjacke um die Schultern. Auch an den Ohren hatte sie Perlen, und Lettie kam der Gedanke, dass Mrs Kenvale sich vermutlich ihr zu Ehren fein gemacht hatte.

»Guten Tag. Ich bin Lettie Starcross.«

»Ich bin Esther Kenvale, und ich glaube, Sie wollten mich sprechen.« Sie zögerte kurz und drehte sich dann langsam um. »Kommen Sie doch mit.«

Auf einen Rollator gestützt ging die alte Dame zurück in ihre Wohnung. »Kaputte Hüfte«, sagte sie über die Schulter, während sie Lettie in ein kleines, sonniges Wohnzimmer führte. Im Fernseher lief in voller Lautstärke eine Kochsendung. Esther nahm die Fernbedienung aus einem Beutel am Rollator und stellte den Apparat leiser.

Sie öffnete eine Glastür, die auf einen schmalen Balkon führte. Lettie erhaschte einen Blick auf einen kleinen Gemeinschaftsgarten mit Kieswegen und großen Pflanztrögen. Überall standen Holzstühle verteilt, und auf einem davon saß ein alter Mann, der zu schlafen schien.

»Das ist Gordon«, erklärte Esther, die Letties Blick gefolgt war. »Er schläft von jetzt auf gleich ein. Es kann ziemlich beunruhigend sein, weil er dann fast wie tot wirkt, aber ich schätze, er wird uns alle überleben. Nehmen Sie doch Platz, dann können Sie mir genau erklären, warum Sie hier sind. Man hat mir gesagt, es ginge um ... um Claude.« Sie zögerte. »Er ist doch nicht gestorben, oder?«

»Nein, im Gegenteil«, beteuerte Lettie, froh darüber, dass Esther gleich zur Sache kam. Nach Florence' anfänglichem Widerstreben, mit ihr zu reden, war das erfrischend. »Claude ist quicklebendig.«

»Ich verstehe.« Esther stand einen Augenblick lang auf den Rollator gestützt da. Dann lächelte sie. »Wo sind nur meine Manieren? Darf ich Ihnen eine Tasse Tee anbieten? Ich habe auch Kekse.«

»Das wäre wunderbar, vielen Dank.«

»Sind Sie von Heaven's Cove mit dem Auto gekommen?«

»Ja.«

»Das ist gut. Die Busse fahren nicht besonders regelmäßig. Aber bitte, nehmen Sie doch Platz, während ich den Tee hole.«

»Brauchen Sie Hilfe?«

»Ich komme zurecht, danke.«

Nachdem Esther in die Küche geschlurft war, sah Lettie sich um. Der Raum war gemütlich, aber vollgestopft und enthielt zu viele Möbel für den verfügbaren Platz. Die mit einer Blumentapete bedeckten Wände waren mit Seestücken geschmückt, und jede freie Fläche war entweder von einem Foto oder einem Zierstück besetzt. Ein großes vergoldetes Kreuz nahm den Ehrenplatz über dem Kamin ein.

Auf dem Couchtisch vor ihr stand ein gerahmtes Foto von einem Paar mittleren Alters und einem kleinen Jungen. Bei der Frau handelte es sich unverkennbar um Esther – eine etwas ältere Version der Frau auf Claudes Foto. Daneben befand sich eine neuere Aufnahme von einem anderen Paar in mittleren Jahren, hinter dem zwei junge Erwachsene standen.

Ein Klappern kam aus dem Flur. Esther kehrte zurück und schob einen Teewagen mit einer Kanne, zwei Tassen und einen Teller mit Schokoladenkeksen vor sich her.

»Wären Sie so lieb, den Tee einzuschenken?«

Esther ließ sich in ihren Sessel sinken und wartete, während Lettie den Tee einschenkte, ihr eine Tasse reichte und sich selbst eine nahm.

»Also, worum geht es?« Vorsichtig stellte sie ihre Tasse auf den kleinen Beistelltisch.

»Ich bin hier im Auftrag von Claude. Ich hoffe, dass es in Ordnung ist, dass ich Sie hier besuche. Er hat mich gebeten zu schauen, ob ich Sie finden kann.«

Esther betrachtete ihre Hände auf dem Schoß, und ihre Finger wanderten zu dem Ehering, der an ihrer knochigen Hand glänzte.

»Wirklich? Und warum sollte er das tun?«

»Er hat sich immer gefragt, was aus Ihnen geworden ist, nachdem Sie aus Devon in den Norden gezogen sind. Er wusste nicht, dass Sie in das County zurückgekehrt sind.«

»Weil ich es ihm nicht gesagt habe.« Sie schüttelte den Kopf. »Verzeihen Sie mir meine Direktheit, aber das habe ich mir vor langer Zeit selbst eingebrockt. Wenn er Ihnen von unserer Freundschaft erzählt hat, dann stehen Sie ihm vermutlich nahe, Miss Starcross?«

»Nennen Sie mich doch bitte Lettie. Nein, Claude und ich stehen uns überhaupt nicht nahe. Ich habe ihn erst vor Kurzem kennengelernt, aber ...« Lettie hielt inne. Wie sollte sie erklären, dass sie den mürrischen, etwas schrulligen Mann, den sie kaum kannte, ins Herz geschlossen hatte? »Ich glaube, er hat etwas tief in mir berührt.«

»Ja, das tut er«, bestätigte Esther leise. »Das ist mir alles etwas unangenehm. Ich hatte angenommen, dass er mich vergessen hat. Weiß er, dass ich hier bin?«

»Nein, ich habe es ihm noch nicht gesagt. Ich hielt es für besser, zuerst persönlich mit Ihnen zu sprechen.«

»Das war sehr rücksichtsvoll von Ihnen.« Esther schloss für einen Moment die Augen und ließ den Kopf an die Rückenlehne ihres Sessels sinken. Dann setzte sie sich kerzengerade hin. »Hat Claude Ihnen von uns beiden erzählt?«

Lettie warf einen Blick zu dem Kreuz, das über dem Kamin prangte. Claude hatte erzählt, Esther sei ein frommer Mensch und habe sich für ihre Beziehung geschämt, obwohl alles sehr keusch klang. »Er hat mir fast gar nichts darüber gesagt«, berichtete sie, »aber ich weiß, dass er Sie nie vergessen hat.«

Esther schüttelte leicht den Kopf und sah aus dem Fenster.

»War er verheiratet? Hat er Kinder?«

»Nein, er hat nie geheiratet, und meines Wissens nach hat er keine Kinder. Er lebt immer noch im Lobster Pot Cottage auf dem Kai in Heaven's Cove.«

»Allein?« Als Lettie nickte, murmelte Esther: »Immer allein. Ach, Claude.«

Sie schlug plötzlich die Hände vor die Augen, und Lettie bereute es, heute hergekommen zu sein. Was machte sie hier nur, warum mischte sie sich in das Leben anderer Menschen ein, so wie Daisy und ihre Mum es ständig taten?

»Es tut mir leid, dass ich Sie aus der Fassung gebracht habe. Vielleicht hätte ich nicht herkommen sollen. Ich sollte wieder gehen.«

»Nein, bitte, gehen Sie nicht. Ich bin froh, dass Sie hier sind. Ich habe oft an Claude gedacht und mich gefragt, was aus ihm geworden ist. Es ist einfach nur ein Schock zu erfahren, dass er versucht, mich zu finden.«

Lettie ließ sich wieder in den Sessel sinken. »Wie lange leben Sie schon hier?«

»Noch nicht lange. Terry, mein Mann, und ich sind vor drei

Jahren nach Devon zurückgekehrt. Dann ist er gestorben, und unser Sohn lebt in London, und ich musste in diese Einrichtung ziehen, damit ich nicht allein bin.« Sie lächelte traurig. »Ich habe überlegt, nach London zu ziehen, um in der Nähe meines Sohnes zu sein, aber ich bin im Herzen immer ein Mädchen aus Devon geblieben, und ich bin froh, wieder hier zu sein. Die Nähe zum Meer gefällt mir.«

Esther klang, als sei sie mit ihrer Entscheidung zufrieden, und Lettie verstand, warum. Es hatte sie überrascht, wie sehr sie selbst es in den letzten Tagen genossen hatte, am Meer zu sein – und das obwohl sie zu große Angst hatte, um schwimmen zu gehen.

»Wohnen Sie in Heaven's Cove?«, erkundigte Esther sich, während ihr Tee kalt wurde.

»Nein, ich bin nur zu Besuch. Ich lebe in London und mache in Devon Urlaub.«

»Haben Sie sich in das Dorf verliebt?«

Lettie lächelte. »Ja, ein bisschen schon.«

»Es ist ein schönes Dorf, zumindest war es das früher. Ich hätte mir damals gut vorstellen können, dort zu leben. Wenn alles anders gewesen wäre. Ich bin seit meiner Rückkehr nach Devon nicht wieder dort gewesen.«

»Das Dorf ist immer noch sehr schön und wahrscheinlich unverändert, seit Sie es zuletzt gesehen haben.« Lettie stellte ihren unberührten Tee auf den Tisch und nahm das Foto in die Hand, das ihr am nächsten war. »Ist das Ihr Sohn?«

»Das ist richtig, mit seinen Kindern. Ich sehe meine Enkel nicht oft, aber sie rufen mich manchmal an.«

»Das muss schön sein«, antwortete Lettie und dachte daran, wie sehr sich Esthers Leben mit einer Familie von Claudes Leben unterschied.

»Es ist nett, mit ihnen zu sprechen, aber ich muss zugeben, dass ich manchmal ziemlich einsam bin. Die anderen Bewohner bleiben lieber für sich, und die Frau, die sich um uns kümmert, trinkt zwar manchmal eine Tasse Tee mit mir, aber sie betreut auch andere Häuser und hat selten Zeit.« Esther seufzte leise. »Keine Bange, Miss Starcross. Ich war nicht immer so ... vom Leben zermürbt. Als Claude mich gekannt hat, war ich ein ganz anderer Mensch. Aber das Leben, das wir führen, ist das Ergebnis der Entscheidungen, die wir getroffen haben, und im Nachhinein betrachtet waren meine Entscheidungen nicht immer klug. Ich habe Pflicht über Liebe gestellt, Kopf über Herz, aber so ist es nun mal.« Sie drehte die Handflächen nach oben. »Es ist viel zu spät, um etwas zu ändern oder der Vergangenheit nachzuhängen, und ich habe einen Sohn, den ich liebe, und wunderbare Enkelkinder, die ich nicht missen möchte. Erzählen Sie mir, wie haben Sie Claude kennengelernt?«

»Ich versuche, mehr über meine Großtante Iris herauszufinden, die in Heaven's Cove aufgewachsen ist, und Claude hat mir dabei geholfen.«

»Lebt Ihre Großtante noch?«

»Leider nein. Sie ist vor einigen Wochen gestorben.«

»Es tut mir sehr leid, das zu hören. Hatte sie Kinder?«

»Nein, sie hat nie geheiratet.«

»Dann werden Sie wahrscheinlich wie eine Tochter für sie gewesen sein.«

»Mehr wie eine Enkeltochter«, sagte Lettie und fühlte sich von der Vorstellung getröstet.

»Ist es Ihnen gelungen, viel über ihre frühen Jahre herauszufinden?«

»Leider nur Trauriges. Sie war in einen jungen Mann aus dem Dorf verliebt, der im Zweiten Weltkrieg gefallen ist.«

»Das ist wirklich traurig. Das Ende einer Liebe ist immer schlimm.« Esther holte tief Luft. »Also, was wollen Sie jetzt tun, nachdem Sie mich aufgespürt haben, Lettie? Möchte Claude mich gern sehen?«

»Ich denke, ja.«

Esther starrte für einen Moment ins Leere, während aus dem Fernseher leise Musik kam und die Sendung in die Werbepause ging. Dann drehte Esther sich zu Lettie um.

»Ich bin Ihnen sehr dankbar für die Mühe, die Sie sich mit der Suche nach mir gemacht haben, und es ist nett, mit Ihnen zu plaudern. Es freut mich, von Claude zu hören, aber ich bin nicht mehr der Mensch, der ich war, als er mich gekannt hat. Ich fürchte, ich würde ihn nur wieder enttäuschen.«

»Claude hat sich auch verändert«, wandte Lettie ein, doch als sie genauer darüber nachdachte, war sie sich da nicht so sicher. Sein altmodisches Cottage mit dem Archiv im Keller ließ sie vermuten, dass Claude sich seit Jahrzehnten kaum verändert hatte.

Aber Esther nickte. »Ja, bestimmt.« Sie hielt kurz inne, als überlege sie, was sie als Nächstes tun solle. »Ich halte es jedoch für besser, den Status quo beizubehalten. Was würde es bringen, wenn wir beide alte Zeiten wieder aufwärmen?«

»Freundschaft vielleicht?«

Esthers blaue Augen glitzerten, als sie lächelte. »Am Anfang waren wir Freunde, gute Freunde sogar, aber mein Ehegelübde hat mir sehr viel bedeutet. Terry, mein Mann, ist jetzt tot, und ich denke nicht, dass es sinnvoll wäre, mich mit Claude zu treffen. Aber ich werde für ihn beten.«

Traurigkeit überkam Lettie. Es schien, dass Claude auch in Zukunft allein bleiben würde. »Kann ich Sie nicht irgendwie umstimmen?«

»Ich fürchte, nein. Es hat keinen Zweck, in meinem Alter die Vergangenheit wieder aufleben zu lassen. Es tut mir leid, dass Ihre Fahrt umsonst war. Und ich wäre Ihnen dankbar, wenn Sie Claude nicht verraten würden, wo ich bin. Sagen Sie ihm ruhig, dass Sie mich gefunden haben und dass ich ihm alles Gute wünsche, aber das ist alles.«

Lettie war versucht, weiter für Claude einzutreten, aber sie kannte ihn kaum und diese Frau noch viel weniger. Es war nicht ihre Aufgabe, Esther zu etwas zu überreden, was sie eindeutig nicht wollte.

»Natürlich«, antwortete sie ihr. »Wenn das Ihr Wunsch ist.«

»Ja, und Sie scheinen mir die Art Frau zu sein, die meine Wünsche respektiert. Claude hat Sie gut ausgewählt, und ich weiß, dass Claude meine Wünsche ebenfalls respektieren wird. Er war immer ein ehrenwerter Mann.« Esther schloss die Augen und lehnte sich zurück. Die Sonne, die durchs Fenster fiel, ließ die Falten in ihrem Gesicht noch tiefer wirken. »Verzeihen Sie mir, aber ich bin ziemlich müde.«

»Dann will ich Sie nicht weiter stören, und noch einmal vielen Dank, dass ich kommen durfte.«

»Es war schön, Sie kennenzulernen, Lettie Starcross.«

Lettie stand auf, bereit zu gehen, aber der Gedanke daran, Claude sagen zu müssen, dass die Frau, die er so viele Jahre lang geliebt hatte, eine Fremde bleiben würde, ließ sie zögern. Sie angelte ein kleines Notizbuch und einen Stift aus ihrer Tasche. »Ich werde Ihnen meine Telefonnummer dalassen. Bitte rufen Sie mich an, falls Sie Ihre Meinung ändern sollten.«

Esther öffnete die Augen und sah zu, wie Lettie ihre Nummer aufschrieb und den Zettel auf den Couchtisch legte.

»Ich werde noch einige Tage in Heaven's Cove sein.«

»Lettie«, sagte Esther, als Lettie die Tür erreichte. »Tun Sie das, was Sie im Leben glücklich macht.«

»Das klingt nach einem sehr guten Rat.«

»Ja, aber leider habe ich ihn nicht immer befolgt. Grüßen Sie Claude von mir und sagen Sie ihm bitte, dass ich ihn auch nie vergessen habe. Im Laufe der Jahre habe ich oft an ihn gedacht.«

»Das mache ich. Versprochen.«

Lettie blinzelte schnell, um die Tränen zurückzuhalten, als sie Esthers Wohnung verließ.

SECHSUNDZWANZIG

Fünf Minuten später saß Lettie in Daisys Wagen und atmete den Zitronenduft des Lufterfrischers ein, der am Armaturenbrett klebte. Shelton Ford wurde im Rückspiegel immer kleiner, während sie Richtung Küste fuhr.

Sie freute sich zwar nicht darauf, Claude die Nachricht zu überbringen, aber sie verspürte einen unerklärlichen Drang, ins Dorf zurückzukehren. Es hatte etwas an sich, das sie anzog – einen Frieden und eine Ruhe, die sie vom geschäftigen London nicht kannte. Vielleicht hatte es ihr deswegen dort nie so richtig gefallen.

Einen Augenblick lang stellte sie sich vor, im Dorf zu leben und ihrem Traum nachzugehen, Geschichte zu studieren. Auf dem Land würde sie mehr zur Ruhe kommen als in einer Stadtlandschaft, und sie konnte sich gut vorstellen, in diesem malerischen Teil Devons glücklich zu sein.

Sie hielt kurz am Straßenrand und googelte – obwohl sie wusste, dass es sinnlos war – Teilzeitkurse im Fach Geschichte in der Umgebung. Es gab einige Möglichkeiten, aber sie würde Geld brauchen, um ihr Studium zu bezahlen und ihren Lebensunterhalt zu bestreiten. Es war nur ein Wunschtraum, und doch ... *Tun Sie das, was Sie im Leben glücklich macht.* Esthers Worte hallten wie ein Weckruf in ihrem Kopf wider, als sie das Handy weglegte und weiterfuhr. Esther, die Pflicht über Liebe und Kopf über Herz gestellt hatte.

Als Lettie den Rand von Heaven's Cove erreichte, stellte sie den Wagen ab und ging ein Stück zu Fuß, bis sie zu einem Park abseits der Straße kam. Farbenprächtige Beete mit Dahlien, Nelken und Stockrosen zogen sich durch den Park, so weit Letties Auge reichte. Sie konnte das Meer riechen – es konnte nicht weit entfernt sein –, und Schmetterlinge flatterten durch die schwere Sommerluft.

Es passierte regelmäßig, dass Menschen sich in den Ort, an dem sie Urlaub machten, verliebten und davon träumten, für immer dorthin zu ziehen. Lettie wusste, dass sie ein wandelndes Klischee war, weil sie genauso empfand. Hatte sie nicht auch sofort mit Sack und Pack umziehen wollen, nachdem sie französische Châteaus, die italienischen Alpen und griechische Inseln besucht hatte? Sie hatten in ihr eine Vision von Veränderung, von einer völligen Neuerfindung geweckt.

Aber mit Heaven's Cove verhielt es sich anders. Hier konnte sie als sie selbst leben, und sie besaß eine familiäre Verbindung zum Ort, die ihr das Gefühl gab, bereits ein wenig hierherzugehören. Iris würde sie wahrscheinlich bis in ihre Träume verfolgen, weil sie nicht herausgefunden hatte, was Cornelius mit seinem Brief gemeint hatte, aber Lettie spürte instinktiv, dass Iris sich darüber freuen würde, wenn ihre Großnichte im Dorf leben würde.

Es war ein schöner Traum – aber eben nur ein Traum. Lettie mochte zwar keinen Job haben, aber sie hatte eine Familie in London, zu der sie zurückkehren musste – eine Familie, die sie brauchte. Einige der Einheimischen hier würden sich ohnehin freuen, sie endlich loszuwerden.

Sie verdrängte den Gedanken an Coreys enttäuschtes Gesicht, als sie zum Auto zurückging. Und als sie an der steilen

Straße vorbeifuhr, die zu seinem Cottage führte, widerstand sie dem Drang, zu ihm zu gehen und zu erklären, warum sie Simon gesagt hatte, dass es Florence nicht gut ging. Was hatte das für einen Sinn, wenn sie bald weit weg von hier sein würde?

Und welchen Sinn hatte es, Claude noch einmal das Herz zu brechen? Das war ihre nächste Aufgabe, und ihr graute davor. Aber es musste sein. Er hatte sie mit der Suche nach Esther betraut und würde erwarten, dass sie ihm die Wahrheit sagte.

Lettie parkte am Kai und ging den Rest des Weges zu Claudes Cottage zu Fuß. Ein bisschen hoffte sie, dass er nicht zu Hause sein würde, aber er öffnete nur wenige Sekunden nach ihrem Klopfen die Tür.

»Sie sind zurück!« Claude, in einem grauen T-Shirt mit Ketchupflecken, trat beiseite, um Lettie einzulassen. »Haben Sie Neuigkeiten?«, fragte er ungeduldig.

»Ja«, bestätigte Lettie, der es in der Seele wehtat, die Hoffnung in seinen Augen aufflackern zu sehen. »Aber ich fürchte, es sind nicht nur gute Neuigkeiten.«

»Ich verstehe.« Er beugte sich vor und streichelte Buster den Kopf. »Am besten kommen Sie herein und erzählen es mir trotzdem.«

Lettie folgte ihm ins Wohnzimmer und nahm auf dem Sofa Platz, das wieder von Hundehaaren übersät war. Claude setzte sich ihr gegenüber auf den Stuhl am Fenster, die Hände auf dem Schoß verschränkt.

»Sie sagten, es seien nicht nur gute Neuigkeiten, daher muss es etwas Positives zu berichten geben.«

»Die gute Nachricht ist, dass ich Esther gefunden habe.«

Claude senkte für einen Moment den Kopf, als würde er beten.

»Sie ist verwitwet und lebt wieder in Devon.«

»Sie lebt wieder hier in der Nähe?« Claudes Kopf fuhr hoch. »Geht es ihr gut?«

»Sie macht einen sehr gesunden Eindruck.«

»Haben Sie sie besucht?«

»Ja«, sagte Lettie und fühlte sich grässlich. Sie hatte Esther gesehen, die Frau, die er liebte, aber er würde sie nie wiedersehen.

»Das ist wunderbar«, rief Claude, und sein ergrautes Gesicht leuchtete auf. »Und erinnert sie sich an mich?«

Bei der Sehnsucht in seiner Stimme hätte Lettie weinen mögen. »Natürlich erinnert sie sich an Sie. Sie hat gesagt, dass sie im Lauf der Jahre oft an Sie gedacht hat.«

»Wirklich?« Claude schaute zu dem Foto von Esther, das vor so langer Zeit aufgenommen worden war, und lächelte. »Das ist schön.«

»Aber ich fürchte ...« Lettie zögerte. Wie konnte sie es sagen, ohne ihm von Neuem das Herz zu brechen? »Esther hat sich sehr gefreut zu hören, dass Sie wohlauf sind und immer noch in Heaven's Cove leben, aber sie hält es für das Beste, wenn Sie beide Ihre Freundschaft nicht erneuern. Ich glaube, sie befürchtet, dass sich im Lauf der Jahre zu viel verändert hat, und sie möchte Sie nicht ... enttäuschen.«

»Sie könnte mich nie enttäuschen«, antwortete Claude knapp.

»Das habe ich ihr auch gesagt, aber es war ihr fester Wunsch, alles so zu lassen, wie es ist. Sie hält es für das Beste, wenn Sie sich nicht treffen.«

»Was ist mit Telefonieren?«

»Ich fürchte, nein. Sie möchte im Moment gar keinen Kontakt. Ich denke, sie hat Angst davor, alte Wunden aufzureißen.«

»Und es gab keine Möglichkeit, ihre Meinung zu ändern?«

»Nein, so leid es mir tut.«

Claude blickte aus dem Fenster auf die Touristen und die

Boote, die in den Hafen einliefen. Dann schüttelte er den Kopf. »Warum sollte Ihnen das leid tun? Sie haben Esther für mich gefunden, und jetzt weiß ich, dass es ihr gut geht. Das war für mich das Wichtigste, und ich bin Ihnen sehr dankbar.« Er gab sich solche Mühe, tapfer zu sein, dass Lettie einen Kloß im Hals bekam. »Dann will ich Sie mal nicht aufhalten«, sagte er und stand auf. »Sie haben sicher noch viel zu tun.«

Lettie folgte ihm in den schmalen Flur. An der Tür blieb er stehen, die Hand auf dem Riegel. »Wie weit entfernt wohnt Esther?«, fragte er.

»Etwa zwanzig Meilen von hier.«

»Das ist gar nicht so weit, oder?«, sagte Claude. Er öffnete die Tür und trat zurück, damit Lettie an ihm vorbeigehen konnte. »Dann weiß ich, dass sie ganz in der Nähe ist, wenn ich ihr Foto ansehe.«

Lettie war außerstande zu sprechen. Sie nickte nur und drückte Claude die Hand, dann ging sie in den Nachmittag hinaus. Als die Tür sich hinter ihr geschlossen hatte, weinte sie, bis sie wieder am Wagen war.

SIEBENUNDZWANZIG

»Gar nicht übel hier, was?«

Daisy kippte den Rest der Limonade herunter, die sie im Dorfladen gekauft hatten, und wedelte mit der Hand in Richtung Aussicht. Sie und Lettie waren von Driftwood House ein kleines Stück weit oben an der Steilküste entlanggegangen und hatten sich dann zu einem Mittagspicknick niedergelassen.

Lettie unterbrach ihre Antwort auf eine Textnachricht von Kelly und schaute vom Handy auf. Über den hellblauen Himmel zogen weiße Schäfchenwolken, und das ruhelose Meer glitzerte wie von Diamanten übersät. Die Aussicht war absolut atemberaubend.

»Es hat schon Vorteile, an einem Ort wie diesem aufzuwachsen und nicht mitten in London wie wir«, überlegte Daisy laut, während sie eine Chipstüte aufriss. »Obwohl es hier vermutlich nicht viele Nachtclubs gibt. Wie hätte ich nur meine Jugend ohne Cinderella's und The Top Club überstanden?«

»Ich habe ohne sie überlebt. Als ich alt genug war, um in Clubs zu gehen, gab es sie nicht mehr. Einer ist zu einem

Fitnesscenter umgebaut worden und der andere zu einem Laden für Computerspiele.«

»Ein Sakrileg!« Daisy wischte Krümel von Rosies geborgter Picknickdecke ins Gras. »Ich vergesse manchmal, dass du viel jünger bist als ich.«

»Sieben Jahre.«

»Und fast zehn Jahre jünger als Ed. Mum muss aus allen Wolken gefallen sein, als sie mit Anfang vierzig erfuhr, dass du unterwegs warst.«

»Sie hatte wahrscheinlich schreckliche Angst. Ich war ein ungewollter Nachzügler.«

»Nein, warst du nicht. Jedenfalls nicht ungewollt. Du bist zwar nervig, aber uns würde was fehlen, wenn du nicht da wärst.«

Lettie blinzelte und schob sich den Rest Battenberg-Kuchen in den Mund. Dass Daisy sagte, sie liebe sie, wenn sie sturzbetrunken war, war eine Sache, aber in stocknüchternem Zustand zuzugeben, dass sie ihr fehlen würde, war äußerst ungewöhnlich.

Daisys Besuch war für Lettie bisher nicht besonders erfreulich gelaufen. Seit ihrer Ankunft vor vier Tagen hatte sie Lettie als inoffiziellen Reiseführer behandelt und zu allen Sehenswürdigkeiten geschleppt, die Lettie bereits kannte. Dann hatte sie darauf bestanden, an den Strand zu gehen, und Lettie gnadenlos aufgezogen, als sie nicht einmal einen Zeh ins Wasser stecken wollte.

Sie hatte Lettie auch genervt, indem sie pausenlos von »dem sexy Fischer« und »dem perfekten Immobilientyp« geredet hatte, obwohl sie keinen von beiden nach der Auseinandersetzung im Pub wiedergesehen hatten. Lettie ertappte sich dabei, Ausschau nach Corey zu halten, wenn sie durchs Dorf ging, aber er war anderswo beschäftigt, vielleicht ging er ihr auch aus dem Weg. Jedenfalls trug Daisys ständige Erwähnung ihrer letzten Begegnung nicht dazu bei, ihre Enttäuschung zu lindern.

»Schmeckt der Haferriegel?« Daisy stupste ihn mit dem Finger an und brach ein Stück ab, als Lettie nickte. »Puh, ist der klebrig! Weißt du noch, als Mum Toffee gemacht hat und es so klebrig war, dass Dads falsche Zähne daran hängen geblieben sind?«

»Oh ja. Den Anblick vergisst man nicht so schnell.«

»Und dann ist es so hart geworden, dass er die Zähne fast mit dem Meißel rausschlagen musste.«

Als sie lachten, wurde Lettie bewusst, wie schön es war, etwas Zeit mit ihrer Schwester allein zu verbringen, von kleinen Streitigkeiten einmal abgesehen. Daisy behauptete inzwischen wieder, ihre Ehe sei praktisch perfekt, aber sie hatten sich über ihre Sorgen darüber ausgetauscht, dass ihre Eltern älter wurden, und sie fanden beide, dass Ed pompös und aufgeblasen wirkte, wenn er sich zum Moralprediger aufspielte.

Aber sie hatten immer noch nicht richtig über Letties Arbeit – oder vielmehr Arbeitslosigkeit – gesprochen. Lettie wechselte jedes Mal das Thema, aber irgendwann würde sie mit der Sprache herausrücken müssen. Und besser hier unter vier Augen als bei einem Familientreffen.

Lettie genoss die letzten Krümel ihres Kuchens, dann drehte sie sich auf der Decke zu ihrer Schwester um.

»Willst den wahren Grund wissen, warum ich keinen Job mehr habe?«

»Meinetwegen.« Daisy zuckte die Achseln, als ob es ihr völlig egal wäre, aber das Glitzern in den Augen verriet sie.

»Man hat mich ›gehen lassen‹, weil ich unhöflich zu einem Kunden war, der sich beschwert hat.«

Daisy stockte, ein Salz-und-Essig-Kartoffelchip auf halbem Weg zum Mund. »Man hat dich gefeuert?«

»Du sagst gefeuert. Ich sage gehen lassen.«

»Man hat dich gefeuert, weil du unhöflich warst? Wow, das ist ja noch schlimmer, als ich dachte.«

»Warum, was hast du denn gedacht?«

»Als ich gehört habe, dass du nach Heaven's Cove abgedampft bist und dich total seltsam benimmst, dachte ich zuerst, dass du vielleicht schwanger bist.«

»Schwanger?«, prustete Lettie. »Wie kommst du denn darauf?«

Daisy betrachtete Letties Bauch mit forschendem Blick.

»Du hast etwas zugenommen und warst sehr verschlossen, seit Iris gestorben ist. Und dann hast du geschrieben, dass du keine Arbeit mehr hast. Aber als du neulich mit deinen beiden Liebhabern im Pub einen Gin nach dem anderen gekippt hast, hat sich meine Theorie in Luft aufgelöst.«

Lettie atmete tief durch. »Erstens, ich bin nicht schwanger, und zweitens, wie ich dir schon tausendmal gesagt habe, ich habe keine zwei Liebhaber. Wenn ich zugenommen habe, was ich bestreite, dann ist das Kummerspeck, den ich mir in den Wochen vor und nach Iris' Tod angefuttert habe.«

Bei der Erwähnung von Iris durchzuckte Lettie ein schmerzliches Schuldgefühl, und sie tastete automatisch nach dem Schlüssel an ihrem Hals. Daisy hatte sie so vereinnahmt, dass sie nicht viel darüber nachgedacht hatte, was sie als Nächstes tun würde, um das Rätsel zu lösen – falls sie überhaupt noch etwas tun konnte.

»Als ich dich das letzte Mal bei Mum und Dad gesehen habe, warst du da schon arbeitslos?«, unterbrach Daisy ihre Gedanken.

Lettie nickte.

»Warum hast du es uns nicht gesagt?«

»Keine Ahnung. Ich musste es selbst erst verdauen, und Mum hätte mir die Hölle heiß gemacht.«

»Stimmt. Also, was hast du jetzt vor? Solltest du nicht in London auf Stellensuche sein, statt dich im Südwesten

herumzutreiben und Sachen über unsere verstorbene Großtante auszugraben und Nachforschungen über eine Frau
namens Esther anzustellen, von der du mir nicht viel erzählen
willst?«

»Ich habe es dir erzählt. Ich habe einem Freund geholfen.«

»Du benimmst dich so geheimnisvoll, obwohl du es gar
nicht bist. Oder zumindest warst du es früher nicht. Das macht
mir Sorgen.«

»Warum?«

»Nur so.« Sie duckte sich, um einer trägen Wespe auszuweichen, die um ihr Picknick herumsummte. »Also, wie sieht es
mit einem neuen Job aus?«

»Ich kann genauso gut von hier aus online nach einem Job
suchen.«

»Und tust du es?«

Lettie zögerte. Sie war so damit beschäftigt gewesen, Informationen über Iris aufzuspüren und Esther zu finden und überhaupt erst einmal runterzukommen und einen klaren Kopf zu
kriegen, dass sie seit ihrer Ankunft in Heaven's Cove in der
Hinsicht nur wenig unternommen hatte.

»Ich frage mich, ob es nicht sogar gut war, den Job zu verlieren, weil es mir die Möglichkeit gibt, etwas anderes mit meinem
Leben anzufangen.«

»Wie was zum Beispiel?«

»Ich bin mir nicht sicher. Ich wollte immer eine Arbeit, bei
der es um die Vergangenheit geht, oder Geschichte studieren.«

»Ich wollte immer eine Weltreise machen, aber deshalb
werde ich mich nicht in Michael Palin verwandeln.«

»Soll heißen?«

»Bist du nicht schon ein bisschen zu alt, um zu studieren?
Und wie willst du dir das überhaupt leisten?«

»Das ist das Problem. Ich glaube nicht, dass ich es mir
leisten könnte, jedenfalls nicht in London, selbst wenn ich
einen Teilzeitjob annehmen würde. Meine Miete ist absurd.«

»Du überlegst doch nicht etwa, hierzubleiben und zu studieren, oder? Das wäre nun wirklich absurd.«

Daisy klang verärgert. Röte breitete sich auf ihren Wangen aus, und sie stieß die Hand so fest in die Chipstüte, dass sie unten aufplatzte und die Kartoffelchips auf dem Gras landeten.

»Was ich meine«, Daisys Gesichtsausdruck wurde weicher, und sie rutschte auf der Decke näher an Lettie heran, »ist, dass es Zeit wird, in die echte Welt zurückzukehren.«

»Was ist, wenn ich beschlossen habe, dass ich nicht besonders scharf auf die echte Welt bin?«

»Wenn du bei mir ein Life-Coaching absolvieren würdest, würde ich sagen, dass ein Richtungswechsel eine gute Idee sein kann, gerade wenn durch die äußeren Umstände ohnehin eine Veränderung ansteht. Aber du musst auch realistisch sein.« Plötzlich leuchteten ihre Augen auf. »Möchtest du meine Klientin sein? Ich soll als Teil der Ausbildung nämlich Klienten annehmen.«

»Das ist wirklich nett von dir, aber ...« *Bei dem Gedanken, dass du dich in mein Leben einmischst, kriege ich Panik.* »Du kennst sicher viele andere Leute, die deine Fähigkeiten dringender brauchen als ich.«

»Hm.« Daisy machte die Augen schmal. »Wie du willst. Obwohl du wirklich etwas Coaching gebrauchen könntest. Wenn du meinen Rat hören möchtest, ich denke, du solltest nach Hause kommen, eine Beziehung mit Simon anfangen und dir eine feste Stelle suchen.«

»Ich mag Simon nicht besonders.«

Daisy zog die Augenbrauen gen Himmel. »Jetzt fängst du schon wieder an. Wie kann man nur so wählerisch sein? Mann, diese Möwen sind eine echte Bedrohung.« Sie verscheuchte eine Möwe, die sich auf die verstreuten Chips gestürzt hatte. »Ich fahre morgen in aller Frühe zurück, um mit den Vorbereitungen für Elsas Party anzufangen, und du kannst mitkommen. Siehst du, alles geregelt!«

Daisys selbstgefälliges Lächeln und die Vorstellung, am nächsten Tag tatsächlich nach Hause zu fahren, bereiteten Lettie Unbehagen.

»Vielleicht. Ich habe immer noch meine Rückfahrkarte für die Bahn.«

»Wäre es mit dem Auto nicht einfacher?«

Das schon, dachte Lettie und nahm einen Bissen von dem Rest Haferriegel. Es wäre überhaupt einfacher, in ihr Leben in London zurückzukehren, sich einen anderen Job im Kundendienst zu suchen und sich wieder um Daisys Kinder und ihre Eltern zu kümmern. Viel einfacher, als hier Trübsal zu blasen und vagen Gedanken über einen neuen Beruf und ein neues Leben nachzuhängen. Corey kam ihr in den Sinn, und sie schüttelte den Kopf, um nicht wieder seinen enttäuschten Blick vor Augen zu haben, der sie in letzter Zeit zu verfolgen schien.

»Kann ich dir morgen früh Bescheid sagen?«

»Natürlich, aber da gibt es nicht viel zu überlegen. Du musst nach Hause kommen.«

Daisy klang plötzlich so panisch, dass Lettie ihre Hand nahm.

»Warum willst du unbedingt, dass ich nach London zurückkomme?«

»Tue ich doch gar nicht«, widersprach Daisy und entriss ihr die Hand.

»Du willst es so sehr, dass du den ganzen Weg nach Devon gefahren bist, um mich zu überreden.«

»Ich brauchte eine Pause«, entgegnete Daisy und klang wie ein schmollender Teenager. »Und ich bin hergekommen, um dir Gesellschaft zu leisten.«

»Ich habe deine Gesellschaft nicht gebraucht.«

»Wie nett! Da fahre ich vier Stunden, um dich zu sehen, und du weist meine gute Tat zurück.«

Lettie holte tief Luft. Das Ganze geriet außer Kontrolle.

»Ich will einfach nur verstehen, was mit dir los ist, Daisy«, sagte sie, so ruhig sie konnte.

»Was mit mir los ist? Es geht wohl eher darum, was mit dir los ist.« Daisy stand auf und ging vor dem Meer im Gras auf und ab. »Du hast dich seit Iris' Tod verändert. Du läufst von zu Hause weg und spielst Sherlock Holmes mit Iris' Vergangenheit. Dann schaltest du dein Handy aus – ich bin kein Idiot – und erzählst mir, dass du keinen Job mehr hast, und jetzt willst du morgen nicht mit mir zurückfahren.«

»Es ist lieb, dass du dir Sorgen um mich machst, aber ich merke, dass noch mehr dahintersteckt.«

Daisy blieb stehen. »Ich habe Angst, dass du von uns wegziehst. So, da hast du's. Bist du jetzt zufrieden?«

Lettie stand auf und verstreute dabei Krümel im Gras.

»Warum macht dir das Angst?«

»Weil wir dich zu Hause brauchen.«

Deine Familie nutzt dich aus. Das hatte Iris ihr gesagt – und es stimmte. Lettie richtete sich gerade auf.

»Klar. Du brauchst mich, damit ich deine Kinder von der Schule abhole und auf sie aufpasse und sie zu ihren Wochenendaktivitäten fahre. Mum braucht mich, um ihr beim Einkaufen und mit dem Sonntagsbraten zu helfen und damit ich mich um die Handwerker kümmere, wenn etwas am Haus gemacht werden muss.«

»Aber du hast die Zeit dafür.«

»Ich habe die Zeit?« Lettie spürte, wie sie langsam die Fassung verlor. »Ich habe die Zeit, weil ich kein eigenes Leben habe, Daisy. Und das liegt zum großen Teil daran, dass ich immer so beschäftigt damit bin, alles für die Familie Starcross zu regeln.«

»Ich dachte, du liebst deine Familie.«

»Natürlich tue ich das. Ich bin gern mit Elsa und Danny zusammen, und mit dir und Mum und Dad. Aber manchmal habe ich das Gefühl, dass mein Leben – abgesehen von Jobs, die mir keinen Spaß machen – nur darin besteht, nach eurer Pfeife zu tanzen, weil ihr denkt, ihr wüsstest, was für mich das Richtige ist.«

»Das ist etwas hart«, wandte Daisy stirnrunzelnd ein.

»Hart, aber wahr. Im Gegensatz zu dir habe ich kein perfektes Leben.«

»Deshalb versuchen wir ja, dich mit passenden Männern zusammenzubringen, die ...«

»Die nicht richtig für mich sind. Männer wie Simon.«

»Aber Simon ist ideal. Er lebt in London und ist charmant und ...« Daisy brach ab und biss sich kräftig auf die Unterlippe. »Okay, die Kuppelei ist vielleicht ein bisschen zu viel, aber mein Leben ist auch nicht perfekt.«

»Das erzählst du aber ständig, und es scheint auch ziemlich verdammt gut zu sein. Dann hat Jason dir eben einen Dampfbesen zum Geburtstag geschenkt, na und? Er liebt dich und du liebst ihn. Und du hast zwei tolle Kinder und ein schönes Haus, und du lernst einen neuen Beruf und siehst immer tipptopp aus. Sieh mich an!«

Als Lettie mit beiden Händen an sich hinabstrich, über ihr Haar, das der Wind ihr in die Augen wehte, ihr altes T-Shirt und die löchrige Jeans, zuckte Daisys Mundwinkel in die Höhe.

»Jason bringt mich gelegentlich auf die Palme, obwohl ich es bestreiten werde, wenn du es weitersagst.« Sie seufzte und schien den Kampfgeist zu verlieren. »Um ehrlich zu sein, mein Leben ist nur deshalb praktisch perfekt, weil du mir so viel Arbeit abnimmst. Ich bin mir nicht sicher, ob ich das alles ohne deine Hilfe mit den Kindern schaffen könnte. Und ich kann nicht auch noch Mum und Dad übernehmen. Ed ist ein hoffnungsloser Fall, und Fran hat zu viel mit ihrer eigenen Familie zu tun, um sich auch noch um unsere zu kümmern. Wir brauchen dich, Lettie. Ich brauche dich.«

Das war ein beachtliches Geständnis! Lettie fasste Daisy an

den Händen und hielt sie fest, als sie versuchte, sie ihr zu entreißen.

»Du könntest dir eine richtige Kinderbetreuung besorgen, und Mum könnte mit ihren Freundinnen zum Einkaufen fahren. Sie bieten regelmäßig an, sie mitzunehmen, aber Mum lehnt immer ab.«

»Eine richtige Kinderbetreuung würde ein Vermögen kosten. Ich müsste meinen Kurs aufgeben.«

»Nein, müsstest du nicht. Ihr würdet alle hervorragend ohne mich klarkommen, weil ihr es dann tun müsstet.«

»Meine Güte, du denkst wirklich daran, hierzubleiben.«

Als es Daisy gelang, ihre Hände zu befreien, drehte Lettie sich zum Meer. Es war zwar gut, eine kleine Rebellion anzuzetteln, aber sie musste praktisch denken.

»Nein, das tue ich nicht«, antwortete sie ihrer Schwester. »Nicht richtig. Ich weiß, dass es nur ein dummer Traum ist, in Heaven's Cove zu bleiben, und ich wäre hier auch nicht besonders willkommen. Genau wie Iris.«

Daisy trat vor sie hin und sah sie aus schmalen Augen an. »Warum war Iris hier nicht willkommen?«

Verdammt. Lettie zuckte die Achseln. »Ich meinte, dass Iris nicht in das Dorf zurückziehen wollte, nachdem sie es verlassen hatte. Vielleicht fand sie es nicht besonders einladend.« Daisy wirkte alles andere als überzeugt, daher sprach Lettie weiter. »Ich brauche einfach Zeit für mich, um mir über einiges klar zu werden.«

»Und das tust du jetzt schon seit fast zwei Wochen. Du hast deinen Urlaub gehabt, und dir ist klar geworden, dass kein großes Geheimnis hinter dem Brief an Iris steckt. Es ist Zeit, nach Hause zu kommen, deine Arbeitssituation zu klären und dich wieder in die Familie einzufügen. Das ist das Richtige, Lettie, und du weißt es.«

Das Kreischen von Kindern, das von dem goldenen, halbmondförmigen Strand unten zu ihnen heraufdrang, erregte

Letties Aufmerksamkeit. Sie schaute auf das Dorf, in dem es an diesem herrlichen Sommertag von Touristen nur so wimmelte. Sie wollte sich nicht mehr streiten, wenn sie von solcher Schönheit umgeben war.

»Wir sollten das Picknick beenden und unseren Spaziergang genießen, vor allem, wenn du morgen nach London zurückfährst«, sagte sie und schlug den versöhnlichen Ton an, den sie oft benutzte, wenn Elsa und Danny sich zankten. »Alles andere können wir später regeln.«

»Aber du kommst doch zurück, oder?«

Lettie seufzte. »Ja, natürlich komme ich zurück.«

Angemessen besänftigt, setzte Daisy sich wieder auf die Picknickdecke und machte sich daran, ein Körbchen mit Erdbeeren auszupacken. Aber Lettie blieb stehen und blickte aufs Meer hinaus.

In der Nacht schlief Lettie sehr unruhig. Ein Sturm hielt sie in den frühen Morgenstunden wach, und sie fragte sich, ob Corey und seine Crew draußen auf See in Gefahr waren. Als sie endlich einschlief, wurde sie von Träumen von Iris und einem goldenen Schlüssel heimgesucht, der eine Tür aufschloss, die nirgendwo hinführte.

Im Morgengrauen erwachte sie erschöpft und tappte vom Bett zum Fenster. Der Himmel war am Horizont in breite goldene und rosa Streifen getaucht, doch darüber türmten sich düstere Wolken zusammen – wie ein Abbild ihrer Stimmung.

Auf dem Boden lag ihr Koffer, den sie am Abend halb gepackt hatte. Bei seinem Anblick berührte Lettie unwillkürlich den Schlüssel unter ihrem Pyjama. Wenn sie doch nur mit Iris über alles hätte sprechen können. Was hätte ihre Tante von alledem gehalten? Davon, dass Daisy sie anflehte, nach Hause zu kommen, dass sie mit Florence über die Vergangenheit gesprochen, dass sie Corey kennengelernt und mit ihm das Denkmal für Cornelius am Wasserfall besucht hatte?

Finde es für mich heraus, mein liebes Mädchen, schien der Wind zu flüstern, während er um das Dach von Driftwood House wehte.

Lettie trat vom Fenster zurück, schlüpfte zum Schutz gegen die Morgenkühle in den Bademantel und packte den Koffer wieder aus. Sie hatte herausgefunden, wer den Brief geschrieben hatte und was Cornelius und Iris vor all den Jahren widerfahren war. Aber es gab noch mehr. Das Rätsel um den Schlüssel blieb ungelöst, und sie war die Einzige, der es wichtig genug war, es zu lösen.

Zwei Stunden später war Daisy fort, und Lettie stand vor Driftwood House im Gras.

In zwei Tagen würden Rosie zufolge weitere Gäste eintreffen, daher würde Daisys Zimmer nicht lange leer bleiben. Es kam Lettie richtig vor, dass Iris' Elternhaus bald wieder mit Menschen gefüllt sein würde. Ihrer Großtante hätte das sicher gefallen.

Und heute Abend würde Lettie das Haus ganz für sich allein haben. Wie es schien, hatte Daisy Rosie ziemlich vermessen mitgeteilt, dass sie beide abreisen würden. Daher hatte Rosie, in der Annahme, das Haus würde leer sein, eine Übernachtung mit Liam und seinen Eltern in einem nahen Spa-Hotel arrangiert.

Es war ein spontanes Geschenk zur Feier des fünfunddreißigsten Hochzeitstages seiner Eltern, hatte Rosie ihr erklärt, als Lettie überhört hatte, wie sie versuchte, die Buchung telefonisch zu ändern. Aber das Hotel war nicht zu einer Umbuchung bereit, und Rosie war dankbar gewesen, als Lettie angeboten hatte, über Nacht allein in Driftwood House zu bleiben.

Lettie fühlte sich geehrt, dass Rosie ihr das Haus anvertraute, und besonders glücklich war sie gewesen, als Rosie gesagt hatte: »Ich habe das Gefühl, dass Ihnen das Haus wegen Ihrer familiären Verbindung am Herzen liegt.«

Das Haus lag ihr tatsächlich am Herzen, dachte Lettie und bewunderte seine weiß getünchten Mauern und die funkelnden Fenster mit Blick aufs Meer. Es war eine Verbindung mit Iris und ihrem Leben.

Lettie ging zum Rand des Kliffs und schaute zum Horizont, wo sich dunkle Wolken ballten.

Daisy würde auf ihrem Rückweg nach London inzwischen wahrscheinlich hinter Exeter sein und unterwegs in einem Sainsbury's den Regenbogenkuchen kaufen, den ihre Tochter sich gewünscht hatte. Lettie hatte Daisy vorgeschlagen, den Kuchen selbst zu backen, aber die entsetzte Miene ihrer Schwester hatte sofort klar gemacht, was sie von dieser Idee hielt.

Ihre Schwester war, milde ausgedrückt, verstimmt gewesen, als Lettie ohne Koffer zum Frühstück erschienen war, und sie hatte sich erst beruhigt, als Lettie ihr versichert hatte, sie würde nur noch ein paar Tage bleiben. Sie würde sich beeilen müssen, wenn sie Iris ihren letzten Wunsch erfüllen wollte. Das Problem war, dass sie nicht recht wusste, wo sie anfangen sollte.

ACHTUNDZWANZIG

CLAUDE

Der Sturm der vergangenen Nacht war nach ein oder zwei Stunden vorbei gewesen, aber heute würde schon der nächste heranziehen. Claude warf einen Blick in den Morgenhimmel, dessen Farbe in der letzten halben Stunde von Dunkelgrau zu Dunkelblau gewechselt hatte. Eine dichte Wolkenbank verdeckte die Sonne, und die Touristen auf dem Kai zitterten in ihren Shorts. Wussten sie nicht, dass es Wettervorhersagen gab, damit sie sich auf das Wetter einstellen konnten?

Claude rieb sich die Augen und unterdrückte ein Gähnen. Er war sehr müde, und sein Bett rief nach ihm, aber wie konnte er unter den Umständen schlafen? Er setzte sich auf die niedrige Gartenmauer seines Cottages und stützte den Kopf in die Hände. Er würde um Hilfe bitten müssen. Schon wieder.

»Ist alles in Ordnung, Claude?«

Jemand berührte ihn sachte an der Schulter, und als er aufschaute, stand Belinda vor ihm, die Brille mit dem Metallgestell auf der Nasenspitze.

Claude ging Belinda nach Möglichkeit aus dem Weg, aber ausnahmsweise einmal könnte ihre unaufhörliche Neugier von Nutzen sein.

»Sie sehen nicht gut aus«, fuhr Belinda fort und zog die Augen zusammen. »Sind Sie krank, oder ist etwas Schreckliches passiert?«

Beides, dachte Claude. Er schloss kurz die Augen, und als er sich gefasst hatte und sie wieder öffnete, saß Belinda neben ihm auf der Mauer. Sie klopfte sich kleine Steinchen vom Rock und drehte sich zu ihm um.

»Reden Sie mit mir, Claude.«

Wenn Claude nicht so verzweifelt gewesen wäre, hätte spätestens diese Aufforderung ihn dazu gebracht, unter einem Vorwand ins Cottage zurückzueilen. Aber Belinda besaß eine Eigenschaft, die er brauchte – die vollkommene Unfähigkeit, etwas für sich zu behalten.

»Erzählen Sie es mir, Claude, was es auch ist«, drängte sie ihn. »Seien Sie versichert, dass ich der Inbegriff der Diskretion bin.«

Die schiere Heuchelei der Frau!

Claude knirschte mit den Zähnen und sagte schroff: »Ich brauche Hilfe.«

»Wirklich?«, fragte Belinda aufgeregt. »Was genau ist das Problem?«

»Buster ist weg.«

Belinda riss hinter den Brillengläsern erstaunt die Augen auf. »Weg? Was soll das heißen, weg?«

»Gestern Abend haben ein paar Jungs an der Burg ein Feuerwerk gemacht.«

»Das habe ich gehört. Ich habe mich bei der Polizei beschwert, aber ich weiß nicht, ob sie etwas unternommen hat. Wo soll das noch hinführen? Früher dachte ich immer, es seien die Touristen, die Probleme machen, aber jetzt bin ich mir da nicht mehr so sicher. Erst neulich hat ein Junge, der in der Nähe wohnt ...«

Als sie Claudes Gesicht sah, brach sie ab. »Also, Claude. Erzählen Sie mir, was passiert ist.«

»Ich bin mit Buster spätabends Gassi gegangen und einer der Feuerwerkskörper ist fast direkt vor ihm explodiert. Er hat sich erschreckt und ist weggerannt.«

»Wie furchtbar. Wohin ist er gelaufen?«

»Das weiß ich nicht. Es war dunkel, und er hatte große Angst, und dann ist das Unwetter gekommen, und Buster hasst Donner. Ich habe die ganze Nacht nach ihm gesucht, aber er war nirgendwo zu sehen.«

Claude schluckte hörbar. Er hatte Angst, dass er vor lauter Sorge und Erschöpfung anfangen könnte zu weinen, und das würde vor Belinda nicht angehen. Sein Ruf als harter, gefühlloser Einzelgänger würde ernsthaften Schaden nehmen. Er begann vor Kälte zu zittern.

»Sie armer Mann«, sagte Belinda und stand auf. »Sie brauchen jetzt Schlaf. Überlassen Sie alles andere mir. Ich werde Suchtrupps organisieren, um das Dorf und dessen Umgebung zu durchkämmen.« Sie sah sich um und winkte den nächstbesten Passanten heran. »Hey, Simon!«

Es war der Grundstücksmakler, der seit einiger Zeit in Heaven's Cove herumlungerte und die Leute aufbrachte. »Kommen Sie doch mal kurz her, ja?«, rief sie.

»Ich?« Simon sah sich um, um zu schauen, wen Belinda meinte, bis er begriff, dass er es war, und herüberkam. Er war tadellos gekleidet in grauer Hose und hellblauem Hemd, und Claude war sich ziemlich sicher, dass er die Nase rümpfte, als er ihn in Jogginganzug, Turnschuhen und dem schwarzen Pullover mit den vielen Laufmaschen sah. Typisch Ortsfremder!

»Sind Sie heute beschäftigt, Simon? Wir haben nämlich eine Dorfkrise, und sie könnten vielleicht helfen.«

»Was für eine Krise? Ich habe heute Vormittag einige Besprechungen.«

»Mit wem?«, fragte Belinda, dann schüttelte sie den Kopf. »Vergessen Sie es. Vielleicht können Sie anschließend helfen.«

»Wobei?«

»Bei der Suche nach Buster. Er ist verschwunden.«

»Ist Buster ein Kind? Ich bin mir nicht sicher, ob ich ...«

»Er ist ein Hund«, unterbrach Claude.

»Ein Hund«, wiederholte Simon und zog eine Braue hoch.

»Ja, mein Hund, und er ist weggelaufen.«

»Ich bin mir nicht sicher, ob ich Zeit habe, nach verlorenen Hunden zu suchen.« Er stieß ein kurzes Lachen aus, das über den Kai schallte.

»Schade. Ich werde eine Menge Leute aus dem Dorf um Hilfe bitten, und einige Fremde, darunter auch Lettie Starcross, falls sie da ist«, sagte Belinda und warf Simon einen Seitenblick zu.

»Nun, ich könnte vielleicht helfen, wenn die Besprechungen vorbei sind«, antwortete Simon und lockerte den Kragen. Er war zugeknöpft, obwohl er keine Krawatte trug.

Mode, ging es Claude durch den Kopf, während er verzweifelt versuchte, nicht an Buster zu denken, der irgendwo allein und verängstigt war.

Er erhob sich taumelnd. »Ich bin dankbar für jede Hilfe.«

Belinda begann wieder, ihn zu bemuttern. »Sie sehen erschöpft aus. Gehen Sie rein, trinken Sie eine Tasse Tee und legen Sie sich hin. Wir werden mit der Suche anfangen. Ich weiß, wie der arme Buster aussieht.«

Er war zu müde und zu niedergeschlagen, um sich ihr zu widersetzen.

»Armer Mann«, hörte er Belinda sagen, als er auf die Haustür zuging. »So ein trauriger, einsamer Mensch. Er lebt für diesen Hund.«

Claude betrat das Cottage, schloss die Tür hinter sich und blieb für einen Moment stehen. Dann ließ er sich zu Boden sinken und lehnte sich an die Tür, den Blick auf Busters Wassernapf auf den Steinplatten im Flur gerichtet. Im Cottage war es so still, dass er das Ticken der Uhr seiner Mutter auf dem Kaminsims hören konnte, neben der Esthers Foto stand.

Esther wollte nichts mit ihm zu tun haben. Claude sank das Kinn auf die Brust. Lettie hatte es ihm sehr freundlich beigebracht, und er verstand, warum Esther zu dieser Entscheidung gekommen war. Sie hatte ihr Leben weitergelebt und wollte die Vergangenheit nicht aufwühlen. Es war verständlich, wenn auch schmerzlich. Aber zumindest wusste er, dass es ihr gut ging und dass sie wieder irgendwo in Devon lebte. Und er hatte immer noch ihr Foto, mit dem er reden konnte.

Würde es von nun an so sein, falls Buster nicht gefunden wurde? Nur er und seine Erinnerungen, bis zum Ende? Claude presste sich die Faust auf den Mund, um das Geräusch zu ersticken, und begann zu weinen.

NEUNUNDZWANZIG

Lettie stand zitternd am Strand und schaute über die Bucht. Das stahlgraue Meer hatte die gleiche Farbe wie der Himmel. Es waren keine Touristen da. Das großartige britische Sommerwetter hatte sie alle verjagt. Das Unwetter der vergangenen Nacht war kurz, aber heftig gewesen, und die nächste Wetterfront schien die Küste schon bald zu erreichen. Zumindest hatte der Regen etwas nachgelassen, während sie und der Rest von Heaven's Cove nach Claudes verschwundenem Hund suchten.

Eigentlich hatte sie vorgehabt, mit dem Bus nach Exeter zu fahren und in der Bibliothek und dem Museum nach Informationen über Heaven's Coves Vergangenheit zu forschen. Aber an der Bushaltestelle war sie von Belinda abgefangen worden und hatte ihre Pläne auf Eis gelegt, um sich an der Suche zu beteiligen. Armer Claude. Er hatte gerade die Liebe seines Lebens zum zweiten Mal verloren, und jetzt war auch noch sein Hund verschwunden. Es war sehr traurig.

»Sehen Sie sich den Himmel an! Ich finde, wir sollten unseren Spaziergang besser aufgeben und in den Pub gehen«, drängte Simon, der sich ihr auf der Suche nach Buster angeschlossen hatte, aber immer wieder vorschlug, stattdessen etwas trinken zu gehen.

»Ich möchte lieber weitersuchen. Bei dem Himmel wird es heute früher dunkel werden als sonst, und ich könnte es nicht ertragen, wenn Buster eine zweite Nacht hier draußen verbringen müsste.«

»Er ist ein Hund, Lettie. Er kommt schon klar.«

»Ich hoffe es. Claude wird ohne ihn verloren sein.«

»Der Hund ist wahrscheinlich längst zu Hause und lacht über uns Trottel, die bei diesem Mistwetter immer noch draußen nach ihm suchen.«

»Ich gewinne den Eindruck, dass Sie kein großer Hundefreund sind.«

»Ich liebe Tiere«, protestierte Simon. »Sogar blöde Hunde, die weglaufen und einen Haufen Umstände machen.«

»Das Feuerwerk hat ihn erschreckt.«

Simon murmelte leise etwas, das wie »Weichei« klang. Lettie schaute über das wogende Meer und schauderte. Wie viele Bootskelette wohl unter den Wellen lagen, wie viele Knochen von Ertrunkenen, die mit brennender Lunge nach Luft gerungen hatten?

»Sie frieren. Wollen Sie meine Jacke?«, fragte Simon, obwohl er keine Anstalten machte, diese auszuziehen.

»Nein, ist schon gut. Aber vielen Dank.«

»Also, kehren wir auf einen schnellen Drink im Pub ein, und danach vielleicht ...?« Simon strich Lettie mit dem Zeigefinger über die Wange. »Was halten Sie davon? Keine Bange. Der Hund taucht schon wieder auf.«

Dann war Simon also wirklich an ihr interessiert und sah sie nicht nur als Informationsquelle an. Daisy würde sich über die Chance auf eine potenzielle Beziehung freuen, aber Lettie war nicht scharf darauf, außerdem war ihr viel zu kalt und elend zumute. Sie konnte an nichts anderes denken als an Claude, der verzweifelt nach seinem geliebten Hund suchte.

»Ich werde noch eine Weile suchen. Vielleicht nehme ich mir das Dorf noch einmal vor.«

Sie wandte sich gerade von dem windgepeitschten Strand ab, als ein dunkler Fleck unten am Kliff am Ende der Bucht ihre Aufmerksamkeit erregte. Dort lag der Fuß des Felsens bei niedrigem Wasserstand frei, aber bei Flut war er überschwemmt.

»Was ist das?«, fragte sie und beschirmte das Gesicht gegen den einsetzenden Regen.

»Ich sehe nichts.« Simon zog an ihrer Hand, aber sie stemmte die Fersen in den Sand.

»Da drüben. Nur ein kleines Stück vom Ufer entfernt, wo jetzt die Flut einströmt. Oh mein Gott.«

Plötzlich wusste sie genau, was sie da sah. Auf den niedrigen Felsen, an dem die Wellen bereits leckten, kauerte ein Tier.

»Es ist Buster«, überschrie sie den Wind, der das Wasser aufpeitschte und ihr Sand ins Gesicht wehte.

Jetzt drang auch das verängstigte Jaulen des Hundes über die Bucht zu ihnen.

»Wie ist der blöde Hund da hingekommen?«, rief Simon und zog die Kapuze seiner Jacke hoch.

»Er muss bei Ebbe am Fuß der Felsen gewesen sein, und jetzt sitzt er dort fest.« Lettie sah sich verzweifelt am Strand um, aber es war niemand in der Nähe. Liams Farm lag nur ein Stück die Straße hinauf, aber die Flut kam schnell, und der Hund würde ertrinken, bevor sie die Farm erreichen und mit Hilfe zurückkehren konnten. Liam und seine Eltern würden ohnehin bereits unterwegs zu dem geplanten Spa-Besuch sein. »Wir müssen etwas tun, Simon.«

»Was können wir denn tun? Es ist wirklich traurig, aber letzten Endes ist es nur ein Hund.«

»Es ist Buster, Claudes Hund. Sein Gefährte.«

»Er kann sich einen neuen anschaffen. Hunde leben nicht ewig.«

»Sehen Sie ihn doch an! Er hat schreckliche Angst.«

Ohne lange nachzudenken, löste Lettie die Schnallen ihrer Sandalen und trat auf den kalten Sand.

»Was machen Sie da?«

»Wenn wir am Rand der Bucht entlang zu ihm hinwaten, können wir bei ihm sein, bevor die Flut da ist.«

Simon schnaubte. »Ausgeschlossen. Ich werde mich doch nicht wegen eines dummen Hundes nass machen.«

»Ich kann nicht einfach zusehen, wie er ertrinkt.«

Lettie rannte auf die grauen Wellen zu, blieb aber stehen, als sie die gurgelnde Gischt erreichte. Sie konnte nicht ins Wasser gehen. Sie konnte es einfach nicht.

Plötzlich hörte sie das Wimmern des Hundes. Er war vom Wasser umgeben und hatte zu große Angst, um auf die Idee zu kommen, höher auf den Felsen zu klettern.

»Lettie, kommen Sie zurück!«, rief Simon, als sie ins Wasser watete. Puh, war das kalt. Die Wellen zerrten bereits an ihren Beinen und drohten, ihr den Boden unter den Füßen zu entziehen. Als ihr eine Welle ins Gesicht schlug, schmeckte sie Salz. Kindheitserinnerungen kamen hoch. Sie kriegte keine Luft mehr. Furcht und Panik drohten, sie zu überwältigen, als das Wasser um sie herumwirbelte.

Buster hatte sie gesehen und bellte jetzt laut. Er lief an den Rand der Felsen und war so dicht am Wasser, dass Lettie Angst hatte, es könne ihn mitreißen. Noch immer schnürte Panik ihr die Kehle zu und ließ ihre Knie weich wie Pudding werden, aber sie konnte Claudes Hund nicht im Stich lassen. Nicht, wenn sie ihm so nah war. Aber das Wasser wurde schnell tiefer.

Sie kämpfte sich weiter voran, das Wasser reichte ihr bereits manchmal bis zur Taille und es wurde immer schwerer, den Wellen standzuhalten und sich nicht mitreißen zu lassen. War Simon bei ihr? Sie sah sich um, aber da war nichts als aufgewühltes Meer und grauer Himmel. Die Stelle, an der sie gestanden hatten, war jetzt überflutet, und Simon war vor dem

Wasser zurückgewichen, den Mund vor Entsetzten weit aufgerissen.

Aber zumindest hatte sie Buster fast erreicht. Er kläffte, als sie näher kam, und knurrte vor Angst.

»Ganz ruhig, Buster. Ich bringe dich nach Hause zu Claude«, rief sie, während sie auf den Felsen kletterte und Busters Halsband fasste, um ihn mit sich zu ziehen. Es würde alles gut werden. Sie konnten das Kliff hinaufklettern und sich in Sicherheit bringen.

Doch als Lettie an der Steilwand hinaufblickte, war sie den Tränen nah. Die Wand war fast senkrecht, und man konnte sich nirgendwo festhalten. Sie wäre nicht einmal allein dort hinaufgekommen, geschweige denn mit dem verängstigten Hund.

»Was machen wir jetzt, Buster?« Sie klopfte ihm das nasse Fell und versuchte, die Panik aus ihrer Stimme zu halten. Der Hund hatte schon genug Angst. »Ich muss dich zu Claude nach Hause bringen. Ohne dich wäre er verloren.«

Lettie sah die Welle hinter sich nicht, aber sie spürte ihre Wucht, als sie ihr in den Rücken krachte und sie von den Füßen riss.

Es geschah wieder. Der Himmel und das Land waren verschwunden. Es gab nur Wasser, kaltes Wasser, das um sie herumwirbelte, und sie bekam keine Luft. Sie durfte nicht einatmen, sonst würde ihre Lunge sich mit Wasser füllen. Instinktiv hielt sie die Luft an, ohne Busters Halsband loszulassen, während das Wasser an ihr zog und zerrte.

Endlich brach ihr Kopf durch die Welle an die Luft. Sie atmete tief ein und zog Buster an sich. Sie wusste nicht, wo sie war. Was hatte Corey ihr noch gesagt? *Sollten Sie je Probleme kriegen, lassen Sie sich auf dem Rücken treiben.*

Lettie warf sich herum und ließ sich einen Moment lang auf dem Rücken treiben. Sie schaute zu den dunkelgrauen Wolken hoch, während immer neue Wellen heranrollten. Und allmählich beruhigte sich ihre panische, flache Atmung, während sich eine unerwartete Ruhe in ihr ausbreitete.

Ich werde wegen eines Hundes sterben, dachte sie und malte sich die Verständnislosigkeit ihrer Familie aus. *Aber Lettie hasst doch das Wasser, und sie war auch nicht besonders tierlieb. Was hat sie sich nur dabei gedacht?* Daisy würde wahrscheinlich denken, sie habe es absichtlich getan, um sich davor zu drücken, die Kinder abzuholen.

Dann dachte sie an Corey. Er würde sich wahrscheinlich selbst die Schuld geben, dass er sie ermutigt hatte, ins Wasser zu gehen, als sie sich am Ufer begegnet waren. War das erst eine Woche her? Sie sah sich selbst vor sich, wie sie neben ihm in dem ruhigen Meer stand, seine Hand um ihre Taille gelegt. Er hatte so sicher gewirkt, dass nichts Schlimmes passieren würde.

Lettie entspannte sich, während sie im Wasser trieb, und ließ sich und den paddelnden Buster von den Wellen tragen. War es das? Sie würde hinaus aufs Meer gezogen werden, und ihre Knochen und Iris' Schlüssel würden für immer tief auf dem sandigen Meeresgrund ruhen. Mit der Zeit würde ihr Tod zu einem weiteren Teil der Geschichte von Heaven's Cove werden. Wie der von Elizabeth Allford. Wie der von Cornelius.

Entrüstung regte sich in Lettie. Das konnte es nicht sein. Sie hatte ihr Leben doch noch vor sich.

Dann sah sie einige Felsen, die vom Kliff gestürzt sein mussten und jetzt an dessen Fuß lagen. Sie ragten wie kleine Inseln aus dem Wasser, und die steigende Flut trieb sie und Buster langsam darauf zu. Sie würden dagegenprallen, es sei denn … Sie zog Buster hinter sich her und schwamm auf den flachsten der Felsen zu. Das dahinter aufragende Kliff war zwar steil, aber in Kopfhöhe gab es einen Vorsprung, den sie mit Buster vielleicht erreichen konnte.

Endlich spürte sie, wie der Fels an ihren Beinen kratzte, und mit einer großen Kraftanstrengung stemmte sie sich und

Buster aus dem Wasser. Aber noch waren sie nicht in Sicherheit. Wellen überspülten den Fels und drohten, sie beide wieder zurück ins Wasser zu ziehen. Wenn das geschah, würde alles vorbei sein. Violet Starcross: 1990–2019.

»Komm, Buster«, sagte Lettie und schob den Hund fort von der steigenden Flut. Zusammen mit Buster kletterte sie den glitschigen Felsen weiter hinauf, bis sie den Vorsprung erreichten, den sie vom Wasser aus gesehen hatte. Hier befanden sie sich über der Wasserlinie – zumindest für den Augenblick. Kam die Flut so weit hoch herauf? Lettie schaute an der steilen Felswand empor. Mehr konnte sie nicht tun. Ihr Handy war in der Handtasche, die sie im Sand liegen gelassen hatte. Aber selbst wenn sie es bei sich gehabt hätte, wäre es jetzt ohnehin kaputt.

»Mist«, sagte Lettie und setzte sich neben Buster, die Ellbogen auf die Knie gestützt. »Mir fällt nichts mehr ein.« Sie suchte den Strand nach Simon ab, aber die Wellen waren zu hoch, und sie konnte den Sand nicht mehr sehen. Sie legte den Arm um das zitternde Tier, und es drückte sich an sie und legte ihr den Kopf auf die Schulter.

»Ist schon gut, Buster. Wir kommen hier weg«, versprach sie ihm und versuchte, nicht zum Meer zu sehen, das unter ihnen wirbelte und jetzt fast den ganzen Felsbrocken bedeckte, den sie hinaufgeklettert waren. Der Himmel wurde dunkelgrau, und bald würde das Licht verschwunden sein. Dann würde es nur noch Dunkelheit und das Brüllen des Meeres geben.

Lettie lehnte den Kopf zurück an den Felsen und schloss die Augen. Was würde Iris sagen, wenn sie jetzt hier wäre? *Ich kann nicht glauben, dass du so dumm warst, dein Leben für einen Hund aufs Spiel zu setzen.* Vielleicht. *Ich bin stolz auf dich, dass du deine Angst überwunden hast und ins Wasser gegangen bist.* Gut möglich, obwohl es nicht viel Sinn hatte, ihre Angst vor dem Wasser zu besiegen, wenn sie anschließend ertrank. Die Ironie der Situation hätte sie zum Lachen gebracht, wenn sie nicht so verzweifelt gewesen wäre. Sie schloss die Finger um den Schlüssel an ihrem Hals und war erleichtert, dass die Wellen ihn ihr nicht entrissen hatten.

Als ihr salzige Gischt ins Gesicht spritzte, öffnete sie die Augen. Das Wasser stieg, und auf dem Vorsprung neben ihr lagen Algen, was für den Stand des Hochwassers nichts Gutes verhieß.

»Tut mir leid, Buster«, sagte sie zu dem Hund und war den Tränen nahe. »Das habe ich wirklich vermasselt.«

Plötzlich blitzte etwas Orangefarbenes auf, das Letties Blick auf sich zog. Ein Boot schoss durch die Wellen. Sie wedelte mit den Armen, doch dann wurde ihr klar, dass das große Boot nicht nah genug an die Felsen herankommen konnte, ohne dagegen geschleudert zu werden. Dann erkannte sie, dass es das Rettungsboot war. Simon musste den Notruf gewählt haben.

Ein Gefühl von Hoffnung stieg in ihr auf. Vielleicht würden sie und Buster es ja doch überstehen.

Das Boot fuhr auf sie zu, hielt aber Abstand zum Felsen. Dann erschien ein kleineres orangefarbenes Rettungsboot. Es wurde von den Wellen umhergeworfen, während eine weitere große Welle Letties Beine überschwemmte. Im Rettungsbot saßen zwei Männer in Gelb, die rote Schwimmwesten trugen, und als sie näher kamen, sah Lettie, dass einer von ihnen Corey war.

Er sprang aus dem Boot, als es die Felsen erreichte, und wäre um ein Haar auf dem nassen Stein ausgerutscht, richtete sich aber sofort wieder auf.

»Geht es Ihnen gut?«, fragte er und kletterte zu ihr herauf. Seine Worte wurden von dem Brüllen des Meeres hinter ihm fast übertönt.

Als Lettie nickte, zu durchgefroren und verängstigt, um zu sprechen, legte Corey ihr den Arm um die Schultern, und Lettie lehnte sich an ihn. Er wirkte so groß und beruhigend in dieser verrückten, furchteinflößenden Welt. Jetzt, da er hier war, würde doch sicherlich alles gut werden?

Ein plötzliches Aufbranden des Wassers überspülte den Vorsprung, auf dem sie und Buster saßen, und durchnässte sie erneut.

»Kommen Sie«, sagte Corey dicht an ihrem Ohr. Er streifte ihr eine Rettungsweste über den Kopf und machte sie zu. »Wir müssen hier weg, weil die Flut weiter steigt und der Vorsprung bald unter Wasser stehen wird. Halten Sie Buster fest, ich werde Sie festhalten.«

Sie umklammerte den Hund, der an ihrer Brust wimmerte, während Corey die Arme um sie legte und sie zu den tobenden Wellen führte.

»Sie schaffen das«, flüsterte er ihr ins Ohr, als sie zögerte.

Sie war wieder in dem aufgewühlten Wasser, aber diesmal war sie nicht allein. Corey zog und trug sie zu dem wartenden Boot, das von den Wellen hin und her geworfen wurde. Sie schaffte es nicht hinein. Ihr fehlte die Kraft, aber Corey stemmte sie hoch, bis es dem anderen Mann gelang, sie und Buster in das Boot zu ziehen. Und Corey folgte ihnen.

Sie war in Sicherheit! Die Verlegenheit, die sie normalerweise verspürt hätte, wenn sie einen solchen Wirbel verursacht hätte, wurde von der schieren Erleichterung darüber verdrängt, dass heute nicht der Tag war, an dem sie sterben würde.

Lettie schloss für einen Moment die Augen und zog die Decke, die man ihr gegeben hatte, enger um sich. Sie zitterte, und von den heftigen Bewegungen des Bootes, das sich durch die Wellen pflügte, wurde ihr übel.

»Was haben Sie sich dabei gedacht?«, fragte Corey, während er Buster streichelte, der in eine Decke gehüllt zu Letties Füßen lag. »Erst haben Sie schreckliche Angst vor dem Meer, und dann beschließen Sie kurzerhand, ins Wasser zu gehen. An einem Tag wie heute ist das der reine Wahnsinn.«

Bei Coreys strengem Ton füllten Letties Augen sich mit

Tränen. »Ich konnte ihn nicht ertrinken lassen«, sagte sie und rieb Busters Kopf sanft mit dem Fuß, während sie an Esther in ihrer zwanzig Meilen entfernten Wohnung dachte. »Er ist alles, was Claude hat.«

Corey betrachtete sie schweigend, dann legte er seine Hand auf ihre. »Das muss Mut erfordert haben.«

»Ich hatte gar keine Zeit, um darüber nachzudenken. Simon war vernünftiger und wollte nicht mitkommen.«

»Ausnahmsweise einmal hat er das Richtige getan und uns angerufen. Aber nachdem er den Notruf gewählt hatte, hat er zugesehen, wie Sie von den Wellen mitgerissen wurden.«

»Sie haben schon gesagt, dass es dumm von mir war, ins Wasser zu gehen. Wären Sie hineingegangen, um mich zu retten?«

»Ohne zu zögern.« Corey sah Lettie durchdringend an, und plötzlich wusste sie mit Bestimmtheit, dass er für sie in das aufgewühlte Meer gewatet wäre, auch wenn es töricht gewesen wäre. Letties Herz flatterte, und sie lächelte ihn an, bevor sie wieder die Augen schloss.

Ein Krankenwagen mit eingeschaltetem Blaulicht erwartete das Rettungsboot am Kai, und Lettie wurde es nun doch unangenehm, so viele Umstände gemacht zu haben.

»Ich möchte wirklich nicht ins Krankenhaus«, beteuerte sie, ließ sich aber im Krankenwagen von einer netten Sanitäterin namens Shaz untersuchen. Diese erklärte ihr, es sei »vollkommen hirnrissig«, ihr Leben für einen Hund zu riskieren, und fragte: »Was würde Ihre Mutter davon halten?« Lettie schauderte und hoffte inständig, dass ihre Mutter es nie erfahren würde, denn sonst würde sie ihr damit ewig in den Ohren liegen.

Shaz und ihr Kollege wollten Lettie ins örtliche Krankenhaus fahren, um sie durchchecken zu lassen, aber Lettie weigerte sich. Das Wetter war schlecht, und sie war davon überzeugt, dass der Krankenwagen an dem Abend noch anderswo gebraucht werden würde. Vor allem aber wollte sie ins Bett, in einer weichen Matratze versinken und das Gefühl der brodelnden Wellen ringsum vergessen.

Es ging ihr jetzt schon viel besser. Eine Frau, die in der Nähe wohnte und der sie noch nie begegnet war, hatte

Gemeinschaftsgeist bewiesen und frische Kleider zum Krankenwagen gebracht. Lettie trug nun einen trockenen Pullover und Jeans, die von einem Gürtel gehalten wurden, weil sie ihr zu groß waren, und ihr war inzwischen wieder etwas wärmer. Eine Fahrt ins Krankenhaus war einfach nicht nötig, fand sie.

Als Lettie aus dem Krankenwagen stieg, kam Claude mit im Wind flatterndem Haar über den Kai gerannt. Buster entdeckte ihn und raste von Lettie zu seinem Herrchen. Claude kniete sich hin, und der Hund sprang ihm in die Arme und wedelte wie verrückt mit dem Schwanz. »Buster, du bist zurück«, sagte Claude und vergrub den Kopf im Fell des Hundes.

Lettie sah einen Moment lang mit Tränen in den Augen zu und wandte sich dann zum Gehen. Es schien ein zu emotionaler Moment zu sein, um die beiden zu stören. Aber Claude rief ihren Namen.

»Lettie Starcross.« Als Lettie sich umdrehte, stand er auf und kam auf sie zu. »Ich habe gehört, was Sie getan haben, um Buster zu retten. Geht es Ihnen gut?«

»Es ist alles in Ordnung, Claude. Kein Grund zur Beunruhigung.«

»Sie hatten Glück, dass das Meer im Moment so warm ist. Was Sie getan haben, war mutig und dumm.«

Lettie zog eine Braue hoch. »Keine Sorge, Claude. Corey hat schon mit mir geschimpft.«

Claude sah sie an, und seine Lippen zitterten, als ob er noch mehr sagen wollte, es aber nicht konnte. Dann packte er sie plötzlich und umarmte sie stürmisch. Er roch nach Fisch und Feuchtigkeit. »Danke«, flüsterte er ihr rau ins Ohr. »Ich werde nie vergessen, was Sie getan haben. Niemals.«

Lettie sah Corey hinter Claude stehen, als Claude sie losließ. Mit einem Nicken des Dankes in Coreys Richtung kehrte Claude in sein Cottage zurück, und Buster trottete hinter ihm her.

»Da haben Sie einen Freund fürs Leben gewonnen«,

erklärte Corey und trat neben sie. »Und wenn Claude sie akzeptiert, gehören Sie zu Heaven's Cove.« Er lächelte. »Sie sollten ins Warme. Ich finde immer noch, dass Sie ins Krankenhaus hätten fahren sollen, um sich untersuchen zu lassen.«

»Es geht mir gut, wirklich. Ich glaube nicht, dass ich Wasser geschluckt habe. Ein sehr kluger Mensch hat mir einmal gesagt, ich solle mich auf dem Rücken treiben lassen, also habe ich das getan.«

Corey nickte, und kleine Fältchen bildeten sich um seine Augen, als er lächelte. »Ein ausgezeichneter Rat, aber Sie brauchen jemanden, der heute Nacht ein Auge auf Sie hat, und ich habe gehört, dass Rosie nicht da ist.« Er zögerte, bevor er weitersprach. »Sie können zu mir und Gran kommen.«

»Nein, es geht schon. Ich möchte nicht noch mehr Umstände machen.«

»Wollen Sie heute Nacht wirklich allein in Driftwood House sein, dort oben auf dem Kliff, nach allem, was passiert ist?«

Das wollte Lettie ganz und gar nicht, aber es würde peinlich sein, bei den Allfords zu übernachten.

»Gran wird sicher nichts dagegen haben, wenn Sie die ganze Geschichte hört. Also, was sagen Sie?«

Als Corey ihr in die Augen sah, verschwanden der stürmische Wind und die Wellen, die gegen den Kai krachten, aus ihrer Wahrnehmung. Er beugte sich näher zu ihr, und für einen kurzen Augenblick dachte Lettie, er würde sie küssen. Sie war sich nicht sicher, wie sie dann reagieren würde. Aber er trat zurück, als ein Auto mit kreischenden Bremsen bei ihnen hielt und Simon heraussprang.

»Menschenskind, Lettie.« Zu ihrer Überraschung warf er die Arme um sie und zog sie fest an die Brust. »Alles in Ordnung? Puh, Sie riechen nach Algen. Ich kann nicht glauben, dass Sie ins Wasser gegangen sind, um einen dummen Hund zu retten.«

»Es geht mir gut«, sagte Lettie und befreite sich aus seiner Umarmung. »Es tut mir leid, dass Sie sich Sorgen gemacht haben, und vielen Dank, dass Sie die Retter alarmiert haben. Ich weiß, dass es unvernünftig war.«

»Wenn Sie ertrunken wären, hätte Ihre Schwester mich umgebracht.«

»Mit Sicherheit, aber es geht mir gut, ehrlich. Mir ist nur ein bisschen kalt.«

»Hier ist Ihre Handtasche. Sie haben sie am Strand liegen gelassen.« Er reichte sie ihr, dann sah er Corey an. »Waren Sie auf dem Rettungsboot?«

Corey nickte.

»Corey ist auf die Felsen gestiegen und hat mich gerettet«, berichtete Lettie und schauderte bei der Erinnerung daran, wie sie dort festgesessen hatte, während es immer dunkler wurde und ringsum das Meer tobte.

»Tatsächlich? Das war sehr heldenhaft von Ihnen, Corey«, sagte Simon, und seine Nasenflügel bebten.

»Es ist mein Job«, entgegnete Corey schroff.

»Gehen Sie jetzt zurück nach Driftwood House?«, fragte Simon und richtete seine Aufmerksamkeit wieder auf Lettie. »Sie sollten heute Nacht nicht allein sein, erst recht nicht bei diesem Wetter. Bei dem heulenden Wind und dem peitschenden Regen werden Sie da oben auf dem Kliff kein Auge zumachen. Sie werden sicher in der gehobenen Pension bleiben können, in der ich wohne, und ich kann Sie genau im Auge behalten.«

Es war nett von ihm, es anzubieten – vielleicht verspürte er Schuldgefühle, weil er nicht mit ihr ins Wasser gelaufen war. Aber etwas an der Art, wie er gesagt hatte »Ich kann Sie genau im Auge behalten« klang anzüglich, und Lettie spürte, wie Corey sich anspannte. Dachte er tatsächlich, dass sie mit Simon gehen würde?

»Das ist wirklich aufmerksam von Ihnen«, hörte sie sich

antworten, »aber ich habe bereits das Angebot angenommen, bei Mrs Allford zu übernachten.«

»Sind Sie sich da sicher?«, fragte Simon und warf Corey einen bösen Blick zu.

»Ganz sicher«, bestätigte Lettie, obwohl sie sich überhaupt nicht sicher war. Florence würde nicht erfreut darüber sein, sie zu sehen, aber die Vorstellung, allein in Driftwood House zu sein, mit nichts als ihren Gedanken als Gesellschaft, erschien ihr plötzlich unerträglich.

»Nun, ich werde Sie morgen in Ihrem Gästehaus anrufen, um zu sehen, ob alles in Ordnung ist«, sagte Simon beleidigt, dann drehte er sich um und ging zu seinem Auto zurück.

»Dann nehmen Sie mein Angebot also an?«, fragte Corey.

»Ja, wenn es noch gilt.«

»Natürlich gilt es noch. Ich war mir nur nicht sicher, ob Sie Ja sagen würden.«

»Sie haben recht. Ich möchte heute Nacht nicht allein sein.«

Corey sah Lettie forschend ins Gesicht und öffnete den Mund, als wolle er etwas sagen, aber dann klappte er ihn wieder zu. »Na dann los, auf zu Gran.«

Eine Stunde später saß Lettie eingehüllt in eine Decke mit einer heißen Schokolade in den Händen vor einem lodernden Feuer. Sie trug einen alten Pyjama von Corey, und ihre nassen Sachen waren bereits in der Waschmaschine.

Florence, die Letties plötzliches Erscheinen anfänglich mit feindseligem Argwohn quittiert hatte, taute schnell auf, als sie von Busters Rettung erfuhr.

»Es war dumm und unvernünftig, mein Mädchen, sich bei diesem Wetter in die Brandung und auf die Felsen zu wagen«, schimpfte sie mit Lettie und bückte sich, um ihr die Decke fester um die Beine zu ziehen. »Meine Mutter ... Meine Mutter ...«

Als sie nicht weitersprechen konnte, legte Lettie ihre Hand auf die von Florence und drückte sie. »Ich kenne die Geschichte Ihrer Mutter, und es tut mir sehr leid.«

Florence erwiderte den Händedruck, dann richtete sie sich auf und ging in die Küche, um eine Wärmflasche zu holen. Sie war es auch, die vorschlug, Lettie solle über Nacht bleiben, bevor Corey Gelegenheit dazu bekam.

»Sie können in Cornelius' Zimmer schlafen.«

»Ich bin mir nicht sicher, ob ich das sollte«, wandte Lettie ein. Es war ihr unangenehm, aber Florence tat ihre Bedenken mit einer Handbewegung ab.

»Ich kann nicht zulassen, dass Sie nach dem Vorfall heute Abend noch einmal rausgehen. Cornelius hätte das nicht gewollt, ich will es auch nicht, und mein Enkel will es auf gar keinen Fall.«

Als sie Corey einen Blick zuwarf, erhob er sich aus dem Sessel, in dem er mit aneinandergelegten Fingerspitzen gesessen hatte.

»Dann werde ich mal das Zimmer bereit machen. Danke, Gran.«

»Er ist ein guter Junge«, bemerkte Florence, als er gegangen war. Sie und Lettie saßen vor dem knisternden Feuer, das Schatten in den Raum warf. »Grace hat ihn schrecklich verletzt, und ich möchte nicht, dass er noch einmal verletzt wird.« Sie warf Lettie den gleichen Seitenblick zu, mit dem sie gerade ihren Enkel bedacht hatte. »Er verdient es, glücklich zu sein.«

»In dem Punkt sind wir uns wirklich einig.«

»Mhm.«

Florence starrte ins Feuer, während Lettie die Decke enger um sich zog und den Schatten zusah, die auf dem dicken Steinkamin tanzten.

Lettie kuschelte sich in die Decken und versuchte, wieder einzuschlafen. Kaum dass ihr Kopf in Florence' Gästezimmer das Kissen berührt hatte, war sie in einen erschöpften Schlummer gesunken. Aber jetzt war es – sie schaute auf die Leuchtzeiger des kleinen Weckers auf dem Nachttisch – halb vier morgens, und sie war hellwach.

Sie schloss die Augen wieder, fühlte sich aber auf die Felsen zurückversetzt, wo ihr salzige Gischt ins Gesicht spritzte, und der Donner draußen klang wie die Wellen, die dröhnend gegen die Klippen krachten.

»Oh, um Himmels willen«, stöhnte Lettie, als ein Blitz den kleinen Raum erhellte. Sie schwang die Beine aus dem schmalen Bett, und ihre Zehen versanken in dem weichen Teppich auf den Dielen. Das Cottage war hunderte von Jahren alt, und sie fragte sich, wie viele Menschen vor ihr in diesem Zimmer geschlafen hatten. Menschen wie Cornelius, die jetzt lange tot waren.

Er war nicht mehr da, aber ein alter Mantel, der wahrscheinlich ihm gehört hatte, hing noch immer an der Tür. Lettie wäre nicht überrascht gewesen, wenn das Bett mit der klumpigen Matratze ebenfalls ihm gehört hätte. War Iris je in diesem Zimmer gewesen, bevor der Mann, den sie geliebt hatte, in den Krieg gezogen war?

Lettie zitterte und zog das Pyjamaoberteil herunter. Florence hatte ihr ein langes Nachthemd mit Lochstickerei angeboten, aber sie wollte lieber Coreys alten Pyjama anbehalten – er war aus weicher blauer Baumwolle und roch leicht nach Ambra und Gewürzen. Sie zog ihr langes Haar aus dem Kragen und schaltete die Nachttischlampe ein. Ein schwaches Licht beleuchtete den Raum, als ein weiteres lautes Donnerkrachen das Cottage in seinen Grundfesten erschütterte.

Obwohl Lettie einige Straßen vom Kai entfernt war, konnte sie das Meer tosen und gegen die Steinmauern des Hafens anbranden hören. Die Gewalt der Wellen erschreckte und erstaunte sie, und sie hoffte inständig, dass Corey heute ein weiterer Einsatz auf See erspart blieb. Selbst Rettungsboote sanken manchmal in wilden Stürmen. Iris hatte ihr von einem Boot erzählt, das vor vielen Jahren in Cornwall gesunken war, als die mutigen Männer darauf versucht hatten, andere zu retten – so wie Corey sie gerettet hatte. Sie dachte an ihre Erleichterung, als sie seinen starken Arm um ihre Schultern gespürt und begriffen hatte, dass sie doch nicht sterben würde.

Lettie tappte durch den Raum und betrachtete die gerahmten Fotos an den Wänden. Auf einem erkannte sie den jungen Cornelius. Er hatte den Arm um ein junges Mädchen gelegt, das wie Florence aussah. Hinter ihnen stand eine Frau mit freundlichen Augen, vermutlich die Mutter der beiden. Die drei wirkten glücklich und ahnten nichts von dem Leid, das auf sie zukam, so wie Iris nicht gewusst hatte, dass Trauer sich durch ihr Leben ziehen würde.

Bei dem Gedanken an Iris füllten Letties Augen sich mit Tränen. Was hätte sie davon gehalten, dass ihre Großnichte sich jetzt in Cornelius' Haus befand? In seinem Schlafzimmer, mitten in der Nacht?

Ein weiterer Blitz kündigte einen Donnerschlag an, und Lettie schauderte in dem unheimlichen, alten Zimmer. Sie würde so schnell nicht wieder einschlafen. Lettie sah sich nach einem Bücherregal um. Vielleicht konnte sie sich in einer Geschichte verlieren, bis die Erschöpfung sie wieder in den Schlaf zog. Auf Cornelius' Schreibtisch lagen ein paar Bücher, und Lettie nahm eins davon zur Hand. Es war ein Roman von Agatha Christie, *Mord im Orientexpress*. Auf dem dunkelgrünen Umschlag waren zwei Männer abgebildet, von denen einer Kohle in den glühenden Bauch einer Dampflok schaufelte.

Auf dem Innendeckel stand mit breiter schwarzer Feder geschrieben:

Dieses Buch ist das Eigentum von Cornelius Jeremiah Allford. Finger weg!

Die kleinen, geschwungenen Buchstaben waren die gleichen wie in dem Brief, den Lettie bei Iris' Sachen gefunden hatte: *Setz dich mit dem Schlüssel zu meinem Herzen dahin, wo ich gesessen habe, mein liebes Mädchen, dann wird alles klar werden.*

Ein Schauer durchlief Lettie, als draußen über der Küste von Heaven's Cove der Donner grollte. Cornelius war ein Mann aus der Vergangenheit, ein verblasstes Foto an einer Wand, ein Name auf einem Kriegerdenkmal. Doch seine Handschrift hier in diesem Buch zu sehen machte ihn irgendwie realer, als sei er mit ihr im Raum. Lettie strich über die Tinte und stellte sich vor, wie er vor all den Jahren diese Worte geschrieben hatte, nicht lange, bevor sein Leben beendet wurde. Es war mutig von ihm gewesen, sich zum Kriegsdienst zu melden, obwohl er es nicht gemusst hätte, und alles hinter sich zu lassen, was er hier gehabt hatte ... ein Zuhause, eine Familie, Iris.

Es musste schwer gewesen sein, Heaven's Cove zu verlassen – für Cornelius und später auch für Iris, nach dem Verlust des Mannes, den sie geliebt hatte.

Das Leben ist einfach hart, dachte Lettie. Sie legte das Buch behutsam an seinen Platz zurück und setzte sich an den Schreibtisch. Sie fuhr mit den Fingern über das Holz, als ein weiterer Blitz den Raum erhellte.

Florence hatte gesagt, ihr Bruder habe dieses Möbelstück selbst gebaut. Es war massiv, aus dunklem Holz, das im Lauf der Jahre eine glänzende Patina entwickelt hatte. Und er hatte praktische, tiefe Schubladen, die leider keine Schlüssellöcher hatten.

Der Schreibtisch hätte in Iris' kleiner Wohnung deplatziert gewirkt, aber sie hätte ihn wie einen Schatz gehütet, wenn sie ihn erhalten hätte, so wie es Cornelius' Wunsch gewesen war.

Lettie schob die Finger in die Schubladen in den Fächern über der ledernen, ins Holz eingelassenen Schreibunterlage. Ein Geruch von Staub und Tinte drang aus ihnen hervor, der sie in der Nase kitzelte. Cornelius musste stundenlang hier gesessen und seine Gedichte geschrieben haben. Wahrscheinlich hatte er hier, an dieser Stelle, auch den Brief verfasst, den er Florence anvertraut hatte, damit sie ihn Iris überbrachte, als er in den Krieg gegangen war. Cornelius, der seiner kleinen Schwester so gern Streiche gespielt hatte. *Bei Cornelius wusste man nie so genau …*

Während Lettie die Holzmaserung bewunderte, musste sie an einen Sekretär denken, den sie vor einigen Jahren in einem Museum gesehen hatte. Es war ein glänzender Nussbaumsekretär mit Elfenbeinintarsien und geschwungenen Beinen gewesen, viel eleganter als der Schreibtisch von Cornelius. Er schien neun Schubladen zu besitzen – drei große unter der Schreibplatte und sechs kleinere in den Fächern darüber. Doch es war eine Täuschung, denn hinter den Fächern verbargen sich weitere Schubladen. Lettie hatte viel Zeit damit verbracht, sich auszumalen, welche Schätze sie einst vor neugierigen Augen verborgen hatten.

Ein weiterer Blitz zuckte am Himmel auf, ein Donnerschlag erschütterte das Cottage, und plötzlich erlosch die Lampe. Lettie stieß einen erschreckten Laut aus. Die plötzliche Dunkelheit in dem alten Raum mit seinen Geistern lang verstorbener Menschen war beunruhigend.

Lettie tastete sich zum Bett und zu ihrem Handy vor und schaltete die Taschenlampen-App ein. Der Akku des Handys war fast erschöpft, aber auf dem Nachttisch stand eine Kerze in einem schmalen silbernen Kerzenständer. Sie öffnete die oberste Schublade des Nachttischs, und neben einer kleinen, abgegriffenen Lederbibel befand sich eine Streichholzschachtel.

Als sie die Kerze anzündete, zuckte die Flamme hoch und warf Schatten an die Wände. Barfuß ging sie damit über die kalten, glatten Fußbodendielen und stellte sie auf den Schreibtisch. Mit einem Anflug von schlechtem Gewissen wegen ihrer Neugier zog sie die großen Schubladen unter der Schreibfläche auf. Sie waren mit alten Zeitungen ausgelegt, für deren Lektüre es zu dunkel war, und enthielten nur einige Überbleibsel aus Cornelius' Leben: ein paar Bögen Papier, eine Haarbürste und einen Kamm, einen Schuhanzieher und verschiedene Knöpfe.

Lettie fühlte hinter den Schubladen, aber da war nichts. Nachdem sie sie leise geschlossen hatte, zog sie die Schubladen aus den Fächern über der Schreibplatte heraus. Auch sie waren größtenteils leer, abgesehen von weiteren unbeschriebenen Papierbögen und einem Glasfläschchen, das früher vielleicht einmal Tinte enthalten hatte.

Sie tastete die Rückseiten der leeren Fächer ab, spürte aber nur Holz. Von wegen Geheimversteck! In diesem unheimlichen, alten Raum war ihre Fantasie mit ihr durchgegangen.

Erst als sie die Schubladen an ihren Platz zurückschob, bemerkte sie, dass die beiden mittleren nicht so tief waren wie die anderen. Zwischen den beiden Schubladen saß eine hölzerne Trennwand, und als Lettie daran zog, kam sie ihr entgegen und brachte ein flaches, rechteckiges Kästchen mit sich. Vorne an dem versteckten Kästchen befand sich ein kleines, kunstvolles Schloss aus Messing.

Während draußen der Sturm tobte, betrachtete Lettie in dem flackernden Kerzenlicht das Kästchen.

Mit angehaltenem Atem versuchte sie, den Deckel anzuheben. Als er sich nicht rührte, nahm sie behutsam die Kette von ihrem Hals und schob den Schlüssel in das Schloss. Er passte perfekt und ließ sich mühelos drehen. Als Lettie den Deckel hob, sah sie ein kleines, mit einer dunklen Schleife zusammengebundenes Bündel Papiere. Sie nahm sie heraus, schloss das Kästchen und schob es zurück in sein Versteck.

Sie saß wie benommen da, die Papiere in der Hand, als unter der Tür ein Lichtstrahl hindurchschimmerte. Schnell huschte sie mit der Kerze durch den Raum, stellte sie auf den Nachttisch und schlüpfte unter die Decken. Sie spürte das Bündel Papiere an ihrer Seite, als die Tür sich mit einem Knarren öffnete.

Lettie klopfte das Herz bis zum Hals. Eigentlich glaubte sie nicht an Geister, aber in diesem Haus und bei diesem Sturm würde es jeder mit der Angst zu tun bekommen. Und hatte sie nicht gerade Papiere gefunden, die eindeutig nicht für sie bestimmt waren? Papiere, die die ganze Zeit über in diesem Raum vor der Nase der Allfords gewesen waren.

Die Tür war jetzt weit offen, und Lettie seufzte vor Erleichterung, als sie Corey im Flur stehen sah. Der Strahl seiner Taschenlampe erhellte die Ecken des dunklen Zimmers.

»Ist alles in Ordnung?«, fragte er. »Der Strom ist ausgefallen.«

»Ja, danke. Ich habe ein paar Kerzen und Streichhölzer gefunden.«

»Das ist sehr retro von Ihnen. Ich habe eine Taschenlampe, die Sie haben können.«

Er betrat den Raum. Sein Gesicht und sein Körper lagen noch immer im Schatten, aber Lettie konnte sehen, dass er einen kurzen Morgenmantel trug und seine Beine nackt waren. Er kam aufs Bett zu, und plötzlich erhellte ein Blitz den Umriss seiner Gestalt.

»Das Gewitter ist ziemlich heftig«, bemerkte er, während Lettie sich verlegen das Bettzeug bis ans Kinn hochzog. »Wie geht es Ihnen nach dem heutigen Drama?« Er fuhr zusammen, als dem Blitz der Donner folgte.

»Dank Ihnen erstaunlich gut.«

»Es war sehr dumm von Ihnen, sich ins Meer zu wagen, um Buster zu retten.«

»Ich weiß. Das haben Sie mir schon gesagt, und Claude und Simon auch. Meine Mutter wird mich umbringen, wenn sie es erfährt.«

»Sie waren auch sehr mutig. Ich weiß, wie groß Ihre Angst vor dem Meer ist. Wie groß Ihre Angst vor dem Meer war.«

»Oh nein. Ich habe immer noch Angst. Offenbar wird man nicht auf wundersame Weise von seiner Angst vor dem Wasser geheilt, wenn man sich wie ein Idiot verhält und beinahe zum zweiten Mal ertrinkt.«

»Wer hätte das gedacht?« Er grinste, und seine markanten Gesichtszüge wirkten in dem Licht der Taschenlampe gespenstisch.

»Ist mit Ihrer Gran alles in Ordnung?«

»Sie schläft wie ein Baby. Sie hat ihre Hörgeräte abgelegt, daher bekommt sie von dem Gewitter nichts mit.«

»Wow, dann muss sie ohne die Geräte ja ziemlich taub sein.«

»Stocktaub.«

Corey war sehr nett zu ihr, obwohl er dachte, sie hätte über seine Großmutter geplaudert. Die Worte, die Lettie ihm schon seit Tagen sagen wollte, überschlugen sich jetzt.

»Ich habe Simon nur deshalb von den gesundheitlichen Problemen Ihrer Großmutter erzählt, weil ich dachte, es würde ihn davon abhalten, sie zu belästigen.«

Corey legte den Kopf schräg und sah Lettie an. »Okay.«

»Es hat nicht funktioniert.«

»Nein.«

»Aber das war der Grund, warum ich es getan habe. Normalerweise würde ich keine persönlichen Informationen weitergeben. Ich wollte nur, dass Sie das wissen.«

»Okay«, sagte er noch einmal und fügte ein »Danke« hinzu, bevor er ihr die Taschenlampe reichte. Sie war riesig und sah verrostet aus, aber sie ging an, als Lettie auf den Gummiknopf drückte. »Das Ding ist uralt, aber so haben Sie Licht, bis der Strom wieder da ist.«

»Gibt es hier oft Stromausfall?«, fragte Lettie, erleichtert darüber, dass sie es ihm gesagt hatte und dass das Gespräch sich so schnell von Simon wegbewegt hatte.

»So gut wie nie, aber dieses Gewitter ist ziemlich stark. Das Schlimmste seit Langem. Sie haben doch keine Angst, oder?«

»Was, Angst? Hier im stockfinsteren Schlafzimmer eines uralten Cottages, während draußen ein Gewitter tobt?« Sie lachte. »Ich bin total entspannt.«

»Gut zu wissen.« Er grinste wieder und warf einen Blick zu den dünnen Vorhängen, die sich in dem Luftzug blähten, der durch den verzogenen Fensterrahmen wehte.

»Ist es warm genug?«

»Alles gut. Ich bin nur froh, bei dem Wetter im Haus und nicht irgendwo draußen zu sein. Sie müssen doch heute Nacht nicht noch zu einem Einsatz raus, oder?«

Er zuckte die Achseln. »Wahrscheinlich nicht. Die meisten Leute wussten von dem Unwetter und werden im Hafen sein, hoffe ich jedenfalls. Rettungsaktionen bei so einem Wetter können ziemlich gefährlich sein, und Menschen können verletzt werden.«

»Aber Sie würden bei dem Wetter trotzdem rausfahren, wenn Sie gebraucht würden?«

»Ja. Dazu habe ich mich verpflichtet.«

Als er wieder die Achseln zuckte, öffnete sich sein Morgenrock ein wenig, und die Narbe, die sich über seinen Bauch zog, glänzte silbern im Licht der Taschenlampe.

»Sind Sie so zu der Narbe gekommen? Wurden Sie bei einem Rettungseinsatz verletzt?«

Corey setzte sich plötzlich auf die Bettkante und zerdrückte die Papiere unter den Decken. Lettie spürte sein Gewicht an ihrem Bein.

»Vor Jahren war ich auf den Felsen angeln, nicht weit von der Stelle, wo Sie heute festsaßen, und bin ausgerutscht und gestürzt. Mein Dad war dabei und hat mich zum Auto getragen und ins Krankenhaus gebracht. Es hat stark geblutet.«

»Kann ich mir vorstellen.« Lettie zögerte. »Was ist aus Ihrem Dad geworden? Sie haben ihn nie erwähnt.«

»Er starb an einem Herzinfarkt, als ich zwölf war. Er war damals bei der Rettungsbootmannschaft.«

»Sind Sie deshalb auch beigetreten?«, fragte Lettie, der das Herz für den jungen Corey brach. Sie dachte an ihren eigenen soliden, verlässlichen Vater daheim und vermisste plötzlich ihre Familie. Am Vormittag würde sie ihre Mum anrufen und fragen, ob es allen gut ging, wobei sie tunlichst jede Erwähnung ihrer Rettungsmission von Buster unterlassen würde.

»Ich denke, ja. Ich wollte in seine Fußstapfen treten. Was ist mit Ihrer Familie? Ich habe gehört, dass Ihre Schwester nach Hause gefahren ist.«

»Sie ist gestern Morgen abgereist.«

»Aber Sie sind nicht mitgefahren?«

»Nein, noch nicht. Ich wollte noch ein bisschen Zeit für mich haben. Meine Familie ist etwas aufdringlich und ziemlich kontrollsüchtig. Und laut.« Sie lachte. »Ich zeichne kein sehr positives Bild, was? Es sind wirklich wunderbare Menschen. Sie sind einfach nur ...« Sie zuckte die Achseln. »Sie wissen schon.«

»Ja, ich weiß. Gran treibt mich manchmal in den Wahnsinn, aber ich möchte nicht ohne sie sein und allein sein.«

Er wirkte plötzlich so verletzlich, dass Lettie am liebsten die Decken zurückgeschlagen, ihn ins Bett gezogen und fest umarmt hätte. Aber abgesehen davon, dass das vollkommen unangemessen gewesen wäre, würde er auf dem Bündel Papiere liegen, die sich ihr gerade in die Hüfte bohrten.

Schuldgefühle trieben ihr plötzlich das Blut in die Wangen. Er und Florence waren so freundlich gewesen, ihr ein Bett für die Nacht zu geben. Nur wenige Stunden zuvor hatte er ihr buchstäblich das Leben gerettet. Wie würde es dann aussehen, wenn sie herausfanden, dass sie in den frühen Morgenstunden in Cornelius' Schreibtisch gewühlt hatte?

»Ich bin Ihnen sehr dankbar, dass Sie und Ihre Gran mich hier übernachten lassen«, sagte Lettie. »Und natürlich auch die ganze Rettung vor dem sicheren Tod.«

Corey drehte sich in der Dunkelheit zu ihr um. »Gern geschehen. Ich konnte nicht zulassen, dass Ihnen etwas Schlimmes passiert.«

Plötzlich griff er nach einer Locke ihres Haares, die auf der Daunendecke lag, und ließ sie durch die Finger gleiten. Die Geste war so unerwartet und sinnlich, dass es Lettie den Atem verschlug. Was würde als Nächstes geschehen? Was wünschte sie sich?

Ohne ihren Blick zu suchen, ließ er die Locke fallen und beugte sich vor. »Gute Nacht, Lettie«, sagte er leise.

Als er ihr einen Kuss auf die Wange gab, streiften seine Lippen ihren Mundwinkel, dann stand er auf.

»Gute Nacht«, stieß Lettie hervor und kämpfte gegen den Drang, ihn zu bitten zu bleiben.

Sie sah Corey nach, und ihr Atem ging immer noch schwer. Hätte sie ihn gebeten zu bleiben, wenn die Papiere aus dem Schreibtisch nicht unter den Decken gelegen hätten?

Sie zog sie hervor und legte sie auf den Nachttisch, dann kniff sie die Augen fest zu. Sie brannte zwar darauf, sie zu lesen, aber was würde sie herausfinden? Das war keine Entscheidung, die sie mitten in der Nacht treffen würde, nachdem sie gerade eine Nahtoderfahrung gemacht hatte und Corey in ihrem Zimmer aufgetaucht war.

Sie war so kurz davor, das Rätsel zu lösen, das Iris ihr hinterlassen hatte. Aber je näher sie den Antworten kam, umso komplizierter schien das Leben zu werden.

Das Gewitter verklang in der Ferne. Lettie konnte das Meer noch brüllen hören, aber die Blitze kamen jetzt seltener, und der Donner grollte in weiter Ferne. Sie würde wieder schlafen gehen und alles andere am Morgen regeln.

ZWEIUNDDREISSIG

Kurz nach sieben Uhr wurde Lettie von kreischenden Möwen geweckt. Sonnenlicht fiel durch die dünnen Vorhänge und sammelte sich auf den Dielen, und als sie die Vorhänge zurückzog, war Heaven's Cove wie neugeboren.

Als einzige Spuren des Unwetters entdeckte Lettie auf der schmalen, gepflasterten Straße einen losgerissenen Hummerfangkorb und den Ast von einem nahen Baum, der dem Sturm nicht standgehalten und in dem sich eine Fischleine verheddert hatte. Aber der hellblaue Himmel zeigte sich wolkenlos und das Meer so ruhig wie ein Ententeich. Die drückende Hitze der vergangenen Tage war verflogen, und die frühmorgendliche Kälte ließ Lettie zittern.

Sie sprang wieder ins Bett und beäugte die Papiere auf dem Nachttisch. Sie sollte sie in ihr Versteck zurücklegen, Heaven's Cove verlassen, nach London heimkehren und sich eine feste Stelle im Kundendienst suchen. Daisy würde sie mit offenen Armen empfangen, und sie würde rasch wieder in ihren gewohnten Alltag zurückfinden – babysitten, sonntags im Kreise ihrer Familie zu Abend essen und die Verkupplungsversuche ihrer Mutter abwehren. Es würde gar nicht so schlimm sein. Iris hätte es verstanden.

Lettie kuschelte sich wieder unter die Decken und schloss die Augen, bereit, noch eine halbe Stunde zu schlafen.

Als sie fünf Minuten später immer noch hellwach war, setzte sie sich auf, nahm die Papiere vom Nachttisch und löste das rote Satinband, das sie zusammenhielt. Sie konnte nicht einfach so tun, als hätte sie sie nicht gefunden. Cornelius hatte gewollt, dass Iris sie bekam, sagte sie sich. Das war der Grund, weshalb er ihr den Schreibtisch vermacht hatte. Und als Iris' Großnichte hatte sie bestimmt das Recht, sie zu lesen. Schließlich hatte Iris ihr den Schlüssel hinterlassen, und ihr letzter Wunsch war gewesen, dass Lettie es herausfand.

Das Bündel enthielt einen gefalteten Brief und ein zusammengerolltes Stück Papier. Behutsam faltete Lettie zuerst den Brief auf.

Iris, meine Liebste,

wenn du diese Worte liest, ist es zum Schlimmsten gekommen. Ich hoffe, dass ich tapfer war, als der Tod mich fand, und dass ich dich und meine Familie nicht enttäuscht habe. Ich weiß sicher, dass ich an dich gedacht habe, als ich meinen letzten Atemzug tat. Weine nicht, Iris. Ich bereue nicht, dass ich unehrlich war und in den Krieg gezogen bin. Das ist nur recht, wenn so viele Freunde sich für unsere Zukunft der Gefahr stellen, und ich muss meinen Teil dazu beitragen. Ich bedauere nur die Tränen, die du vergossen hast, um mich zum Bleiben zu bewegen, und dass es für uns keine strahlende Zukunft mehr geben wird. Du bist ein umwerfendes Mädchen, Iris, und du bedeutest mir die Welt. Aber du wirst einen anderen Mann finden, der dich liebt. Nutze jede Gelegenheit, um glücklich zu sein, aber wirf manchmal eine Blume ins Meer und denke an mich. Ich habe dir dieses

Geschenk hinterlassen. Meine Familie wird sich vielleicht dagegen sträuben, daher sorge ich dafür, dass du es direkt erhältst. Sag ihnen, ich habe es so gewollt und dass sie meine Wünsche respektieren müssen, sonst komme ich aus dem Grab zurück, um sie heimzusuchen! Sag ihnen auch, dass ich sie liebe, und sorg dafür, dass die liebe Florrie sich benimmt. Ich befürchte, dass sie ohne mich verloren sein wird.

Kopf hoch, liebe Iris. Wir werden uns im Jenseits wiedersehen, davon bin ich überzeugt.

Dein Schatz,

Cornelius

Lettie wischte sich Tränen aus den Augen und legte den Brief aufs Kissen. Florence hatte ihr Leben lang geglaubt, dass Iris Cornelius ermutigt hatte, über seine Gesundheit zu lügen und in den Krieg zu ziehen. Aber dieser Brief bewies, dass gerade das Gegenteil der Fall war.

Es war sehr traurig, dass Iris den Brief nie erhalten hatte, diese Liebeserklärung von jenseits des Grabes. Sie hatte nichts als ein Rätsel gehabt, das sie nie hatte lösen können. Vielleicht hätte sie in den vielen Jahren, die ihr geblieben waren, eine andere Liebe gefunden, wenn sie gewusst hätte, dass Cornelius damit einverstanden war und sie sogar dazu ermuntert hatte. Und was war das für ein Geschenk für sie, von dem er schrieb?

Lettie rollte das zweite Stück Papier auseinander. Es schien eine Art legaler Willenserklärung oder Übereinkunft zu sein. Sie überflog das Schriftstück und sah, dass Cornelius am Ende mit seinem Namen unterschrieben hatte. Es ging um ein Stück Land, das Cornelius *Iris Eleanor Starcross und deren Nachfahren* als Schenkung hinterließ.

Wäre Iris in Heaven's Cove geblieben, wenn sie dieses Schreiben erhalten hätte? Es war tragisch, dass sie nichts von

Cornelius' großzügigem Geschenk erfahren hatte. Sie vergoss weitere Tränen für die Großtante, die sie geliebt hatte, und den Mann, dem sie nie begegnet war und der Iris ebenfalls geliebt hatte.

Unterdessen war es auch nicht mehr still im Haus – Lettie hörte, wie eine Tür geschlossen wurde und der Kessel auf dem Herd pfiff. Es war also bereits jemand auf, Florence oder Corey oder beide, und Lettie musste jetzt entscheiden, was sie als Nächstes tun sollte. Sie hatte wirklich die Büchse der Pandora geöffnet.

Lettie trat ans Schlafzimmerfenster und überlegte hin und her. Sie könnte den Brief und das Dokument zurück in ihr Versteck im Schreibtisch legen und so tun, als hätte sie sie nie gefunden. Das würde es ihr ersparen, Corey und seiner Großmutter zu beichten, dass sie mitten in der Nacht im Zimmer herumgestöbert hatte.

Aber Cornelius' Worte waren lange genug versteckt gewesen, und sie entlasteten Iris von der Schuld, die die Allfords ihr auferlegt hatten. Es war Cornelius' eigene Entscheidung gewesen, in den Krieg zu ziehen, und Iris hatte mit allen Mitteln versucht, ihn daran zu hindern. Vielleicht würden diese Worte Florence etwas Frieden schenken.

Lettie stellte sich auf die Zehenspitzen, um einen Blick auf den Kai zu erhaschen. Er sah nach dem Unwetter ein wenig mitgenommen aus. Die Wellen mussten fast Lobster Pot Cottage erreicht haben. Sie hoffte, dass Claude die Nacht gut überstanden hatte, und es tröstete sie, dass er zumindest Buster als Gesellschaft gehabt hatte.

»Huhu!«

Belinda kam unten auf der Straße vorbei und winkte wild, als sie zum Fenster hinaufschaute. Lettie erwiderte die Geste, in vollem Bewusstsein, dass es ein gefundenes Fressen für Belinda war und für viel Dorfklatsch sorgen würde, dass sie in aller Herrgottsfrühe in Coreys Pyjama bei Florence am Fenster stand.

»Geht es Ihnen gut nach Ihrem Abenteuer gestern?«, rief Belinda überdeutlich, und verzerrte ihr Gesicht, während sie die Worte betonte. Neuigkeiten verbreiteten sich in Heaven's Cove offensichtlich sehr schnell. »Wie mutig von Ihnen!«

»Alles in Ordnung«, rief Lettie zurück und merkte, dass ihre Kehle wund vom Salzwasser war. Aber sie lächelte trotzdem breit, und Belinda nickte, dann eilte sie zielstrebig mit Höchstgeschwindigkeit davon.

Der starke Geruch von Kaffee und Toast drang nach oben, und Lettie wusste, dass sie nicht mehr im Schlafzimmer bleiben konnte. Sie würde eine Entscheidung treffen und dazu stehen müssen.

Als sie die Zimmertür öffnete, fand sie davor ein frisches T-Shirt und eine Jeans, die sie als ihre eigenen erkannte. Bei den sauber gefalteten Sachen lag auch ein altes Badetuch. Oben drauf befand sich eine handschriftliche Notiz:

Habe heute früh was zum Anziehen vorbeigebracht. Hoffe, es geht Ihnen gut. Rosie x.

Rosie musste früher nach Hause gekommen sein und die Sachen aus ihrem Zimmer in Driftwood House geholt haben. Das war sehr nett von ihr.

Heaven's Cove war ein freundliches Dorf, dachte Lettie, als sie sich schnell in dem altmodischen Badezimmer wusch und in ihre Kleider schlüpfte. Hier kannten die Nachbarn einander und schienen schnell bereit zu sein, zu helfen, während Lettie in London mit einigen der Menschen, die in ihrem Wohnblock lebten, noch nie ein Wort gewechselt hatte.

Sie war in Gedanken immer noch bei ihrer kleinen Wohnung mit Friedhofsblick und reichlich Verkehrslärm, als sie in die Küche trat.

»Sie sind wach!«, begrüßte Florence sie und hob den Kopf

von der Zeitung, die sie am Frühstückstisch las. »Corey wollte nach Ihnen sehen, aber ich habe erklärt, dass Sie nach der ganzen Aufregung gestern Ihren Schlaf brauchen.« Sie legte die Zeitung beiseite und sah Lettie über ihre Lesebrille hinweg an. »Die Leute im Dorf werden sehr beeindruckt sein, dass Sie Claudes Hund gerettet haben. Das war wirklich mutig und selbstlos von Ihnen.«

»Um ehrlich zu sein, war es sehr dumm von mir. Ich weiß nicht, was ich getan hätte, wenn Ihr Enkel mich nicht gerettet hätte.«

»Er ist ziemlich heldenhaft, aber verraten Sie ihm nicht, dass ich das gesagt habe. Ich möchte nicht, dass es ihm zu Kopf steigt.«

»Wem steigt was zu Kopf?«, fragte Corey und kam in die Küche. Er trug Jeans und ein enges dunkelblaues T-Shirt. Er nickte Lettie zu.

»Dir steigt es zu Kopf, wenn du zu viele Komplimente bekommst.«

»Da besteht bei dir keine Gefahr, Gran.« Corey grinste und nahm ein Glas Orangenmarmelade aus der Tüte, die er bei sich trug. Er schraubte den Deckel ab und stellte es auf den Tisch. »Das ist die einzige Sorte, die sie im Laden noch hatten.«

»Da ist Schale drin«, beschwerte Florence sich naserümpfend.

»Dann stelle ich sie in den Schrank.«

»Nein, nein, lass sie ruhig hier.« Seufzend tauchte Florence das Messer ins Glas. »Es wird schon gehen.«

Corey und Lettie tauschten ein Lächeln über den Kopf der alten Dame hinweg. Sie erinnerte Lettie in vieler Hinsicht an Iris. Wahrscheinlich hätten die beiden sich blendend verstanden, wenn sie in Kontakt geblieben wären.

»Konnten Sie wieder einschlafen, als das Gewitter nachgelassen hatte?«, fragte Corey und schob zwei weitere Scheiben Brot in den Toaster auf der Arbeitsplatte.

»Ja, danke«, antwortete Lettie, und ihr stieg die Röte ins Gesicht, als sie an Coreys Gutenachtkuss dachte. Sie warf ihm einen Blick zu, aber er war damit beschäftigt, Frühstück zu machen, und sah sie nicht an. »Danke, dass ich hier übernachten durfte. Ich weiß es wirklich zu schätzen, und Cornelius' altes Zimmer ist faszinierend, wie eine Zeitkapsel.«

»Mhm. Die Zeit vergeht, aber ich möchte nicht, dass Cornelius vergessen wird«, bemerkte Florence und bestrich ihren Toast dick mit der stückigen Marmelade.

»Natürlich nicht. Er scheint ein wunderbarer Mann gewesen zu sein.«

»Das war er auch.« Florence schaute von ihrem Toast auf. »Was ist los? Sie sehen etwas blass aus. Fühlen Sie sich nach der gestrigen Aufregung nicht wohl?«

»Nein, es geht mir gut.«

»Was ist es dann?«, fragte Florence. »Sagen Sie es mir, Kind.«

Lettie schluckte. Es wäre so einfach, der Sache aus dem Weg zu gehen. Iris war tot, und Florence würde ihr bald folgen. Spielte es da noch eine Rolle, was sie über ihre Großtante dachte? Aber Lettie kannte die Antwort, bevor sie den Gedanken zu Ende gedacht hatte. Es spielte eine Rolle, und es hatte zu lange zu viele Geheimnisse gegeben.

»Ich habe letzte Nacht in Cornelius' Zimmer etwas gefunden«, platzte sie heraus, bevor sie es sich anders überlegen konnte.

»Wie meinen Sie das, Sie haben etwas gefunden?«, fragte Florence scharf. Sie schaute von ihrer zweiten Scheibe Toast auf, die sie gerade mit Butter bestrich, das Messer in der Luft.

»Ich habe mir seinen Schreibtisch angesehen und das hier gefunden.«

Corey schaute auf, als sie den Brief seines Großonkels aus der Jeanstasche zog.

Florence legte langsam das Messer beiseite. »Was ist das?«

»Ich möchte Sie nicht aufregen, und ich war mir nicht sicher, was ich damit tun soll«, plapperte Lettie nervös, »aber ich dachte, Sie würden es gern sehen.«

Sie reichte Florence den Brief, die ihn nach einem flüchtigen Blick an Corey weitergab. »Der Brief kann nicht im Schreibtisch gewesen sein. Meine Eltern hätten ihn gefunden. Sie haben nach seinem Tod die Schubladen durchgesehen.«

»Er war in einem Schubfach versteckt – in einem verschlossenen, geheimen Kästchen, um genau zu sein. Ich habe es durch Zufall entdeckt.«

»Das klingt ja wirklich nach einem großen Zufallsfund.« Corey schaltete den Toaster aus, als sich Rauch zur Decke kräuselte. »Wovon reden Sie?«

»Es ist wahrscheinlich das Beste, wenn ich es Ihnen zeige.«

Florence erhob sich wortlos vom Tisch und stützte sich auf ihren Stuhl. Angeführt von Lettie gingen sie nach oben in Cornelius' altes Zimmer und traten an den alten Schreibtisch.

»Zeigen Sie uns das Fach«, verlangte Florence, während Corey ihr Halt gab.

Lettie zog die beiden kurzen Schubladen aus den Fächern heraus. »Diese Schubladen sind kleiner als die anderen, und wenn man dieses Stück herausnimmt ...«

Sie zog die hölzerne Trennwand heraus, und Florence schnappte nach Luft, als das versteckte Kästchen zum Vorschein kam.

»Wie zum Teufel haben Sie das gefunden?« Corey nahm das Kästchen in die Hand und besah sich das Schloss.

»Ich habe mich an einen alten Schreibsekretär erinnert, den ich einmal in einem Museum gesehen und bewundert habe. Er hatte Geheimfächer, und mir ist aufgefallen, dass zwei der Schubladen ein anderes Format hatten als die übrigen.«

»Ist das Kästchen verschlossen?«, fragte Corey nach kurzem Schweigen. Er rüttelte am Deckel, aber er rührte sich nicht. Er musste sich automatisch wieder verschlossen haben, als Lettie das Kästchen in den frühen Morgenstunden zuge-klappt hatte.

»Wie haben Sie es geöffnet?«, fragte Florence.

»Mit dem Schlüssel, den sie am Hals trägt«, antwortete Corey mit ausdruckloser Stimme. »Geben Sie ihn mir.«

Lettie löste die Kette und überreichte Corey den Schlüssel. Er schob ihn ins Schloss und es folgte ein Klicken, das sie in dem Gewitter nicht gehört hatte, als der Mechanismus im Inneren sich drehte und das Kästchen aufsprang.

»Ach du meine Güte.« Florence blickte staunend in das leere Kästchen. »Und darin lag der Brief, sagen Sie?«

»Ja.«

»Ach du meine Güte«, wiederholte Florence und tastete nach dem Bett hinter ihr. »Gib mir den Brief, Corey.«

Sie ließ sich schwer auf die Decken sinken und begann mit zitternden Händen zu lesen. Corey setzte sich neben sie und las Cornelius' Worte über ihre Schulter mit. Draußen hatte der Wind die Wolken der vergangenen Nacht verjagt, und die Sonne schien an einem klaren blauen Himmel. Die Leute gingen ihren Geschäften nach, und Lettie hörte draußen Rufe vom Kai und das Klappern von Absätzen auf dem Kopfstein-pflaster. Aber hier drinnen, in Cornelius' Schlafzimmer, lief die Zeit rückwärts, während Florence die Worte las, die ihr Bruder vor fast achtzig Jahren geschrieben hatte.

»Ohne dich war ich tatsächlich verloren, Cornelius«, flüs-terte sie und streichelte den Brief mit ihrer knochigen, von violetten Adern durchzogenen Hand.

Corey legte seiner Großmutter den Arm um die Schultern. »Das muss meine Großmutter erst mal verkraften«, sagte er zu Lettie mit starrem Gesicht und undeutbarer Miene.

»Natürlich.«

»Die Vorstellung, dass der Brief all die Jahre ungelesen hier im Haus war«, murmelte Florence schwach. »Cornelius wollte, dass er mit dem Schreibtisch nach seinem Tod an Iris ging.

Wegen des Schlüssels hätte sie gewusst, dass mehr dahinter-
steckte, und hätte sein Vermächtnis an sie gefunden.«

»Cornelius' Brief zeigt, wie sehr er an Sie alle gedacht hat
und dass Iris ihn nicht dazu ermutigt hat, in den Krieg zu
ziehen«, erklärte Lettie sanft. »Tatsächlich war das genaue
Gegenteil der Fall. Sie hat versucht, ihn zum Bleiben zu
bewegen. Sie war also doch nicht für seinen Tod verantwortlich.«

Florence biss sich auf die Unterlippe. »Es scheint, dass
meine Eltern und ich im Irrtum waren, und wir haben Iris
unrecht getan. Wir konnten den Gedanken nicht ertragen, dass
er uns verlassen wollte«, flüsterte sie.

»Er wollte nicht gehen, Gran, aber er hielt es für seine
Pflicht zu kämpfen«, sagte Corey. »Ich kann das verstehen. Er
sah, wie seine Freunde ihre Pflicht erfüllten, und wollte nicht
hier im ruhigen Dorf bleiben.«

Plötzlich stellte Lettie sich Corey in Uniform vor, wie er für
immer aus Heaven's Cove marschierte. Bei dem Gedanken
wurden ihre Augen feucht, und sie drehte sich zum Fenster,
damit niemand es sah. Iris musste todunglücklich gewesen sein,
den Mann, den sie liebte, in den Krieg marschieren zu sehen,
und dann von seiner Familie für seinen Verlust verantwortlich
gemacht worden zu sein. Kein Wunder, dass sie nicht ins Dorf
hatte zurückkehren wollen.

»Was ist das für ein Geschenk, von dem Cornelius
spricht?«, fragte Florence. »Den Schreibtisch kann er nicht
gemeint haben. Er bedeutet mir aus verständlichen Gründen
die Welt, aber für Cornelius kann er keinen besonderen Wert
besessen haben.«

»Ich denke, er hat das hier gemeint. Es war bei dem Brief in
dem Kästchen.« Lettie zog die Schenkungsurkunde aus der
Tasche und reichte sie Florence, die sie schnell überflog, bevor
sie sie an Corey weitergab. Er las das Schriftstück ebenfalls, und
seine Miene verfinsterte sich.

»Haben Sie davon gewusst?«, fragte er, während sich eine Falte zwischen seinen Brauen bildete.

»Nein, natürlich nicht. Ich weiß nicht einmal, um welches Stück Land es geht.«

Corey legte den Kopf schräg und sah Lettie an. Sein Blick war feindselig. »Das Land, von dem in dieser Schenkung die Rede ist, ist Cora Head, die Landzunge, auf die Simon so scharf ist.«

Lettie fühlte sich plötzlich wackelig auf den Beinen und ließ sich auf den Stuhl hinter ihr sinken. »Wie konnte Cornelius Iris ein Stück Land schenken, das Ihrer Familie gehört?«

»Es hat ihm gehört«, sagte Florence und strich sich eine weiße Haarsträhne aus den Augen. Sie sah Lettie misstrauisch an. »Wussten Sie das?«

»Nein, ich habe nichts davon gewusst, ehrlich.«

Florence sah noch einmal das Dokument in Coreys Händen an. »Das Land eignete sich nicht für die Landwirtschaft, und damals war noch niemand daran interessiert, es zu bebauen. Aber es war der Lieblingsplatz meines Bruders – er hat Stunden dort oben verbracht und auf Heaven's Cove und das Meer geschaut. Er hat mich oft mitgenommen, um Delfine und Robben zu beobachten und den Booten zuzusehen, die vom Nachtfang an den Kai zurückkehrten. Also hat mein Vater ihm das Land zu seinem achtzehnten Geburtstag geschenkt. Cornelius hatte vor, eines Tages dort ein Haus zu bauen.« Sie blinzelte gegen Tränen an. »Und anscheinend wollte er, dass es nach seinem Tod an Iris fiel. Iris, die ihm auszureden versucht hat, in den Krieg zu ziehen, obwohl meine Eltern etwas anderes geglaubt haben. *Mit dem Schlüssel zu meinem Herzen,* stand in Ihrem Brief. Es war Cornelius' letztes Rätsel.«

»Ich verstehe es immer noch nicht richtig.«

»Der volle Name der Landzunge ist Corazon Head«, erklärte Corey, den Blick immer noch auf das Dokument gerichtet. »Und auf Spanisch bedeutet *corazón* ...«

»Herz«, beendete Lettie den Satz, als das letzte Puzzleteil sich an seinen Platz fügte.

»Und jetzt«, sagte Florence, »gehört das Land diesem Stück Papier zufolge Ihnen.«

»Nein, das tut es nicht.« Lettie sprang auf.

»Mein Bruder hat das Land Iris und ihren Nachfahren hinterlassen. Soweit ich weiß, hat Iris ihren Besitz Ihnen hinterlassen, Miss Starcross, und damit hätte sie Ihnen auch das Land vermacht.«

»Gran, vielleicht ist die Schenkung nach der langen Zeit gar nicht mehr rechtsgültig«, sagte Corey sanft. »Wer weiß, ob Cornelius dafür gesorgt hat, dass diese Grundstücksübertragung wasserdicht ist. Deine Familie hätte damals vielleicht Widerspruch dagegen eingelegt.«

»Oh ja, das hätten sie bestimmt getan. Sie brauchten einen Sündenbock. Aber es spielt doch keine Rolle, ob sie gültig ist oder nicht, Corey. Verstehst du denn nicht? Es sind die letzten Worte meines Bruders. Er hat es gewollt, und sein letzter Wunsch ist viel zu lange unerfüllt geblieben.«

»Es ist Ihr Land und ...«, begann Lettie, aber Florence brachte sie mit einer Handbewegung zum Schweigen.

»Anscheinend ist das Land schon seit fast achtzig Jahren nicht mehr im Besitz meiner Familie, zumindest moralisch betrachtet. Und ich bin es leid, darum zu kämpfen. Der junge Mann, der jetzt im Dorf ist, ist nur der letzte einer langen Reihe von Leuten, die in den vergangenen Jahren versucht haben, mich zum Verkauf zu überreden. Und es werden weitere kommen. Die Zeiten ändern sich, Miss Starcross, und ich bin zu alt und zu müde, um Schritt zu halten. Ich möchte nichts weiter, als dem alten Wunsch meines Bruders nachzukommen. Wenigstens das kann ich für ihn tun. Also, nehmen Sie das Land und lassen Sie mich in Ruhe.«

»Ich will das Land nicht«, beteuerte Lettie, aber Florence hatte sich erhoben. Sie war immer noch etwas unsicher auf den

Beinen, aber in ihren Augen lag eine stählerne Entschlossenheit, die Lettie bereits von ihrer ersten Begegnung in der Burgruine kannte.

»Sie müssen es annehmen, Miss Starcross. Ich will den letzten Wunsch meines Bruders erfüllen. Ihre Großtante hat das Land zwar nicht erhalten, aber zumindest wird ihre Nachfahrin es bekommen, und mein armer Bruder kann endlich in Frieden ruhen.«

»Du kannst das Land nicht einfach verschenken«, wandte Corey ein.

»Doch, das kann ich, und das tue ich auch.«

»Ich will wirklich nicht ...«, begann Lettie, aber Florence fiel ihr ins Wort.

»Ich will nicht mehr darüber reden. Corey, würdest du mir bitte in mein Zimmer helfen. Ich denke, ich werde mich für eine Weile hinlegen. Sie sollten jetzt gehen, Miss Starcross. Wir können uns später um die Einzelheiten kümmern.«

»Corey, es ist nicht so, wie es scheint«, beteuerte Lettie, während er seiner Großmutter aus dem Raum half.

»Nicht jetzt«, sagte er kalt.

Nachdem sie fort waren, sammelte Lettie ihre Sachen zusammen und verließ das Haus. Sie konnte Corey im Moment nicht gegenübertreten, und sie konnte das Land nicht annehmen, selbst wenn es an Iris hätte gehen sollen. Das Land gehörte Florence, und eines Tages sollte ihr Enkelsohn es bekommen.

DREIUNDDREISSIG

Lettie hatte gerade die Burg erreicht, als sie Schritte hinter sich hörte. Als sie sich umdrehte, sah sie Corey auf sich zugelaufen kommen.

»Haben Sie es gewusst?«, fragte er etwas atemlos. »Haben Sie gewusst, dass Cornelius Ihrer Großtante das Land hinterlassen hat?«

»Natürlich nicht. Woher hätte ich das denn wissen sollen? Ehrlich, im Moment wünschte ich, ich hätte den Brief und die Urkunde nie gefunden. Ich hätte sie einfach in ihr Versteck zurücklegen und den Mund halten sollten.«

Aber Corey ging auf und ab und schien kaum zuzuhören. »Vielleicht hat Cornelius Iris vorher, bevor er in den Krieg ging, gesagt, dass er ihr das Land vermachen wollte. Ohne den Schreibtisch hatte sie zwar keinen Beweis, aber sie hat Ihnen davon erzählt.«

»Ach ja?«, fragte Lettie, die Hände in die Hüften gestützt. »Denken Sie wirklich, ich wäre nach Heaven's Cove gekommen, um die Schenkungsurkunde aufzuspüren und das Land für mich zu beanspruchen?«

»Möglich wär's.«

Lettie lachte über die Absurdität. »Denken Sie das wirklich von mir? Dass ich ein Netz aus Lügen spinnen und Sie hintergehen würde, um das Stück Land in die Finger zu bekommen?«

»Sie haben gesagt, Sie wollen Ihr Leben ändern und Ihren Träumen folgen, und das kostet Geld. Menschen lügen und betrügen.«

»Manche Menschen lügen und betrügen, aber ich ganz bestimmt nicht.«

Die Farbe wich aus Coreys Gesicht, und er blieb stehen. »Haben Sie in der Sache die ganze Zeit über mit Simon unter einer Decke gesteckt?«

»Ach, jetzt ist es eine Verschwörung, was? Das ist doch lächerlich.« Lettie holte tief Luft. »Hören Sie, ich hätte den Schreibtisch nicht durchsuchen sollen. Ich war schon immer neugieriger, als gut für mich war. Aber ich habe mich nur deshalb dafür interessiert, weil Cornelius den Schreibtisch Iris vermacht hatte. Bis letzte Nacht wusste ich wirklich nichts von dem versteckten Kästchen oder seinem Inhalt. Wie ich Ihnen schon gesagt habe, ist mir ein alter Sekretär eingefallen, den ich in einem Museum gesehen habe.«

Corey schüttelte den Kopf. »Sie lassen alles so plausibel klingen, aber das hat Grace mit ihren ganzen Lügen und Geschichten auch getan, bis ich dachte, ich würde den Verstand verlieren.«

»Was hat denn Grace damit zu tun? Und was ... was hat Grace Ihnen angetan?«

Corey ging nicht auf ihre Frage ein. »Das Schlimmste an Ihnen ist, dass ich dachte, wir ...« Er brach ab und verzog das Gesicht, die Augen fest zusammengepresst. Als er sie wieder öffnete, stieß er langsam den Atem aus. »Herzlichen Glückwunsch. Cora Head gehört Ihnen, wie es scheint – meine Großmutter ist ein Mensch, der von einer einmal gefassten Meinung nicht mehr abrückt. Ich hoffe, es wird Sie sehr glücklich machen.«

Dann drehte er sich auf dem Absatz um und marschierte davon. Lettie blieb zurück und blinzelte gegen Tränen an. Wie konnte er denken, dass sie all das bewusst geplant hatte? Coreys schlechte Meinung von ihr traf sie tiefer, als sie es je für möglich gehalten hätte. Sie senkte den Kopf und stapfte durch das Dorf und den Hügel hinauf zu Driftwood House.

Rosie war draußen und strich gerade einen Fensterrahmen. Als Lettie näherkam, legte sie den Pinsel beiseite.

»Ist alles in Ordnung mit Ihnen?«, rief sie. »Wir haben gestern Abend im Hotel gehört, was passiert ist. Sie sind jetzt eine lokale Berühmtheit.«

»Es ist alles gut«, sagte Lettie und versuchte, nicht zu weinen. »Danke, dass Sie mir die Sachen vorbeigebracht haben. Es tut mir sehr leid, dass ich Ihnen den freien Abend verdorben habe.«

»Das haben Sie gar nicht. Ich habe gehört, dass die Allfords sich um Sie gekümmert haben, daher bin ich über Nacht geblieben und heute einfach etwas früher zurückgekommen. Liam musste ohnehin früh los wegen der Farm. Ich kann nicht glauben, dass Sie Buster gerettet haben. Claude wäre ohne ihn verloren.« Rosie zog die Augen zusammen. »Sind Sie sicher, dass es Ihnen gut geht?«

»Ja, absolut. Ich muss mich nur ein bisschen hinlegen.«

Lettie ging durch die offene Haustür und hatte gerade die Treppe erreicht, als Rosie sie noch einmal ansprach. Sie war ihr in die Diele gefolgt und wischte den Pinsel an der farbverschmierten Schürze ab.

»Ich sehe doch, dass es Ihnen nicht gut geht. Meine Mum schwor auf Kamillentee, und ich habe welchen im Schrank. Ich setze den Kessel auf. Kommen Sie mit.«

Sie fasste Lettie am Arm, führte sie in die Küche und setzte sie an den großen Eichentisch. Dann füllte sie den Wasserkessel und kramte Teebeutel aus den Tiefen eines Schrankes. Sie schwieg, bis der Tee fertig war und sie zwei dampfende Becher auf den Tisch gestellt hatte. Dann setzte sie sich Lettie gegenüber hin und umfasste ihren Becher mit den Händen.

»Fühlen Sie sich krank nach der Sache gestern?«, fragte sie sanft.

»Nein, was das betrifft, ist alles in Ordnung. Corey und das Rettungsboot sind gekommen und haben Buster und mich gerettet.«

»Das habe ich gehört. Was Sie getan haben, war wirklich mutig.«

Lettie tat ihre Worte mit einem Achselzucken ab. »Es ist das, was danach passiert ist ...«

»Sie haben bei Florence und Corey übernachtet.«

»Mhm.« Lettie nickte. Ihre Kehle war so zugeschnürt, dass sie nicht sprechen konnte.

»Oh.« Rosies Augen wurden groß. »Ist zwischen Ihnen und Corey etwas ...? Haben Sie beide ...? Ich meine, sind Sie ...?«

»Nein.« Lettie schüttelte den Kopf. »Es nichts zwischen uns passiert.«

Aber sie hatte es sich gewünscht. Als er in ihr Zimmer gekommen war und ihr einen Gutenachtkuss gegeben hatte, hatte sie mehr gewollt. Doch stattdessen hatte sie in dem Schreibtisch herumgeschnüffelt, und jetzt hielt er sie für eine geldgierige Betrügerin.

»Ist schon gut. Sie brauchen mir nichts zu erzählen, wenn Sie nicht wollen. Gibt es jemanden, den Sie anrufen könnten, um zu reden? Ihre Schwester vielleicht?«

Lettie schüttelte noch entschiedener den Kopf. Daisy war die Letzte, mit der sie jetzt reden wollte. Sie konnte sich vorstellen, was ihre Schwester sagen würde: *Bitte was? Du wärst fast ertrunken, als du einen Hund retten wolltest, und dann hast du mitten in der Nacht in einem alten Schreibtisch gewühlt? Was ist denn bloß los mit dir, Lettie?* Oder schlimmer noch: *Die liebe alte Iris! Nimm das Land und dann nichts wie weg – du weißt, dass sie es so gewollt hätte.*

Aber Lettie hatte keine Ahnung, was Iris in dieser komplizierten Situation gewollt hätte, und es war unmöglich, sie danach zu fragen. Sie war für immer fort und würde Cornelius' Brief niemals lesen.

Als die ersten Tränen an Letties Nase hinabrollten und auf den Tisch tropften, zog Rosie ihren Stuhl über die Fliesen und legte Lettie den Arm um die Schultern.

»Ist schon gut«, murmelte sie besänftigend und schob ihr den Becher mit Kamillentee hin.

»Es tut mir leid«, schluchzte Lettie. »Sie sind die Besitzerin von Driftwood House, keine Kummerkastentante. Sie wirken so selbstbewusst und selbstsicher. Ich wette, Sie waren noch nie so ein Häufchen Elend wie ich.«

»Sie würden staunen«, entgegnete Rosie leise und drückte Lettie die Schulter. »Kann ich Ihnen irgendwie helfen? Sie stehen nach der Aufregung von gestern wahrscheinlich noch unter Schock.«

»Nein, es geht mir gut, ehrlich«, schniefte Lettie, »aber vielen Dank. Sie waren sehr freundlich. Ich muss heute noch aus Heaven's Cove abreisen.«

Sie griff nach dem dampfenden Tee und nahm einen Schluck, weil Rosie sich die Mühe gemacht hatte, ihn für sie zu kochen.

»Können Sie nicht noch länger bleiben? Sie haben bis Sonntag gebucht.«

»Ich muss fahren, aber ich möchte kein Geld zurückhaben.«

»Oh, es geht mir nicht ums Geld«, beteuerte Rosie und stand auf. »Mir ist nur nicht wohl dabei, Sie in diesem Zustand gehen zu lassen. Weiß Simon, dass Sie fahren? Ist er der Grund, warum Sie so aufgelöst sind?«

»Nein, es hat nichts mit Simon zu tun, nicht das Geringste. Und ich denke, Sie haben recht, ich bin von den Ereignissen gestern noch mitgenommen, aber wenn ich wieder in London bin, wird alles in Ordnung sein.« Lettie schob den Stuhl zurück und stand auf. »Danke für den Tee, aber ich muss jetzt packen.«

Oben warf sie ihre Sachen in den Koffer und suchte per Handy nach Zügen von Exeter nach Paddington. Es fuhren mehrere später am Tag, also bestellte sie ein Taxi, um sie zum Bahnhof zu bringen.

Es kam ihr wie eine Flucht vor, und es war tatsächlich eine. Sie würde in ihr kleines Leben in London zurückkehren, sich einen neuen Job suchen, ihren Nachbarn zunicken, die Kuppelversuche ihrer Familie ertragen und sich überschwänglich dafür entschuldigen, dass sie keinen Regenbogenkuchen für Elsas Geburtstag gebacken hatte. Wie Iris würde sie Heaven's Cove nie wieder erwähnen, aber das Dorf nie vergessen – genauso wie sie den Ausdruck aufs Coreys Gesicht nie vergessen würde, als er sie des Betrugs beschuldigt hatte.

»Ich hätte nicht nach Heaven's Cove kommen dürfen, Iris«, sagte Lettie in ihr leeres Zimmer hinein, als sie die Schnallen am Koffer zuschnappen ließ und ihn vom Bett hob. »Ich habe das Rätsel gelöst und alles nur noch schlimmer gemacht.«

Sie wollte gerade den Koffer nach unten tragen, als ihr Handy piepte. Es war eine Nummer, die sie nicht kannte, und sie wollte sie eigentlich ignorieren, als das Handy sich erneut meldete. Sie öffnete die erste Nachricht:

Hallo Lettie. Ich bin es, Esther. Ich habe meine Meinung geändert und würde Claude gern sehen. Könnten Sie mich abholen und nach Heaven's Cove bringen? Sie haben gesagt, Sie wären noch ein paar Tage dort.

Die zweite Nachricht, nur eine Minute später abgeschickt, lautete:

Natürlich nur, wenn es Ihnen nichts ausmacht. Ich möchte Ihnen nicht zur Last fallen, aber ich würde mich besser fühlen, wenn Sie bei mir wären.

Lettie ließ sich schwer aufs Bett fallen. Sie würde antworten und erklären, dass sie gerade aus Heaven's Cove abreiste. Esther konnte sich ein Taxi nehmen, oder vielleicht konnte jemand anderes sie herfahren. Sie hatte bereits Claudes Hund gerettet und war nicht auch noch für sein Liebesleben verantwortlich.

Sie trug den Koffer die beiden Treppen hinunter, blieb jedoch zögernd in der Diele stehen. Was, wenn Esther die Sache abblies, wenn Lettie ihr schrieb, dass sie sie nicht abholen könne? Sie und Claude würden sich nie wiedersehen. Was hätte Iris gewollt? Wenn sie die Gelegenheit gehabt hätte, Cornelius noch einmal zu sehen, hätte sie sich darauf gestürzt.

»Oh Mann«, sagte Lettie leise. Sie stellte den Koffer neben die Standuhr und rief in die Küche: »Rosie, ich werde nachher abreisen, aber vorher muss ich noch etwas erledigen, wenn das okay ist.«

»Natürlich.« Rosie steckte den Kopf durch die Küchentür. »Geht es Ihnen jetzt besser?«

»Ja, danke. Alles gut.«

Zwei Stunden später kehrte Letties Taxi zurück nach Heaven's Cove, und Esther saß neben ihr auf der Rückbank.

»Ich bin seit vierzig Jahren nicht mehr hier gewesen, aber alles sieht noch genauso aus wie früher.« Esther reckte den Hals, um in die Gasse zu schauen, die zur Kirche führte. »Die Läden sind andere, aber die Häuser sind dieselben.« Sie rang die blassen Hände im Schoß. »Es war sehr freundlich von Ihnen, mich abzuholen, Lettie, vor allem in einem Taxi. Aber langsam wünschte ich, ich hätte mich überhaupt nicht mit Ihnen in Verbindung gesetzt.«

»Sind Sie nervös, Claude wiederzusehen?«

»Ja, und das ist wirklich dumm. Wir sind jetzt beide alte Tattergreise. Was machen wir, wenn er nicht zu Hause ist?«

»Wir werden ihn schon finden. Claude geht nie weit weg«, versicherte Lettie ihr zum dritten Mal, seit sie Carro Lodge verlassen hatten.

Lettie warf einen verstohlenen Blick auf ihre Begleiterin. Sie trug einen schweren cremefarbenen Baumwollrock in A-Linie, dazu einen dünnen rosa Pullover mit rundem Halsausschnitt und eine cremefarbene Jacke mit goldenen Knöpfen. Um ihren Hals lag eine Perlenkette, und sie hatte sich das Haar zu einem Knoten aufgesteckt. Sie hatte sich für das Wiedersehen mit ihrem alten Freund große Mühe mit dem Aussehen gegeben.

Lettie bat den Fahrer, sie am Kai aussteigen zu lassen. Als sie ihn bezahlte, versuchte sie, nicht an ihre schrumpfenden Ersparnisse zu denken.

Vor ihnen lag Claudes Cottage und leuchtete hell in der Sonne. Esther schluckte hörbar. »Es hat sich überhaupt nichts verändert«, murmelte sie, dann wandte sie sich an Lettie. »Es tut mir leid, Ihnen zur Last zu fallen, aber ich bin mir doch nicht sicher, ob ich das kann. Vielleicht wäre es besser, wenn ich gleich wieder nach Hause fahre?«

»Jetzt sind wir schon einmal hier. Warum gehen wir es nicht langsam an und schauen, was passiert?«

Esther sah Lettie einen Augenblick lang an. »Warum tun Sie das für Claude und mich?«

»Claude ist einmalig, und Sie erinnern mich an jemanden, den ich einmal gekannt habe. Sie würde es schön finden, wenn Sie beide nach der langen Zeit zusammenkämen. Nicht jeder hat die Chance auf ein Wiedersehen.«

Als Letties Augen sich mit Tränen füllten, klopfte Esther

ihr beruhigend die Hand. »Dann kommen Sie. Bringen wir es hinter uns.«

Gemeinsam gingen sie auf Claudes baufälliges Cottage zu. Esther blieb an der niedrigen Mauer davor stehen und stützte sich auf ihren Gehstock, während Lettie weiter zur Tür ging und die Hand hob. Sie hatte nicht die leiseste Ahnung, wie diese Begegnung verlaufen würde.

VIERUNDDREISSIG

CLAUDE

Claude kniete sich hin, ohne auf das Ziehen im Rücken zu achten, und legte die Arme um Buster. Er war so froh ihn wieder bei sich zu haben, nachdem er ihn schon fast verloren geglaubt hatte.

»Du dummer Hund, ganz allein da draußen schwimmen zu gehen, wenn ich nicht auf dich aufpassen kann«, sagte er und drückte das Gesicht in das weiche Fell des Tieres.

Als er den Kopf hob, waren seine Wangen feucht von Tränen, die er sich ungeduldig wegwischte. »Sieh mich an. Wegen dir bin ich ein schniefendes Wrack. Was sollen denn die Leute denken?«

Das Klopfen an der Tür war so leise, dass er es fast überhört hätte, aber Buster spitzte die Ohren. Er ließ die Überreste seines Steaks stehen, das Claude ihm als Willkommensleckerchen gekauft hatte, und sprang in den Flur.

Claude seufzte. Den ganzen Morgen war der Strom von Menschen nicht abgerissen, die sich an seiner Tür nach Buster erkundigt und sich dabei gleichzeitig heimlich davon überzeugt hatten, dass es seinem Besitzer gut ging. Es war nett von ihnen, aber er hatte es zugleich als Störung empfunden.

Kurz erwog er, so zu tun, als sei er nicht da, aber Buster machte diesen Plan zunichte, indem er zu bellen begann.

»Scht, Buster!« Claude zog ihn von der Tür weg und holte tief Luft. Nur noch ein Besucher, dann würde er die Vorhänge zuziehen, Buster in den kleinen Garten hinterm Haus verfrachten und so tun, als sei er nach Schottland gezogen.

»Ja?«, sagte er etwas ungeduldig, als er die Tür öffnete. Seine Züge erstarrten, als er Lettie vor sich stehen sah. »Lettie!« Er ergriff ihre Hand und schüttelte sie kräftig. »Wie geht es Ihnen? Ich habe heute Morgen bei Florence angerufen, um zu fragen, ob Sie sich wieder erholt haben, und sie sagte ja, aber sonst hat sie wenig gesagt. Sie schien irgendwie aufgewühlt, deshalb war ich um Sie besorgt. Kommen Sie herein.«

Er trat zurück, aber Lettie blieb auf der Türschwelle stehen und biss sich auf die Unterlippe.

»Es geht Ihnen doch gut, oder?«

»Ja, es geht mir gut. Es ist nur ...« Ohne ein weiteres Wort trat sie zur Seite und hätte sich dabei um ein Haar in dem Gewirr alter Fischernetze verheddert, die an der Seitenmauer seines kleinen Vorgartens hingen. Hinter ihr konnte Claude jemanden auf dem Kai stehen sehen. Eine kleine weißhaarige Frau, die in Creme- und Rosatönen gekleidet war. Er kniff die Augen zusammen und wünschte, er hätte die Brille aufgesetzt, denn ihre Züge waren verschwommen. Für einen kurzen Moment überkam ihn der alberne Gedanke, ob es der Geist von Letties Großtante Iris war, der gekommen war, um ihm mitzuteilen, dass seine Zeit abgelaufen sei.

Aber als die Frau einige Schritte vortrat, wurden ihre Züge deutlicher. Sie hatte ein ovales Gesicht, blasse Haut und Augen von der Farbe der Kornblumen auf Cora Head. Claude stockte der Atem, als sie einige weitere Schritte auf ihn zukam. Es konnte nicht sein.

Sie standen da, anderthalb Meter und vierzig Jahre voneinander entfernt, während Touristen an ihnen vorbeigingen und

Möwen über den Booten kreischten, die in den Hafen einfuhren.

Endlich sprach sie. Ihre Stimme war vertraut, wenn auch zittriger, als er sie in Erinnerung hatte.

»Hallo, Claude.«

Er konnte nicht sprechen. Lettie trat neben ihn und legte ihm die Hand auf den Arm. Normalerweise wehrte er jeden körperlichen Kontakt ab. Welchen Sinn hatte es, sich an etwas zu erinnern, das er so selten hatte? Aber er ließ ihre wärmende Hand dort liegen.

»Wollen wir hineingehen?«, fragte Lettie sanft.

Claude nickte und trat zurück, um die Frauen in sein Haus zu lassen. Als Esther sich an ihm vorbeischob, schloss er die Augen, und plötzlich war er wieder fünfunddreißig. Ein in sich gekehrter und manchmal einsamer Mann, der sich endlich geöffnet und eine Frau in sein Herz gelassen hatte. Er hatte hier in dieser Tür gestanden und auf die Frau gewartet, die er liebte. Er hatte gewartet und gewartet, bis er begriff, dass sie nie wiederkommen würde.

»Claude, bitte kommen Sie doch und setzen Sie sich«, sagte Lettie, nahm ihn erneut am Arm und führte ihn in sein Wohnzimmer. »Ich hätte Ihnen sagen sollen, dass wir kommen. Es ist ein zu großer Schock.«

»Nein, nein. Ist schon gut«, wehrte Claude ab, der endlich seine Stimme wiedergefunden hatte. Er setzte sich an den Esstisch am Fenster, und Esther setzte sich in die eine Ecke des Sofas. Buster drückte die Nase gegen Esthers Hand, und sie tätschelte ihm den Kopf.

»Wie geht es dir, Claude, nach all den Jahren?«, fragte sie, den Blick fest auf sein Gesicht gerichtet.

Was sollte er auf eine solche Frage antworten? Seit ihrer letzten Begegnung war so viel geschehen, Gutes wie Schlechtes. Claude zuckte die Achseln. »Ich bin älter, aber sonst noch derselbe wie früher, wie du siehst.« Er schaute sich in dem

Raum mit den abgewohnten Möbeln um. Das Cottage war in der Zeit erstarrt, genau wie er. »Und du? Was ist mit dir?«, brachte er heraus und bemerkte, dass Lettie aus dem Zimmer schlüpfte und in seine Küche ging.

»Ich bin auch älter geworden.« Esther lächelte. »Viel älter und hoffentlich ein bisschen weiser.« Sie streichelte weiter Buster, der zu ihren Füßen hockte. »Es ist schön, dich zu sehen, Claude. Warum hast du Lettie gebeten, nach mir zu suchen?«

Ich wollte mich davon überzeugen, dass es »uns« wirklich gegeben hat und dass unsere Beziehung keine Fantasie war, die mein einsamer Verstand heraufbeschworen hat, dachte Claude.

Er zwang sich zu einem Lächeln. »Ich denke manchmal an dich und wollte sehen, ob das Leben dich gut behandelt hat.«

»Das war lieb von dir.« Esther zögerte. »Ich war mir nicht sicher, ob ich herkommen sollte und was es bringen würde, aber ich wollte dich sehen. Außerdem schulde ich dir eine Entschuldigung, und ich hielt es für das Beste, sie persönlich zu überbringen.«

»Du schuldest mir gar nichts, Esther.«

»Oh doch.« Als die Frau, die er einst geliebt hatte, sich vorbeugte, wurde ihr Gesicht in Sonnenlicht getaucht, sodass er jede Falte, jede Runzel sah. Sie war noch schöner, jetzt, da die Zeit ihr Freuden und Sorgen in die Haut eingeschrieben hatte. »Ich habe dir einen Brief geschickt, um Lebewohl zu sagen, Claude. Das war feige von mir. Du hättest es zumindest verdient, meinen Abschied von Angesicht zu Angesicht zu hören, mit einer angemessenen Erklärung.«

»Du brauchtest nichts zu erklären. Du brauchst es auch jetzt nicht. Du hast deinen Mann immer noch geliebt. Ich wusste, dass das eine Möglichkeit war. Und du hast sein Kind erwartet, daher war deine Bindung zu ihm stark. Es spielt keine Rolle – es ist alles Schnee von gestern.«

Er hatte seine Gefühle so lange im Zaum gehalten, dass er ihnen jetzt keinen freien Lauf lassen konnte. Sie bildeten einen festen Kern in seinem Innern, und er fürchtete, dass er ohne ihn wie ein Kartenhaus zusammenbrechen würde.

»Ich habe Terry tatsächlich auf meine eigene Art geliebt, aber nicht so, wie ich dich geliebt habe, Claude.«

»Warum hast du mich dann verlassen?«

Das hatte er nicht sagen wollen, und er wich auf seinem Stuhl zurück. Er durfte nicht alles herauslassen. Es würde ihn vernichten. Es war dumm gewesen zu denken, er könnte wieder Kontakt zu Esther aufnehmen und unversehrt bleiben.

»Dieselbe Frage habe ich mir im Laufe der Jahre auch oft gestellt.« Esther seufzte. »Ich hatte Angst, Claude. Die Gefühle, die ich für dich hatte, waren so stark, dass ich Angst hatte, sie würden sich als Strohfeuer entpuppen. Du musst dir die gleiche Frage gestellt haben, oder?«

Claude hielt inne, dann nickte er. »Du warst mein Untergang, Esther Kenvale. Ich musste es erst einmal verkraften, dass du fort warst.«

»Es tut mir sehr leid.«

»Ich hätte dein Kind angenommen. Das wusstest du.«

Sie hob das Kinn, wie immer, wenn sie tapfer sein wollte. »Ja, das wusste ich. Aber Terry verdiente es, sein Kind zu kennen, und er war ihm ein guter Vater. Unser Sohn hat jetzt selbst zwei Kinder.«

»Du bist Großmutter?«, fragte Claude beeindruckt.

»Ja, und meine Enkel sind mir das Wichtigste auf der Welt. Mein Leben war gar nicht so schlecht, Claude, und ich hoffe, du kannst das Gleiche von dir sagen. Ich hoffe, ich habe dich nicht zu sehr verletzt und du hast nicht bereut, was wir für eine kurze Weile miteinander geteilt haben.«

Claude schloss kurz die Augen. »Ich habe dich zwar vermisst, aber ich hätte es nicht anders haben wollen.«

Es war die Wahrheit, erkannte er. Trotz des Kummers und des Leids war ihre gemeinsame Zeit ein heller Lichtschein in seinem grauen Leben gewesen – wie der Schweif eines Kometen, bevor er verglühte, als hätte es ihn nie gegeben.

Lettie kam zurück und hielt das alte Blechtablett, das seiner Mutter gehört hatte. Darauf standen zwei Porzellantassen, die sie ganz hinten im Schrank gefunden haben musste, und die Milchpackung. Es war Claude unangenehm, dass sie seine nicht besonders saubere Küche gesehen hatte, aber das war im Moment die geringste seiner Sorgen.

»Ich hoffe, Sie haben nichts dagegen, dass ich in Ihrer Küche gestöbert habe, Claude, aber ich dachte, Sie hätten vielleicht gern beide eine Tasse Tee. Ich konnte kein Milchkännchen finden und auch keinen Zucker.«

»Esther nimmt keinen Zucker«, sagte Claude. »Oder inzwischen vielleicht doch?«

Sie schüttelte den Kopf. »Nein, ich nehme immer noch keinen Zucker. Nur Milch. Danke.«

Lettie goss die Milch in die Tassen und reichte sie den beiden, dann ging sie zur Tür. »Sie müssen viel zu bereden haben, daher lasse ich Sie jetzt allein. Sie haben meine Telefonnummer, Esther. Rufen Sie mich an, wenn Sie so weit sind, dann komme ich her und setze Sie wieder in ein Taxi. Ich werde hier in Heaven's Cove sein.«

Esther erhob sich langsam, als die Haustür ins Schloss fiel, und ging zur Anrichte. Sie hatte das verblasste Foto von ihr als junge Frau gesehen, das seit vierzig Jahren in diesem Cottage stand. Wenn Claude gewusst hätte, dass sie kommen würde, wäre das Bild in der Schublade verschwunden. Er hatte Angst, dass es ihn wie einen traurigen Trottel aussehen ließ, der sein Leben damit verbracht hatte, auf sie zu warten.

»Ich hatte ein erfülltes Leben, seit du fortgezogen bist, Esther. Ich habe jahrelang auf See gearbeitet und tue es immer noch manchmal, wenn Not am Mann ist, und ich habe hier zufrieden mit meinen Hunden gelebt.«

»Das freut mich.« Esther berührte das Foto und strich mit den langen, eleganten Fingern über ihr junges Gesicht.

»Erzähl mir mehr über dein Leben.«

Esther lächelte und nahm wieder ihren Platz auf dem Sofa ein, mit Buster zu ihren Füßen. »Es war ebenfalls erfüllt. Terry und ich sind nach Yorkshire gezogen und haben Gavin bekommen, unseren Sohn. Wie gesagt, er ist inzwischen erwachsen und hat seine eigene Familie. Er und seine Frau leben in London in der Nähe meiner Enkelin, und mein Enkel lebt in Cornwall.« Sie blickte für einen Moment aus dem Fenster, auf die duftigen weißen Wolken, die sich über dem Meer zusammenballten. »Terry ist vor einer Weile an einem Herzinfarkt gestorben.«

»Das tut mir leid.«

Esther tat seine Sorge mit einer Handbewegung ab. »Es ging sehr schnell. Er hätte nicht weiterleben wollen. Das hätte er nicht ertragen.«

»Und jetzt lebst du in Devon.«

»Ja, und es ist schön, wieder hier zu sein. Ich lebe in einer Wohnung in einer Einrichtung für betreutes Wohnen, mit einer Betreuerin, die auf mich aufpasst und nach mir schaut, weil ich so alt bin.« Sie lachte. »Ich wohne auf halber Strecke zwischen den Enkelkindern, weil ich das damals für eine gute Idee gehalten habe, und relativ nah an Terrys Seite der Familie. Aber sie besuchen mich nur sehr unregelmäßig. Die jungen Leute haben heutzutage so viel zu tun.« Sie hielt für einen Moment gedankenverloren inne, bevor sie weitersprach. »Dann hattest du selbst also nie Kinder, Claude?«

Er schüttelte den Kopf, überrascht von der Welle der Trauer, die ihn überkam. »Keine Kinder, keine Frau«, sagte er knapp.

»Ich wollte Kinder, und Terry auch«, erzählte Esther leise weiter. »Das war einer der Gründe, warum ich beschlossen habe, bei ihm zu bleiben. Du hattest gesagt, du hättest keine Lust auf Kinder.«

Hatte er das gesagt? Claude konnte sich nicht daran erinnern. Es stimmte, dass er sich mit Kindern nie besonders wohlgefühlt hatte, aber an Esthers Seite wäre das anders gewesen. Die dunklen Ecken des Raums waren plötzlich erfüllt mit den Geistern der Kinder, die er und Esther zusammen gehabt haben könnten.

»Das ist jetzt alles Vergangenheit«, sagte er, und die Frau, die er einst geliebt hatte, nickte.

»Du hast recht. Wir sollten in die Zukunft blicken, jetzt, da wir dank Lettie wieder vereint sind.« Sie schaute durchs Fenster zu Lettie, die draußen auf einer Bank saß und zum Meer blickte. »Sie ist eine reizende junge Frau und sehr fürsorglich. Wie hast du sie kennengelernt?«

Claude lächelte. »Ich bin mir nicht sicher. Sie hat sich irgendwie in mein Leben geschlichen, und jetzt wäre es mir lieb, wenn sie bleiben würde, aber sie fährt bald nach Hause. Sie ist nicht von hier.«

»Eine Fremde?« Esther zog eine Braue hoch, und Claude lächelte wieder.

»Eine dieser gefürchteten Touristen, die ihren Müll fallen lassen und das Dorf verschandeln.«

Esther lachte. »Immer noch derselbe alte Claude, wie ich sehe.«

»Letties Familie stammt aus Heaven's Cove. Sie kann sich vermutlich als Ehrenbürgerin betrachten. Hat sie dir erzählt, dass sie gestern ihr Leben aufs Spiel gesetzt hat, um Buster aus dem Meer zu retten?«

»Nein. Was für eine bemerkenswerte junge Frau. Erzähl mir davon, und auch von dem Dorf. Es scheint sich kaum verändert zu haben.«

Sie sprachen eine Weile über Letties Heldentat, über Heaven's Cove und Politik und den Zustand der Welt – zwei alte Freunde, die sich belanglos über dieses und jenes unterhielten, und Claude wurde klar, dass eine Last, die er sich nie wirklich eingestanden hatte, von ihm abgefallen war.

Viel zu früh schaute Esther auf ihre goldene Armbanduhr und erhob sich.

»Ich darf Lettie nicht zu lange warten lassen. Es war sehr freundlich von ihr, dass sie mich überhaupt hergebracht hat.«

»Werde ich dich wiedersehen?«, fragte Claude, während er sich erhob und versuchte, die Panik aus seiner Stimme zu halten. Er konnte den Gedanken nicht ertragen, sie noch einmal zu verlieren.

Esther kam auf ihn zu und legte ihm die Hand auf die Wange. Ihre Augen wirkten durch das weiße Haar noch blauer als früher. »Es ist zu spät für uns, Claude, um etwas anderes zu sein als Freunde, aber ich möchte gern mit dir in Verbindung bleiben. Vielleicht können wir telefonieren und uns ab und zu treffen?«

»Das würde mich freuen«, antwortete Claude und legte kurz seine Hand auf Esthers. »Ich bin froh, dich wieder in meinem Leben zu haben.«

Esthers Augen füllten sich mit Tränen, aber sie lächelte. »Du bist ein ganz besonderer Mann, Claude. Das wusste ich vor vierzig Jahren, und ich weiß es immer noch.«

Als sie den Raum verließ, sank Claude wieder auf seinen Stuhl. Er beobachtete vom Fenster aus, wie sie zu Lettie ging und ins Taxi stieg.

Diesmal konnte er Esther nachschauen, denn er wusste, dass sie zurückkommen würde.

Nachdem Lettie Esthers Taxi nachgewunken hatte, ging sie durchs Dorf, ein Gewirr von Gedanken und Gefühlen im Kopf.

Esther hatte gesagt, dass das Wiedersehen mit Claude gut gelaufen sei und sie in Verbindung bleiben würden. Lettie freute sich, dass die beiden ihre Freundschaft erneuern würden. Ihre Gedanken kehrten jedoch immer wieder zu Corey zurück und zu dessen verzerrter Miene, als er sie beschuldigt hatte, ihn und seine Großmutter hintergangen zu haben. Lettie hatte versucht, die Fehde zwischen den Familien Allford und Starcross zu beenden, indem sie die Wahrheit über Iris und Cornelius aufdeckte, aber letzten Endes hatte sie diese Fehde nur erneut angefacht.

»Entschuldige bitte, Iris«, murmelte Lettie, während sie Kinderwagen und Kindern mit Eiswaffeln auswich. »Das habe ich ziemlich vermasselt.«

Und obwohl die Zeit weiterlief und sie eigentlich nach Driftwood House zurückkehren sollte, um ihren Koffer zu holen, beschloss sie, zuerst einen Spaziergang zu machen – um den Kopf freizubekommen und sich über die Ereignisse der letzten beiden Wochen klar zu werden.

Als sie den Dorfrand erreichte, wo die dicht gedrängten Cottages gewundenen Landstraßen mit hohen Hecken wichen, wie sie für Devon typisch waren, konnte sie das Meer riechen und die Möwen hören, die über ihr kreischten.

Lettie stieg den steilen Pfad hinauf, bis sie oben auf Cora Head angekommen war. Dort ging sie langsam auf die Abbruchkante zu. Sie verspürte ein vertrautes Zittern in den Beinen, ging aber weiter, bis sie den Rand erreichte. Wenn sie Busters Rettung überlebt hatte, dann schaffte sie es auch, hier zu stehen, hoch oben über den Wellen, die unten gegen die Felswand schlugen.

Das Meer sah heute großartig aus. Die starke Dünung ließ weißgekrönte Wellen an den Strand rollen. Der Himmel hatte sich zugezogen, aber die Sonne kämpfte sich immer wieder durch die Wolken. Ein Lichtstrahl fiel auf Heaven's Cove und brachte die Fenster der Cottages zum Glänzen und die Wimpelkette an The Smugglers Haunt zum Leuchten. Im Herzen des Dorfs, nicht weit von der alten Kirche, konnte Lettie das dunkle Dach sehen, das Cornelius' Schrein von einem Zimmer bedeckte – eine Familientragödie, die aus der Vergangenheit bis in die Gegenwart reichte und für jahrzehntelanges Leid gesorgt hatte.

Und jetzt gehörte dieses herrliche Stück Land, auf dem sie stand, ihr. Sie konnte es kaum glauben, doch so stand es in den Papieren, die sie gefunden hatte, und Florence hatte es bestätigt. Lettie hatte noch nie Land oder ein Grundstück besessen, und das würde sich auch nicht ändern. Sie konnte es unmöglich annehmen, und doch ...

Sie stellte sich vor, hier ein Haus zu bauen, eins wie Driftwood House, und das ganze Jahr über die Ruhe und die unglaubliche Aussicht zu genießen. Sie malte sich aus, wie sie im frühen Morgenlicht gemeinsam mit Corey in der Tür stand. Sie schüttelte den Kopf. Woher war dieses Bild gekommen? Corey hielt sie für eine Betrügerin. Tränen schossen ihr in die

Augen, und sie blinzelte heftig, bis sie wieder klar sehen konnte.

Eine frische Brise an ihren nackten Armen ließ sie zittern. Es wurde wirklich Zeit, das Dorf zu verlassen und in ihr echtes Leben in London zurückzukehren. Sie würde dieses Stück Land einfach nie wieder erwähnen. Florence und Corey würden es behalten müssen.

Nach einem letzten Blick rundum trat Lettie den Weg von der Landzunge hinab und zum Dorfladen an, um sich ein Sandwich zu kaufen, denn sie hatte den ganzen Tag kaum etwas gegessen. Bei der Gelegenheit würde sie sich auch von Bert verabschieden, dem Ladenbesitzer. Er war immer fröhlich gewesen, wenn sie in den letzten beiden Wochen vorbeigekommen war und Kleinigkeiten gekauft hatte. Sie machte jedoch bewusst einen Umweg, um nicht direkt an Florence' Cottage vorbeigehen zu müssen.

Als sie im Laden stand und gerade überlegte, ob sie ein Sandwich mit Coronation Chicken oder eins mit Eiern und Kresse nehmen sollte, kam draußen auf dem schmalen Pflaster ein Wagen mit quietschenden Bremsen zum Stehen. Simon sprang heraus und kam in den Laden geeilt.

»Lettie! Ich war gerade auf dem Weg nach Driftwood House, als ich Sie in den Laden gehen sah.«

»Hi, Simon«, sagte Lettie und entschied sich für das Eiersandwich. »Es ist gerade ungünstig, weil ich gleich nach London zurückfahre.«

»Das kann ich Ihnen nicht verübeln. Ich habe in den letzten Wochen hier zwar einige Verträge abgeschlossen, aber ich kann es auch nicht erwarten, von diesem Loch wegzukommen.« Er sprach so laut! Lettie wand sich innerlich, als Bert von der Theke aufschaute und ihnen einen finsteren Blick zuwarf. »Aber ich höre, Sie haben gute Neuigkeiten.«

»Da wissen Sie mehr als ich.«

Simon grinste. »Sie wissen, was ich meine.«

»Nein, ehrlich gesagt nicht.« Lettie war klar, dass sie unhöflich klang, aber sie war nicht in der Stimmung für irgendein seltsames Ratespiel.

»Wie ich höre, sind Glückwünsche angebracht, weil Sie jetzt die Besitzerin eines erstklassigen Grundstücks im Dorf sind. Ausgezeichnet!« Als Lettie nichts erwiderte, umfasste er ihre Hände und fuhr fort: »Ihnen gehört die Landzunge – Lovers' Link, Cora Head, wie immer man sie nennen will. Im Dorf heißt es, dass Florence sie Ihnen geschenkt hat, ich weiß nur noch nicht, warum.«

»Wo zum Teufel haben Sie das gehört?«, fragte Lettie und entzog Simon ihre Hände.

»Dann ist es also wahr? Wow, Respekt! Wie haben Sie das nur geschafft?«

»Sagen Sie mir, von wem Sie das gehört haben«, wiederholte Lettie, die keinerlei Interesse an Simons Glückwünschen hatte.

»Sie wissen doch, wie dieses Dorf ist – die totale Gerüchteküche. Meistens scheint man hier über mich zu sprechen, aber im Pub war die Rede davon, dass die Landzunge jetzt Ihnen gehört. Das ist wunderbar, Lettie.«

»Woher wussten es die Leute im Pub?«

»Sie und Corey haben sich anscheinend auf der Straße darüber unterhalten und sich gestritten. Das überrascht mich überhaupt nicht, denn dieser Mann ist ein totales Arschloch, und ich bin froh, dass Sie zur Besinnung gekommen sind.«

»Ist hier denn gar nichts privat?«

Simon grinste wieder. »Anscheinend nicht. Also, wie kommt es, dass die Landzunge jetzt Ihnen gehört?«

Lettie seufzte. Wenn Gerüchte im Umlauf waren, konnte sie genauso gut die Gelegenheit ergreifen, sie richtigzustellen. »Ich habe herausgefunden, dass Cornelius, Florence' Bruder, das Land meiner Großtante und deren Nachfahren hinterlassen hat. Es gibt eine schriftliche Urkunde mit seinen Wünschen.«

»Wie bitte?« Simon wirkte trotz des breiten Grinsens auf seinem Gesicht verwirrt. »Na, ist ja auch egal. Gut gemacht, Cornelius! Dann sind Sie jetzt eine gemachte Frau.«

»Wohl kaum.«

»Aber natürlich. Sie verkaufen mir das Land, stecken die Kohle ein und leben, wie es Ihnen gefällt. Legen Sie sich für eine Weile an einen Strand, einen besseren als den in Heaven's Cove. Sie können auf die Seychellen oder nach Barbados fliegen.« Er zwinkerte ihr zu. »Vielleicht fliege ich ja sogar mit.«

»Was würde mit dem Land passieren?«, fragte Lettie, während sie sich bemühte, die unangenehme Vorstellung von Simon in Badehosen, wie er sich an einem weißen Sandstrand rekelte, zu verdrängen.

»Wie ich gesagt habe, es ist perfekt für Ferienhäuser.«

»Zwei oder drei?«

»Ja«, sagte er langsam und zog das Wort in die Länge. Dann zwinkerte er ihr erneut zu. »Oder mehr, wenn ich damit durchkomme, was ziemlich sicher der Fall sein wird. Eher ein Feriendorf als nur zwei Häuser.«

»Sie haben Florence etwas anderes gesagt.«

»Sie hat keine Ahnung vom Geschäft«, erwiderte er lässig, »ganz anders als Sie und ich. Sie ist auch viel zu sehr mit diesem gottverlassenen Kaff verbunden.«

»Es ist ihr Zuhause. Sie gehört hierher.«

»Gut, aber die Landzunge gehört ihr nicht mehr, daher sollten wir beide besser anfangen, über Geld zu reden.«

Er leckte sich die Lippen und hinterließ eine Speichelspur.

»Es hat keinen Zweck, über irgendetwas zu reden, Simon.«

»Was soll das heißen?«

»Sie könnten mir zehn Millionen Pfund für die Landzunge anbieten, und ich hätte kein Interesse.«

Simons Lächeln verschwand. »Was sagen Sie da?«

»Ich sage, ich will nicht, dass auf Cora Head ein Feriendorf gebaut wird, egal für welchen Preis.«

»Warum nicht? Letztendlich werden wir wieder in London sein, also wen interessiert's, was hier passiert?«

»Mich«, sagte Lettie leise.

»Warum?«

»Weil Iris in Heaven's Cove aufgewachsen ist und die Liebe ihres Lebens kennengelernt hat, und weil es ein schönes Dorf ist, das erhalten werden sollte.«

Simon lachte, als glaube er ihr nicht, dann hörte er abrupt auf. »Sie machen Witze, nicht? Es ist ein kleines Nest, das nach Fisch und Algen stinkt, und ich rede von einer Menge Geld. Nicht von zehn Mille – das wäre übertrieben –, aber genug, um Ihr Leben zu ändern. Sie werden dieses Angebot doch nicht ablehnen, oder, Süße?«

Dass er sie »Süße« nannte, brachte Lettie erst recht auf die Palme.

»Ich bin nicht interessiert«, beharrte sie.

»Nicht einmal für die Summe von ...«

»Ich will es gar nicht wissen«, unterbrach Lettie ihn. Welchen Sinn hatte es, zu erfahren, wie viel Geld sie ablehnte?

Simons Mundwinkel zuckten, als unterdrücke er ein Lächeln. »Haben Sie vor, mit harten Bandagen zu kämpfen, Miss Starcross? Sie haben es hier mit einem Verhandlungsexperten zu tun. Stellen Sie sich nur vor, was Sie mit so einem Geldregen machen könnten.«

»Oh, das tue ich«, antwortete Lettie und schob die Ideen beiseite. Sie hätte genug Geld, um sich ein anderes Leben leisten zu können – aber sein Angebot anzunehmen würde bedeuten, dass sie weder Moral noch Anstand besaß und Corey ihr zu Recht misstraute. Sie holte tief Luft. »Egal was Sie anbieten, die Antwort lautet immer noch Nein.«

»Das ist doch lächerlich. Verkaufen Sie mir einfach das Land.«

»Ich habe kein Recht, es zu verkaufen.«

»Aber Sie haben doch gesagt ...«

»Ich habe gesagt, dass Cornelius es Iris hinterlassen hat, aber ich bezweifele, dass seine Schenkungsurkunde rechtsgültig ist.«

»Sie können damit vor Gericht gehen.«

»Ich würde das Land ohnehin nicht annehmen, selbst wenn ein Richter mir versichern würde, dass es rechtlich betrachtet mir gehört.«

Simon klappte der Unterkiefer herunter. »Aber warum denn nicht? Oh Gott, jetzt sagen Sie bloß nicht, dass Sie sich in Corey Allford verguckt haben. Nur weil er in einem großen Boot gekommen ist und Sie gerettet hat, heißt das noch lange nicht, dass Sie ihm ein Stück Land schulden, das Ihnen mehr Geld einbringen könnte, als Sie wahrscheinlich in zehn Jahren verdienen.«

Wehmutsvoll stellte Lettie sich die Sicherheit und die Freiheit vor, die ihr das Geld ermöglichen würde. Aber Seelenfrieden konnte es ihr nicht kaufen.

»Meine Entscheidung hat nichts mit Corey, sondern mit diesem wunderbaren Dorf und seinen Bewohnern zu tun. Cornelius und Iris wollten nicht, dass es verschandelt wird.«

»Es sind doch nur ein paar Ferienhäuser!«

»Oder ein ganzes Feriendorf?«

Simons Wangen wurden rot. »Da habe ich wohl etwas übertrieben.«

»Das spielt keine Rolle, denn im moralischen Sinne gehört mir das Land nicht.«

»Moral hat nichts damit zu tun.«

»Das haben Sie sehr deutlich gemacht.«

»Florence' Bruder wollte, dass Sie es bekommen.«

»Er wollte, dass Iris es bekommt. Aber das ist lange her. Iris ist tot, und ich bin erst seit zwei Wochen hier. Florence hat das

Land ihr Leben lang geliebt, und ihres Bruders wegen ist es von besonderer Bedeutung für sie.«

»Aber wir könnten damit einen Mordsgewinn machen, Lettie.«

Lettie funkelte ihn an. Sie war nicht mehr so sauer gewesen, seit sie dem Klebstoffkunden die Meinung gesagt hatte. »Das ist der Unterschied zwischen Ihnen und mir, Simon. Ich will keinen Mordsgewinn machen. Ich weiß, das ist enttäuschend für Sie, aber Sie haben einige andere gute Geschäfte in Devon abgeschlossen, daher werden Sie es verschmerzen können. Und jetzt muss ich wirklich gehen und meine Sachen packen.«

Sie war kaum zwei Schritte gegangen, als Simon ihr nachrief: »Denken Sie an das brandneue Auto, das Sie fahren könnten, an die Urlaube, die Sie machen könnten, und die vielen Schuhe, die Sie kaufen könnten. Nur ein Narr würde ein solches Angebot ablehnen.«

»Ich habe Ihnen meine Antwort gegeben«, antwortete Lettie ihm über die Schulter. »Es tut mir leid, Simon, aber ich werde die Landzunge weder Ihnen noch sonst jemandem verkaufen. Sie gehört den Allfords.«

So viel also zu einer potenziellen Beziehung mit Simon, dachte Lettie und ging zum Kai, um sich von Claude zu verabschieden. Daisy würde es ihr ewig vorhalten, wenn sie es erfuhr. *Er war perfekt, Lettie. Was zum Teufel hast du dir dabei gedacht?*

Aber Daisy lag vollkommen falsch. Simon war der Typ Mann, von dem ihre Familie sagte, er sei der Richtige für sie, aber das stimmte nicht. Er sah zwar gut aus und war charmant, und er hatte einen guten Job, eine eigene Wohnung und ein großes Auto, aber er war nicht besonders nett, und er dachte vor allem nur an sich.

Das würde sie Daisy sagen, aber ohne die Erbschaft zu erwähnen ... geschweige denn die Tatsache, dass sie sie abgelehnt hatte. Denn damit würde Daisy ihr wirklich ewig in den

Ohren liegen. Also musste es ein Geheimnis bleiben, das sie ab und zu aus dem Gedächtnis hervorkramte und dann wieder in den hintersten Winkel verbannte.

Die vergangenen zwei Wochen würden ihr immer als eine Zeit in Erinnerung bleiben, in der das Leben sich verlangsamt und mehr Sinn gewonnen hatte, eine Zeit, in der sie ihre Verbundenheit mit Iris wieder erneuert und dabei viel über sich selbst gelernt hatte.

Sie bereute ihren Aufenthalt in Heaven's Cove kein bisschen. Nur eins bedauerte sie, dass sie und Corey im Bösen auseinandergegangen waren – und dass er sie für so hinterhältig und verräterisch hielt. Sie würde ihm und seiner Großmutter von London aus schreiben und noch einmal betonen, dass sie auf das Eigentum an der Landzunge verzichtete. Wenn Florence darauf bestand, dass sie das Land behielt, dann würde sie auch akzeptieren müssen, dass es Letties gutes Recht war, es zurückzugeben. Vielleicht würde Corey ihr dann ja glauben – im Nachhinein, wenn es zu spät und sie bereits zurück in London war. Sie würden sich nie wiedersehen.

Seufzend klopfte sie leise an Claudes Tür. Wenn er nicht zu Hause war, würde sie einen Zettel dalassen, auf dem sie sich verabschiedete.

Die Tür wurde plötzlich aufgerissen, und Buster kam herausgerannt und sprang sie an.

»Sie haben einen Freund fürs Leben gefunden«, bemerkte Claude und trat in den Türrahmen. Er sah verändert aus. Sein langes graues Haar war immer noch wirr und sein buschiger Bart ungezähmt, aber er wirkte irgendwie unbeschwerter, weniger vom Leben niedergedrückt.

»Er ist ein wunderbarer Hund.«

Lettie streichelte Buster den Kopf, bis er aufhörte, an ihr hochzuspringen, und die Nase an ihr Bein schmiegte.

»Wollen Sie hereinkommen? Ich bin Ihnen noch mehr Dank schuldig. Sie haben Esther gefunden und sie zu mir gebracht. Das werde ich Ihnen nie vergessen.« Er sah sie sich genauer an. »Aber Sie wirken traurig. Geht es Ihnen gut nach dem, was passiert ist?«

»Was meinen Sie?«, fragte Lettie. Hatte Claude auch davon gehört, dass Cornelius ihr das Land geschenkt hatte?

»Ich meine, es muss beängstigend gewesen sein, auf dem Felsen festzusitzen, während die Flut kam.«

Letties Schultern entspannten sich. »In dem Moment hatte ich Angst, aber jetzt geht es mir wieder gut, ehrlich.«

»Das freut mich, denn Sie waren sehr mutig und haben mir Buster zurückgebracht.«

»Das habe ich gern getan.« Lettie zögerte. »Ich wollte Ihnen sagen, dass ich Heaven's Cove verlasse.«

»Wann?«

Lettie war gerührt, als sie Gefühle über Claudes zerklüftetes Gesicht huschen sah. Zumindest einer würde es bedauern, dass sie ging.

»Ich reise heute ab.«

»Warum so bald?«

»Ich bin seit zwei Wochen hier, und es wird Zeit, nach Hause zu fahren.«

»Haben Sie die Informationen über Ihre Großtante gefunden, die Sie gesucht haben?«

»Ja, danke.«

»Gut.« Claude schüttelte den Kopf. »Bei den meisten Fremden kann ich es gar nicht erwarten, sie los zu sein, mit ihrem Gebrüll und den schlechten Manieren und dem Müll, den sie überall liegen lassen. Aber Sie sind anders, Lettie Starcross. Sie gehören hierher.«

Bei diesen Worten zitterte Letties Unterlippe. Sie verspürte tatsächlich eine schwer erklärbare Verbundenheit zu dem Dorf, genau wie Iris früher.

Als sie nicht antwortete, beugte Claude sich vor und flüsterte: »Sie könnten hierbleiben.«

»Ich kann nicht ewig in Driftwood House wohnen«, widersprach Lettie mit dem sachlichen Ton, den Daisy oft ihren Kindern gegenüber benutzte.

»Nein, aber Sie könnten hier wohnen, nebenan.«

»Wie meinen Sie das?«

»Das Cottage nebenan hat meinen Eltern gehört, und jetzt gehört es mir. Im Moment ist es an Urlauber vermietet.« Claude verzog das Gesicht. »Urlauber und ich, wir passen nicht zueinander. Ich hätte lieber jemanden nebenan, den ich kenne und den ich mag.«

Als Lettie Claude die Hand auf die Schulter legte, wich er nicht zurück.

»Das ist wirklich freundlich von Ihnen, Claude. Ich würde furchtbar gern bleiben, aber ... es ist einfach nicht gut gelaufen, und ich muss nach London zurück.«

»London? Pah.«

»Meine Familie braucht mich.«

»Familie? Pah.«

Er zog eine solche Grimasse, dass Lettie lachte, bevor das Geräusch einer Textnachricht sie ablenkte. Sie kam von ihrer Mum: *Wie ich höre, kommst du heute zurück. Können wir morgen zum Lidl fahren? Wir brauchen neues Klopapier. x* Lettie seufzte und schob das Handy zurück in die Tasche. Vielleicht hatte Claude recht. Aber das Leben lief nicht immer so, wie man es sich wünschte.

»Also ...« Sie nahm die Schultern zurück. »Es heißt Lebewohl, Claude. Ich werde Ihnen eine Ansichtskarte schicken, wenn ich wieder zu Hause bin.«

Claude nickte. Er wirkte niedergeschlagen. »Darüber würde ich mich freuen. Vielleicht kommen Sie ja bald wieder?«

»Vielleicht«, antwortete Lettie und fragte sich, ob sie wie Iris sein und nie mehr zurückkehren würde. Wie peinlich wäre es, Corey oder Florence auf der Straße zu begegnen? Es wäre grauenhaft, wenn Corey sich an sie erinnern und sie nicht beachten würde, oder schlimmer noch, wenn er sich überhaupt nicht an sie erinnern würde.

Sie zögerte, unsicher, ob es passend wäre, Claude zu umarmen, aber er löste das Dilemma für sie, indem er die Hand ausstreckte.

»Auf Wiedersehen, Miss Lettie Starcross. Es war mir eine Ehre, Sie kennenzulernen.«

»Auf Wiedersehen, Claude. Ganz meinerseits.«

Lettie nahm seine große Pranke und schüttelte sie. Eine Welle von Traurigkeit überkam sie. Es tat weh, den Ort zu verlassen, den Iris einst ihr Zuhause genannt hatte.

SECHSUNDDREISSIG

Lettie hatte sich von Driftwood House und Rosie verabschiedet. Sie hatte einen letzten Blick auf die herrliche Aussicht vom Kliff geworfen und noch einmal das glitzernde Meer bewundert, das sich bis zum Horizont erstreckte, und die malerischen Cottages, die sich unten am Ufer der Bucht drängten.

Sie hatte auch Mums Textnachricht beantwortet und geschrieben, dass sie mit ihr zum Lidl fahren würde, sobald sie konnte. Gleichzeitig fasste sie den Entschluss, ihren Eltern bei einem Supermarkt online einen Lieferservice einzurichten. Ihrer Mum würde das nicht gefallen. Sie genoss ihre gemeinsamen Einkaufsfahrten, aber sie konnte jederzeit mit ihrer Freundin Moira mitfahren, die ihr regelmäßig anbot, mit ihr einen Ausflug zum Tesco zu unternehmen.

Lettie schaute auf die Armbanduhr und runzelte die Stirn. Das Taxi verspätete sich, und wenn es sich nicht beeilte, würde sie einen weiteren Zug verpassen.

Normalerweise freute Lettie sich nach einem Urlaub, wie schön er auch gewesen sein mochte, wieder auf zu Hause. Der Drang, die Siebensachen zu packen und für immer in die Sonne zu fliehen, war meist kurzlebig, und der Reiz ihres normalen Lebens in London hatte sie jedes Mal wieder in die Realität zurückgeholt. Doch diesmal war es nicht so. In den wenigen Wochen seit Iris' Tod hatte sich das Leben verändert, erkannte sie. Sie hatte sich verändert. Und es war schwer, das wachsende Gefühl abzuschütteln, hierherzugehören, nach Heaven's Cove.

»Reiß dich zusammen, Starcross«, murmelte sie, griff nach ihrem Koffer und beschloss, dem Taxi die Kliffstiege hinab entgegenzugehen. »Fahr nach Hause, vergiss dieses Dorf und kehre in die Normalität zurück.«

Eine Rückkehr in die Normalität würde in praktischer Hinsicht relativ einfach sein. Sie würde sich einen anderen langweiligen Job im Kundendienst suchen, und ihre Familie würde sie wie immer auf Trab halten. Aber es würde nicht so einfach sein, diesen besonderen Ort und seine Menschen zu vergessen.

Sie dachte an Corey in seiner gelben Uniform vor, wie er sich durch das aufgewühlte Meer bis zu ihr und Buster gekämpft hatte. Sie konnte beinahe seinen Arm um ihre Schultern spüren – und die Berührung seiner Wange an ihrer, als er ihr später den Gutenachtkuss gegeben hatte. Und sie konnte immer noch sein enttäuschtes Gesicht vor sich sehen, als er gedacht hatte, sie hätte ihn getäuscht. Der Schmerz darüber, dass er ihr nicht geglaubt hatte, würde noch lange anhalten.

»Zum Teufel mit dir, Corey Allford«, sagte sie laut zu den Möwen, die über ihr kreisten, während sie den Pfad hinunterging. »Ich hoffe, du genießt dein einsames, misstrauisches Leben.«

Unten an der Straße war kein Taxi zu sehen, und sie zog gerade ihr Handy aus der Tasche, um noch einmal bei der Taxigesellschaft anzurufen, als sie hinter sich Fußgetrappel hörte.

»Ich musste Sie aufhalten«, keuchte Corey mit hummerrotem Gesicht. Er beugte sich vor, stützte die Hände auf die Oberschenkel und schnaufte. »Bin ... den ... ganzen ... Weg ...

gerannt«, stieß er hervor. »Nicht so fit, wie ich dachte. Schreckliches Seitenstechen.«

Lettie hätte heulen können. Die Begegnung mit Corey würde ihr den Abschied noch schwerer machen. »Wenn Sie mich noch einmal zur Schnecke machen wollen, können Sie sich die Mühe sparen, denn ich verlasse Heaven's Cove, und Sie können unbesorgt sein, denn ich habe nicht die Absicht, Cora Head an Simon zu verkaufen.«

»Ich weiß. Ich habe gehört, dass Sie sich in Berts Laden mit ihm gestritten haben.«

Lettie schüttelte den Kopf. »War ja klar.«

So sehr sie Heaven's Cove lieben gelernt hatte, sie würde sich nie an den nachbarschaftlichen Nachrichtendienst des Dorfes gewöhnen. In London konnte man tot umfallen, und niemand würde es bemerken.

»Hören Sie, können wir reden?«, bat Corey, während er sich die Seite massierte. Sein Gesicht nahm langsam wieder eine normale Farbe an, und seine Atmung hatte sich beruhigt.

»Ich muss einen Zug erreichen.« Ein schwarzes Auto war gerade um die Ecke gebogen und kam auf sie zu. »Und mein Taxi ist da.«

»Können Sie nicht den nächsten Zug nehmen?«

»Ja, aber wozu, Corey? Ich verlasse das Dorf, da kann ich auch gleich fahren.«

»Aber ich muss mich entschuldigen. Ich war so ein Idiot. Ich hätte nicht an Ihnen zweifeln und Ihnen vorwerfen sollen, so ... ich weiß nicht ...«

»So falsch und betrügerisch zu sein?«

»Ja, genau. Ich hätte Ihnen glauben sollen, als Sie gesagt haben, dass Iris nichts davon wusste, dass Cornelius ihr das Land vermacht hat.«

»Natürlich hätten Sie das. Denken Sie, ich wäre mit Absicht fast ertrunken, nur damit ich mir die Übernachtung in Cornelius' Zimmer erschleichen kann?« Letties Stimme wurde vor Frustration lauter, und Corey trat einen Schritt zurück.

»Nein, natürlich nicht. Ich habe überhaupt nicht logisch gedacht.«

»Und was ist mit Simon? Haben Sie wirklich geglaubt, ich würde mit einem Vollidioten wie ihm unter einer Decke stecken?«

Coreys Mundwinkel zuckte. »Er ist wirklich ein Idiot, nicht?«

»Ein kompletter Vollpfosten. Darum ist es umso beleidigender, dass Sie dachten, ich würde mit ihm zusammenarbeiten.«

Corey zog die Nase kraus. »Tatsächlich dachte ich manchmal, dass Sie vielleicht mit ihm zusammen sind.«

»Wirklich? Meine Güte, Sie sind ja noch schlimmer als meine Familie, wenn es darum geht, mich mit total unpassenden Männern zu verkuppeln. Simon ist mir nicht von der Pelle gegangen und wie ein falscher Fünfziger immer wieder aufgetaucht.«

»Dafür hat er offenbar ein Talent.«

Als der Wagen hinter Corey anhielt, griff Lettie nach ihrem Koffer.

»Also, danke für Ihre Entschuldigung, aber ich muss den nächsten Zug erwischen.«

Erst als sie an Corey vorbeiging und das Auto richtig ansah, stellte sie fest, dass es gar kein Taxi war. Der zerbeulte schwarze Wagen gehörte Florence, die jetzt vom Fahrersitz stieg.

»Herrgott noch mal, warum haben Sie Ihre Großmutter mitgebracht?«

»Was?« Corey fuhr herum. »Was machst du denn hier, Gran?«

»Ich versuche zu verhindern, dass die Geschichte sich wiederholt«, antwortete Florence spitz. Der Wagen stand bei laufendem Motor quer auf der Straße. »Es hat im Laufe der

Jahre viel zu viele Missverständnisse zwischen den Starcrosses und den Allfords gegeben.«

»Woher wusstest du, wo ich bin?«, fragte Corey.

»Es war ziemlich klar, was du tun würdest, nachdem ich dir am Telefon erzählt habe, was Bert über den Streit zwischen dem Immobilienmenschen und Lettie in seinem Laden berichtet hat. Als ich zu Hause ankam, warst du weg.«

»Man braucht immer noch viel Fantasie, um zu schließen, dass ich hier sein würde.«

»Wohl kaum. Als du den Nachmittag mit Miss Starcross geplant hast, warst du glücklicher, als ich dich seit Ewigkeiten erlebt habe, und seit deinem Streit mit ihr warst du gereizt und ungenießbar.« Sie drehte sich zu Lettie um. »Haben Sie immer noch vor, zu fahren und nicht wiederzukommen?«

Lettie nickte. Das überraschende Auftauchen beider Allfords hatte sie aus der Bahn geworfen.

Florence wandte sich mit finsterer Miene an Corey. »Dann musst du Miss Starcross die Wahrheit über Grace sagen.«

Corey verzog das Gesicht und blickte zu Boden. Eine gefühlte Ewigkeit lang sprach niemand. Nur das Zwitschern der Vögel über ihnen füllte das Schweigen, bis Corey das Wort ergriff. »Würden ... Würden Sie einen Spaziergang mit mir machen, Lettie? Gran passt solange auf Ihren Koffer auf.«

»Wie gesagt, ich muss einen Zug ...«

»Bitte.«

Er wirkte so aufgewühlt, so gequält, dass Lettie ihm folgte, als er sich auf der Straße in Bewegung setzte. Was war die Wahrheit über seine Exfrau? Was hatte ihn so verletzt?

»Wohin gehen wir?«, fragte sie nach einer Weile.

Corey zuckte die Achseln. »Unwichtig. Ich muss einfach mit Ihnen reden. Allein.«

Er ging auf der schmalen Straße voran. Bienen summten träge in den hohen Hecken am Rand, und die drückende Hitze legte sich wie eine schwere Decke um Lettie. Nach einer Weile verließ Corey die Straße und kletterte über einen Zaunstieg. Lettie folgte ihm, dann gingen sie über eine Schafweide, die zum Gipfel eines Hügels hinaufführte.

»Was hat das alles zu bedeuten, Corey?«, fragte Lettie und blieb stehen. »Bert hat Ihrer Gran sicher erzählt, dass ich Simons Angebot, das Land zu kaufen, abgelehnt habe. Ich werde es nicht verkaufen, und ich werde es nicht einmal annehmen. Die Landzunge ist Iris hinterlassen worden, nicht mir. Ich habe keinen echten Anspruch darauf, und ich will auch keinen.«

»Obwohl es Ihnen helfen könnte, Ihr Leben zu ändern.«

»Ich werde mein Leben nicht auf Kosten des Lebens anderer ändern.«

»Ich weiß. Ich denke, ich habe es immer gewusst.« Corey schüttelte den Kopf. »Sie sind ein anständiger Mensch, Lettie. Es fällt mir nur schwer, Menschen zu vertrauen, nachdem Grace ...«

»Ich bin nicht Grace.«

»Nein, das sind Sie nicht.«

Er schob die Hände in die Taschen seiner Jeans und scharrte mit den Füßen im Gras, während einige Schafe in der Nähe den Kopf hoben und sie ansahen.

»Was hat Ihre Frau getan, dass Sie so misstrauisch geworden sind? Ich weiß, dass Ihre Ehe in die Brüche gegangen ist, und das ist traurig, aber so was passiert ständig.«

Corey atmete langsam aus. »Wenn Sie die ganze traurige Geschichte hören wollen, wir sind wegen Grace' Karriere nach London gezogen. Das habe ich Ihnen schon erzählt, aber was ich nicht gesagt habe, war, dass Grace ein Jahr nach dem Umzug schwanger geworden ist. Sie war nicht besonders begeistert darüber, aber ich dachte, es sei die Angst vor einer so großen Veränderung, und ich war sehr aufgeregt bei dem Gedanken, Vater zu werden. Viel aufgeregter, als ich es für möglich gehalten hätte. Wir waren glücklich, oder zumindest habe ich mir eingebildet, dass wir es waren, und ich dachte, wir würden eine glückliche, kleine Familie sein.«

»Was ist dann passiert?«

»Grace hat sich mit der Schwangerschaft arrangiert, und ich konnte es gar nicht erwarten, meinen Sohn oder meine Tochter kennenzulernen.« Er räusperte sich und schloss die Augen. »Aber als sie fast im achten Monat war, habe ich herausgefunden, dass sie mich seit Längerem betrog. Mit einem Unternehmer, einem Mistkerl wie Simon.«

»Und das Baby?«, flüsterte Lettie, obwohl sie die Antwort bereits kannte.

Corey öffnete die Augen wieder. »Das Baby war von ihm. Grace war sich sicher, und ein Test nach seiner Geburt hat es bestätigt.«

»Er. Das Baby war also ein Junge.«

»Ja.« Corey schaute in die Ferne und biss die Zähne zusammen. »Mein Sohn, der nicht mein Sohn war. Sie ist bei dem anderen Mann geblieben. Sie sind jetzt die glückliche Familie, und ich lebe bei meiner Großmutter. Wegen der Lügen fällt es mit sehr schwer, anderen nahezukommen. Ich habe Grace bedingungslos vertraut, und sie hat mich monatelang angelogen. Das hat dazu geführt, dass ich mir selbst nicht mehr traue, denn wie kann ich mich auf mein Gefühl für andere verlassen, wenn ich meine eigene Frau so vollkommen falsch eingeschätzt habe?«

Lettie war sich nicht sicher, was sie sagen sollte. Sie konnte nur ahnen, welche Auswirkungen ein solcher Vertrauensbruch auf die eigene Selbstachtung und die Sicht auf die Welt haben musste.

»Es war nicht Ihre Schuld, Corey«, brachte sie heraus und wusste, dass ihre Worte vollkommen unzulänglich waren, um den Schmerz zu lindern, den er erlitten hatte.

»Es kam mir so vor, als hätte ich versagt. Aber dann habe ich angefangen, Ihnen zu vertrauen ...«

»Bis ich auf den Brief gestoßen bin und Ihre Gran gesagt hat, die Landzunge gehöre mir.«

Corey nickte. »Bei Grace ergaben rückblickend viele Kleinigkeiten zusammen Sinn – warum sie manchmal Überstunden gemacht hat, warum sie das Passwort für ihr Handy geändert hat, warum sie sich kaum auf unser Baby gefreut hat.«

Als er abbrach und schluckte, legte Lettie ihm die Hand auf den Arm.

»Das ist sehr schmerzhaft. Sie brauchen es mir nicht zu erzählen.«

»Oh doch. Nachdem Sie den Brief und die Schenkungsurkunde gefunden hatten, habe ich zwei und zwei zusammengezählt, wie ich es am Ende bei Grace gemacht habe, aber diesmal ergab es ...«

»... viel mehr als vier?«

»Sehr viel mehr.« Der Anflug eines Lächelns huschte über sein Gesicht. »Es ist alles ziemlich verworren nicht?«

»Kann man so sagen.«

Corey setzte sich ins Gras, und Lettie ließ sich neben ihn sinken und stupste ihn mit der Schulter an, um ihn aufzumuntern.

»Familien, was?«

»Ihre wird froh sein, Sie zurückzubekommen.«

»Ganz sicher. Mum hat schon einen Einkaufstrip zum Lidl organisiert, weil sie Klopapier braucht, und Daisy wird mich als Babysitterin einspannen, bevor ich auch nur Piep sagen kann. Und ich muss Bewerbungen schreiben, unter anderem für einen Job, bei dem es um landwirtschaftliche Lebensmittel geht.«

»Was ist mit dem Traum von einem anderen Leben, von dem Sie erzählt haben?«

»Ach, na ja, Sie wissen schon.« Lettie zuckte die Achseln. »Das echte Leben ruft.«

Sie sah Corey an, der über die Felder hinweg auf das

funkelnde Meer schaute. »Sie können mir vertrauen. Nicht jeder will Sie hintergehen. Sie sind von einer Frau schrecklich verletzt und enttäuscht worden, aber es sind nicht alle so. Was haben Sie vor? Nie wieder jemandem vertrauen und allein und einsam enden wie Claude?«

»So sehr ich Claude respektiere, wäre das nicht meine erste Wahl.« Er wandte den Blick vom Meer ab und sah sie an. »Aber was ist mit Ihnen? Wenn Sie sich nicht neu orientieren und sich ein anderes Leben aufbauen, könnten Sie allein enden wie Ihre Großtante.«

»Oder noch schlimmer, mit einem perfekten Mann, der mir zum Geburtstag einen Dampfbesen schenkt.« Als Corey fragend die Nase krauszog, lachte Lettie. »Das ist ein Familiending. Ignorieren Sie mich einfach.«

»Das würde ich ja, aber es ist sehr schwer, Sie zu ignorieren.«

Lettie hielt die Luft an, als Corey sich zu ihr vorbeugte. Seine dunklen Augen waren voller Schmerz und ... etwas anderem, als er sie suchend ansah. Und dann küsste er sie. Diesmal war es kein flüchtiger Kuss auf die Wange. Sie spürte seine warmen Lippen auf ihren, während er ihr die Hände ins Haar schob und der Kuss andauerte. Sie nahm das Kitzeln des Grases auf ihrer Haut und das Blöken der nahen Schafe nicht mehr wahr. Sie empfand nur noch Hitze und Verlangen und ein Gefühl der Zugehörigkeit.

»Entschuldigung.« Corey ließ die Hände sinken, zog sich zurück und presste die Lippen aufeinander. »Sie sind dabei, Heaven's Cove zu verlassen, daher ist das lausiges Timing. Ich hätte es nicht tun sollen, oder ich hätte es früher tun sollen.«

»Ja. Du hättest es weiß Gott wirklich früher tun sollen.«

Als Lettie den Abstand zwischen ihnen schloss und ihre Lippen auf seine drückte, legte er die Arme um sie, und sie ließen sich ins Gras fallen. Einige Schafe in der Nähe erschreckten sich und trotteten davon.

Lettie hatte dem Küssen nie viel abgewinnen können. Mit den Männern, mit denen sie ausgegangen war, war es oft eine Enttäuschung gewesen – ein kurzes, unbeholfenes Zwischenspiel mit Männern, die zur Sache kommen wollten. Aber dieser Kuss war anders. Lettie fühlte sich anders, als Corey sie wieder küsste und sie den Kuss erwiderte. Es war ein langsamer, maßvoller, richtiger Kuss.

Als Lettie im Gras in Corey Allfords Armen lag und Heaven's Cove vor sich ausgebreitet sah, überkam sie das Gefühl, dass alles richtig war. Es war wie die Tür zu dem anderen Leben, das sie brauchte.

Von der Straße ertönte ein Hupen, und sie fuhren auseinander.

»Das ist doch nicht Gran, oder?«, fragte Corey stöhnend. »Ich habe mein schreckliches Timing von ihr.«

Lettie kniff die Augen zusammen und spähte die Straße entlang. »Nein, ich glaube, mein Taxi ist endlich gekommen. Deine Gran muss dem Fahrer gesagt haben, dass wir weitergegangen sind.«

Corey stand langsam auf und zog Lettie auf die Füße. »Dann solltest du wohl besser gehen, und ich entschuldige mich, dass du jetzt total ... voller Gras bist.« Er zog ihr einen Grashalm aus dem Haar und versuchte zu lächeln, aber irgendwie gelang es ihm nicht. »Du darfst deinen Zug nicht verpassen.«

Er dachte, dass sie immer noch abreisen wollte. Er dachte, dass sie nach dem, was gerade passiert war, immer noch gehen könne. Aber Lettie wusste, was sie wollte. Als sie zur Straße ging, rief Corey ihr nach: »Willst du dich nicht verabschieden?«

Lettie blieb stehen und drehte sich um. Er sah so verletzlich und gekränkt aus, dass es ihr das Herz brach.

»Das ist nicht nötig. Ich will nur dem Taxifahrer sagen, dass ich doch keine Fahrt zum Bahnhof brauche. Meine Familie wird sicher noch ein paar Tage ohne mich klarkommen. Ich bin gleich wieder da. Ehrlich.«

Corey schenkte ihr ein langes, langsames Lächeln, das seine dunklen Augen funkeln ließ. »Ich vertraue dir, Lettie Starcross.«

SIEBENUNDDREISSIG
VIER MONATE SPÄTER

Es konnte jederzeit ein Wintersturm losbrechen, jedenfalls Claude zufolge, dessen Vorhersage besser zu sein schien als die des Wetterdienstes.

Glücklicherweise war es im Moment sonnig, aber es war auch etwas windig und Cora Head war ungeschützt. Lettie schmiegte sich an Corey, der die Arme um sie legte und sie an sich zog. Der Wind zerrte an Letties Beinen, und die Möwen kreischten, während die starken Böen sie hin und her warfen. Das graue Meer vor ihnen war mit weißer Gischt gesprenkelt.

Lettie kuschelte sich tiefer in Coreys Mantel und dachte an das, was sie am Tag noch erledigen musste. Ihre Eltern würden am nächsten Wochenende für die Weihnachtstage kommen, ebenso Daisy mit Familie. Lettie konnte es kaum erwarten, sie alle zu sehen, obwohl es ziemlich eng werden würde, wenn ihre Eltern bei ihr in Claudes Ferienhaus wohnten. Nur gut, dass Daisy für sich, Jason und die Kinder ein Cottage im Dorf gemietet hatte.

Aber am ersten Weihnachtstag würden sie alle zum traditionellen Familienessen zu Lettie kommen, und Claude und Esther waren ebenfalls eingeladen, ebenso Corey und Florence.

Es würde an Weihnachten drunter und drüber gehen, und am Ende würden sie wahrscheinlich in Schichten an dem kleinen Küchentisch essen, aber es würde trotzdem schön sein, sie alle wiederzusehen.

Lettie vermisste sie, wenn auch nicht die Einkaufstrips und das endlose Babysitten. Aber ihr neues Leben in Heaven's Cove hielt sie zu sehr auf Trab, um über die Entfernung zu ihrer Familie nachzudenken.

Sie hatte alle Hände voll zu tun. Das lag zum Teil an dem brandneuen Kulturzentrum von Heaven's Cove, das sie im Gemeindesaal neben der Touristeninformation einrichtete. Claude war so begeistert gewesen, dass Lettie doch in Heaven's Cove blieb, dass er in ihre Bitte eingewilligt hatte, sein Archiv der Öffentlichkeit zugänglich zu machen. Er war schon ganz aufgeregt wegen der großen Eröffnung des Zentrums, die fürs Frühjahr geplant war, rechtzeitig zu einem neuen Zustrom von »Fremden«.

Hinzu kam, dass Lettie außerdem ein Teilzeitstudium der Geschichte von Devon absolvierte und drei Tage die Woche im Kundendienst eines Schreibwarenladens im Dorf arbeitete. Es war nicht gerade aufregend, über Aktenordner und Büroklammern zu reden, aber es brauchte Zeit, sein Leben zu ändern – und dafür klappte es bereits ziemlich gut. Auch ihre Familie gewöhnte sich langsam daran, dass sie fast zweihundert Meilen entfernt war, und kam blendend zurecht.

»Alles gut, Letts?«, flüsterte Corey, während Florence vortrat, um die Holzbank zu begutachten, die gerade geliefert worden war. Sie hatten sie so aufgestellt, dass man von ihr aufs Meer sah, und es war ein Messingschild daran angebracht worden:

In liebendem Gedenken an Iris Starcross, die weder Cornelius Allford noch Heaven's Cove je vergessen hat.

»Es geht mir großartig.« Lettie stellte sich auf die Zehenspitzen und küsste Corey auf die Nase, bevor sie der alten Frau, die ihr in den letzten Monaten so ans Herz gewachsen war, zurief: »Wie geht es dir, Florence?«

Florence strich über die Plakette und lächelte Lettie an. »Mir geht es auch gut, denn alles ist so, wie es sein soll.«

Sie hatte recht, aber eins blieb noch zu tun. Cornelius hatte Iris in seinem Brief geschrieben: *Nutze jede Gelegenheit, um glücklich zu sein, aber wirf manchmal eine Blume ins Meer und denk an mich.* Lettie löste sich von Corey, holte eine gelbe Rose aus ihrer Umhängetasche und ging dicht an den Rand des Kliffs. Als sie die Blume warf, erfasste der Wind sie und trug sie weit hinaus übers Wasser. Die Blume wirbelte tanzend in der Brise hinab und hinein in die aufgewühlten Wellen.

Lettie ging zurück zu dem Mann, den sie liebte, und schaute hinaus aufs Meer, das den klaren hellblauen Himmel widerspiegelte. Als sie dort in Coreys Armen stand, Iris' Kette geschützt unter dem dicken Wollmantel, kam es ihr so vor, als habe sich der Kreis der Vergangenheit geschlossen.

Ich danke euch, Iris und Cornelius, sagte sie in Gedanken, während über ihr die Möwen kreischten und von unten der schwache Lärm von Heaven's Cove heraufdrang. *Der Schlüssel zu deinem Herzen hat sich als der Schlüssel zu meinem erwiesen.*

MEHR VON BOOKOUTURE DEUTSCHLAND

Für mehr Infos rund um Bookouture Deutschland und unsere Bücher melde dich für unseren Newsletter an:

www.bookouture.com/bookouture-deutschland-sign-up

Oder folge uns auf Social Media:

 facebook.com/bookouturedeutschland

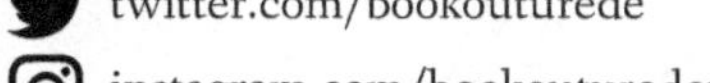 twitter.com/bookouturede

instagram.com/bookouturedeutschland

EIN BRIEF VON LIZ

Liebe Leser:innen,

tausend Dank, dass ihr euch entschieden habt, *Sehnsucht nach dem Cottage am Meer* zu lesen. Ich hoffe sehr, dass euch Letties Geschichte gefallen hat – und die von Iris und Claude auch. Wenn euch das Buch Freude gemacht hat und ihr über alle meine Neuerscheinungen auf dem Laufenden gehalten werden möchtet, registriert euch einfach unter dem folgenden Link. Wir werden eure Mailadresse nicht weitergeben, und ihr könnt euch jederzeit wieder abmelden:

www.bookouture.com/bookouture-deutschland-sign-up

Dies ist meine zweite eigenständige Geschichte, die in Heaven's Cove spielt – ich schreibe so gern über dieses Dorf, dass ich inzwischen an dem dritten Roman arbeite, dessen Schauplatz ebenfalls dieser Abschnitt der zerklüfteten Küste von Devon ist. Es wird ein Buch voller Geheimnisse und Romantik werden und schon bald erscheinen. Bis dahin kann sich, wer meinen ersten Roman aus Heaven's Cove, *Das Geheimnis vom Cottage am Meer,* noch nicht gelesen hat, die Wartezeit damit verkürzen – und herausfinden, wie Rosie ein großes Familiengeheimnis aufdeckte, sich in Liam verliebte und schließlich Driftwood House übernahm.

Wenn euch *Sehnsucht nach dem Cottage am Meer* gefallen hat, wäre ich euch sehr dankbar, wenn ihr eine Besprechung des Buches schreiben würdet. Ich möchte gern erfahren, was ihr davon haltet, und ihr ermöglicht es damit neuen Leserinnen und Lesern, meine Bücher für sich zu entdecken.

Ich freue mich auch, wenn ich von meinen Leser:innen direkt kontaktiert werde. Ihr könnt über meine Website, meine Facebook-Seite, über Twitter oder Instagram mit mir in Kontakt treten.

Ganz herzlichen Dank

Liz x

www.lizeeles.com

facebook.com/lizeelesauthor

twitter.com/lizeelesauthor

instagram.com/lizeelesauthor

DANKSAGUNG

Dieses Buch wäre ohne Ellen Gleeson, meine fabelhafte Lektorin, die mich angeregt hat, diesen Roman zu schreiben, nicht entstanden. Ich bin so froh, dass ich auf sie gehört und es versucht habe. Ellen und Bookouture, ich danke euch dafür, dass ihr mich in die richtige Richtung geführt und für die nötige Unterstützung bei der Realisierung dieses Buches gesorgt habt.

Genauso dankbar bin ich meinen Freunden und meiner Familie, die mich dabei ermutigt haben.

Ich danke Tim, meinem (wie er sagen würde) leidgeprüften Ehemann, der auf bewundernswerte Weise mit den Höhen und Tiefen des Lebens an der Seite einer oft leicht gestressten Schriftstellerin umgeht. Es hat großen Spaß gemacht, mit dir bei herrlichem Wetter durchs Dartmoor zu wandern und mich für dieses Buch inspirieren zu lassen.

Und schließlich grüße ich die mutigen Freiwilligen, Männer und Frauen, die auf See ihr Leben riskieren, um andere zu retten. Danke euch allen!

www.ingramcontent.com/pod-product-compliance
Lightning Source LLC
Chambersburg PA
CBHW020350220726
48290CB00014B/1487